台灣の讀者の皆さんへのコメント

海を越えて旅したことのない私の書いた小説が、
海を越えて多くの讀者の皆様のもとに屆いていることを、
心から嬉しく思っています。
この作品も、どうぞお樂しみいただけますように！

致親愛的台灣讀者

從未出國旅行的我，
這次很高興自己寫的小說能跨海與許多讀者見面，
希望這部作品能帶給您無上的閱讀樂趣。

宮部みゆき

荒神

宮部美幸

Miyabe Miyuki

KOU JIN

宮部美幸

作品集 / 54

MIYABE MIYUKI

荒神

Contents

總導讀　宮部美幸的推理文學世界「增補版」

傅博

日本當代國民作家宮部美幸

近年來在日本的雜誌上，偶爾會看到尊稱宮部美幸爲國民作家。怎樣才能榮獲這個名譽呢？好像沒有確切的答案，然而綜觀過去被尊稱爲國民作家的作家生涯便不難看出國民作家的共同特徵。

明治維新（一八六八年）一百多年以來，被尊稱爲國民作家的爲數不多，夏目漱石和吉川英治是最早期的國民作家。夏目漱石是純文學大師，其作品具大眾性，一九一六年逝世至今，已歷九十年，其作品在書店仍然可見，代表作有《我是貓》、《少爺》等等。吉川英治是大眾文學大師，其作品有濃厚的思想性，對二次大戰戰敗的日本國民發揮了鼓舞的作用，其著作等身，代表作有《宮本武藏》、《新．平家物語》等等。

屬於戰後世代的國民作家有松本清張和司馬遼太郎。松本清張是社會派推理文學大師，其寫作範圍十分廣泛，除了推理小說之外，對日本古代史研究、挖掘昭和史等，留下不可磨滅的貢獻。司馬遼太郎是歷史文學大師，早期創作時代小說，之後撰寫歷史小說和文化論。這兩位作家的共同特徵是，著作豐富、作品領域廣泛、質與量兼俱。他們的思想對一九六〇年代後的日本文化發揮了影響力。

上述四位之外，日本推理小說之父江戶川亂步、時代小說大師山本周五郎，以及文學史上創作量最多、男女老少人人喜愛的赤川次郎也榮獲國民作家的尊稱。

綜觀以上的國民作家，其必備條件似乎是著作豐富、多傑作；作品具藝術性、思想性、社會性、娛樂性、普遍性；讀者不分男女，長期受到廣泛的老、中、青、少、勞動者以及知識分子的閱讀。

宮部美幸出道至今未滿二十年，共出版了四十三部作品，包括四十萬字以上的巨篇八部、長篇二十四部、中篇集四部、短篇集十三部，非小說類有繪本兩冊、隨筆一冊、對談集一冊。以平均每年出版兩冊的數量來說，在日本並非多產作家，但是令人佩服的是，其寫作題材廣泛、多樣，品質又高，幾乎沒有失敗之作。所獲得的文學獎與同世代作家相較，名列第一，該得的獎都拿光了。質的成功與量成比例，是宮部美幸文學的最大武器，也是獲得國民作家之稱的最大因素。

宮部美幸，本名矢部美幸，一九六〇年十二月二十三日生於東京都江東區深川。東京都立墨田川高中畢業之後，到速記學校學習速記，並在法律事務所上班，負責速記，吸收了很多法律知識。一九八四年四月起在講談社主辦的娛樂小說教室學習創作。

一九八七年，〈吾家鄰人的犯罪〉獲第二十六屆《ALL讀物》推理小說新人獎，〈鎌鼬〉獲第十二屆歷史文學獎佳作。一位新人，同年以不同領域的作品獲得兩種徵文比賽獎項實爲罕見。

前者是透過一名少年的觀點，以幽默輕鬆的筆調記述和舅舅、妹妹三人綁架小狗的計畫所引發的意外事件，是一篇以意外收場取勝的青春推理佳作，文風具有赤川次郎的味道。後者是以德川幕府時代的江戶（今東京）爲時空背景的時代推理小說。故事記述一名少女追查試刀殺人的凶手之經過，全篇洋溢懸疑、冒險的氣氛。

要認識一位作家的本質，最好的方法就是閱讀其全部的作品。當其著作豐厚，無暇全部閱讀時，則是先閱讀其處女作，因爲作家的原點就在處女作。以宮部美幸爲例，其作品裡的偵探，不管是系列偵探或個案偵探，很少是職業偵探，大多是基於好奇心，欲知發生在自己周遭的事件眞相，而做起偵探的業餘偵探，這些主角在推理小說是少年，在時代小說則是少女。其文體幽默輕鬆，故事收場不陰冷而十分溫馨，這些特徵在其雙線處女作之中已明顯呈現。

繼處女作之後的作品路線，即須視該作家的思惟了；有的一生堅持一條主線，不改作風，只追求同一主題，日本的推理小說家大多屬於這種單線作家——解謎、冷硬、懸疑、冒險、犯罪等各有專職作家。

另一種作家就不單純了，嘗試各種領域的小說，屬於這種複線型的推理作家不多，宮部美幸即是罕見的複線型全方位推理作家。她發表不同領域的處女作——推理小說和時代小說——同時獲得肯定，登龍推理文壇之後，此雙線成爲宮部美幸的創作主軸。

一九八九年，宮部美幸以《魔術的耳語》獲得第二屆日本推理懸疑小說大獎，拓寬了創作路線，由此確立推理作家的地位，並成爲暢銷作家。

宮部美幸作品的三大系統

這次宮部美幸授權獨步文化出版社，發行台灣版《宮部美幸作品集》二十七部（二十三部中有四部分爲上下兩冊），筆者以這二十三部爲主，按其類型分別簡介如下。

要完整歸類全方位作家宮部美幸的作品實非易事，然其作品主題是推理則毋庸置疑。筆者綜合故事的時空背景以及現實與非現實的題材，將它分爲三大系統。第一類爲推理小說，第二類時代小說，第三類奇幻小說，而每系統可再依其內容細分爲幾種系列。

一、推理小說系統的作品

宮部美幸的出道與新本格派崛起（一九八七年）是同一時期，早期作品除可能受此影響之外，文體、人物設定、作品架構等，可就是受到赤川次郎的影響了。所以她早期的推理小說大多屬於青春解謎的推理小說；許多短篇沒有陰險的殺人事件登場，大多是以日常生活中的家庭糾紛爲主題，屬於日常之謎系列的推理小說不少。屬於本系列的有：

1.《吾家鄰人的犯罪》（短篇集，一九九〇年一月出版）收錄處女作以及之後發表的青春推理短篇四篇。早期推理短篇的代表作。

2.《完美的藍——阿正事件簿之一》（長篇，一九八九年二月出版／獨步文化版．宮部美幸作品集01——以下只記集號）「元警犬系列」第一集。透過一隻退休警犬「阿正」的觀點，描述牠與現在的主人——蓮見偵探事務所調查員加代子——的辦案過程。故事是阿正和加代子找到離家出走的少年，在將少年帶回家的途中，目睹高中棒球明星球員（少年的哥哥）被潑汽油燒死的過程。在搜查過程中浮現的製藥公司的陰謀是什麼？「完美的藍」是藥品名。具社會派氣氛。

3.《阿正當家——阿正事件簿之二》（連作短篇集，一九九七年十一月出版／16）「元警犬系列」第二集。收錄〈動人心弦〉等五個短篇，在第五篇〈阿正的辯白〉裡，宮部美幸以事件委託人登場。

4.《這一夜，誰能安睡？》（長篇，一九九二年二月出版／06）「島崎俊彥系列」第一集。透過中學一年級生緒方雅男的觀點，記述與同學島崎俊彥一同調查一名股市投機商贈與雅男的母親五億圓後，接獲恐嚇電話、父親離家出走等事件的眞相，事件意外展開、溫馨收場。

5.《少年島崎不思議事件簿》（長篇，一九九五年五月出版／13）「島崎俊彥系列」第二集。在秋天的某個晚上，雅男和俊男兩人參加白河公園的蟲鳴會，主要是因爲雅男想看所喜歡的工藤小姐一眼，但是到了公園門口，卻碰到殺人事件，被害人是工藤的表姊，於是兩人開始調查眞相，發現事件背後的賣春組織。具社會派氣氛。

6.《無止境的殺人》（長篇，一九九二年九月出版／08）將錢包擬人化，由十個錢包輪流講自己所見的主人行爲而構成一部解謎的推理小說。人的最大欲望是金錢，作者功力非凡，藉由放錢的錢包揭開十個不同的人格，而構成解謎之作，是一部由連作構成的異色作品。

7.《繼父》（連作短篇集，一九九三年三月出版／09）「繼父系列」第一集。一個行竊失風的小偷，摔落至一對十三歲雙胞胎兄弟家裡，這對兄弟的父母失和，留下孩子各自離家出走，於是兄弟倆要求小偷當他們的爸爸，否則就報警，將他送進監獄，小偷不得已，承諾兄弟倆當繼父。不久，在這奇妙的家庭裡，發生七件奇妙的事件，他們全力以赴解決這七件案件。典型的幽默推理小說集。

8.《寂寞獵人》（連作短篇集，一九九三年十月出版／11）「田邊書店系列」第一集。以第三人稱多觀點記述在田邊舊書店周遭所發生的與書有關的謎團六篇。各篇主題迥異，有命案、有日常之謎、有異常心理、有懸疑。解謎者是田邊舊書店店主岩永幸吉和孫子稔。文體幽默輕鬆，但是收場不一定明朗，有的很嚴肅。

9.《誰？》（長篇，二〇〇三年十一月出版／30）「杉村三郎系列」第一集。今多企業集團會長今多嘉親之司機梶田信夫被自行車撞死，信夫有兩個未出嫁的女兒，聰美與梨子。梨子向今多會長提議，要出版父親的傳記，以找出嫌犯。於是，今多要求在集團廣報室上班的女婿杉村三郎協助姊妹倆出書事務。聰美卻反對出書，杉村認爲兩姊妹不睦，藏有玄機，他深入調查，果然……

10.《無名毒》（長篇，二〇〇六年八月出版／31）「杉村三郎系列」第二集。今多企業集團廣報室臨時僱用的女職員原田泉與總編吵架，寄出一封黑函後，即告失蹤。原田的性格原來就稍有異常，今多會長要求杉村三郎調查眞相。杉村到處尋找原田的過程中，認識曾經調查過原田的私家偵探北見一郎，之後杉村在北見家裡遇到「隨機連環毒殺案」第四名犧牲者的孫女古屋美知香，於是捲入毒殺事件的漩渦中。杉村探案的特徵是，在今多會長叫他處理公務上的糾紛過程中，因其正義感使他去解決另外的事件。

以上十部可歸類爲解謎推理小說，而從文體和重要登場人物等來歸類則是屬於幽默推理、青春推理爲多。屬於這個系列的另有以下兩部。

11.《地下街之雨》（短篇集，一九九四年四月出版）。

12.《人質卡濃》（短篇集，一九九六年一月出版）。

以下九部的題材、內容比較嚴肅，犯罪規模大，呈現作者的社會意識。有懸疑推理、有社會派推理、有報導文體的犯罪小說。

13.《魔術的耳語》（長篇，一九八九年十二月出版／02）獲第二屆日本推理懸疑小說大獎的社會派推理傑作。三起看似互不相干的年輕女性的死亡案件，和正在進行的第四起案件如何演變成連續殺人案。十六歲的少年日下守，爲了證實被逮捕的叔叔無罪，挑戰事件背後的魔術師的陰謀。宮部美幸早期代表作。

14.《Level 7》（長篇，一九九〇年九月出版／03）一對年輕男女在醒來之後失去記憶，手臂上被印上「Level 7」；一名高中女生在日記留下「到了 Level 7 會不會回不來」之後離奇失蹤。尋找自我的男女，和尋找失蹤女高中生的眞行寺悅子醫師相遇，一起追查 Level 7 的陰謀。兩個事件錯綜複雜，發展爲殺人事件。宮部後期的奇幻推理小說的先驅之作、早期代表作。

15.《獵捕史奈克》（長篇，一九九二年六月出版／07）持散彈槍闖入大飯店婚宴的年輕女子關沼惠子、欲利用惠子所持的槍犯案的中年男子織口邦雄、欲阻止邦雄陰謀的青年佐倉修治、欲去探望臥病妻子的優柔寡斷的神谷尙之、承辦本案的黑澤洋次刑警，這群各有不同目的的人相互交錯，故事向金澤之地收束。是一部上乘的懸疑推理小說。

16.《火車》（長篇，一九九二年七月出版）榮獲第六屆山本周五郎獎。停職中的刑警本間俊介受親戚栗坂和也之託，尋找失蹤的未婚妻關根彰子，在尋人的過程中，發現信用卡破產猶如地獄般的現實社會，是一部揭發社會黑暗的社會派推理傑作，宮部第二期的代表作。

17.《理由》（長篇，一九九八年六月出版）二〇〇一年榮獲第一百二十屆直木獎和第十七屆日本冒險小說協會大獎。東京荒川區的超高大樓的四十樓發生全家四人被殺害的事件。然而這被殺的四人並非此宅的住戶，而這四人也不是同一家族，沒有任何血緣關係。他們爲何僞裝成家人一起生活？他們到底是什麼人？又想做什麼？重重的謎團讓事件複雜化，事件的眞相是什麼？一部報導文學形式的社會派推理傑作。宮部第二期的代表作。

18.《模仿犯》（百萬字長篇，二〇〇一年四月出版）同時榮獲第五十五屆每日出版文化獎特別獎，二〇〇二年同時榮獲第五屆司馬遼太郎獎和二〇〇一年度藝術選獎文部科學大臣獎文學部門獎。在公園的垃圾堆裡，同時發現女性的右手腕與一名失蹤女性的皮包，不久凶手打電話到電視公司和失主家中，果然在凶手所指示的地點發現已經化爲白骨的女性屍體，是利用電視新聞的劇場型犯罪。不久，表面上連續殺人案一起終結，之後卻意外展開新局面。是一部揭發現代社會問題的犯罪小說，宮部文學截至目前爲止的最高傑作，推理文學史上的不朽名著。

19.《R．P．G》（長篇，二〇〇一年八月出版／22）在食品公司上班的所田良介於杉並區的建築工地被刺死，在他的屍體上找到三天前在澀谷區被絞殺的大學女生今井直子身上所發現的同樣纖維，於是兩個轄區的警察組成共同搜查總部，而曾經在《模仿犯》登場的武上悅郎則與在《十字火焰》登場的石津知佳子連袂登場。是一部現今在網路上流行的虛擬家族遊戲爲主題的社會派推理小說。

宮部美幸的社會派推理作品尚有：

20.《東京下町殺人暮色》（原題《東京殺人暮色》，長篇，一九九〇年四月出版）。

21.《不需要回答》（短篇集，一九九一年十月出版／37）。

二、時代小說系統的作品

時代小說是與現代小說和推理小說鼎足而立的三大大眾文學。凡是以明治維新之前爲時代背景的小說，總稱爲時代小說或歷史．時代小說。

時代小說視其題材、登場人物、主題等再細分爲市井、人情、股旅（以浪子的流浪爲主題）、劍豪、歷史（以歷史上的實際人物爲主題）、忍法（以特殊工夫的武鬥爲主題）、捕物等小說。

捕物小說又稱捕物帳、捕物帖、捕者帳等，近年推理小說的範疇不斷擴大，將捕物小說稱爲時代推理小說，歸爲推理小說的子領域之一。捕物小說的創作形式是日本獨有，其起源比日本推理小說早六年。一九一七年，岡本綺堂（劇作家、劇評家、小說家）發表《半七捕物帳》的首篇作〈阿文的魂魄〉，是公認的捕物小說原點。

據作者回憶，執筆《半七捕物帳》的動機是要塑造日本的福爾摩斯——半七，同時欲將故事背景的江戶的人情和風物以小說形式留給後世。之後，很多作家模仿《半七捕物帳》的形式，創作了很多捕物小說。

由此可知，捕物小說與推理小說的不同之處是以江戶的人情、風物為經，謎團、推理為緯而構成的小說。因此，捕物小說分為以人情、風物為主，與謎團、推理取勝的兩個系統。前者的代表作是野村胡堂的《錢形平次捕物帳》，後者即以《半七捕物帳》為代表。

宮部美幸的時代小說有十一部，大多屬於以人情、風物取勝的捕物小說。

22.《本所深川詭怪傳說》（連作短篇集，一九九一年四月出版／05）「茂七系列」第一集。榮獲第十三屆吉川英治文學新人獎。江戶的平民住宅區本所深川，有七件不可思議的事象，作者以此七事象為題材，結合犯罪，構成七篇捕物小說。破案的是回向院捕吏茂七，但是他不是主角，每篇另有主角，大多是未滿二十歲的少女。以人情、風物取勝的時代推理佳作。

23.《幻色江戶曆》（連作短篇集，一九九四年八月出版／12）以江戶十二個月的風物詩為題，結合犯罪、怪異構成十二篇故事。以人情、風物取勝的時代推理小說。

24.《最初物語》（連作短篇集，一九九五年七月出版，二〇〇一年六月出版珍藏版，增補一篇作品／21）「茂七系列」第二集。以茂七為主角，記述七篇茂七與部下糸吉和權三辦案的經過，作者在每篇另有記述與故事沒有直接關係的季節食物掌故，介紹江戶風物詩。人情、風物、謎團、推理並重的時代推理小說。

25.《顫動岩——通靈阿初捕物帳1》（長篇，一九九三年九月出版／10）「阿初系列」第一集。破案的主角是一名具有通靈能力的十六歲少女阿初，她看得見普通人看不見的東西，而且一般人聽不到的聲音也聽得到。某日，深川發生死人附身事件，幾乎與此同時，武士住宅裡的岩石開始顫動。這兩件靈異事件是否有關聯？背後有什麼陰謀？一部以怪異取勝的時代推理小說。

26.《天狗風——通靈阿初捕物帳2》（長篇，一九九七年十一月出版／15）「阿初系列」第二集。天亮颳起大風時，少女一個一個地消失，十七歲的阿初在追查少女連續失蹤案的過程中遇到邪惡的天狗。天狗的眞相是什麼？其陰謀是什麼？也是以怪異取勝的時代推理小說。

27.《糊塗蟲》（長篇，二〇〇〇年四月出版／19．20）「糊塗蟲系列」第一集。深川北町的鐵瓶大雜院發生殺人事件後，住民相繼失蹤，是連續殺人案？抑或另有陰謀？負責辦案的是怕麻煩的小官井筒平四郎，協助他破案的是聰明的美少年弓之助。本故事架構很特別，作者先在冒頭分別記述五則故事，然後以一篇長篇與之結合，構成完整的長篇小說。以人情、推理並重的時代推理傑作。

28.《終日》（長篇，二〇〇五年一月出版／26．27）「糊塗蟲系列」第二集。故事架構與第一集一樣，在冒頭先記述四則故事，然後與長篇結合。負責辦案的是糊塗蟲井筒平四郎，協助破案的除了弓之助之外，回向院茂七的部下政五郎也登場，作者企圖把本系列複雜化，或許將來作者會將幾個系列納爲一大系列。也是人情、推理並重的時代推理小說。

以上三系列都是屬於時代推理小說。案發地點都在深川，但是每系列各具特色，有以風情詩取勝，也有以人際關係取勝，也有怪異現象取勝，作者實爲用心良苦。宮部美幸另有四部不同風格的時代小說。

29.《扮鬼臉》（長篇，二〇〇二年三月出版／23）深川的料理店「舟屋」主人的獨生女阿鈴發燒病倒，某日一個小女孩來到其病榻旁，對她扮鬼臉，之後在阿鈴的病榻旁連續發生可怕又可笑的不可思議的事，於是阿鈴與他人看不見的靈異交流。一部令人感動的時代奇幻小說佳作。

30.《怪》（奇幻短篇集，二〇〇〇年七月出版）。

31.《鎌鼬》（人情短篇集，一九九二年一月出版）。

32.《忍耐箱》（人情短篇集，一九九六年十一月出版／41）。

33.《孤宿之人》（長篇，二〇〇五年出版／28．29）。

三、奇幻小說系統的作品

史蒂芬．金的恐怖小說和奇幻小說《哈利波特》成為世界暢銷書後，原處於日本大眾文學邊緣的奇幻小說獲得成長發展的機會，漸漸確立其獨立地位，而宮部美幸的奇幻小說就在這欣欣向榮的機運中誕生。她的奇幻作品特徵是超越領域與推理小說結合。

34.《龍眠》（長篇，一九九一年二月出版／04）榮獲第四十五屆日本推理作家協會獎的長篇獎。週刊記者高坂昭吾在颱風夜駕車回東京的途中遇到十五歲的少年稻村愼司，少年告訴記者：「我具有超能力。」他能夠透視他人心理，愼司為了證明自己的超能力，談起幾個鐘頭前發生的事件眞相，從此兩人被捲入陰謀。是一部以超能力為題材的奇幻推理傑作，宮部早期代表作。

35.《十字火焰》（長篇，一九九八年十一月出版／17．18）青木淳子具有「念力放火」的超能力。有一天她撞見了四名年輕人欲殺害人，淳子手腕交叉從掌中噴出火焰殺害了其中的三個人，另一個逃走了。勘查現場的石津知佳子刑警，發現焚燒屍體的情況與去年的燒殺案十分類似。也是一部以超能力為題材的奇幻推理大作。

36.《蒲生邸事件》（長篇，一九九六年十月出版／14）榮獲第十八屆日本ＳＦ大獎。尾崎高史爲了應考升學補習班上京，其投宿的飯店發生火災，因而被一名具有「時間旅行」的超能力者平田次郎搭救到一九三六年二月二十六日的二・二六事件（近衛軍叛亂事件）現場，兩名來自未來的訪客能否阻止起義而改變歷史？也是一部以超能力爲題材的奇幻推理大作。

37.《勇者物語—Brave Story》（八十萬字長篇，二〇〇三年三月出版／24・25）念小學五年級的三谷亘的父母不和，正在鬧離婚，有一天他幻聽到少女的聲音，決心改變不幸的雙親命運，打開幽靈大廈的門，進入「幻界」到「命運之塔」。全書是記述三谷亘的冒險歷程。一部異界冒險小說大作。

除了以上四部大作之外，屬於奇幻小說的作品尚有以下四部：

38.《鴿笛草》（中篇集，一九九五年九月出版）。

39.《僞夢1》（中篇集，二〇〇一年十一月出版）。

40.《僞夢2》（中篇集，二〇〇三年三月出版）。

41.《ＩＣＯ——霧之城》（長篇，二〇〇四年六月出版）。

以上三十九部是小說。另有四部非小說類從略。

如此將宮部美幸自一九八六年出道以來，一直到二〇〇五年底所出版的作品，歸類爲三系統後，再按時序排列，便很容易看出作者二十年來的創作軌跡，也可預見今後的創作方向。請讀者欣賞現代，期待未來。

二〇〇七・十二・十二

本文作者簡介

傅博

文藝評論家。另有筆名島崎博、黃淮。一九三三年出生，台南市人。於早稻田大學研究所專攻金融經濟。在日二十五年以島崎博之名撰寫作家書誌、文化時評等。曾任推理雜誌《幻影城》總編輯。一九七九年底回台定居。主編「日本十大推理名著全集」、「日本推理名著大展」、「日本名探推理系列」以及「日本文學選集」（合計四十冊，希代出版）。二〇〇九年出版《謎詭・偵探・推理——日本推理作家與作品》（獨步文化），是台灣最具權威的日本推理小說評論文集。

主要登場人物

〈永津野藩〉主藩　☆龍崎家

〔津先城〕

龍崎高持：永津野藩主。

曾谷彈正：藩主親信，幼名市之介，筆頭大人。

音羽：彈正的妻子。

一姬：彈正與音羽的女兒，小夜。

〔名賀村〕

朱音：彈正的妹妹，從上州植草郡自照寺來到名賀村溜家，小台大人。

榊田宗榮：在溜家寄住的保鑣。

阿千：朱音的隨行侍女。

加介：村裡的年輕人。

老爺子：村裡最長壽的人，一直守護著溜家。

長橋茂左右衛門：統管名賀村的村長，「籓屋」的當家。

長橋太一郎：茂左右衛門的孫子。

※〔　〕是地點

〈香山藩〉支藩　☆瓜生家

〔御館〕

瓜生久則：香山藩主。

由良：久則的側室，御館夫人。

三郎次：瓜生家的庶子，次世子。

柏原信右衛門：香山藩置家老。

＊

菊地圓秀：相模藩御用畫師菊地家的養子。

〔仁谷村〕

蓑吉：十一歲的少年。

源一：和蓑吉相依爲命，村裡首屈一指的槍手。

〔本庄村〕

出水金治郎：包含本庄村、仁谷村在內，統領北二條五村的村長，「秤屋」的當家。

〔御館町〕

小日向直彌：藩主的小姓，療養中。

小日向希江：直彌的母親。

阿末：小日向家的侍女。
志野達之助：直彌的竹馬之友。
志野兵庫之助：達之助的父親。番方支配步兵組統領。
志野奈津：達之助的妹妹。直彌的未婚妻。
彌次：侍奉兵庫之助的下人。

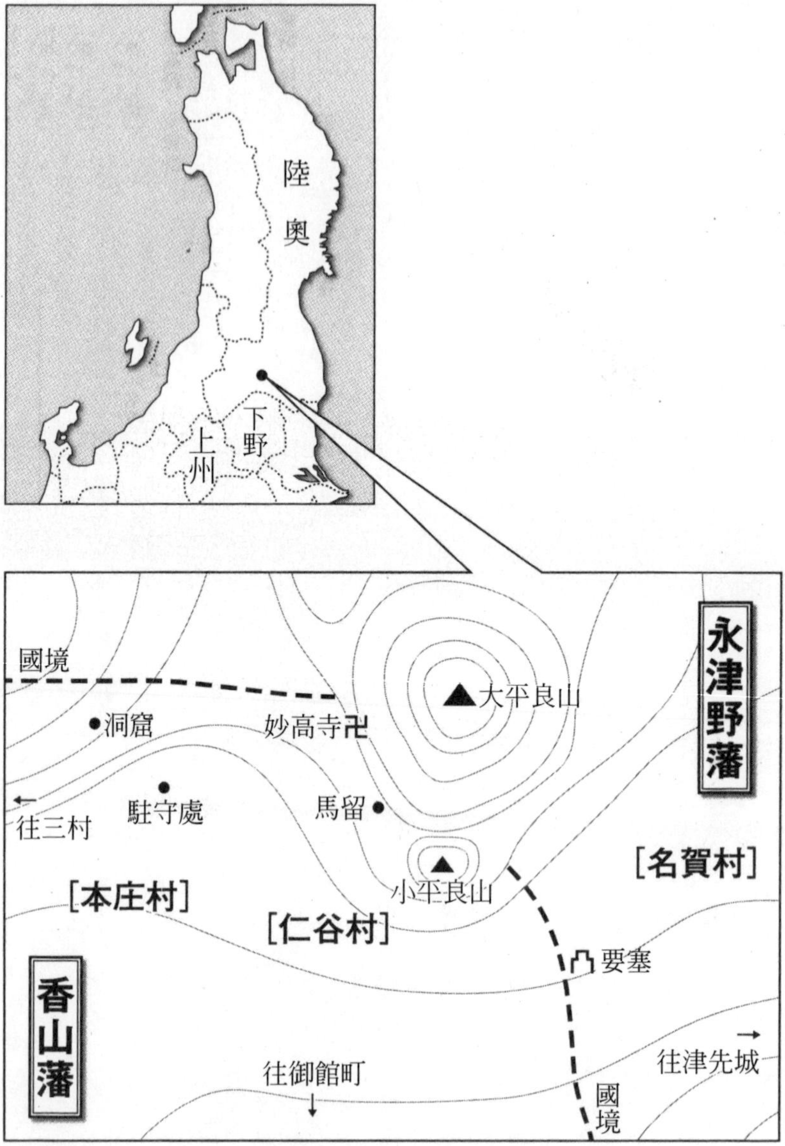
陸奥
下野
上州
永津野藩
國境
大平良山
洞窟
妙高寺
往三村
駐守處
馬留
[名賀村]
小平良山
[本庄村]
[仁谷村]
要塞
香山藩
往津先城
往御館町
國境

序　夜之森

他前傾著身子，一路疾奔。

裸露的腳趾踩踏土地的觸感變了。要登上平良山頂端，還剩一小段路。

蓑吉放緩腳步。停止奔跑後，全身力量就此散去，踉踉蹌蹌地倒落地面。他搖搖晃晃地撐起身子，抬起頭，不住喘息。

在夜晚的森林裡，只聽得見自己急促的呼氣聲。除了蓑吉外，再無他人。

——你先走！等登上小平良山頂端後，再往下前往瀧澤！

爺爺將蓑吉趕出番小屋（註）時，如此大聲喊道。往瀧澤的方向走約莫兩公里，山路途中有仁谷村的一處馬留。在村裡的生活中，每個月都常行經該處，蓑吉的身體理應熟記這條路，但在這樣的黑夜下，情況畢竟不同。

今天從白天起，天空便一直浮雲籠罩，入夜後，星月皆被雲層遮蔽。儘管如此，他之所以能在沒提燈籠的情況下一路跑到這兒，全賴升至薄雲上端的明月，月光穿透浮雲照向地面。四面群山的峰頂覆著白雪，猶如戴上棉帽般，微微散發雪光。在那微弱的光線下，光要分辨天空與山脈、黑夜

註：守衛所待的小屋。

與森林、小路與草叢，已十分不易，無法從中得知方位。

走這邊眞的對嗎？

他顫抖著手撫摸地面。粗糙的觸感，與小平良山鬆軟的土質明顯不同。這是大平良山的泥土。他這才鬆了口氣。

將泥土緊握手中後，突尖的沙石刺痛手掌。年僅十一的蓑吉，手掌還很柔嫩，腳掌也是。此時蓑吉打著赤腳。只要能抵達馬留，應該就有草鞋可穿。在那之前，得再忍著點。

一陣風呼嘯著從大平良山上方吹下。此時是陰曆三月十日，以這一帶的高度，山裡的冰雪已消融，初春的預兆正在此萌芽。但山頂吹下的風仍帶有寒意，寒風打向癱坐地上的蓑吉臉頰，令他因冷汗溼透的身體爲之僵硬。

爺爺爲什麼沒追來？

仁谷村就位在眼底下那濃重黑暗的前方。不見任何燈火，也聽不到村民刺耳的慘叫。一切都已結束了嗎？還是說，只因爲這裡位於上風處，所以什麼也聽不見？

——你聽好了，等你越過小平良山後，就往下前往瀧澤。不能一直待在上風處。

——那爺爺你呢？

——我很快就會過去。得向本庄村通報此事才行。你就待在馬留那兒！

爺爺像訓斥般地吩咐後，自己拎著火槍往村長家奔去。爺爺前去的地方，傳來村裡男人的怒吼，以及女人的哭喊。同時也聽見可怕的地面震動聲，以及物品被毀壞的巨大聲響。不光是家具和工具這類物品，而是小屋的屋頂崩毀、屋子倒塌的沉重聲響。

那到底是什麼？

蓑吉一直與爺爺相依為命。爺爺沒從事造山的工作，從年輕的時候起便一直擔任槍手，是村內首屈一指的神槍手，備受村長倚重。他們祖孫倆之所以一直都住在番小屋內，也是因為那裡為村莊的駐守要地，需要派人看守。

另一方面，爺爺不喜歡隨便讓孩子見識他的火槍。他帶著槍在村內行走時，都會先以草蓆包住火槍，外面再纏繞麻繩。爺爺總是說，這種東西只讓非使用它不可的人碰就行了，連蓑吉也碰不得。爺爺總是告戒蓑吉，你不能當槍手，你要當一名造山者。

如今爺爺抱著完全裸露在外的火槍，往村內奔去。他繫在腰間的小壺內放著火種，化為一個紅色的小點，與爺爺一起往遠處飛去。

那不過是半小時前發生的事。由於是在酣睡時被叫醒，蓑吉一時間還有點迷迷糊糊。快起床，快逃啊。藉著在仁谷村內只有番小屋和村長家才准點的長明燈微光，蓑吉看見爺爺面如白蠟，怒氣沖沖地如此催促。戶外斷斷續續傳來村民的叫喊聲，蓋過爺爺的聲音。

有東西闖進原本夜闌人靜的村莊，襲擊村民。蓑吉雖然還只是個孩子，也明白此事。如果是熊，這個時節還太早。會是成群的山犬嗎？若山犬提早靠近村莊，那年將會是荒年。

——今年的風向透著古怪。

不知是昨天還是前天的事了，蓑吉記得爺爺當時仰望從雲層間露臉的太陽，如此低語。

——順著山谷往上吹的風，把雲吹向大平良山上頭。我沒見過這種情形。

難道是因為風向古怪，所以今年山犬的行為也跟著不太一樣嗎？

——爺爺，是山犬嗎？

蓑吉以惺忪雙眼問道，爺爺細數子彈的數目，裝進小小的皮袋裡，頭也不回地應道。

——那個不一樣。

不然就是生人狩獵嘍？蓑吉本想進一步追問，但他忍了下來。他也怕一追問便會成真。爺爺到底是怎麼了？

蓑吉在夜晚的森林裡勉力站起身，但他無法動彈。他呼吸急促，雙膝發顫。爺爺，你快來啊。快點追上我吧。我害怕自己一個人。

這時，在幽暗的森林前方，仁谷村所在的方位突然竄起火光。看在蓑吉眼中，那宛如在暗夜底端，有人微微掀開地獄的鍋蓋，露出烈焰火舌。

果然是生人狩獵。朝村裡縱火，把大家全趕出來。

回去吧。我不能獨自逃離。我得去幫爺爺才行。正當他往前跨出一步時，背後的草叢一陣晃動，傳來有人說話的聲音。

「蓑吉，是你嗎？」

有個人像游泳似地撥開草叢探出頭來，是伍助。那窩囊的聲音，一聽就知道是他。

「伍助先生，你在那裡做什麼？」

你還問呢——伍助從草叢裡爬了出來。

「看到那東西，也只能逃命了。源爺沒和你一起嗎？」

蓑吉的爺爺名為源一，村民都稱呼他源爺。

「爺爺他還在村裡。」

「啊，那肯定完蛋了。」

伍助維持趴在地上的姿勢，不住搖頭。

「你說完蛋是什麼意思！我爺爺他是槍手，才不會輸給山犬呢。」
蓑吉好不容易鼓起的勇氣，馬上因爲伍助那窩囊的顫抖聲而再度消散。
「那哪是山犬啊。」
要是看到那東西的話——伍助說道。
伍助是村裡的頭痛人物。既不從事造山，也不幫忙農耕，總是讓妻子去工作，自己整天喝酒。像仁谷村這樣的山村，沒有酒給這種男人喝。所以伍助自己上山，採集樹果和草根自己釀酒。雖然他腦筋動得快，但由於這是學人私釀的假酒，喝了之後不光只會喝醉，伍助還常莫名其妙地發愣。
像他這種人說的話，如果是平時，蓑吉聽了不會當眞，但這次……
「那到底是什麼啦？」
此刻連伍助的表情都看不清楚。只看得出他那清瘦、像勺子般挺出的下巴。
「好像有人放火呢。」
伍助原地坐下，雙手合十朝村莊膜拜後，開始以窩囊的聲音唱誦起南無阿彌陀佛。
蓑吉還沒來得及定睛細看，那地獄的鍋蓋又掀開了些許，火勢向外蔓延。
「我當時睡在茅廁裡，這才撿回一命。」
伍助似乎連自己都不相信，像在說夢話般地低語道：
「村裡的人全都完蛋了。」
他雙手搓得更加用力。全身顫抖，不斷哭著誦念南無阿彌陀佛。
蓑吉全身爲之一震。「伍助先生，那是生人狩獵嗎？」
伍助雙手合十，雙目緊閉，搖了搖頭。

「彈正底下的牛頭馬面雖然會生人狩獵，卻不會放火燒村子。」

鄰藩永津野藩的御側番方眾筆頭（註）曾谷彈正，他手下的官差被比喻成地獄裡的獄卒，香山的百姓都稱他們為牛頭馬面。

這裡是靠山的藩國，並未鄰海。水手常說「隔著一片船板，底下就是地獄。」他們不懂。但他們認為隔著一座森林、一道山脊線，就是地獄與天堂之分。那邊的永津野是地獄，這邊的香山是天堂。只要有瓜生主君在，香山便是天堂。

「蓑吉，我們走吧。」

伍助臉上掛著鼻涕和淚水，搖搖晃晃地站起身。

「你不逃的話，源爺會不開心的。」

「別說這種奇怪的話！」

「可、可是……」

連蓑吉這樣的小孩都能令伍助為之震懾，確實是窩囊到了極點。

「既然這樣，那我自己走。得趕緊去通知村長才行。」

往北登上小平良山山頂後，接著往東而下，可通往永津野領地。往西而下，則是來到香山領地。經過仁谷村的馬留，行經瀧澤，走上約莫八公里遠，那裡便是統管附近五座村莊的村長所居住的本庄村。

爺爺也說過，得趕緊通知本庄村才行。但是像伍助這樣的糊塗蟲所說的話，村長會信嗎？仁谷村發生的事，伍助說得清楚嗎？

「伍助先生，那到底是什麼？你如果知道，請告訴我。」

伍助以枯瘦的手臂緊抱自己發冷的身軀，縮著脖子，遠遠望向那變得更爲熾盛的火光。

「那是山神。」

山神狂吞。

「你沒聽源爺說過嗎？我比你小的時候，就聽我爺爺提過了。山神有許多古老和可怕的傳聞。像是古澤有一株會抓走小孩的銀杏樹，或是妙高寺不會響的鐘。」

「伍助先生的爺爺和爸爸，該不會也是醉鬼吧？」

不管你從他們那裡聽到了什麼傳聞，我都不信——蓑吉忍不住損了他一句。伍助變得怯縮，獨自小小聲地說：

「可是這絕不是瞎說。我爺爺說過，要是山神狂吞的話，後果不堪設想。在祂息怒之前，只能先躲起來。」

他的喃喃自語，突然變成充滿怨恨的話語。

「這都是因爲造山的緣故！」

伍助不悅地說了這句話後，轉身背對蓑吉，拖著步伐往前走去。他光著右腳，左腳的草鞋只套了一半。他平時很少跑步，可能是哪裡受了傷，只見他赤著右腳在地上拖行。

蓑吉將目光從他那悲慘的背影移開。回村內去吧，也許會遇上被大火趕出村莊，朝這裡逃散的村民。

又一陣風吹來，襲向蓑吉的上身。

註：筆頭有「首位者」之含意。

這陣風不冷，不是從大平良山頂端吹來的風，而是來自近處。小路兩旁的草叢，有一側傳來喧鬧聲，隱隱透著危險的氣息。

一陣撲鼻的腥臭。

奇怪，這股臭味是怎麼回事？

蓑吉無法動彈。連一步也跨不出去，甚至無法轉頭。

草叢裡仍舊喧鬧。不光只是草叢搖晃，搖晃的位置還會移動。順著小路在黑暗中挪移。

夜風低聲呼號。一面呼號，一面移動。

不，這不是普通的夜風。

蓑吉移動眼珠，視線緊追那移動之物。

背後傳來一個宛如用力吸氣般的聲音，只是眨眼間的事。

「——伍助先生？」

暗夜底下，那紅豔的火光離此甚遠，包覆蓑吉的黑暗變得更加深沉。

沒聽到伍助回應。

蓑吉用力轉頭一看。

伍助已消失蹤影。他已經走了嗎？才一眨眼就已看不見人影，憑他的腳程，可以走那麼遠嗎？

蓑吉馬上害怕起來，他彈跳而起，奔向剛才伍助所在的位置。

地上遺落一隻草鞋。

草鞋上沾有點點黑色的濡溼之物，是血。

草叢裡一陣騷動，黑暗蠢蠢欲動。

——那是山神。

蓑吉清楚感覺到一股包覆他全身的黑暗向他直逼而來，一切已無法改變。

第一章 逃亡

一

鎮守之森的群鳥似乎受了驚嚇，不約而同地飛向空中。

小日向直彌從看到一半的書信中抬眼，望向那座小巧神社上方的茅草屋頂。日漸回暖的春日，令他瞇起眼睛。

鎮守神社這處小小的占地，是直彌自幼便愛來的地方。北方可仰望大平良山，轉頭往後望，呈緩坡而降的丘陵地前方，可以望見治理香山藩一萬石（註一）的瓜生家宅邸，以及圍繞其四周的市街。

而在陸奧南端，位於下野國境處深山裡的這處香山，昔日寫做「加山」。因爲眾多小山山腳交錯，因而產生這樣的地名。而自關原之戰（註二）後，陸奧瓜生家在此立藩獲得承認，加山便更名

註一：石是米的單位，一石爲一百升。以此做爲奉祿的基準。一石相當於一名成人一年的食米量。因此在軍事上一石也就相當於能夠屯養一名士兵的能力。

註二：是日本戰國時代末期，發生於美濃國關原地區的一場戰役。交戰雙方爲德川家康率領的東軍以及石田三成等組成的西軍。這場戰爭在一天內即分出勝負，德川家康取得了統治權，成立德川幕府。

爲「香山」。

諸國皆有瓜生這個姓氏，越前與岩代的瓜生氏是遠近馳名的名門望族。陸奧的瓜生家若是追溯其源流，不過只是當地的土豪，根本不是什麼名門之後。但在過去那天下大亂的時代，被評爲主君永津野龍崎「捨棄的棋子」，徹底守住這塊可憐的土地和人民的，就是這沒沒無聞的瓜生一族。

瓜生家儉樸的宅邸，領民稱之爲「御館」，周遭形成的市町，人稱御館町。人民並非臣服在藩主腳下，而是對他愛戴景仰，才形成這座市町。這塊土地歷經多重苦難，看在了解這段歷史的人們眼中，確實會有這種感覺。

三月中旬，名副其實的春天也造訪了御館町。接下來一直到月底，將會百花齊放。這是這座市町一整年當中最美的時節。

——現在棉襖已嫌累贅。

您要散步的話，請穿上它——阿末隨後跟上，讓他穿上棉襖，但在這陽光普照的藍天下，看起來很不搭調。

——我漫長的寒冬終於結束了。

話雖如此，還是不能自己亂做決定。再不回去的話，別說阿末，連伊織大夫也會前來叨念。直彌折起書信，收進懷中，從神社境內角落的樹墩上站起身。背後一個聲音像早已等候多時般，向他喚道。

「喔，找到了。」

志野達之助穿過僅由原木架成的簡樸鳥居，大搖大擺地走近。他發出宛如在向人訓斥般的粗獷聲音，面露豪邁的笑容。

小日向和志野，家中都是香山藩的一般武士，在御館外圍的二輪擁有自己的屋宅。他們的父親素有交誼，直彌和達之助自然也從小一塊長大，情同手足。

去年十月底，直彌被解除小姓（註一）的職務，移往市町郊外的岩田寮（註二）後，兩人便少有機會碰面。只有家人能到岩田寮探望病人。達之助曾派人前來打聽直彌的狀況，也曾親自造訪，但被伊織大夫趕了回去。而對直彌來說，達之助身強體健，從來不曾感冒，直彌實在不想讓他看到自己憔悴的病容。

「金吾，沒想到你也會恭敬地雙手合十膜拜，真是太陽打西邊出來。你什麼時候改變原則的？」

直彌也以開朗的聲音回應。金吾是達之助的乳名。

「我來向鎮守大神祈願，和熊當嬰兒的保母一樣奇怪嗎？」

「你又說這種古怪的話。」

達之助朗聲笑了幾下後，突然握起拳頭，輕輕打向直彌肩頭。

「你瘦了好多。等回去後，我要好好從頭鍛鍊你。」

達之助是御館町不影流堀田道場的得意門生。

「不過真是太好了，我已經聽大野大人提過。聽說你已經康復了。」

達之助說的是岩田寮（香山藩的療養所）所長，專攻內科的大夫大野伊織。擔任大夫的大野家

註一：武士的職務名稱。於主君身旁服侍，處理雜務，照顧主君日常生活所需，並擔任護衛的工作。
註二：寮是律令制底下的單位名稱。

與瓜生家是親戚，伊織和他擔任藩醫的兄長清策，與藩主瓜生久則是表兄弟的關係。因此，藩士都會尊稱大野家的人爲「大人」，不過在岩田寮裡，大家則是親暱地稱呼他「伊織大夫」。

「即使回去後不能擔任在主君身旁服侍的小姓也無妨，只要離開岩田寮後能重回御館當差就行了。像這時候，你應該要請求柏原大人讓你重回番士的崗位。」

市町的人很少前來的鎮守之森，眼下只有他們兩人，在這種放鬆的氣氛下，達之助暢所欲言。直彌不勝欣喜。我痊癒了，我已經不是病人。

不過話說回來……

「金吾，你要上山，是嗎？」

達之助身穿窄袖和服、縮腳褲、打裂羽織（註）。背上掛著馬笠。這是俗稱的馬上笠，但香山當地的馬上笠較爲獨特，直徑短，幾乎快要罩住耳朵，笠緣還串上抹過油的麻繩。這麼一來，笠緣就不會因雪而結凍。

這全都是香山藩藩士要上山巡守時的裝扮。除了腰間的長短刀外，還帶了一把小刀。這是走山路時，用來砍伐樹枝。

面對直彌的提問，達之助頷首，蹙起粗黑的雙眉。

「雖然不是在比喻剛才的事，不過，還眞的發生了一件怪事，和熊背著小嬰兒唱搖籃曲一樣。」

儘管是開玩笑的說法，但他臉上已不見原本的笑意。

「是這樣的，北二條的仁谷村發生村民逃亡的事。」

直彌爲之瞠目。

「好像是這麼回事。」達之助急忙補充道，「詳情還不清楚。昨天秤屋派人前來通報，而且是三更半夜，那名傳話的人情緒很激動，講得不清不楚。」

不過，仁谷村約有十五戶人家慘遭祝融，或是被破壞得看不出原樣，慘不忍睹。而且村民全部不見下落，一個不剩。這是唯一可以確認的事。

秤屋是本庄村村長家的屋號。村長家擁有自己的屋號，這是香山的慣習，大多是以工具或吉祥物來命名。

「秤屋爲什麼會知道這件事？」

「十二日正午，在本庄村有北二條五村的村長聚會，但仁谷村的長平衛沒來。」

既沒派代表出席，也沒捎來任何音訊。本以爲長平衛可能是弄錯了日期，本庄村派人前往確認，得知了當場的慘狀。

「聽說秤屋派去的人嚇得快要口吐白沫，一路飛奔而回。」

秤屋的主人是統管五村的本庄村村長金治郎，他召集村內的男丁，親自率領他們前往仁谷村。那確實是令人不忍卒睹的慘狀。眾男丁朗聲叫喚仁谷村的村民，但始終沒有回應。

一聽聞此事，直彌馬上說出每位香山的居民都會想到的事。

「又是曾谷彈正幹的好事吧？」

達之助蹙眉搖了搖頭。

「他們不可能會放火燒村。因爲他要是下手這麼狠，就無法替自己辯駁了。」

註：武士騎馬或旅行時所穿的外褂。

「也許是村民極力抵抗，在雙方衝突的過程中不小心失火。」
「秤屋似乎也想過這個可能性。不過，地面有潑油的痕跡。」
「照這樣看來，應該是襲擊者縱的火吧。」
「那些牛頭馬面從來沒用過這種手段。」
達之助似乎一面與直彌對話，一面展開思索。
「那麼，爲什麼村民會逃亡？」
「那是秤屋方面的說法。」
達之助眨了眨眼，望向直彌。
「自己統管的村民，從理應存在的場所上平空消失。站在村長的立場，只能戒愼戒懼地說是逃亡。事實上，仁谷村的村民單純只是逃走。發生了非逃走不可的事。這是我的看法。」
可是——達之助先停頓片刻後，又接著道：
「不知道村民逃往何方。秤屋的男丁順著腳印追查，發現全都是從村裡逃往東方，或者是北邊的大平良山，總之，沒人往西側走。事實上，沒人來到本庄村。」
「這表示……」
「沒錯。」達之助頷首，「香山的村民逃往永津野。」
「這麼說來，果然是生人狩獵。村民被那群牛頭馬面趕往永津野那邊去了。」
和剛才直彌的動作一樣，達之助也像覺得刺眼般，瞇起眼睛仰望鎭守神社上方遼闊的天空。
「你知道仁谷村是個怎樣的地方嗎？」
直彌略顯不悅，「當然知道。雖然我沒去過，但不光仁谷村，北二條五村是怎樣的地方，我很清楚。」

在四面環山的香山，當採用「北○條」、「南○條」的說法來稱呼時，就表示那個方向的山林已造山到什麼程度。「一條」若以田地大小來看，相當於五千平方公尺的面積。

覆滿香山這一帶的森林，從以前便長滿了檀木、能結果製作藥材的灌木，以及野草。他們不光只接受這些山林所賜的恩惠，在立藩後不久，他們開始採收植物加以研究，積極投入栽培，想做為藩內的產物。因此他們入山開墾農田，砍伐雜樹林，並種植特定的樹木，這些工作統稱為「造山」。

這過程極為艱難。香山險峻的山勢，人們不易靠近。有許多地方得先從造路做起。即使投入造山的工作，但冬天因為積雪，什麼事也不能做。去年春天到秋天耗費心力打造出的植林和農田，常在過了一個冬天後，因寒氣而變得乾枯，或是被雪崩沖垮，化為烏有。

還得提防熊和山犬。要開墾山林，表示得破壞野獸的勢力範圍。

造山是從藩國南方的山林開始展開，先是往西，接著往東開拓，歷經近百年的努力，如今只剩最難對付的北方。包含仁谷村在內的五個村莊，便是對北方展開造山工作的人們所居住的開拓村。

北方的造山工作之所以困難，嚴寒是最主要的原因。而另一個原因，則是那裡有大平良山的存在。對地方上的居民來說，這座山自古便是山神居住的神聖之地，是「止步山（註）」。再加上這裡是隔壁永津野藩的領地。大平良山山腳有一處像肉瘤般冒出地面的小山，名為小平良山。小平良山屬香山領地，大平良山屬永津野領地。

註：江戶時代，幕府或藩國禁止農民利用的山林。主要目的是保護森林，但也供作領主放鷹狩獵之用。

當然，不論哪座山的森林還是岩地，都沒有一看便知的分界線。那只是地圖上的劃分。險峻的茂密森林，長期以來都悍然排斥生人進入。連天下平定前的戰國時代，也不曾有軍隊跨越此地。

而現在，終於有造山者的鋤頭抵達此處，人們來到小平良山開拓。當初的政策是以北三條爲目標，不過光是達到二條就已經很不容易。若再繼續北上，會逼近大平良山，有可能對永津野造成刺激。

即使不是這樣，香山全力投入造山工作中，以檀木和藥材做爲主要產物開始販售後，永津野馬上開始有危險的舉動。不知是怎樣的生長差異，在香山可以採收到的植物，在小平良山東邊的永津野一帶就是採收不到。在遙遠的戰亂時代，永津野曾小規模地開採幾座金山，發了一筆小財。除了開採金山外，他們不想其他謀求財富的方法，自然也不會在這上頭投注心力。

十年來，香山藩產的檀木和藥材——尤其是傷藥——已成爲名藥，連在江戶和京都頗獲好評。從此之後，永津野便一直覬覦其功績和財富。

說來既諷刺，又悲哀。若追本溯源，永津野與香山算是出自同源。以現況來說，這兩個藩國對外都是以主藩與支藩的關係自居。

不過永津野這邊可不這麼認爲。香山藩的領主瓜生氏，昔日只是治理永津野的龍崎氏底下的一名家老，趁著天下分裂的關原之戰，搶走龍崎氏的一小塊領地。這是永津野方面的認知，認爲香山藩是被不當奪取的土地和人民，不僅有奪回的權利，更有這個義務。

這兩個藩國相接處，是香山的東方和北方。在東方的國境上，雙方都設有小型的要塞互相監視。

北方要攻克不易，因爲這裡連路都沒通。而且只要永津野認爲占領這裡也不會有什麼好處，他們雙方便只會仰望有山神坐鎮的大平良山，互相對峙，不會有進一步行動。

但隨著造山的進度來到北二條，就不再能相安無事了。這幾年來，永津野展開的生人狩獵行動愈來愈頻繁，應該也是這個緣故。永津野的官差大剌剌地從東邊國境的要塞前來，以找出從永津野領地逃往香山領地的農民，將他們帶回的名義，公然擄人。

事實上，自古便有受不了永津野的高壓統治，而逃往香山的領民。這樣的行爲違反幕府制定的鄉村法規，不管再怎麼同情他們，香山也不能出手相救。只能在香山領地好好善待他們，待病人或傷患痊癒後，將他們送回永津野。

那已約莫是八年前的事了。自從出現一名叫曾谷彈正的男人，以永津野藩主龍崎高持的親信身分，展現其權勢後，這種狀況更加惡化。彈正率領騎兵隊闖入香山領地，不光帶走領民，甚至連香山藩的領民也一併擄走。他的藉口是，協助主藩永津野領民逃亡者，必須問罪。

對他們來說，這是很方便的藉口。事實上，即使沒有來自永津野的逃亡者，他們也會以追捕爲由，強行硬闖。

「人是你們刻意放走的吧。讓人逃哪去了，快從實招來。」

只要這麼說，就能擄走香山的領民。自從他們採用這種厚顏無恥的手段後，香山的領民便稱呼這些追捕逃亡者的永津野官差爲牛頭馬面，並對他們「生人狩獵」的行爲深感畏懼。

當然了，有人侵犯自己的領民，香山的瓜生氏自然不會坐視不管。每次他們都會嚴厲追究此事，強迫對方交還領民。但永津野——不，應該說曾谷彈正——總會顧左右而言他，不肯正面回應。香山的領民因爲被追究協助逃亡的罪責，會被判勞役，在永津野拘留多年。而且不光只是打入大牢，還要工作服役。但這些被強行擄走，當成牛馬般奴役的領民，皆在被釋放前便死在牢中。

有時他們還會要求高額的罰金以贖回領民。甚至逼迫交出香山過去辛苦創建的檀木和藥材的製造技術，或是開墾出的山林。他們盡幹這些卑鄙的勾當，但領民被抓去當人質的香山藩，每次都努力與其交涉。

天下平定至今，轉眼已有百年。德川將軍家是第五代的綱吉將軍主政。現在已不可能開啓戰端，即使動兵，香山藩也沒勝算。儘管永津野以高壓統治和壓榨來壓迫領民……不，正因爲如此壓迫領民，永津野現今才握有稱霸一方的軍事力，並以武力威嚇香山，肆無忌憚。

處在這樣的情勢下，包含仁谷村在內的北二條五村，不光只是造山的最前線，同時也是相鄰對峙的永津野和香山間的火藥庫。一旦點火，之前只在檯面下悶燒的紛爭，恐怕會嚴重爆發，燃起熊熊烈火。

仁谷村的村民，怎麼可能會從香山逃往永津野？

此事教人難以置信。秤屋想必也大爲慌亂。也許仁谷村的居民曾經提出陳情，秤屋想加以隱瞞。

「我們將前往查看。」

達之助嘆了口氣，如此說道：

「即使沒發生這件事，我從下個月起，也會前往北二條駐守。」

在香山，負責領地內警備工作的職務，通稱爲「番士」。以組織來說，他們隸屬於「番方支配」，可分成步兵組、鐵砲組、騎馬組，每隊五人一組，稱之爲「〇番組」，而守護御館、守衛市町、守護山村的，也全都是番士。戍守領主宅邸的番士，與親近領民的番士之間，沒有高低之分。爲了培育同樣是「守護香山領地」的這份心，他們規定每年輪替，到不同的地方戍守。

志野家代代擔任番士，達之助的父親甚至擔任過步兵組的統領。長男達之助也隸屬步兵組，從去年春天開始，一整年都戍守領主宅邸。從今年春天起，將改爲戍守山林的山番。

「去本庄村，對吧？」

山奉行的北二條駐守處就在那兒。山奉行是指揮造山工作的總監督所。

「嗯，本想趁出發前來這裡好好探望你，沒想到變得這麼匆忙，眞是不好意思。」

達之助精悍的臉上又恢復了笑意。

「由於你臥病在床，原訂過年時舉辦的婚事也就這麼取消。現在你已康復，早點將奈津娶進門吧。我是來拜託你這件事。」

奈津是小達之助兩歲的妹妹，是直彌的未婚妻。

「這件事我無法擅自作主……」

「奈津知道。現在她已對其他婚事不感興趣。」

直彌像在避開這位竹馬之友的目光般，低下頭去。但達之助在他面前站正，一本正經地低頭行了一禮。

「拜託你了。只要能將妹妹託付給你，我再沒有罣礙。」

「別說這種奇怪的話。」

達之助的口氣，就像再也不會從山上回來似的。

「不是只當一年的山番嗎？」

「也對。確實沒什麼好說的。」

他莞爾一笑。

「對了，剛才你在看什麼？」

「喔，是一封信。昨天寄來的。在岩田寮裡無法好好細看，所以……」

達之助就像要打斷他的話似地，挑起單眉，「該不會是……」

直彌頷首，「是菊地圓秀大人的信。」

去年秋天，一位名叫菊地圓秀的畫師，在陸奧的旅行途中造訪香山。圓秀是江戶深川一戶富商家的兒子，但自幼便憧憬繪畫，認眞習畫，之後才能受到賞識，成爲相模藩御用畫師菊地家的養子。去年的旅行，是養父命他出外增廣見聞，並獲得藩國的同意，才開始造訪陸奧各地。

圓秀在香山時，寄宿於御館町的光榮寺。那裡是收容眾多藩士遺骨的菩提寺（註一），小日向家的墳墓也在那裡。

去年九月初，直彌因父親六周年忌日而前往光榮寺，他與圓秀交談，兩人意氣相投。圓秀大直彌十歲，一講起繪畫，像個孩子似的，眼中閃著光輝，怎麼說都說不膩。直彌也聽得很開心。當圓秀離開香山時，兩人已建立篤厚的情誼。從那之後，兩人多次魚雁往返。

「是直接寄送到你手上嗎？」

「不，是透過住持。」

那就好——達之助道，「如果引來不必要的猜疑，可就沒意思了。」

這位竹馬之友想說的話，直彌心裡有數。

「那不是什麼見不得人的內容。談的全是繪畫的事。圓秀大人似乎正依照先前在這裡畫的草稿，著手進行一幅大作。」

五代將軍綱吉甫一繼位，便進行多項改革和革新。其中最震驚世人的，就是他加強對諸大名的約束。如果對幕府有任何不法之舉，會被除封。

首當其衝的，是延寶九年六月時的事件。他對前任將軍下達裁示，眼看已成定案的越後動亂一事重新審理，最後將藩主松平光長除封，甚至還向在前任將軍家綱底下審理這場動亂的大老酒井忠清和老中久世廣之追究責任。由於這兩人都已辭世，所以其長子遭到閉門思過的處分。

在那之後，短短不到十年的光景，明石藩、橫須賀藩、長沼藩、土佐中村藩、延岡藩，紛紛遭受減封、轉封、除封、廢藩等處分。而前年元祿五年，陸奧的白河藩主松平忠弘也因爲家中的動亂被問責，遭減封移往出羽國山形。

綱吉之所以能採取此等冷酷或果斷的處置，並非全仰仗將軍的權威。而是因爲他不倚賴公開的報告，不因報告者的個人利害或私情而被誤導，擁有可以直接傳入他耳中，既準確又詳盡的情報。這全是因爲在現今政權的檯面下，有一群幕府密探暗中行動。在善用密探這方面，五代將軍比前面提到的這幾個人更加擅長，也更有這樣的自覺。

幕府密探的眼線遍布全國各地，任何聲音都逃不過他們的耳朵。直彌聽圓秀說，在江戶常有人以這類的事寫成落首（註二）。

雖然只是陸奧山中的小藩，但是就關原之戰以來便一直糾葛對峙的永津野和香山而言，別藩的這種「疏失」，絕對無法等閒視之。既然兩者被視爲主藩與支藩，之間的紛爭便算是內鬨。而綱吉最痛恨的正是同室操戈。

註一：放置祖先的遺骨或牌位，加以供奉祭拜的寺院。

註二：於公共場所或人多的地方立牌，以匿名的形式公開張貼諷刺世道的狂歌。

追溯起來可算是主從關係的兩藩，現在仍因領地而相互對峙、搶奪領民，這是身爲儒者的綱吉最厭惡的紛爭。既然如此，絕不能讓他知情。

因此，在香山特別注意領地內的人員進出。既然不知道誰會是幕府的手下，那就盡可能不讓外人進入領地內，如此方爲上策。不僅番士，像直彌這樣的官差和內侍，也常被提醒要多加注意。

因爲這個緣故，達之助才會委婉訓斥直彌，說他不應該隨便和他國的畫師書信往來。

「看在你眼中，或許覺得我很輕率，但其實我很小心。圓秀大人身分明確，而且我收到的信，住持一定都會先過目。」

「知道了啦。」

達之助做出要把直彌往回推的動作。

「你的這項樂趣，只能趁現在好好把握。等你離開岩田寮，回到位於二輪的住處後……」

「當然，我會謹言愼行，全力侍奉主君。」

聽到直彌堅定的口吻，達之助笑逐顏開。

「好，那我走了。你可能會嫌我煩，不過奈津就拜託你了。」

達之助輕快地轉身，順著鎭守之森的小路往下走去。

——眞是囉嗦。

也許是因爲和直彌的婚事，奈津感到不安，向達之助訴苦吧。不過達之助的個性直來直往，才會這樣開門見山地明說。看他那低頭請託的模樣，實在很不像他的作風。

目送好友離去的背影，直彌突然隱隱感到一陣不安。

——彷彿再也無緣相見似的。

直彌突然很想喚住他，但他強忍了下來。達之助的身影消失在小路前方。

二

木槌聲和有力的吆喝聲相互重疊，從新家的工地傳來。整地已經結束，正開始建地基。工地旁堆了數根粗大的木材。今天會圍繩定界吧。很快便會開始沿著成形的房屋邊緣輪廓打上木樁。那聲響在清晨的空氣中傳向遠方。

「嘩～～」

在返回溜家的坡道途中，阿千停下腳步，發出一聲歡呼。

「小台大人，您看。木樁所到之處，就相當於屋子的外圍，對吧？那處略微向外挺出的地方應該是廚房？」

阿千不光手抬至眉毛上，踮起腳尖，甚至開始蹦蹦跳跳。

「阿千，妳也真是的，大呼小叫，跟個孩子似的。」

阿千十六歲，朱音三十八歲，她們這對組合就像母女般，所以阿千以孩子般的口吻說話，一點都不顯得奇怪。朱音也不禁莞爾。

「建造這麼氣派的房子，在村裡可是頭一遭呢。真是有眼福啊。」

阿千雙手合十，深感慶幸，接著她突然慌張地伸手摀嘴，低頭鞠躬。

「真是對不起。這明明是小台大人的房子，我卻自顧自地高興。」

「那不是我的房子，是蓋來讓名賀村的蠶大人住的房子喔。」

「是！」

阿千又鞠了一躬，在挺起身的同時，順便重新背好背上的包袱。裡頭裝著從村長長橋家帶回來的各種大大小小的日用品。

雖然不是什麼易碎品，但如果要有侍女的樣子，應該以雙手捧在胸前才對。她卻背在背後，一副理所當然的模樣，表現出她精力旺盛的一面。

朱音倒不會一一指正。在這種山村裡生活，動作嫻淑派不上用場。雖然朱音現在在名賀村貴為「小台大人」，但她原本也是山村長大的女人。阿千純樸開朗的個性，令她備感親切。

名賀村位於永津野藩西方，在大平良山及其腳下小平良山山麓的森林深處。村民在山中墾田、製炭，勤奮地生活，不過自從永津野藩開始振興養蠶後，這裡也開始種植桑樹養蠶。此時朱音和阿千兩人所走的小路四周，都是桑田。

朱音從上州植草郡的一座小法華寺移居至永津野，在名賀村落腳，如今已是第四度迎接春天的到來。永津野的春天腳步，比植草郡整整晚了一個月。不過等得愈久，帶來的喜悅也愈大。朱音瞇起眼睛望向豔陽，催促阿千繼續邁步前行。

自從十六歲分隔兩地之後的十六年來音訊全無的哥哥市之介，不但在陸奧的永津野藩取得奉祿，還深受藩主龍崎高持的賞識，以御側番方眾的親信身分，在主君身旁服侍。此事朱音在六年前的夏天才得知。當時她還得知哥哥已自稱是曾谷彈正。曾谷這姓氏，可能是哥哥在某處取得，並非兄妹倆的本姓，完全是假名。

植草郡的寺院名為自照寺。為人敦厚，慈悲為懷的住持慈行和尚，深受眾多信徒景仰。朱音在這座山寺的僧房幫傭，在養育她長大的住持身旁幫忙，過著儉樸勤奮的生活。某天永津野藩突然派來一名衣著光鮮的使者，說她昔日的哥哥市之介，如今已改名曾谷彈正，要迎接唯一的妹妹朱音前往永津野。

朱音與其說驚訝，不如說是不敢置信。

——大哥還活著。

這對兄妹的人生，從小崎嶇坎坷。兩人在懂事前就無家可歸。父母死於流行病，朱音甚至不記得父母的長相。兄妹倆以孤兒的身分受自照寺收留。朱音很快便習慣這樣的生活，但市之介厭惡寺院和佛教，討厭慈行和尚，憎恨自己沒有家業可繼承的命運，從不甘於這樣的人生。

雖然有著烈馬般的脾氣，卻也暗藏聰慧的資質。正因爲聰明又充滿霸氣，市之介的個性才會如此火爆。慈行和尚看出這點，請一位在郡奉行底下效力的武士收養他。當時市之介十歲。

雖然養父身分低微，與兄妹倆的出身無法比擬，但武家畢竟是武家，市之介便擁有了侍奉的主君。

「比起我佛的慈悲，市之介更需要武士的驕傲。」

以朱音當時的年紀，尚無法理解慈行和尚這句話中蘊含的心情。不過她從走出寺院前往養父家的哥哥臉上看到過去不曾有的光采，鬆了口氣。

然而，市之介才剛行完冠禮，便離家出走。

——這輩子恐怕無緣再見。

他悄悄前來自照寺與朱音道別。

哥哥是對何事感到氣憤，或是遇上什麼不順遂的事，才決定離家出走嗎？她見哥哥的表情便已察覺出幾分，但她不敢開口問。

——哥，你接下來有何打算？

——我要去江戶。

沒見過世面的一名鄉下年輕武士，沒人當靠山，自己前往江戶，能有什麼作爲？或許眞像哥哥所說，此次一別，恐怕無緣再相見。不吉利的篤定念頭，令朱音流下淚來。

沒想到哥哥竟然還活著。

不僅如此，他還領有奉祿、身居要職，雖然只是個小藩。如今他從藩內派人來迎接當初訣別的妹妹，說想和她一起生活。

在朱音不知道的那段歲月裡，哥哥在永津野娶妻生子。失去應該繼承的家業和父母的市之介，在毫無淵源的陸奧永津野這塊土地上，以自己的力量成家立業。

儘管如此，朱音還是感到躊躇。她無法滿心歡喜地前往投靠哥哥。

永津野再三派人前來。每次都會帶來美麗的布料和飾品，催促朱音趕緊決定。使者也很熱中地講述當初永津野藩決定提拔市之介的那場御前比武、她哥哥現今勤政的模樣，以及藩主高持大人對他有多信任。

這些話像狂風般，在朱音心中吹襲，打亂朱音長期以來平靜的心靈。她原本心如止水，這是一種死心，也是一種救贖。

最後朱音還是無法自己拿定主意。自從永津野第一次派人前來後，又過了兩年，歷經不少時日，最後朱音之所以決定前往永津野，是因爲慈行和尚圓寂。

——如果心中還有些許迷惘，就不能去投靠市之介。

妳要仔細聆聽自己的心聲，即使只是細微的低語也好，只要聽到勸阻、責備的聲音，就要順從那樣的心聲。失去如此指點她的養父後，朱音感到不安。她既沒皈依三寶，也沒嫁作人婦，只是一直在僧房裡工作，照顧慈行和尚的日常起居，沒有明確的身分。信眾當中，也有人懷疑朱音與住持間的關係。連在佛祖跟前，一樣會興起如此低俗的念頭，這就是俗人。

當時朱音三十四歲。長年待在自照寺內，過了適婚年紀。自從失去慈行和尚這個後盾後，有些信徒很好心地想爲她介紹親事，但當中有部分挑明著想牽線介紹她當別人的小妾。這也是無可奈何的事，畢竟朱音年紀已老大不小。然而，有個男人很露骨地向朱音展開追求，還在她耳邊說，「我不會虧待妳的。」此人過去和慈行和尚是熟識，也很受周遭人們的倚重，算是當地的士紳。朱音對此又驚訝、又失望。

要抱持餓死路旁的覺悟，獨自離開寺院嗎？還是將周遭人給的好處當成一種福報，強迫自己接受那些不中意的婚事？或者是前往投靠哥哥？

這時市之介彷彿察覺出她心中的煩悶般，再度派人前來。最後朱音終於讓步。當眞是內心讓步，變得怯懦，像求援似地接受前往永津野的邀請。

事後才想到，市之介爲了了解朱音的近況，似乎事先做了一番安排。否則不會偏偏選在那時候派人前來詢問。

——我最後又被送往哥哥身邊了。

原本她希望自己能像浮雲般，在明亮的高空上乘風而行，能保有這樣的輕快無憂，但看來是奢望。

本以爲已不在人世的哥哥，竟然還活著。而且自食其力，找到自己的青雲之路，重振家業。如果是一般人，都會覺得這是値得欣喜的喜事，朱音卻對此猶豫再三，個中原因無人知曉。唯一明白其緣由，一直緊守這祕密的慈行和尚，已不在人世。

在這樣的孤獨下，連隨行的使者都暗自對她意志消沉的模樣感到詫異。朱音就這樣踏上遠赴永津野的旅途。

陸奧三萬石的永津野藩，自古便是由在此發跡的鄉士一族龍崎家治理。其居城名叫津先城。

慈行和尚雖是山寺的住持，卻相當博學。拜他所賜，朱音受過相當的教育，讀書寫字不成問題。她知道「津」這個字有碼頭的含意。在這處既沒海、也沒湖的深山之地，爲什麼會取永津野這樣的地名呢？朱音心中的疑問，在登上蜿蜒的山路，翻越山嶺，初次俯視那塊土地時，登時化解。

永津野領地正中央，有一座宛如碼頭棧橋般細長的廣大高原，彷彿只有那處的山林平空消失一般。這就是此地名的由來。津先城位於那宛如棧橋般的高原上的一端，因而得名。

津先城的城下町，由武家宅邸和武者長屋、商家和町屋，一層又一層圍繞著城堡所構成。重臣和上級武士所住的地區，稱之爲一輪；一般武士和下級武士所住的地區稱做二輪、三輪；至於商家比鄰而建的外側，則稱做城端。在朱音猶豫不決的一年半中，已榮升爲御側番方眾筆頭的曾谷彈正，獲賜一棟位於一輪的雄偉宅邸。

朱音在那裡與哥哥重逢。

仍可看出往日的樣貌。高挺的鼻梁、原本消瘦的下巴變得豐腴、飄散著一股與年紀相稱，不，應該說與現今身分相稱的威儀。朱音記憶中，那充分展現出哥哥好勝個性的英挺劍眉，此時也因久別重逢的喜悅轉爲柔和。

「好久不見了，朱音。」

他弓起高大的身軀，執起朱音的手，一時哽咽。

「妳可終於來了。」

接著他轉頭得意地向守在一旁的家臣們說道：

「這就是我唯一的妹妹。如何，和我之前跟你們說的一樣，長得如花似玉，對吧？」

他的家臣都很年輕，有人跟著主子一起感動得流下淚來。

已改名為曾谷彈正的哥哥市之介，在分離的這段歲月中，失去了左眼。他以黑色眼罩遮掩的那隻眼睛，曾有過何種遭遇，無法一眼看出。不過棲宿在他僅存右眼的目光，比他十六歲時以雙眸注視朱音的那一晚還要銳利。

——我和妳都沒有可靠的自己人。這世上有的只有敵人。

當時市之介以瘋狂的眼神如此低語，此時的他更勝當時。

待洗去僕僕風塵後，朱音與彈正的妻子音羽，以及他兩歲的女兒一姬見面。音羽一副覺得很稀奇的模樣，仔細端詳著丈夫從遠方迎來的妹妹。音羽長得像人偶般可愛。對彈正和朱音而言，音羽的年紀不像是妻子和大嫂，反倒像女兒。她沒對朱音流露懷疑或嫌棄之色，而是坦率地投以好奇的眼神。雖然身體是女人，也為彈正生下一女，但她內心仍是個天真無邪的孩童。

之後朱音沒聽哥哥親口說，而是從哥哥替她安排的侍女口中聽聞，音羽是永津野藩人稱「御藏大人」的龍崎家親戚之女。與彈正成親一事，是藩主龍崎高持親自賜婚。

「御藏大人家的千金下嫁家臣，是絕無僅有的事。筆頭大人如此受主君賞識，真是可喜可賀。」

如今的彈正，在自己的宅邸裡被尊稱為「筆頭大人」。

——真有獲得提拔者的樣子。

朱音自幼在自照寺這樣的小地方長大。但寺院是一處龍蛇雜處的場所，儘管沒置身於濁世中，還是學會許多處世的智慧。

朱音從中看透不少端倪。

曾谷彈正以浪人的身分獲得提拔，短短時間便躍升為主君身旁親信，看在代代侍奉龍崎家的永津野重臣眼中，想必很不是滋味。曾谷宅邸裡的家臣之所以都如此年輕，肯定是因為沒有資深的人才願意輔佐彈正。

而彈正與音羽這樁絕無僅有的婚事，對長期以來一直支撐藩政的重臣而言，應該會認為這是主君的專斷獨行，過度寵信這名來路不明的新人。

果不其然，在她和音羽交談的過程中，聽到了以下這段話。

「聽說高持大人從小就很叛逆，而現在也還是一樣叛逆，令家老傷透腦筋。」

儘管一切都安頓好了，還是沒機會和忙碌的彈正促膝長談。對朱音而言，這樣也好。在一同回顧兄妹倆分離的這段歲月，仔細詢問哥哥一路走來的這段歷程之前，朱音想先了解一下永津野藩的情況，以及哥哥現在所處的立場。

龍崎高持因父親驟逝，十七歲便擔任藩主。他沒有其他兄弟，只有一個姊姊。雖然早已做好以嫡長子身分繼承家位的心理準備，但父親死得過於突然。前一名使者才剛通知他在藩內臥病在床，緊接著又有人前來報通他逝世的消息，就是這般倉促。

這位年輕藩主剛回藩，便以緬懷先父尊崇武士精神之威德為名，在津先城下舉辦多年不曾有過的御前比武。據說四處廣為召募，成功勝出者將招納為番士。結果湧入大批在太平盛世下無處謀求奉祿的浪人。

市之介也是那眾多浪人中的一位。他將御前比武的參賽浪人悉數擊退，在最後一場比試中，大敗永津野藩的劍術指導師傅，深深擄獲這位年輕藩主的心。

連朱音都不知道哥哥的劍術實力。之前哥哥在上州植草郡，住在擔任郡奉行手下的養父家時，也沒聽說在劍術方面有過人表現。應該是在之後的歲月裡練就的武藝吧。

聽說他的劍法是「野劍」，這同樣從侍女口中得知。聽說是當時人們對他的評語，那名侍女甚至不懂這句話帶有鄙視的含意。

與朱音離別後，經過輾轉流浪，哥哥確實來到了江戶，而且在江戶生活了一段時日。他操著一口咬字清晰的江戶口音，就是證明。

朱音心想，父親因病辭世，背負起永津野三萬石重責的年輕藩主，應該不光是對市之介犀利的野劍感到讚嘆。對於在江戶出生長大的藩主而言，有一分親切感。他對市之介說的那口江戶腔，應該感覺到一股難以抗拒的魅力。

朱音的臆測，或許沒有足夠的證據，不過向侍女詢問後得知，曾谷宅邸裡沒人講話帶有永津野的地方口音，他們全都和筆頭一樣操著江戶口音。

——聽說少主回藩後，城裡大家也開始說江戶話了。

一定是因為主君喜歡這樣。

朱音自己也是在離開故鄉後，才開始懷念起上州粗魯的地方口音。或許這就是人的習性。將藩主的妻兒留在江戶的這項幕府措施，對治理諸大名頗為有效。而在藩主世代交替的過程中，也許會違背這樣的習性。

不管如何，因獲得提拔而飛黃騰達的哥哥，他的地位全憑這位年輕主君的心思而定。而哥哥彈正也充分掌握住主君的心思。

龍崎高持是年僅二十多歲的年輕人。他的正室為他產下嫡長子。應該也有其他側室，育有其他子嗣。只要不犯下嚴重錯誤，在這位主君主政期間，曾谷家的地位可說是穩若泰山。

而且朱音的哥哥是個聰明人。事實上，因過人的劍術而取得奉祿的彈正，向來不被重臣看在眼裡。他們原本總是說，「像這種流浪武師，如果主君真那麼想要的話，就給他一兩隻，當成是養狗吧。只要給點奉祿當生活費就行了。」不過短短數年內，他在這些重臣面前躍升為足以參與藩政的重要人物，足見他表現得相當出色。

御側番方眾原本是以守衛主君安全為第一要務的職務。雖說是在主君身旁服侍，卻不許有逾越本分之舉。然而，年輕藩主之所以開始看重曾谷彈正，是因為他有不少施政提案令人為之瞠目。

其中一項便是將養蠶技術引進永津野。

想要養蠶結繭，紡絲製作絲綢，就得開墾山林，闢建可用來餵蠶的桑田。北國百姓也廣泛從事養蠶的工作，但不知為何，這項產業始終無法在永津野扎根。一面與漫長的寒冬對抗，一面辛苦投入水田耕作的永津野百姓，一直汲汲營營於保有足以供應自己藩內食用的稻米收成。

這周圍的山林，昔日有幾座小規模的優質金礦礦坑。但在設立江戶幕府之前，便已全都挖掘殆盡。要是現在還留有金礦，將會成為將軍家直轄的領地，龍崎家也會被趕出永津野。

然而，昔日富裕的記憶不是那麼輕易能遺忘。有一種專以找尋礦脈為業的人，人稱「金礦師」，永津野藩至今仍保有專門管理這群人的官差。

年輕藩主對這樣的歷史沒有深入了解，彈正向他鼓吹養蠶的功效。不是耕種可以直接養活人的稻米，而是生產可以增加藩內收入的絲綢。如今天下太平，江戶和京都的富商勢日龐大，今後人人豐衣足食，渴望奢華的時代即將來臨。彈正不是憑藉現學現賣的知識，而是以他實際經歷過江戶市井生活的眞實感受，來說服龍崎高持。

只要與養蠶業盛行的盛岡藩或一關藩打好關係，誠意十足地請他們賜教，要引進養蠶技術絕非難事。如果是稍具遠見的政治家應該會明白，與其害怕將技術傳授他藩，互相競爭，不如彼此努力投入養殖生產，擴展市場，如此方爲上策。而如果是在他藩從事絲綢買賣的商人，自然更懂這個道理。

龍崎高持馬上便接納這項提議。他不執著於永津野的歷史，是個宛如白紙般的年輕人，再加上個性率直豁達。彈正相當幸運。

於是，永津野領地內開始大規模正式養蠶。朱音在第三年來到永津野。

領地內到處都是藩主親自規定，以養蠶作爲本業的「蠶大人村」。這裡的男男女女個個揮汗工作。彈正時常以這項養殖政策監督者的身分，至各地巡視，勉勵領民，檢視養殖的情況。在曾谷宅邸裡，只要朱音開口問，不論是年輕武士、家臣，還是侍女，都會開心地告訴她筆頭立下的豐功偉業。朱音聽他們描述這些功績，也逐漸產生興趣。

——我也想工作。

只有向哥哥請託了。她明白自己就像漂浮不定的浮萍，貢獻不了什麼力量。但如果只是一味依附在哥哥底下，活著實在沒什麼意義。同時心裡的聲音告訴她，她原本就不該仰賴哥哥，最後卻還是來到他身邊。她的內心深深受到束縛，至少她要讓自己的身體遠離，藉此鬆開那樣的束縛。

朱音向哥哥提出要求，派她到領地內的某座蠶大人村去。

「我要率先學習，全心投入工作中，這樣才不辜負主君和哥哥想藉由蠶大人來改善永津野百姓生活的苦心。」

彈正露出大為驚訝的表情。

「妳對宅邸裡的生活已經膩了嗎？」

「這樣的生活對我來說，太奢華了。」

「我想為妳找個身分適合的人家。正請人從中牽線呢。」

彈正還說，再過不久，主君會駕臨這座宅邸。

「以探望音羽的名義前來。」

彈正的妻子音羽身子骨孱弱，常為感冒或頭痛所苦，臥病在床。若說要前來探望，這樣的藉口確實可以成立。

「主君從以前便常說，想親眼見識彈正引以為傲的妹妹。對妳來說，能晉見主君，是無上的榮譽。對於主君此次大發慈悲的安排，也是妳親口向他道謝的好機會。」

雖說兩人是手足至親，但要迎接他藩出身的朱音前來，非得先獲得藩主許可不可。彈正所說的大發慈悲，指的便是此事。

「哥哥。」

朱音用以前的稱呼方式叫喚，望著獨眼的哥哥。

「雖然您這麼說，但您這樣的想法非但輕率，還過於自以為是。我認為您應該顧慮一下藩內家臣對您的看法。」

不僅讓這名來路不明的流浪漢出仕為官、加以重用，甚至要駕臨此地，來看他這位來路不明的妹妹。如果說有這個想法的一方不對，那麼，想要讓這一切成真的另一方也同樣有問題。

「妳這種愛說教的個性，和慈行和尙一個樣。」

彈正把臉轉向一旁，簡短笑了幾聲。由於他以覆蓋眼罩的那一側朝向朱音，所以朱音看不出哥哥的眼神是否也因爲覺得有趣而流露笑意。

「如果主君親自駕臨，妳覺得擔當不起，那妳就自己進城問安吧。不必拘束，因爲主君也曾吩咐我帶妳去見他。」

放心吧，不會要妳進宮服侍的——彈正說完後，莞爾一笑。

「妳現在還是很美，不過，要擄獲主君的心，年紀稍嫌大了點。」

這次彈正轉身面向朱音，看得出他眼中帶著笑意。

「哥，您可眞會說笑。我也想用我的方式來幫您的忙。」

「找個好人家締結良緣，就是幫我一個大忙。」

「像我這樣的老姑婆，現在怎麼可能還會有良緣上門呢。要是強求，反而有損哥哥您的顏面。」

朱音雙脣緊閉，彈正也收起笑意。

「朱音。」

彈正將近一百八十公分的魁梧身材，外加年齡和身分所帶來的威儀。朱音爲了不被他的氣勢所壓制，眼皮連眨也不眨一下。

「妳怕我，是嗎？」

朱音心底蒙上一層寒冰，兩人之間布滿緊張氣氛。

朱音拋出另一個問題，以此代替回答，「哥，你偶爾會想起住持吧？」

彈正不屑地哼了一聲，「我已不太記得。我和妳不同，我很快就被趕出那座寺院。」

在他語帶調侃的口吻下，雖然心底的寒冰仍在，但兩人之間的緊張氣氛已經化解。

「不是住持趕走您。是您哭求說您不想當和尚，所以住持才幫您尋找願意收養的人家。」

「那是郡奉行底下的小人物，打從一開始就不可能出人頭地的薄祚寒門。」

「不過，正是因爲有那戶人家，才奠定了您今日的基礎，不是嗎？」

彈正沒回答。

「既然您派人去植草郡，那麼，在迎接我來之前，應該先對您的養父母道歉，請求原諒您的不孝不義。」

彈正又哼了一聲，神情輕鬆地展顏大笑。

「妳還眞是一點都沒變。一樣那麼囉嗦。不像是妹妹，反倒像是管教嚴厲的姊姊。」

「那麼，今後我就改當姊姊吧，雖然我覺得不太可能。」

朱音與彈正其實同年，他們是雙胞胎兄妹。

「別開玩笑了。」

語畢，彈正微微蹙眉，「妳應該不需要我特別提醒才對，關於這件事……」

朱音頷首，「我明白。對外我會聲稱是只差您一歲的妹妹，和以前一樣。」

在武家和商家之間，有股嫌棄雙胞胎的風氣，總說他們會「分家」、「瓜分財產」。所以昔日在爲市之介找養父母時，考量到對方的需求，兩人決定說他們是只差一歲的兄妹。

自照寺的慈行和尚曾告訴朱音，世上有很樂意接納雙胞胎的地方，因爲他們認爲這是「一次喜獲雙寶」。人心的走向，會隨風土民情、氣候、貧富而改變。有時候，時代也會改變這種走向。

——所以你們不管什麼情況，在什麼地方，都要和睦相處，多爲對方著想。

住持溫柔的聲音再次於耳畔響起。朱音低語，「我眞是做夢也沒想到，能再次像這樣和哥哥您交談。」

彈正馬上應道，「我時常想像這天的到來。」

兩人目光交會，彈正先把臉轉開。

這時朱音想到一件過去從未想過的事。

——妳怕我，是嗎？

如此詢問的哥哥，不也同樣害怕朱音嗎？

他說他時常想像這天的到來，但那不全然是出自體貼之情。只是因爲害怕，所以無法忘卻、無法拿定主意。因此他才會迎接朱音前來，但朱音想要離去，他也不會嚴厲地留住她。不，是沒辦法這麼做。

當時兩人的對話就此結束。不久，朱音再度被彈正找去。

「在永津野領地西邊，與香山的國境附近，有個叫名賀村的村莊。目前所有村民都全力投入養蠶的工作中。那裡不同於城下，生活諸多不便，妳喜歡的話就去吧。」

已獲得主君的同意——彈正又說了一次。

「主君還誇妳，說彈正的妹妹雖是女流之輩，卻頗有忠義氣概。日後主君應該會親自前往巡視。等主君親自過目後，城裡那些反對的人也就無話可說了。」

朱音深深向哥哥一鞠躬，「謝謝您接受我任性的要求。」

「接下來我會挑選一位隨行保護妳的番士。至於侍女，妳可以帶一位自己覺得好用的人同去。」

「哥，我是去工作的。您這樣的安排非但無用，反而還會礙事。」

彈正面露苦笑，「我就知道妳會這麼說。所以才選擇名賀村。」

村子附近有一座守護國境的要塞，一群對彈正忠心耿耿的番士駐守該處。

「名賀村的村長對我也很忠心，應該會完全順妳的意。」

終究還是控制在彈正的手掌心上，不過打從提出這種要求的時候起，朱音已做好心理準備。對這位筆頭的妹妹，打算「完全順她的意」的村長，朱音決定要好好展現認眞的工作態度，讓村長爲之瞠目。

「這樣的話，我就能放心地去了。」

朱音決定移居名賀村後，沒想到曾谷宅邸裡最捨不得她走的，竟是彈正的妻子音羽。

「我都當您是自己的親姊姊呢。」

音羽訴說心中的寂寥，甚至流露不安的淚光，想要朱音改變心意。朱音眼中同樣也噙著淚水。

「儘管我不在，但音羽夫人還有筆頭大人。」

這句安慰的話語，絕非只是表面話。對於像少女般的音羽，朱音無法直言心中眞正的想法。但正因爲對少女般的音羽感到歉疚，朱音才會想離開哥哥。

由於得避免冬天走雪路，只能靜候春天到來，所以朱音前往名賀村是隔年四月的事。她在曾谷宅邸待了一年多。儘管她自己極力保持低調，但過著和昔日在僧房幫傭截然不同的富裕安逸生活，爲她與生俱來的美貌添色不少。

確實如同彈正所言，名賀村靠近鄰藩香山領地。爲朱音安排的住家「溜家」，在爲了守護國境而建造堅固要塞之前，曾做爲戍守此地的番士居住的駐守營地，因而得名，現在是空屋。

朱音將會成爲這座宅邸的新屋主，村民尊稱她爲「小台大人」。

在永津野的武家，或是有規模的商家和富農家，都是稱呼當家的姊妹爲「小台」。日後即使嫁入別的人家，娘家這邊仍會以此加以稱呼。

朱音來到這裡後，每天聽到永津野當地口音。若是將那些因過於獨特，得逐一細問含意才會明白的物品名稱以及情感表現屏除不談，這算是一種將話語間的接續以及語尾拉長，聽起來很悠閒的方言。

「要度過漫長的寒冬，人的個性也會變得比較悠哉。因爲會凍僵，所以說話時嘴巴不能張太大。話都含在嘴裡說，做任何事都慢慢來。」

告訴她這種情況的，是管理名賀村的村長，長橋家的當家茂左右衛門。看在朱音眼裡，他的年紀和父親一樣。那敦厚的人品，讓朱音想起自照寺的慈行和尙。

永津野方言會將「小台大人」說成是「小大人」。甚至更簡略地喊成「小大」。唯獨對朱音，他們都規規矩矩地喊「小台大人」。

正因爲她是城內御側番方眾筆頭曾谷彈正的親妹妹，所以令人敬畏。原本名賀村的村民心想，等迎來這位貴人後，今後可得拘謹過日子，對此忐忑不安。但朱音謙恭有禮地向村民鞠躬，對他們說，「我來這裡，是爲了學習養蠶，好好爲蠶大人服侍，和大家一起工作。請多多賜教。」當眞令眾人聽得瞠目結舌——茂左右衛門事後笑著告訴朱音。

——大家私下都議論紛紛，說這該不會是狐仙化身來耍人的吧。

朱音聞言，原本心中的壓力頓時冰消瓦解。

朱音回道，「曾谷宅邸裡的生活太無趣了。」瞇起眼仰望四周的山林，接著陸續做起煮飯、打掃、汲水的工作，這些工作她駕輕就熟。

「我是在上州深山裡的一座法華寺僧房裡長大。感謝有主張女人也能成佛的法華經教義，我沒受到女人得遠離神佛的對待，進而在那裡工作，受到尊重。」

名賀村的人們馬上與朱音相處融洽，對她懷有好感。朱音從他們那裡學到許多事，待她學會養蠶的相關工作後，小台大人的稱呼已不再只是表面上的尊稱，當中還帶有親近的意味。

就這樣，朱音融入名賀村中。在第四次迎接春天到來的此刻，她已相當嫻熟養蠶相關的工作，同時擁有過人的紡織手藝。

能建立這樣的地位基礎，完全是哥哥的緣故。不過，在這基礎上所累積的信用，則是朱音親手獲得。她對此感到既欣喜，又驕傲。如果死後能埋葬此地，她這千里迢迢來到永津野投靠的浮萍，也有了生存的意義。

今天早上的朱音，在阿千陪伴下，正走在前往村長家的途中。平均一個月一次，她會和茂左右衛門及其家人共進早餐，已成為慣例。

當初移居名賀村時，本有兩位侍女從曾谷宅邸陪同她前來。但她們吃不了山村生活的苦，鬱鬱寡歡，所以朱音很快便讓她們回城下去。接著在茂左右衛門的安排下，找一位村內的女孩在溜家工作，當成是陪伴在朱音左右的第三名侍女，她就是阿千。

之前兩位侍女也同樣脾氣好又勤奮。一位已獲天賜良緣，另一位原本婚後一直沒能懷孕，但回去後馬上喜獲麟兒。可能是這個緣故，開始有人傳聞，只要待在小台大人身旁就會有好事發生。近來村裡的年輕女孩和少婦，紛紛抽籤決定前來當侍女服侍的順序。

溜家原本是一處駐守營地，打造來做爲守衛或戰事之用，相當堅固，令人放心，但由於天花板挑高，每間房都很寬敞，住起來特別冷。所以改在附近開闢空地，另建新房。乾脆趁這個機會，打造一棟適合的建築，將村裡每戶人家各自飼養的蠶大人統一集中在此照料，這是茂左右衛門與朱音一致的看法。

由於是等到雪融後才開始動工，所以目前一切才開起步，不過爲了在新家完工當天就能在這裡照顧蠶大人，應該會有更多村民前來幫忙。

「小台大人、小台大人！」

傳來一陣急促的叫喚，加介從溜家前方的緩坡快步衝了下來。他也是村內的年輕人之一，平日工作勤奮。他年紀比阿千大，今年十七歲，但因爲個性敦厚，常講不贏阿千，模樣既可愛，又好笑。

加介神色慌張，活像是連滾帶爬地衝下山坡。

「眞是抱歉，因爲看到您前來，所以特來稟報。」

他氣喘吁吁，臉色大變。

「怎麼了？」

朱音伸手扶他手臂，發現他在發抖。

「宗榮大人在後山發現一名傷患。」

剛才已扛進溜家內。

「傷得很重嗎？」

「不僅傷勢嚴重，還挨餓受凍，聽說脈搏都快停了。」

行事拘謹的加介，雖然膝蓋打顫，卻不敢扶朱音的手。他重重吁了口氣，努力想保持平靜。

「是名小男童。不知爲什麼，闖進後山迷了路。」

「加介先生，你得振作一點。」

阿千捲起衣袖，展現十足的幹勁。

「請馬上準備開水，還需要白棉布。得趕緊去幫宗榮大人的忙才行。」

「嗯、嗯。」

加介朝阿千點頭，卻還是一樣面無血色。雖然不清楚是怎麼回事，但朱音已察覺有異。

「那名傷患有什麼奇怪之處，是嗎？」

加介嘴角顫動，「那名孩童腰間的手巾，印有秤的標幟。」

「秤的標幟？」

朱音側頭不解，回望一旁的阿千。她見這位向來活力充沛的侍女神情緊繃，不禁大爲驚訝。

「阿千，這是怎麼回事？」

阿千沒回答朱音，而是猛然朝加介湊近，悄聲向他問道：

「你指的是屋號，對吧？」

阿千明明年紀較小，聲音卻很強勢。加介不住點頭。

阿千一樣表情緊繃，用力點了一下頭，說了一句，「我知道了。」

「加介先生，這件事不能跟別人說。」

「我哪會說啊。」

「你得保證。」

「知、知道了啦。」
加介奔回溜家。
朱音聽得目瞪口呆。
「阿千，這是怎麼回事？妳說的屋號，是指村長家的屋號嗎？」
阿千就像極力穩住陣腳般，直挺挺地站著，望向朱音。
「是的。我們的村長擁有名爲『篩屋』的屋號。」
「嗯，這我知道。那麼秤屋呢？」
阿千以壓得更低的聲音說，「——是香山村長的屋號。」
這下子朱音便瞧出一些端倪了。
「這麼說來，那名傷患是香山的小孩嘍？」
永津野的鄰藩，一萬石的香山藩。
「是的，因爲溜家後山通往小平良山。他應該是翻越國境而來。」
不過，那不是隨便就能翻越的地方啊——阿千一臉嚴肅地說道：
「這下可傷腦筋了。宗榮大人上山是沒關係，但他怎麼會發現這麼一個燙手山芋呢。」
連阿千也爲之顫抖。
「阿千。」朱音執起侍女的手，「總之，我們快點回去吧。」
剛才歡樂的氣氛頓時煙消霧散，一個沉重之物落向朱音心頭。
——難道那孩子是……
在香山遭遇生人狩獵，勉強保住一命逃到這裡？

如果是這樣，那非救他不可。雖然對阿千和加介很抱歉，但我得負起這樣的道義，朱音暗忖。

三

榊田宗榮是從半個月前開始在溜家留宿的客人。

他應該已年過三旬。朱音在長橋家第一次與他問候時，他頂著一頭凌亂的長髮，一身破舊的旅褲和綁腿，一副旅人裝扮。他不像是普通的浪人，倒像是一名四處雲遊的劍客。見他這身樣貌，朱音突然覺得，市之介以前也是這副模樣。

宗榮的身分、地位、旅行的目的，朱音都不清楚，但村長茂左右衛門應該很了解。如果不檢查通行證的話，別說讓別藩的人在村裡留宿了，甚至還禁止通行，這就是現今永津野的情況。

不過，對人員進出審核嚴格，到處都一樣。適逢太平盛世，道路整建完備，人們往來於全國各地，也因此需要相對的手續。即使劍客想展開武者修行之旅，也不是光有念頭就能成行。事實上，聽說朱音的哥哥當初爲了到陸奧之地，曾透過在江戶認識的一位新陰流道場師傅取得通行證。

宗榮之所以造訪名賀村，是因爲先前他在津先城下的旅館投宿時，邂逅了長橋家的長孫太一郎。奉祖父之命到城下辦事的太一郎，突然發高燒病倒。雖然是在熱鬧的城下，但畢竟是陌生之地，在他痛苦呻吟時，恰巧同住一家旅館的宗榮好心照料他。太一郎託他的福，順利痊癒，他邀請正要返回江戶的宗榮到名賀村暫住。當時正值融雪時節，翻越國境的道路有雪崩之虞。如果不是急著趕路，還是先等候一段時日比較安全。

宗榮接受太一郎的建議，造訪名賀村，在村長長橋家接受熱情款待。

太一郎的父親是茂左右衛門的獨生子，娶妻、生下太一郎不久，英年早逝。對茂左右衛門而言，太一郎是身繫兩代重任的重要繼承人。不過如今太一郎已長大成人，日後將會成爲村長，管理名賀村，不能將他寵壞，所以有時會派他以代理人的身分到城下辦事。但太一郎要是有什麼萬一，長橋家便會因此斷了香火。宗榮是照顧自己寶貝孫子的大恩人，茂左右衛門自然是以上賓之禮相待。

但這樣的禮遇，似乎反而令宗榮感到不自在。

宗榮在長橋家盤桓五天後，溜家發生了一起怪事。屋子四周傳來山犬的喧鬧聲。第一天晚上只有低吼聲，第二天晚上在後院留下腳印。到了第三天晚上，山犬襲擊爲了安全起見而關在圍欄內的雞隻，吃得一隻不剩。

大平良山和小平良山都有山犬。大平良山自古便號稱是山神居住的神域，生人禁入，所以應該是野獸絕佳的住處。

不過山中野獸不會隨便靠近人們居住的鄉村。尤其是山犬，每年在大平良山和小平良山覆蓋白雪的這段期間，這一帶的山林都不見其蹤影。過著群居生活的山犬，有牠們的勢力範圍和捕獵方式。爲什麼偏偏今年會有如此反常的行徑？

在茂左右衛門的指示下，村民加強警戒，連續數天徹夜點著火把，派人守夜。山犬突如其來的行徑，只發生在那三個晚上，之後一直平安無事。眾人皆鬆了口氣，但茂左右衛門還是感到有事懸心。

住在溜家的有朱音和阿千，至於男丁則有加介，以及從這裡還是空屋時就住著、看管屋子的老人。白天時朱音外出養蠶或是到紡織屋。溜家建造得很牢固，不必擔心，所以一直都沒什麼問題。

但現在發生這種事，實在過於危險，應該盡早採取因應措施。茂左右衛門提議，要通知要塞，請他們派番士前來防衛，但朱音悍然駁回。

「您在顧慮些什麼呢？只要是爲了守衛小台大人的安全，要塞的番士一定二話不說，馬上趕來。」

「所以我才不希望這樣。」

難得見朱音展現頑強的態度，令茂左右衛門臉色一沉。永津野的要塞與番士設置的意義，以及統領指揮這一切的曾谷彈正眞正的意圖，茂左右衛門比朱音還要清楚。

村長重新坐正，轉爲嚴肅的口吻。

「小台大人，趁這個機會，請容我向您稟報一件事。」

這時，像刻意朝茂左右衛門潑了桶冷水般，從紙門外傳來一聲叫喚。

「抱歉打擾。」

茂左右衛門與朱音在長橋家屋內的一室迎面而坐。傳來那聲音後隔了一會兒，紙門拉門，宗榮探頭。

「在下聽說溜家的小台大人到來，想前來問候一聲。」

他應該已聽到片段的對話內容，也看到茂左右衛門嚴峻的表情，但他還是若無其事地這麼說。

接著他問朱音，「如何？後來沒再受到山犬的威脅吧？」

「啊，是。託您的福。」

「不過，我問了許多人，大家都感到納悶，覺得山犬在這個時期靠近村莊，透著古怪。所謂的怪事一旦發生，不知爲何，往往會接二連三發生。小台大人想必也感到不安吧。」

接著他對茂左右衛門說：

「村長大人，請派我到溜家駐守吧。在下好歹也算是名武士，如果是危害人的野獸，可仗劍驅退，關於保護小台大人一事，可略盡綿薄之力。」

他向村長如此提議，朝朱音投以含笑的眼神。

朱音二話不說，馬上接受他的提議。「謝謝您。」

「咦？可是小台大人……」

「茂左右衛門大人，這些時日受您關照了。這些日子以來，在下感覺像是來到了龍宮城。」

此事就此敲定，完全沒讓茂左右門有說不的機會。宗榮馬上更衣換裝，從長橋家賜贈的乾淨服裝，換回原本老舊的旅人裝扮，只帶著長短佩刀和掛在肩上的行李，移往溜家居住。

「哎呀，您眞是幫了我一個大忙。」

宗榮面露苦笑，低頭行了一禮說道：

「像在下這種粗漢，接受此等熱情款待，反而備感拘束。」

就這樣，他成了溜家的臨時番士，至於他本人則自稱是保鑣。

他個性磊落大方。幹練地重新檢視溜家的防守是否完善，對加介等人下達的指示也都切中要點。空閒時，則是在村內散步，或是閱讀溜家保留的古老文件，顯得很輕鬆自在。

他是一位無從捉摸、不可思議的人物。他應該比朱音年輕，但有時顯得莫名老成。

平時對外人總是小心提防的阿千和加介，也很快就和宗榮變得親近。因爲他是村長拍胸脯保證的保鑣。雖然很仰賴他，但有話該說時，阿千也毫不顧忌。尤其是她發現宗榮不僅在村內閒逛，甚至還闖進後山，對此毫不客氣地出言訓斥。

「宗榮大人，您要是在山裡迷路，可如何是好？」

「別這樣罵我嘛。我只在看得到溜家屋頂的範圍行動，沒爬得太高。」

「在看得到村莊的地方迷路，才是山林可怕的地方啊！」

「阿千，那麼妳教我登山的方法吧。這裡的山林景致對別藩的人來說，相當罕見呢。拜託妳了。」

「眞拿你沒辦法。既然這樣，請加介先生帶路是最好的方法。」

通常都是類似這樣的情況。另外，對於那位之前一直獨自守著溜家的空屋，沒人可以說話，連村民也都以「老爺子」稱呼，最後甚至連他自己都忘了本名的屋子看守人。宗榮試著讓他想起自己的名字，並打聽出他其實是村裡最長壽的人。

「不過，我還是叫做『老爺子』。」

「那就這樣吧。」

宗榮本身自從在溜家住下後，很快便不再用「告辭」、「在下」這種武士的用語，對朱音也不是稱呼其「小台大人」，而是叫她「朱音大人」。朱音已許久不曾聽別人叫她的名字，一開始還嚇了一跳。此事連她自己也很驚訝。那是種既溫暖、又開心的驚訝。

話說，當朱音與阿千奔回溜家時，老爺子馬上從屋內走出。

「您回來啦。發生了大事呢。」

「那名傷患呢？」

「我讓他躺在東房。」

「我明白了，謝謝你。」

還有——朱音壓低聲音道：

「在眼前的慌亂平靜下來之前，請先別通知村長。不能驚擾到他。」

「是，我明白了。」

朱音急忙往東房走去。

薄被上鋪著白棉布，那名傷患就躺在上頭。是個身材纖瘦的的孩子——一名男童。身上衣服皆已脫下，只穿著一條兜襠布，陪在一旁的宗榮執起他的手臂，慢慢讓它彎曲伸展。

「幸好沒有骨折。」

宗榮目光沒從孩子身上移開，接著伸手觸碰孩子肩膀一帶，如此說道：

「後山森林的大樹底下，有個樹根交錯形成的小洞。這孩子頭卡在洞裡，倒臥該處。」

宗榮謹慎地把手移至脖子前方碰觸，點了點頭。

「這一帶……嗯，肋骨好像也沒事。」

「他身上有多處擦傷呢。」

「應該是從高處滾落或是滑落吧。」

或許身上有跌打損傷，不過因爲受凍而膚色改變，一時看不出來。

「我剛才請老爺子燒開水。只要沒骨折，讓他浸泡在和體溫相當的熱水中，應該不會有害。」

陽光照進東房，屋內一片明亮。老爺子和加介似乎已找來所有火盆擺滿四周，拜此之賜，室內籠罩著一股暖氣。

宗榮身後擺了一只臉盆。裡頭放著孩子脫下的衣物。上頭裂痕處處，不過就目前所看，沒有沾血的痕跡。

「我們來檢查他的背部吧。朱音大人，請幫個忙。」

兩人輕輕將孩子翻面。

清瘦的背後，有幾道傷痕，已經止血，化爲血痂緊黏在背上。有個像是被什麼給戳中的圓形傷口。從右肩後方到側腹一帶，有多個圓點一路相連，那些圓點剛好形成一個大圓弧。

——這不是刀傷。

朱音暫且安了心，吁出原本憋在胸中的一口氣。

宗榮以手指檢查傷口四周。

「似乎傷得不深。這樣的話，即使泡在熱水裡仍會流血，只要加以止血，應該不會有大礙。」

名賀村沒有大夫，在山村裡若有人受傷或生病，都是靠村民的智慧和照料。溜家也有個大藥箱。

「這裡有止血藥、傷藥、退燒藥。」

「太好了。聽說阿千的父親精通藥草。」

「是的，這裡所備有的藥草，全都是從阿千家取得。」

這時加介也走來。

「宗榮大人，洗澡水準備好了。」

「好，搬過去吧。」

加介抱起孩童，緩緩朝澡堂走去。宗榮站起身、捲起衣袖，從懷裡取出束衣帶，迅速纏好衣袖，宛如要上場與人決鬥一般。

「……宗榮大人。」

朱音不安地脫口問道：

「我不太清楚嚴重凍傷該如何救治，不過我聽說，以摩擦生熱的方式，會比突然浸泡在熱水中來得好。」

「沒錯。我剛發現那孩子時，也是朝他的臉和身體摩擦，想讓他清醒。」

可是他的皮膚卻開始剝落——宗榮道：

「只是稍微摩擦一下，碰觸的部分皮膚馬上剝落。」

由於他全身凍傷，不易分辨，不過仔細看過後宗榮發現，他身上皮膚多處剝落，而且這些部位沾有某些東西，不是冰，也不是霜，更不是孩子的血。

「那孩子在受傷時，身上好像披了一層會傷害肌膚……不，應該說是『會溶解肌膚』的東西，或者該說是沾染了某個東西。既然這樣，即使有點勉強，也得先沖洗乾淨才行。」

「我明白了。請原諒我的多管閒事。」

「我只是以手觸診，也不清楚這樣的處置方式是否恰當。朱音大人您現在道歉還太早。現在更重要的是，您可否請阿千回家一趟，拿跌打損傷藥和燙傷藥來？」

「需要膏藥，是吧？」

「他畢竟還只是個孩子，現在肌膚又是那樣的狀況，突然下猛藥可能承受不了。阿千的父親或許能想想辦法。」

「我這就請她去。」

「還有一件事。」

宗榮望著朱音雙眼，雙脣緊抿。

「我要說的請託，對朱音大人或許是小事一樁，但是對小台大人而言，恐怕很難接受。」

他朝身後的臉盆瞄了一眼。

「那孩子所穿的衣物中，好像有很棘手的東西。」

朱音不發一語地頷首。

「這件事可以暫時保密嗎？那臉盆裡的東西……」

「可以燒毀嗎？」

朱音極爲乾脆地詢問，似乎令宗榮大爲吃驚，他挑起雙眉。

「不，我還有些事要調查。」

「我明白了。那麼，我什麼也沒看見。接下來即使看到什麼，我也會當沒看見。阿千、加介、老爺子，他們什麼也都不知道。我會這樣吩咐他們。」

總之，要先藏匿這名香山的孩童。朱音已拿定主意，不再遲疑。

「那孩子不知道是什麼身分。查無任何線索。是在山裡迷路，差點喪命的孩童。」

宗榮嘴角泛起笑意。

「感激不盡。」

朱音找到阿千後，派她回家一趟，接著打開東房的木板門和拉門，讓外頭的空氣流進屋內。離開後再次回到房內，這才發現暖氣中帶有一股不是血腥味，但是微帶腥味的臭味。

——會是什麼呢？

從未聞過這味道。

她攪動木炭，提高屋內的溫度，並更換鋪在墊被上的白棉布。不久，宗榮抱著傷患返回房內。他替孩子洗淨後的溫熱身體穿上浴衣。

這時剛好阿千也趕了回來，手中捧著一小包東西。

「啊，開始有血色了。」

看過孩子的臉色後，阿千一副泫然欲泣的表情。

「太好了，這樣就不會有事了吧。」

「嗯，似乎是撿回一命了。阿千，令尊給了妳好藥嗎？」

「有。家中事先做好的藥，他全給了我。他還說，等清楚受傷的情況後，他再重新配藥。」

「感謝。」

宗榮動作俐落地對孩子洗淨的身體進行治療。孩子仍舊全身癱軟，雙目緊閉。披散的頭髮非常凌亂。

朱音以手指輕輕幫孩子梳理，感到無比心疼。

——對不起。

治療結束後，朱音和宗榮決定開始檢查這名傷患所穿的衣物。

將臉盆裡的衣物拿在手上後，朱音發現有股腥臭。剛才感覺到的臭味，就是從這裡發出嗎？

宗榮也蹙起眉頭，「好臭啊。」

那是魚肚腐爛的臭味。

「剛才在浴室裡幫這孩子沖洗身體時，也有這股撲鼻的臭味。」

宗榮小心翼翼地拿起臉盆裡的衣物，鼻子湊向前確認那股臭味。

「看來，傷了那孩子肌膚的東西，與這股臭味是同一個來源。」

朱音也這麼認爲。這孩子爲什麼會全身沾滿這種東西？

「好老舊的窄袖和服啊。繫衣服的不是衣帶，而是麻繩，而且還打著赤腳。沒有護身符和名牌之類的東西，只有一條手巾。」

那確實是印有秤屋屋號的手巾。

「雖然已春意漸濃，但入山時穿得這麼單薄，應該會覺得冷吧？」

「宗榮大人，這一定是睡衣。這孩子應該是在睡覺時受到某種驚嚇，直接穿著這身衣服，光腳逃進山裡。」

想到那幕景象，朱音感到胸中隱隱作疼。他到底是被什麼追趕？

「不管怎樣，看他這身裝扮相當儉樸。」

「應該是山村的孩子。」

將那件像睡衣的窄袖和服攤開來看，可以清楚看見破損的情況。果然不是刀傷。沒有被利刃砍斷的痕跡，全是撕裂的痕跡。甚至有的地方還刺出洞來。

「他背後這些圓洞的排列方式……」

宗榮手指指出上頭一、兩處破洞。像是以粗大的尖錐刺出的圓洞。

「和這孩子身上的傷吻合。」

連成一線剛好畫出一道圓弧。是個大圓弧的一部分。

宗榮盤起雙臂，「看起來像是齒痕呢。」

朱音大為驚詫。

「有這麼大的山犬嗎？」

如果這是齒痕的話，那比馬的嘴巴還要大。

「不，不見得只有山犬。」

可能是熊之類的——宗榮不安地低語道。朱音忍不住笑出聲來。

「宗榮大人，熊不會突然張口咬人背部。」

「那麼，您還想得到其他體型更大的野獸嗎？」

朱音想不出。

「我們問問看老爺子吧。這一帶的山林，就屬老爺子最清楚。」

「說得也是。總之，這不是一般人所為。請您放心。」

朱音回望宗榮那超然的神情，自己的心思似乎被他看穿。

「換句話說，朱音大人您不是太早道歉，而是根本無須道歉。您不必覺得歉疚。」

宗榮清楚地說完後起身。

「我到那孩子倒地的地方再檢查看看，或許還有其他人也說不定。」

「您自己一個人去嗎？」

「其實我需要人手，不過要瞞著不讓村長知道，應該不容易吧。」

「說得也是……」

朱音緊咬著嘴脣。宗榮莞爾一笑。

「您放心，現在是大白天。即使我對山路再怎麼不熟悉，也不必擔心我會被傷了這孩子的野獸襲擊。」

我好歹也是個保鑣——宗榮道：

「這孩子就等他自己醒來吧。他或許會覺得口渴，請不時用水幫他潤溼雙脣。」

「我明白。宗榮大人，要塞的番士會四處巡邏，請小心。」

朱音忍不住出言提醒。

「我曉得。」

宗榮說完離去。朱音獨自留在昏睡的孩童枕邊。

孩子一臉天眞。他很像是在山裡長大的孩子，手腳都很結實。才這點年紀，手掌已經很硬實，指根處還長了繭。是幫忙家裡的工作嗎？

他家中應該有父母和兄弟姐妹。他們現在不知怎樣？這孩子位於香山的住處，到底發生了何事？

——只要不是哥哥所爲就好了。

在曾谷彈正的命令下，展開不人道的生人狩獵行動。

名賀村安穩的生活中，唯一令朱音感到心神不寧的，只有這件事。

之前在城下時，她什麼都不知道。在一輪、二輪不用說，連城邊都沒人會說曾谷彈正的壞話。其實連討厭彈正，懷疑他心思的一干重臣，表面上也表現得很和善。

在領地內的其他地方，可就不是這麼回事。從城下來到外頭後，朱音才知道哥哥的另一面。

爲了讓永津野盡快振興養蠶業、往下扎根，彈正採取強硬的措施。他擅自挑選幾座村莊和山村，命他們養蠶、種植桑田。爲了養蠶而開墾山地、闢建桑田，他嫌太慢，直接毀了既有的田地。當然，他也準備了「甜頭」。例如，這些村莊和山村可以減免幾年的年貢。如果養蠶的工作上軌道，還會發放獎勵金。但因爲這是藩主的命令，領民很清楚，若膽敢違抗會有什麼下場。「鞭子」早已在他們面前甩得劈啪作響。

原本永津野藩徵收年貢相當嚴苛。幕府認定的藩內奉祿，亦即所謂的「對外奉祿」，與用來表示實質財政狀況的「內部奉祿」，幾乎沒有差距。這表示，永津野的領民光要吃飽已經用盡全力。同時也充分透露出龍崎氏歷任當家的無能，只會仰賴領民辛勤苦幹。

說來諷刺，龍崎家最擅長的，是確實向領民徵收年貢的手段，以及無法徵收到年貢時該如何加以制裁的方法——也就是如何運用手中的鞭子。

曾谷彈正的振興養蠶政策，在這塊土地上展開。雖然害怕鞭子的聲音，令人驚訝的是，竟然有不少領民挺身抵抗這項粗暴的新政策。

過去努力開墾險峻的山林、闢建田地，追求可以適應北國寒冷夏天的種子品種，不斷投注心血的人們，對永津野種植出的稻米有特殊的偏愛。現在突然接獲命令，要他們減少稻米耕作，改種植桑樹，生產可以賺錢的絲綢，也難怪他們會感到不安。如果減少稻作，到時候要如何糊口？人無法吃桑葉過活。可以靠賣絲綢賺錢的，只有城下那批人，不是嗎？

在永津野生活的領民，對於自己深諳這塊土地、這片山林，深感自豪，同時有一分堅持。如今這位在江戶長大，完全不懂這塊土地的年輕藩主，以及只會討藩主歡心的外地人，他們說怎樣就怎樣，我們豈能任憑宰割！

對於這樣的反抗，曾谷彈正採武力鎮壓，毫不輕饒。仗著藩主的權威，他毫不躊躇地展開嚴懲重罰。沒收反抗者的屋舍田產，關進監獄，或是囚禁水牢。即使對方是村長一樣不予寬貸。

另一方面，堪稱是彈正「同黨」的人出現了。他們是當初哭著遵從他的政策，毀了農田，全力投入養蠶工作，後來得到豐厚回饋的領民。或者是當初主動接受振興養蠶政策，從中看出光明未來的人們。

名賀村的村長長橋茂左右衛門，算是後者的帶頭者。與其在貧瘠的土地上仰賴稻作，塡不飽肚子，不如賭上一把，全力遵從新政。

就這樣，永津野的領民對曾谷彈正的態度可分成兩大派，一派追隨他，一派反對他。趁著人心的分裂，爲政者也分成兩派。一派想拉攏彈正，一派想將彈正拉下臺、趕出藩外。雙方各操控著一分爲二的領民，或是暗中煽動。

這兩派勢力也非完全堅定，不會改變立場。一些好不容易從稻作改爲養蠶的村莊，在欠收時不滿的聲浪特別高。這和要踩碎腐朽橫木一樣簡單，一旦生活的均衡狀態被打破，上個月還對彈正表現恭順的人，這個月馬上變得恨之入骨。城內有人就是看準如此變動的人心，想要趁虛而入。

朱音的哥哥曾谷彈正，對於這一切變動全瞧在眼裡。這些事態似乎早在他的算計之中。

他常在領地內巡視，並非只是爲了確認振興養蠶政策的進度，而是對反抗他的人展現威嚇。時時讓領民了解，在永津野這個小天下，現在的風向往哪兒吹，誰才是眞正奉藩主龍崎高持的旨意辦事。

對支持他的人，彈正加以愛護、給予勉勵；對反抗他的人，他嚴加懲治、逼其悔改。原本同樣是領民，現在受保護者和受責罰者之間，產生阻隔，相互憎恨的情感日漸加深。

朱音在名賀村是人們敬畏的「筆頭大人的妹妹」。若換個地方，則成了人們畏懼的「惡鬼的妹妹」。

如果從名賀村往南翻一個山頭，來到赤石村，又是怎樣的情形呢？他們想守護自己苦心經營的水田，結果村長被拘捕，男人大半被帶往其他地方，一個悲慘的村莊。只有剩下的老人和婦孺投入養蠶的工作，但這樣還是難以糊口，所以不斷有人逃離，現在已成為空無一人的荒村。

沒錯，永津野反抗曾谷彈正的村莊和山村有逃亡的情況發生。

若放任不管，藩內將會紀律渙散，有損龍崎高持的威名。領地內的勞動力降低，也是很大的傷害。於是彈正為了緝捕逃亡者，親自挑選厲害的番士，組成隊伍，時時監視國境。這幾年來，彈正在巡視時，他們也公然隨行在側。

他們是人們口中「曾谷彈正的牛頭馬面」，一群令人聞風喪膽的番士。他們身穿黑色的衣服和武具，臉上戴著像惡鬼般長角的面具，以迅雷疾風之速馳騁於山路間。

這一連串的事，朱音在名賀村生活的日子裡，一點一滴打聽詢問得知。聽到卻裝沒聽見，知道卻佯裝不知情，暗藏在心裡。

名賀村由敬重彈正的茂左右衛門管理，因此朱音當然不會有機會注意到這種事。但最後她還是發現了，這對朱音和茂左右衛門來說，都很不走運。

此事的契機，是朱音在溜家落腳後不久發生的一件小事。要塞有人生病，被認爲是傳染病，所以有兩名負責此事的番士前來求藥，並查看名賀村是否也有同樣的傳染病蔓延。

之前朱音從未見過要塞的番士。由於名賀村備受禮遇，番士不曾到村內展開嚴密的巡視。和因爲發生山犬一事讓茂左右衛門感到驚慌一樣，朱音起初就悍然拒絕在溜家派人戍守，說這樣才不會引人注意，彈正最後讓步。所以彈正手下的番士出現在朱音面前，這是第一次。

朱音在村長長橋家的邀請下，前往接受番士的問候。

和在城下一輪的曾谷宅邸當差的武士一樣，要塞的番士都很年輕。個個皆是體格壯碩、目光炯炯的武士。茂左右衛門對他們極爲禮遇，而這兩名番士對待朱音也相當恭敬有禮，宛如侍奉大將軍的正室一般。

朱音卻感到不寒而慄。

連她自己也不懂原因。這些番士到底哪裡不對勁？他們令朱音的脖子和臂膀忍不住起雞皮疙瘩。

番士待了一會兒後，返回要塞。朱音這才突然想到原因。

——是他們兩人的眼睛。

並非他們眼神凶惡。只不過，他們眼中棲宿的寒光，令朱音望而生畏。

以前她在自照寺也曾見過有這種眼神的人，是慈行和尚身邊的人。

那是專注在某件事上，沒任何懷疑，也沒帶半點柔和的眼神。儘管他的對象是佛法的教義，但棲宿於他眼中的寒光，讓人看了心裡很不舒服。至少看在重人情的人們眼中，不會覺得舒坦。

對永津野的領民來說，那些番士是怎樣的人呢？朱音從那時候開始抱持疑問。之後，只要一有機會，她就會若無其事地詢問村民和常出入村裡的人，或是要他們說出自己的想法，多方聽取人們的聲音。

她因此得知要塞的番士是「曾谷彈正的牛頭馬面」，了解他們實際的工作情況。

朱音身邊知道她身分的村民，雖然說出他們對彈正及其手下的畏懼，但沒說他們的壞話。村民反而用「連哭鬧的孩子聽了也會馬上閉嘴」來誇讚番士的威風。反過來看，也證明了看在反抗者眼中，這些人是多麼可怕的人物。村民誇讚他們追捕那些不法的逃亡者不遺餘力，這卻讓朱音忍不住心想，爲什麼會出現這些「不法的逃亡者」呢？

——哥哥把人民逼走了。

獲得提拔者爲了自己能飛黃騰達，將永津野的領民，甚至整個藩國一分爲二，凌虐那些不順從自己的人。

朱音的心境變化，茂左右衛門似乎也看出幾分。先前發生山犬的騷動時，朱音不願讓番士進駐溜家戍守，他當時端正坐好，想好好向朱音曉以大義，從這點也看得出他的心思。茂左右衛門很早便接納養蠶的政策，他押寶曾谷彈正。而彈正唯一的妹妹朱音，卻對他投以嚴厲的目光，令他感到納悶不解。

但是對朱音來說，茂左右衛門在其他事情上懂道理、重人情，爲什麼能放任這樣的事態不管，爲什麼還能如此尊敬曾谷彈正，這反而令人納悶不解。不管是多麼正當的事，看起來有多麼正當，只要打壓反對者、逼走反對者，就不正當。

此種簡單分辨正邪的方法，是朱音從慈行和尚那裡學來的。不會排斥與阻礙佛法宣揚的敵人戰鬥，這種氣概很可貴。如果對人做出流血傷人的殘忍行徑，我佛絕不會感到欣喜，這是慈行和尚堅定不移的信念。

對照之下，朱音的哥哥明顯已走上不人道的歪路。

近年來，彌正的牛頭馬面不僅在領地內行動，甚至闖入鄰藩香山的領地，獵捕逃走的領民。這時候會連同藏匿逃亡者的香山領民一起逮捕回來，也就是所謂的「生人狩獵」。

永津野藩與香山藩是主藩與支藩的關係。在兩藩都認同這樣的關係之前，似乎有一段古老的緣由。可歸溯至江戶幕府設立前的這段緣由，朱音還不是很清楚。永津野與香山長期以來總是爲了領地而紛爭不斷，彌正掠奪香山藩的領民，一點都不覺得愧疚，就是因爲這個緣故。而香山藩方面也不敢把事情鬧大，剛好應證了這點，所以生人狩獵一直持續。

朱音無能爲力。早知是這樣，寧可不要知道還比較好——有時她會興起這種懦弱的念頭。

但現在不同。此刻朱音眼前有個面無血色、渾身是傷、躺在地上昏迷不醒的孩子。不論他逃來此地的原因爲何，正因爲他是香山藩的孩子，此時他完全暴露在危險下，非救他不可。

那孩子就像聽見朱音的心聲般，微微發出一聲呻吟。

他還沒清醒，但五官動了一下，皺緊眉頭，緊緊咬牙。他想縮起身子，但受傷的手腳無法隨意行動，只有手指微微抽動。他雙膝僵硬地碰撞，左右晃動。

朱音屏住氣，把臉湊向孩子的面前。他在呼氣，既淺且快，又凌亂。

「沒事了。」

她伸手輕輕放在孩子額頭上，輕聲叫喚：

「你不用怕。有我在。」

孩子眉頭皺得更緊了，挪動肩膀和腳，想要翻身。不，他應該是在沉睡的夢境中，仍被某個東西追逐，極力想要擺脫。

那模樣教人看了無比心疼，朱音忍不住靠向孩子，想緊緊摟住他。她單手伸向孩子脖子底下，扶起他。那孩子的身軀一度猛然蜷縮，接著突然鬆脫，無力地倚在朱音身上。從他緊緊咬牙的口中，傳出細微的哭聲。

「乖孩子、乖孩子。別哭，你放心，不用再害怕了。」

朱音讓孩子的頭倚在她肩上，溫柔地緩緩搖晃安撫。孩子的呼氣加快。

接著是一陣咳嗽。咳、咳。似乎快要嘔吐。朱音想讓他坐起身，好讓呼吸更爲順暢。

這時，孩子突然大叫一聲。

「爺爺！」

他猛然睜眼。那圓睜的雙眼，可用眥目欲裂來形容，但眼神空洞，沒有聚焦。叫了一聲後，就此張著嘴沒再合上，嘴角流下摻血的一道垂涎。

「你醒啦。」

因爲鬆了口氣，朱音忍不住流下淚來。她移膝向前，雙手加了幾分力道，想緊摟那孩子。

「你受了傷，倒臥在森林裡。已經替你治療過，沒事了。」

孩子一直雙目圓睜。下巴頻頻打顫，身子嚇得緊緊蜷縮，但腦袋似乎仍一片空白。他全力逃出了噩夢，卻還沒完全清醒。

在朱音的叫喚下，那孩子這才望向她，一雙大眼眨了眨。朱音望著他的雙眼，嫣然一笑。

「有沒有哪裡覺得痛？哪裡不舒服？」

孩子一臉茫然，微微搖了搖頭。啊，他聽得懂我說的話！朱音再度落下淚來。

「你叫什麼名字？」

孩子的眼神略顯游移。

「我叫朱音。這裡是我家。」

朱音做出環視四周的動作，那孩子也跟著移動目光。他很驚訝，但不是參雜著畏怯的驚訝。他身體的顫抖已逐漸平復。

「在你傷勢痊癒前，可以在我家好好休養。你什麼都不必擔心。」

孩子頷首。接著他口中小小聲說了些話。

朱音把耳朵湊近，「你說什麼？」

「——蓑吉。」

是這孩子的名字嗎？

「你叫蓑吉，對吧？」

剛才孩子所叫的「爺爺」，應該是這孩子的祖父。

「蓑吉，你原本和你爺爺一起嗎？你們是兩人一起從某個地方逃來這裡，是嗎？」

這次蓑吉改爲搖頭。眼神明顯變得晦暗許多，又開始全身發抖、牙關打顫。

「——爺爺。」

他如此低語，開始猛力搖頭。

「爺爺、爺爺、爺爺。」

「沒關係，蓑吉。不必強迫自己回想。對不起。」

朱音急忙將蓑吉抱過來。蓑吉在朱音的臂彎裡一面發抖，一面搖頭。

「大家、大家、大家……」

「大家？」

「我好怕自己一個人。」

「是啊，自己一個人很可怕吧。」

朱音輕撫蓑吉的頭，拿定主意，開口問他：

「蓑吉，到底是怎麼了？是因爲發生什麼可怕的事，你才逃到這裡來嗎？」

蓑吉咬緊牙關。一陣沙啞的聲音從他齒縫間逸洩出。

「山神……」

他喉嚨發出喘息聲。

「山神狂呑。」

接著蓑吉闔上眼，像是猛然掉落深處般，又沉沉睡去。

山神狂呑。朱音聽不懂這句話的意思。

她讓蓑吉原樣躺好，輕撫他滿是冷汗的額頭。這時，剛好阿千前來探望孩子的情況，「他醒來了是嗎？太好了。」阿千先是鬆了口氣，接著問，「小台大人，宗榮大人上哪兒去了？」
朱音說明後，阿千臉色一沉。
「他在後山遊蕩，最好別被人撞見。因爲我跟我爹說，宗榮大人散步時跌一跤、受了傷，需要膏藥。」
「啊，原來是這樣。」
在這種小地方，有事要隱瞞並不容易。
「眞是抱歉。都是我要妳說謊。」
「這不是小台大人您的錯，是我自己要這麼說的。」
望著蓑吉熟睡的臉龐，阿千一再像自言自語般地頷首說：
「等這孩子的傷痊癒後，我們讓他翻越小平良山，逃往西邊去吧。」
生人狩獵很可怕——阿千道。這句話聽在朱音耳中，像是在說，「生人狩獵很不好，是不對的行爲。」這種不好也不對的行爲，雖然無法抵抗，但至少不想成爲幫凶——聽起來有這種感覺。
「阿千，狂呑這句話是什麼意思？」
阿千瞪大眼睛。
「這是永津野的方言嗎？是這孩子說的。他說什麼『山神狂呑』……」
「他眞是這樣說嗎？」
這是阿千從來沒說過的方言，周遭也不曾聽人提過。
「會不會是香山方言？」

「你們彼此相鄰，雙方用語有這麼大的差異嗎？」

「聽我爺爺說，永津野和香山以前原本是同藩。但後來雙方鬧不合，一分爲二，所以用語也有所不同。」

「這樣啊。那我問老爺子和加介。妳可以幫我叫他們過來嗎？」

加介最先趕來。他這個人的優點就是脾氣好，雖然膽子也小了點。他遠比阿千來得害怕，當朱音告訴他蓑吉已經醒來，他更是害怕。

「小台大人，這件事還是向村長通報一聲吧。」

「等這孩子康復，我自己會告訴村長。加介，你不必擔心。」

他和阿千一樣，沒聽過「狂呑」這句話。

接著換老爺子前來。這時宗榮正好也從後山返回，兩手空空，說沒發現其他生還者。只見他眉頭緊鎖、臉色凝重。

朱音將蓑吉醒來時的情形告訴他們兩人。

「狂呑？」宗榮側著頭，一臉困惑，「老爺子，你知道嗎？」

老爺子聽得直眨眼。可能是剛才忙著翻土，他的手髒兮兮，指甲間滿是黑垢。他以髒汙的指甲往人中處一抹。

「這是年代久遠的一種說法。」

「老爺子你知道？你懂這句話的意思？」

「懂是懂，但眞有這種事嗎？」

「你的意思是，這句話說不通，很奇怪，是嗎？」

老爺子弓著背頷首，沒面向朱音，而是回答宗榮的問題。

「狂呑是一句很不好的話。」

「是粗話嗎？」

「指的是肚子很餓，狼呑虎嚥。」

「意思是肚子餓？」

「是一直狼呑虎嚥的意思……」

與其說老爺子欲言又止，不如說是不想講。

「那是很久以前，龍崎家的主君仍與上杉大人（註）是盟友，與敵人交戰時的事。」

宗榮莞爾一笑，「那已經是年代久遠的事了。」

老爺子臉色凝重地頷首，「是的，不過這可不是笑話。永津野和香山以前都被捲進戰事中，山林被燒毀，水田任憑荒蕪。」

在當中的一場戰役中——老爺子仍口齒不清地接著道：

「聽說爲了攻陷一座山城，決定採斷糧的攻城法。」

「斷絕敵兵糧食的戰法。」

「那可眞是人間煉獄。」

敵方的士兵將領約上百人，全死於那場攻防戰中。

「之後有好一陣子，每到深夜，就會傳來充滿恨意的聲音，不斷說著『狂呑』、『狂呑』。」

那聲音無比喧鬧，負責看守的永津野士兵當中，開始有人因害怕而生病。

「那座山城在接下來的戰事中被攻陷，燒成灰燼。這次改為永津野的許多武士喪命。他們明明是死於死劍下，但不知爲何，每個人在死的時候，都不斷喊著『狂吞』、『狂吞』。」

多麼不祥又悲哀的故事啊。

「也就是說，『狂吞』不光是肚子餓的意思。指的是因飢餓而憤怒，燃起憎恨的烈火。是這個意思，對吧？」

「那麼，山神『狂吞』的意思是……」

「不可能有這種事。」

老爺子以不曾聽過的強硬口吻駁斥。朱音和宗榮都嚇了一跳。

「爲什麼這麼肯定？」

「這裡的山神很慈悲。」

「山神不會感到飢餓嗎？」

「我們很重視山神，向來都會祭祀。」

這時老爺子突然表情扭曲，不悅地說，「就不知道瓜生家的人會不會這麼做了。他們從以前就一直遭受報應。」

這也不像是老爺子平時的口吻，語氣變得強硬許多。宗榮一臉尷尬地搔抓著鼻子。

註：指上杉謙信。

「那就沒辦法了。只好等蓑吉醒來，可以好好說話後，再聽他說。」

朱音頷首，這孩子現在應該沒做夢吧。蓑吉發出平靜的鼾聲，朱音再次把手抵向他額頭。

這孩子到底看到了什麼呢？

第二章　降魔

一

目送達之助離去後過了幾天，人在岩田寮的直彌，被喚至大野伊織的診療室。

那是個陽光和煦的晴朗午後。他行經面向中庭的外廊，往內窺望，發現並排躺在大通鋪裡的患者，今天都顯得很輕鬆愉悅。前來探病的人，也都神情開朗。

經這麼一提才發現，今天還沒看到阿末人呢。眞是難得。

自直彌得病以來，阿末便忙碌地往來奔波於他母親希江獨自居住的二輪小日向家，以及這座岩田寮。在那邊照顧希江起居，在這邊則是照顧直彌。這就是阿末每天的生活。

在岩田寮負責看顧病人的，男女皆有，所以即使沒有阿末，直彌也不會有什麼不便；但阿末不這麼認爲。病人很多，看護卻有限。阿末滿心以爲，要是自己照顧不周，直彌大人一定會有諸多不便，因而毫不顧忌地前來。而且她總是很聒噪。

就連個性溫和的伊織大夫，也板起臉孔說，「這女孩就像紡織娘一樣，眞的很聒噪。」但阿末依然故我。非但如此，她還和寮內的看護混熟，往往在這裡一待就是半天，四處幫忙。直彌反而擔心起家裡沒人照料。

伊織大夫的診療室，是位於東側的房間。而診療室前的小房間，大師的弟子和傭人常在這裡晾藥草、磨藥。

今天空無一人，隔間用的格子門對面也闃靜無聲。

「小日向直彌拜見。」

出聲叫喚後，旋即傳來應答。

「請進。」

診療用的各項道具、藥物、白棉布、繃帶，全都整理得有條不紊，放在層架上。大野伊織在這些層架的包圍下，背對著一張貼在牆上的人體圖，正伏案振筆疾書。

診療室內同樣沒有別人。平時總有兩名擔任助手的年輕大夫會輪流跟在身旁，而且看護中最資深的侍女阿松也會隨侍在側。

這裡隔間用的格子門，可藉由挪動窗上的橫條來自由控制亮度。直彌把門關上，順便將橫條闔上。

轉頭一看，伊織大夫已將毛筆放回硯盒內，重新面向他，「果然夠敏銳。」

大夫開口的第一句話，聲音相當低沉。

「我找你來，是有祕密要跟你說。」

身上流有香山瓜生氏血緣的人，大多是兩頰寬大、面相沉穩之人。伊織大夫也是如此。他有著粗獷高大的身材，頂著一張和善又富態的臉蛋。

「原本閣下早就可以離開這裡了。」

當患者的身分是武士時，伊織大夫不問對方的家世和身分高低，一律都採客氣的口吻。

「延遲這麼久，眞是抱歉。只因爲發生了麻煩事。」
伊織大夫像是身上哪裡犯疼似的，表情扭曲。
「是這樣的，前天傍晚，三郎次大人又發燒了。」
直彌的胸中落下一塊暗影。
「情況怎樣？」
伊織大夫雙肩垂落，神情難過地注視著直彌。
「和以前的你一樣。一早退燒，到了傍晚又發燒，還會乾咳。」
「咳到夜不能眠。」直彌補充道。
「沒錯。是『神取』的症狀。」
香山有許多地方病，這算是肺病的一種，特徵是高燒退燒一再反覆，外加劇烈咳嗽。如果是強健的成年人，很少會因爲這種病而喪命。但小孩和老人有時會因爲高燒和咳嗽耗盡體力而病死。孕婦若是染病，會阻礙腹中胎兒的生長，甚至造成流產。
「神取」似乎也可寫成「神獲」。意思是被神明取走呼吸，或是被神明擄獲。連香山藩的藩譜上也記載此病的起源不明，足見有多麼古老。倘若屬於重症，將會有半年都飽受咳嗽之苦，所以讓人覺得就像神明責罰般嚴厲，因而得到這樣的命名。
問題在於，當地的人們是否做了應該接受這種懲罰的壞事。直彌在染上這種病後有了切身的體認，他心中微帶些許的憤怒，對此感到深深的疑惑。
「這眞的很令人遺憾。不過大夫，三郎次大人發病，和已經康復的我無法離開這裡，兩者有什麼關聯呢？」

「猜測不出來嗎？」

「是，我不懂。」

這是違心之言，直彌已猜出幾分。

「由良夫人認爲理應已由閣下承受的『神取』，又回到三郎次大人身上了。雖然家兄已向她說明，所謂的疾病不是這麼回事。」

伊織大夫的哥哥，是藩醫大野清策。

「不管再怎麼說，由良夫人都聽不進去。她很嚴厲地問，小日向到底在做什麼，他把病傳回給三郎次，自己厚著臉皮康復，是嗎？」

厚著臉皮康復，是吧。

「我和家兄口徑一致，都回答說小日向仍有病在身。」

這是在庇護直彌。

「謝謝您。」

直彌立正站好，低頭鞠躬。伊織大夫不發一語，微微搖了搖頭。

直彌出現「神取」症狀，是去年十月底的事。在發病的幾天前，他不時感到全身發冷。到了發病當天早上，他開始乾咳不止。希江和阿末都嚇得臉色發白，一切惡運就此展開。

直彌在接受過伊織大夫的診療後，馬上住進岩田寮。他雖然沒發高燒，但打從一開始就劇烈咳嗽。

直彌還年輕，身強體健。如果是運氣不好染上「神取」，只要接受治療、好好休養痊癒，就沒事了。「神取」只要染上一次，就不會再染第二次。

然而，這時在香山藩核心的瓜生家宅邸發生一件大事，無法以一句「沒事了」輕鬆帶過。

由良是藩主瓜生久則的側室，藩士和城下的百姓都稱呼他「御館夫人」。大名的正室和嫡長子以人質的身分留置在江戶，是幕府的政策，所以每個藩都有所謂的藩國夫人，以慰藉藩主的孤單。由良正是這樣的女人。

而由良與久則所生的男孩三郎次，今年八歲。他在直彌發病的兩天前也出現「神取」症狀，接受過大野清策的診療。三郎次同樣劇烈咳嗽，上從由良，下至侍女，個個慌亂不已。

然而，幾乎就在直彌「神取」病發、轉住進岩田寮的同時，三郎次的症狀突然不藥而癒。就像不曾存在過似的，消失得無影無蹤。

發生這種事情時，一般懂事理的成人會為三郎次的幸運高興，認為他與直彌發病的時間重疊純屬偶然，不會將此事放在心上。

但由良可不是這麼想，她從這件事情上看出特別的含意。

——小日向是代替我兒子承受了這場病。

之所以提出這樣的解釋，主要因為直彌乃是服侍於藩主身旁的小姓，所以御館夫人和三郎次少爺都知道他的存在。這裡只是小藩的藩主宅邸，凡事不會過於拘謹，再加上瓜生久則豁達的個性，所以在香山藩裡擔任小姓、兒小姓（註）、御用官差的人，也會視情況需要，替夫人居住的內院辦事。公廳與內院其實沒有嚴密區分。

直彌聰明又機伶，最重要的是他長得眉清目秀（這是志野達之助語帶調侃的說法），所以他原

註：未成年的小姓。

本頗受御館夫人賞識。直彌自己也感覺得出。

因此之前當直彌從小姓統領口中聽聞御館夫人這番話時，他很恭敬地說，「那就讓小日向連同三郎次少爺的病一起化解吧。」

這並非肺腑之言。他萬萬沒想到當時隨口的一句話，日後竟然會惹來麻煩。

三郎次少爺雖然染上「神取」，但症狀輕微，很快便康復。即使是痲疹和天花，還是有不少幸運者的症狀輕微。直彌也一樣，只要專心療養，遵照伊織大夫的吩咐，早日康復即可。

——原本理應是這樣。

在直彌已康復的此刻，三郎次少爺的「神取」症狀再現，同樣是偶然。但沒把之前的偶然當偶然看待的御館夫人，這次當然也不會將其視爲偶然。

——他把病還給了三郎次。

先前的想法，與這次的想法串連在一起。

伊織大夫的表情僵硬，「小日向大人，此事要是稍有差池，關係的非但是閣下的性命，也攸關小日向家的存亡。」

「大夫，您說的未免太誇張了。」

「像由良夫人這種女人的鑽牛角尖，千萬不可小覷。一旦她話說出口，絕不會撤回，連主君也得讓步。閣下不妨試著回想你獲賜褒祿的經過。」

所謂的褒祿，是對藩內擔任重要職位，任期屆滿或是立下大功的年長者，做爲褒獎所賜贈的奉祿。借用達之助的說法，這是「名譽贍養金」。

現在直彌正領取這筆奉祿。以他的年紀能獲取這樣的補償，可說是史無前例。他住進岩田寮不久，帶著這道命令前來的小姓統領，表面上佯裝讚嘆，但嘴裡嚼著什苦澀之物般，一臉不悅。

——因爲御館夫人說你承受三郎次少爺的病，請求主君報答你的忠義，才做這樣的安排。你要心存感念。

這是夫人的請求。昔日的厚意，現在卻化爲逆風吹襲而來。

「眼下要是惹由良夫人不悅，閣下非但無法復職，小日向家恐怕也將就此斷絕。我再提醒一次，由良夫人很可能會做這種事。」

自己一廂情願地以爲，對此深信不疑，一會兒褒獎，一會兒責備，一會兒獎賞，一會兒撤收。

「說來實在氣人，主君也拿由良夫人沒轍。我們兄弟倆實在搞不懂，主君到底是看上那個女人哪一點。」

由良是藩內上級武士之女，父親是御旗奉行底下的同心。十年前，在藩主宅邸內舉辦賞櫻茶會時，主君看上了她，納爲側室。

飛上枝頭當鳳凰的由良背後，存在著黑暗的權力鬥爭。雖然很想當她只是個傀儡，但由良的父親在女兒當上藩主夫人後，便中風而死，沒人繼承家業。由良是獨生女，原本理應要招贅夫婿才對。她娘家與藩內的重臣或名門沒任何關係，只是自古便侍奉瓜生家的藩士，出身極爲平凡。主君很同情失去娘家的由良，對她益發寵愛。不久，三郎次誕生，他們夫婦間的感情也更爲融洽。這時，由良四周也開始聚集了一群逢迎諂媚者，像聚在腐肉上的蒼蠅般。

另一方面，有不少人瞧不起出身平庸的由良。與瓜生氏有血緣關係的大野家正屬於這一派。所以他們都不稱呼她御館大人，而是叫她「由良夫人」。

——她就像紙老虎，是個沒內涵的女人。

有一次聽到伊織大夫說溜嘴，這樣形容她。

——希望那個愚昧、膚淺的女人，別被那些心懷不軌的黨派利用，做出危害香山藩的事來。

姑且先不管會不會危害藩國，如果是要危害小日向家，由良確實有此能耐。的確如伊織大夫所言，主君平時爲人豁達，充滿智慧，但不知爲何，就是拿這位愛妾沒轍。

小日向家代代都是擔任番士騎馬組底下的馬番（註）。上一代藩主愛馬，不只騎馬，對養馬也很熱中。直彌的父親深受主君信賴，兩人交誼深厚，已超越君臣的關係。直彌之所以自幼便受命擔任兒小姓，也是這個緣故。

由於工作態度受到認同，長大後，直彌成了現任藩主久則的小姓。直彌的父親甚感欣喜。他對直彌說，「我喜歡馬，所以當馬番便已心滿意足。不過爲了小日向家好，家裡能有你這麼成材的子孫，我很欣慰。」

如今直彌恐怕會毀了小日向家。

「此事確實不能一笑置之啊，大夫。我該怎麼做才好？」

「你暫時先在這裡待一陣子。三郎次少爺生病，你卻神采奕奕，此事如果讓人知道，後果不堪設想。由良夫人要是派人來查探你的情況，我會謊稱你病情惡化，將你隔離。」

御館夫人真的會這麼做嗎？不，應該會。那群想討御館夫人歡心的人，應該會這麼做。

「家兄正全力醫治三郎次少爺。三郎次少爺康復，是這次事件最好的解決方式。」

直彌也由衷如此希望。屛除和自己有關的麻煩事不談，他很希望三郎次少爺能康復。不過，有件事他覺得奇怪。

「三郎次少爺去年發的病，難道不是『神取』？」

「不清楚。家兄目前還沒診斷。」
難道那次是「神取」，這次是感冒？或者相反？
「也許是三郎次少爺運氣不好，兩次染上『神取』。偶爾也會有這種情形。雖是同樣的病，但小時候染病和長大後染病，情況不一樣。」
思考片刻後，直彌特別又問了一句：
「大夫，倘若三郎次少爺有個萬一的話……」
他還沒問完，伊織大夫已重新坐正。他溫和的眼中浮現堅決的神色。
「到時候我保證，會讓閣下和令堂逃離這裡。」
直彌也端正坐姿應道，「感激不盡。有大夫您這份心意，我已甚感欣慰。」
「說這些好聽話有什麼用。想想令堂的心情吧。」
伊織大夫厲聲訓斥後，接著道：
「今天早上阿末到這裡來時，我給了她一封信，請她回去轉交給小日向老夫人。信中提到閣下無法離開岩田寮的事。」
伊織大夫一臉沉痛的表情。
「我向阿末吩咐道，老夫人一定會覺得很難過，妳要好好安慰她。雖然阿末這女孩很聒噪，但她很忠心，而且充滿活力。有她在一旁陪伴，令堂也可以放心一些。」
難怪今天沒看到阿末前來。她現在應該是在二輪的家中陪在母親希江身旁。

註：專門照顧馬匹的職務。

「到時候，你也得替阿末考慮她日後的出路。」

她確實很勤奮。

「我是武士，家母也是武家之女。比起個人身家的名利，遵從主君的命令方是生存之道。我已做好心理準備。但阿末和我們不同。」

不能讓她捲入這場風波。

「小日向先生。」

爲了以長輩的身分勸諫年輕人，伊織大夫以親切的口吻稱呼直彌。

「主君愛妾一時的任性和藉口，並不是主君的命令。你可別搞錯。」

說完這句話後，伊織大夫要直彌回房間去。走過同樣的外廊，但剛才病患放鬆的模樣，現在看起來已不是那麼回事。外頭的世界因春天的到來而欣欣向榮，但我們卻困在這裡，只能一直這樣躺著。面對春天卻不知如何自處，對自身的遭遇充滿怨懟。

——當眞是去時歡欣，回時擔心。

他返回房內，在明亮的陽光下，隱隱看見塵埃飛揚，在這三張榻榻米大的木板地角落，有兩個小行李整齊地疊放。爲了準備隨時離開這裡，他已整理好行李。

直彌倚著行李，茫然出神。

岩田寮的這一整棟房，全都是藩士住的房間。原本沒有隔間，當大通鋪使用，只有直彌特別立起門板。雖然只是間三張榻榻米大的狹窄房間，卻是個人房。之所以這樣安排，也是因爲在岩田寮裡，很少藩士對於這位年僅二十歲便破例獲賜褒祿的年輕人存有好感。

——不過是剛好同一時間染病罷了，主君對他未免太禮遇了。

——眞不知道他是怎樣逢迎拍馬。

——小日向和御館夫人該不會有不正常的關係吧？

「老爺！」

在這聲叫喚下，直彌猛然回神。阿末端坐在一旁，杏眼圓睜。

「妳幹什麼擺出這種臉。」

「老爺您才是，該不會是睜著眼睛睡著了吧？」

阿末是御館町一家蔬果店老闆的女兒，但她說話沒什麼香山口音。說起話來伶牙俐齒，所以給人聒噪的感覺，或許在這方面有點吃虧。

「怎麼了？」

「還問呢。老爺，您不要緊吧？」

嗯——直彌不置可否地應道：

「我母親她情況如何？」

「老夫人她可了不起了。」

阿末語帶不悅地說道：

「她不會因爲這點小事就垂頭喪氣。她很堅強。」

確實如此。強體強健、從不感冒的父親，像一直在等候直彌成年般，在他行完成年禮後突然病倒，不到半個月便匆匆辭世，當時母親也不曾在別人面前流淚。

直彌霍然起身，「阿末，我們去散步吧。」

「咦？老爺，您得躲起來才行啊。」

「我蒙著臉去。對了，妳去向這裡的男僕借棉襖來。穿上它，看起來就像岩田寮裡的看護。」

兩人從岩田寮的後院來到外頭。岩田寮位於城町的外郊，所以只要經小路繞著御館町外側走，便不會遇上人，想去哪兒都行。

「我們去光榮寺吧。得去謝謝住持轉交圓秀大人寄給我的書信。」

「老爺，您還和那位古怪的畫師書信往來啊？」

連阿末也說出和志野達之助同樣的話。

「金吾也訓了我一頓。」

「我就說吧。志野大人也很了不起。」

「金吾也很了不起，是吧？他和我娘誰比較了不起？」

「您再說這種無聊的話，我就不幫您送老夫人親手做的菜喔。」

走在後方的阿末，比直彌矮一個頭。個子小，話卻很多。伊織大夫說她像紡織娘一樣聒噪，形容得眞妙。

「妳都到適婚年齡了，說話還這麼不客氣，小心嫁不出去。」

阿末今年芳齡十八，正是年輕貌美的年紀。

「我才不嫁人呢。我要一直陪在老夫人身邊。」

阿末說得很自然，既沒加重語氣，也沒露出固執的神情。

「老夫人從很久以前就說，等老爺您娶了奈津小姐後，她要帶著我搬去養老的住所同住。」

「這件事我怎麼沒聽……」

直彌話說到一半，音量突然變小。

對了，奈津。我現在處境危險的事，也得通知她才行。如果不趕快取消這門婚事，萬一有事發生，志野家會遭池魚之殃。

但不巧的是，現在達之助不在志野家。如果向他身爲當家的父親提及此事，事情恐怕會鬧大。如果不能透過達之助，就只能直接告訴奈津此事，請她主動拒絕這門婚事。

「……阿末，奈津小姐已經沒再到小日向家來了吧？」

阿末沒答話。直彌回頭一看，發現阿末停下腳步，低頭望著地面，嘴角垂落。

「奈津小姐眞教人同情。」

那是泫然欲泣的聲音。

「志野大人也教人同情。」

阿末以這樣的表情和聲音說，達之助在前往擔任山番前，曾到小日向家拜訪，與希江長談良久，爲直彌康復一事感到高興。

「他離去時，還跟我說話呢。」

——奈津終於要嫁來這裡了。阿末，到時候會給妳添麻煩，還請多多幫忙喔。

「金吾那傢伙，竟然跑來談這件事。」

阿末發出吸鼻涕的聲音。

「這樣正好。又多了一項要請住持幫忙的事了。」

就請住持幫忙，安排和奈津在寺裡見面吧。

「妳放心，奈津小姐人長得美，性情又好。很快就會有良緣上門。」

「可是志野大人很期待老爺您能和奈津小姐結爲夫妻呢。」

直彌原本也是同樣的心情，想和達之助成爲名副其實的姻親兄弟。

「這也是沒辦法的事。世事就是無法盡如人意。」

道路轉爲緩降坡，御館町的市街隱藏在草叢前方。像已等候許久似的，阿末的口吻驟變，轉爲嚴厲而強硬。

「別說盡如人意了，老爺明明什麼壞事也沒做，卻得面對如此殘酷的對待。」

「我可是獲賜褒祿，出人頭地呢。」

「您明明一點都不開心。」

直彌以沉默含混帶過。

「老爺……」

阿末莫名壓低聲音。

「聽說您認識御館夫人，是眞的嗎？」

是那件傳聞。小日向直彌與御館夫人——御旗奉行手下同心的女兒由良，兩人之間有不當關係。所以御館夫人才會想特別關照小日向，而善良的主君不明白其心思，聽從了愛妾的請求。

「這些都是無來由的謠傳。再說，我們兩人的年紀根本搭不上。別在意這種傳聞。」

直彌以輕鬆的口吻一笑置之。

「對了，達之助曾經說過。」

——所謂的藩國夫人，原本也是生活在我們眼前的年輕女孩。

男女之事難料啊——達之助也這樣說過。

「的確，由良夫人不像正室夫人那樣，擁有我們高不可攀的家世。不過，若因爲這樣就輕視她，那可就錯了。這是對主君的不忠。妳應該不是這種個性輕率的人吧？」

阿末遲遲沒有答話，接著她悄聲道：

「我只是覺得，因爲御館夫人的緣故，而讓老爺和老夫人受苦，很不甘心。」

光榮寺老舊的山門和鋪瓦的氣派正殿已出現眼前。接下來是上坡路段。光榮寺位於可俯瞰御館町的小山丘上。

能溜出岩田寮到外頭走走，眞好。甫一接觸寺院的空氣，內心便感到平靜不少。穿過山門後，直彌深深吁了口氣。

然而，光榮寺內卻起了一場詭異的騷動。

二

「這……這是怎麼回事？」

直彌驚訝地呆立原地，好不容易才擠出這句話來。

「眞是慚愧。」

一旁的住持圓也和尙，聲音也顯得頗爲沉重。「這般凌亂，我竟然都沒察覺，眞是顏面無光啊。」

兩人身處光榮寺正殿西側的六角堂內。正中央安置著一尊藥師如來佛。

香山境內有一座菩提寺古剎，名爲淨土宗蓬榮山光信寺。光榮寺是這座自建寺以來擁有四百多年歷史的古寺分院，所以眾多家臣和御館町的富商都是其施主。

這尊藥師如來佛原本也是光信寺內的佛像，五年前才迎請至此。它是一尊高度不及四尺的木雕佛像，供奉在模仿六角堂形狀建造的階梯狀臺座上。是直彌可以輕鬆仰望的高度。

藥師如來是守護眾生不受病苦，慈悲爲懷的神佛。連不識字的人也能與祂親近。自從香山藩改以藥材的製作和販售做爲財政支柱後，藥師如來成了藥材相關業者的守護神，益發受人敬重。因此，即使不是寺裡的施主，只要能獲得住持的同意，御館町的居民也能到六角堂裡參拜。

前來參拜的人，都會在那尊木雕佛像的笑容前淨化心靈，低頭合掌膜拜。這裡就是這樣的場所。直彌也曾多次和母親，或是跟奈津和達之助一同參拜禮佛，度過一段心靈祥和的時光。

如今六角堂遭到嚴重破壞。

佛像底下當擺飾的供花一片散亂，丸子和點心等供品連同盤子一起從臺座上翻落，大大小小的木片散落一地。臺座有一部分被破壞，被硬生生地拆開。包圍藥師如來像的六角堂內側牆壁，掛著一排眾施主供奉的繪馬（註），但原本整齊的排列也全亂了套。還不光如此。

「這是血吧。」

臺座四周、祈願繪馬的表面，甚至是藥師如來像的胸前，都濺上許多紅黑色的水滴。直彌當場跪下，伸指碰觸濺向供品盤的紅黑色水滴。它已乾涸凝固。

「是的。不過奇怪的是，只有正殿內留有血漬。」

圓也和尚是位個頭矮小的老翁。頭與直彌的肩膀一般高，眼神不安地遊移著。包裹在袈裟下的清瘦雙肩蜷縮。

「應該是那名破壞者包紮傷口，擦去血汙後逃離吧。」

「您也這麼想啊。」

直彌望著住持那難過的側臉，悄聲道：

「住持，您還沒向寺社通報，對吧？」

寺社指的是藩內的寺社奉行所。

圓也和尚抬起眼，點了點頭。

「伊吉對於破壞這裡的事，好像知道些什麼。」

伊吉是這裡的寺男。年近三十，體格魁梧、孔武有力。但不知道是不喜歡和人接觸，還是不善與人交際，加上腦筋反應略嫌遲鈍。儘管如此，不論什麼時候看到他，他總是很認眞工作，對圓也和尚忠心耿耿。瞧不起伊吉的人，都說他像頭忠心的老牛，但直彌可不這麼認爲。

「老實說，今天早上，白圓發現他正準備在茅廁的橫梁上結繩自縊。他急忙大聲喝斥，將他制伏。」

白圓是圓也和尚的大弟子。雖然不及伊吉那般壯碩，但白圓一樣有健壯的體格，可以輕鬆將圓也和尚扛在肩上。如果是其他人，恐怕就無法壓制住伊吉。

「他極力安撫伊吉的情緒後，將他帶到貧僧面前，而就在慌亂的情況下，一名小沙彌發現六角堂裡成了這副模樣。」

對光榮寺而言，這是無比慌亂的早晨。

「從那之後，伊吉就一直哭。他縮著高大的身軀，一面哭，一面向貧僧道歉。但他爲何要道歉呢？由於他始終都不肯說，我無從得知。」

註：祈願或酬謝時，供奉在寺院裡的木牌。

不過，這兩件事之間，不可能完全沒有關聯——圓也和尚說。

「我也這麼認爲。伊吉身上是否有傷？」

圓也和尚默默搖了搖頭。

兩人就像說好似的，重新環視六角堂的慘狀。這麼說來，這不是伊吉身上的血。

「他現在人在哪兒？」

「他把自己關在柴房裡，好像在裡頭哭泣。」

「他不會再自縊了吧？」

「白圓已清楚地跟他說過，如果他自縊的話，佛祖會嚴厲降罪，他應該不會再那麼做了。」

見直彌忍不住蹙起眉頭，圓也和尚微微苦笑。

「對伊吉如果不用嚇小孩子的方法，是講不通的。」

儘管是大個子，內心卻還是個孩子。

「連貧僧也問不出的事，我不認爲官差能從伊吉口中問出。而且他們恐怕也不會有我這樣的耐性。要是在沒弄清楚是非黑白的情況下，不懂事理的伊吉遭受嚴厲的責罰，教人於心不忍。」

直彌也是同樣的心思。

「我明白了。那麼住持，可以讓我到現場勘查一下嗎？」

「請便。」

語畢，圓也和尚抬起那枯木般的手臂抵住臉，吁了口氣。

「剛才閣下到來時，我心想，眞是天助我也。因爲伊吉平時便常承蒙閣下與他親近，對您懷有親切感。」

只要見直彌一面，由他來詢問此事，或許伊吉會坦言一切。住持心裡這麼想，正想請小沙彌跑一趟岩田寮時，直彌剛好自己來到寺內。

直彌確實對伊吉認眞工作的態度感到敬佩，見面時總會和他打招呼。不過那是之前畫師菊地圓秀住在寺內時，直彌爲了和他見面，而常光顧寺內之後的事。在那之前他對伊吉並不了解，也不曾想要了解。

「住持。」

直彌也學圓也和尙抬起單手覆住臉，從手掌底下悄聲道：

「詳情待會兒再跟您說，其實我也有事想暗中請住持您幫忙，才會前來。」

喔——圓也和尙放下手，望向直彌。

「那貧僧就好好替您保守祕密吧。」

這位形同枯木的和尙善解人意，幫了直彌一個大忙。

直彌脫去岩田寮的棉襖，交給圓也和尙，接著撩起衣服下襬，踮起腳尖，每一步走得小心翼翼，朝藥師如來佛和臺座旁走近。

他繞了一圈，勘察現場情況。從血花飛濺的情形，以及物品損毀的狀況來推測，肯定有兩人以上在這裡起了衝突，在藥師如來佛面前大打出手。背後毀壞的物品很少，也沒被血花濺到。

佛像的臺座背後最底下的部分，損毀得最嚴重。有一個像是用柴刀劈出的破洞。被拆除的部分，若是把手伸進去，應該還能把洞撐得更大。構成臺座的木板出奇地薄，如果是成年男子，要將它撐開應該不成問題。

直彌蹲下身往洞裡窺望，裡頭塵埃密布，還帶有霉味。

「住持，這裡頭好像藏了什麼呢。」

顯而易見，竊賊應是看準裡頭的「某個東西」，才這樣下手破壞。

「請小心腳下。」

住持來到一旁後，直彌不自主地伸手攙扶他枯瘦的手臂。圓也和尚緩緩蹲下身。

「沒錯，這裡頭……」住持指著臺座底下黑漆漆的空洞，「確實放有某個東西。不過，並不是藏在裡頭。」

那是封印——住持說：

「是當初在這裡安置這尊佛像時，光信寺的住持寄放的。」

直彌感到納悶。在藥師如來佛底下存放某個東西。那應該是想藉由神佛的力量，來封印某個邪惡之物吧。

「到底是怎樣的東西呢？」

「聽說是繪馬。」

住持雙手比出一個約一尺見方的形狀。

「大概這麼大，和供奉在這裡的繪馬一樣。」

直彌抬起臉來，朝掛在六角堂牆上的眾多繪馬瞄了一眼。

「不過，它用好幾層白棉布包著，上頭還用粗繩繞了兩圈，繩結處上頭貼了符咒。似乎已年代久遠。」

直彌因不解與困惑而頻頻眨眼。

「要封印供奉的繪馬？」

香山的繪馬是供奉在佛寺裡，而且上頭所畫的都是固定圖案，這是其獨特之處。

爲什麼是供奉在佛寺呢？因爲繪馬上所畫的東西，是送給死者的贈禮。爲了不讓亡靈在另一個世界因諸多不便而感嘆，人們會畫上生活用品、衣服、裝飾品、玩具、個人喜好物，獻給死者。所以供奉的時間也都固定，一律定在彼岸日（註）。供奉繪馬的用意，是當彼岸日結束，死者回到另一個世界時，能讓他們帶伴手禮回去。彼岸日一年有春、秋兩次，不過一年之中可以訂製兩次繪馬的，只有富裕人家，一般大多是在秋收期供奉。

這種風俗在香山相當普及，不管再小的寺院，都會設置可掛上供奉繪馬的柵欄。甚至有古老的和歌，吟詠荒寺裡的無主孤墳旁，立著斜傾的柵欄，上頭掛著被雨淋溼、褪色腐爛的繪馬，沒人維護的淒涼景象。

這種風俗在開始之初，繪馬可能是由供奉者親手製作，但現在都是由各座寺院一手包辦，應施主和信眾的要求製作。會因應供奉者的財力，而有不同的大小和材質，使用的顏料品質也有差異。

而描繪繪馬這項工作，對香山藩的下級武士來說，是最好的副業。由於繪畫的素材都很固定，即使不是畫師，只要稍有繪畫技巧，便可勝任這項工作。

由於是這種供奉繪馬，所以筆觸講究明亮華麗，不會構思出不吉利的圖案。但住持卻說要加以封印？

「住持，您看過那塊繪馬嗎？」

圓也和尚表情嚴肅地搖了搖頭。

註：春分和秋分。

「貧僧沒見過。光信寺的住持說過，他只負責傳話，也從來沒看過。」

聽說任何人都看不得。

「所以才會在繩結上貼符咒。」

以粗繩纏繞，給人一種非比尋常的感覺。

「聽說之前在光信寺，也同樣是藏在這尊藥師如來佛腳下的臺座裡。」

所以才會連同佛像一起移往此地，是吧？

「我聽說這尊藥師如來佛會移往此地，是因爲這裡的眾施主共同請願，主君接受了他們的意見。」

圓也和尚頷首，「您說的沒錯。御館町的人們一直很希望能隨時到佛像前參拜。」

現今這種狀況。對製作和販售藥材的業者來說，能就近瞻仰佛的尊顏，是莫大的鼓舞。

這尊藥師如來佛雖然模樣尊貴，卻也帶有討喜的神采。應該是因爲祂體型嬌小，外加有一張娃娃臉吧。直彌之前便一直有這種感覺。

不論周遭發生何事，佛像的笑容都不曾改變。只不過，當注視祂的人心中起了動搖，佛像溫柔的微笑也會轉爲透著神祕。

「話說回來，那塊繪馬當初是誰供奉的？」

「不清楚，貧僧也沒細問。不過，既然它藏在光信寺裡，應該是瓜生家的……」

圓也和尚語帶含糊，直彌決定不再追問。

這東西擁有那麼危險又可怕的來歷，現在竟然被人用粗暴的手段盜走。盜賊的目的爲何？打著什麼主意？

「盜賊應該在行竊時與人在這裡起衝突，因而負傷，或是讓對方負傷後逃脫。」

「寺裡的人，包括伊吉在內，都沒人受傷。這點貧僧已確認過。」

圓也和尚就像要打斷直彌的話似的，很快地說道。

「我明白了。請讓我試試，看能否從伊吉口中問出些什麼。」

直彌再度執起住持的手，緩緩回到六角堂出入口的雙開大門處。

「暫時不能讓人靠近這裡。」

「我會找藉口。像是裡頭有老鼠，或是漏雨之類的。」

直彌急忙繞往正殿後方。阿末和寺僧白圓一起蹲在伊吉緊閉不出的柴房前。似乎正面向柴房門口朝伊吉說些什麼。

「啊，老爺。」

阿末站起身，就像擠盡她那嬌小身軀所有的力量似的，如此說道：

「伊吉先生終於不哭了。因爲我對他說，像你這樣的彪形大漢還哭得跟嬰兒似的，實在太好笑了，狠狠訓了他一頓。」

站在阿末身後的白圓，強忍著苦笑，朝直彌行了一禮。

「這樣啊，眞是辛苦妳了。」

直彌拉起阿末的手，臉湊向前，對她悄聲道：

「接著我會試著和伊吉談話。妳和白圓先生到住持那兒，告訴他們兩人我現在爲難的處境。」

阿末也壓低聲音道，「交給我行嗎？奈津小姐的事也要說嗎？」

「嗯，就拜託妳了。妳做事很可靠，一切都交給妳處理。不過阿末，此事絕不能大聲宣揚。這裡的一切事情，都得嚴加保密，明白了嗎？」

「我明白了！」

身材高大的寺僧和嬌小的侍女離去後，直彌跟剛才阿末所做的動作一樣，在柴房門口前蹲下身，握緊拳頭，輕輕朝門板敲了兩下。

「伊吉，是我，小日向直彌。你可以開門露個臉嗎？」

接著伊吉可能是取下了頂門棍，發出咚的一聲，門板開啓，露出伊吉那張大臉。因爲剛哭過，眼皮浮腫。他用手擦拭垂落的鼻涕，人中處微微泛紅。

伊吉原本想上吊自盡，但最後似乎沒能成功。他那粗壯的脖子沒任何勒痕。啊，太好了。

「伊吉，你可別嚇我啊。怎麼會做這麼危險的事呢。要是你死了，我會很難過的。家母也會爲此傷心得柔腸寸斷。」

伊吉聽了之後，馬上又哭了起來。落下豆粒般大的淚珠。

雖然圓也和尚那樣說，但其實伊吉眞正親近的不是直彌，而是他母親希江。在眾施主當中，只有希江關心這名沒人理會的寺男。每次只要前來參加法會或掃墓，一見到伊吉，希江總會溫柔地和他打招呼，有時還會送他食物或是以舊衣改成的窄袖和服，這些直彌也都知道。

「嗚嗚……嗚嗚……」

伊吉發出呻吟般的聲音，淚流不止。

「我可以進去嗎？我們好好聊聊吧。」

走進柴房後，直彌朝背後瞄了一眼，確認沒人在場後，把門板關上。這約莫一坪大的柴房，有一半堆滿了薪柴，捆成束以方便搬運。爲了避免潮溼，不是直接擺在地上，而是在底下鋪了竹簾。

是伊吉親手做的竹簾。他也有如此機靈的一面，希江全瞧在眼裡，非常疼惜他。

直彌將懷紙塞進伊吉手中，任憑他擦拭鼻涕和淚水，一再說服他，「六角堂那件事，沒讓任何人知道。你也不必擔心被人知道後，會受責怪。不過爲什麼你會這麼難過？大家都很替你擔心。」

不久，伊吉終於開始透露。

「都、都是我害的。」

他似乎想說，六角堂遭到破壞，都是他的緣故。

「你的意思是，你在關緊門窗和看守上有所疏忽，是嗎？」

伊吉雙目緊閉，用力搖頭，又重複了一次，「都是我害的，是我不好。」

直彌微微瞠目，「那麼，到底是什麼意思？你爲何那麼肯定，說是你害的？」

伊吉顫抖著呼了口氣，低頭用力搓著沾滿汙泥、指甲破裂的手指，做出像在把玩手指的動作。

「我剛剛才從住持那裡得知此事，聽說六角堂的佛像底下放置著某個重要的物品，對吧？」

伊吉又開始全身發顫。

「那項重要的物品好像是古老的供奉繪馬。爲什麼那物品會藏在那裡，被人用如此粗暴的手段盜走，是何人所偷，所爲何事，這點我和住持都猜不透。你知道嗎？」

伊吉小小的瞳孔，棲宿著冷硬的目光。他知道些什麼。

直彌伸手搭在伊吉那粗糙的手上。伊吉的手無比冰冷。

「你如果知道些什麼，可以告訴我嗎？如果此事必須保密，我不會跟任何人說。即使住持我也不說，當成是我們兩人之間的祕密。我向你保證。你就告訴我吧。」

伊吉像抱定主意般，雙唇緊抿，輕輕地把直彌的手推回，抬起臉來。

「……危險。」

他聲音沙啞。

「那東西很危險。」

「你的意思是，藏在那裡的供奉繪馬，是很可怕的東西？」

層層包裹，再以粗繩纏繞，上頭貼上符咒。

「是怎樣可怕呢？」

「要是出現在陽光下就糟了。」

伊吉牙齒打顫。

「會引發淹種的災難。」

淹種是香山的古語，意思是「激烈」、「嚴重」。

「伊吉，你為什麼會知道？」

「六爺告訴我的。」

六爺是一位名叫六造的老先生，是前任寺男。自幼父母雙亡，由光榮寺收留的伊吉，就是由六造養大。六造很長壽，一直活到八十多歲，前年秋天才過世。

「六爺死前對我說過，那是很危險的東西，你要寸步不離地盯緊它。」

寸步不離地盯緊它。直彌聽了之後，也略感發毛。

「那危險的東西，五年前一直都和佛像一起安置在光信寺。這點你也知道吧？」

伊吉用力點著頭，像在回想什麼似的，瞇起眼睛。

「當初那尊珍貴的佛像要迎請到這裡時，六爺表情好可怕，顯得很不高興。當時我不懂原因。

我問他爲什麼生氣，他也不說。」

換言之，六造早在許久以前就知道藥師如來與被封印的供奉繪馬之間的淵源。所以才會對佛像移至光榮寺一事感到厭惡，或者是害怕、不悅。

「六爺沒告訴住持這件事嗎？」

伊吉益發縮起他粗大的脖子。

「不能說、不能說。」

可能之前六造也是這種口吻吧——嚴厲且強硬的口吻。

「不能跟任何人說。那東西太可怕了。」

它充滿邪穢——伊吉就像在默背什麼艱澀的字句般，以難以啓齒的口吻說道：

「六爺說，它帶有詛咒。」

邪穢、詛咒。光信寺的住持沒告訴圓也和尚這件事。這麼說來，六造比這兩位住持更清楚詳情。

「伊吉，你曾經看過嗎？」

伊吉縮起身子直搖頭，彷彿在說「怎麼可能」。

「六爺看過嗎？」

「六爺也沒看過。小日向大人，他要是看了，就沒辦法那麼長壽了。」

要是看了，會折損陽壽——伊吉顫抖著說道。接著不小心說溜嘴：

「所以我一再警告他說，不能這麼做，圓秀大人，您快住手，看了那東西，你會沒命的……」

伊吉張著嘴，雙目圓睜，就此噤聲。

因過度驚訝，直彌一時也說不出話來。

「圓秀大人？」

面對直彌的驚人氣勢，伊吉顯得退縮。他高大的身軀往後退，頭和背部撞向堆積的薪柴。

「你說圓秀大人他怎麼了？」

伊吉眼中再度冒出豆大的淚珠。直彌一把抓住他肩頭，用力搖晃。

「你不能哭。別再哭了，快告訴我。關於供奉繪馬的事，圓秀大人對你說了什麼？」

伊吉用嘴呼吸，極力忍住想哭的衝動。

「圓秀大人他不知為何，知道佛像底下藏著繪馬。」

直彌無比錯愕。圓秀大人竟然知道？

「他對我說，『我想看看。我無論如何都要見識一下，伊吉，你幫我。』」

但我不想這麼做——伊吉眨著眼，甩掉淚水。

「我向他道歉，並對他說，『我不能這麼做，請您原諒。圓秀大人，不能這麼做，我沒辦法幫您。我得遵守六爺的吩咐才行。』但圓秀大人一再提出這樣的要求，所以自從他離開後，我……」

菊地圓秀離開光榮寺後，伊吉鬆了口氣。

直彌鬆開緊抓伊吉肩頭的手。

圓秀大人竟然提出如此無理的要求，說他想看被封印的供奉繪馬，不斷向伊吉央求，令伊吉為之苦惱。

——這是為什麼？

菊地圓秀知道在藥師如來底下藏有這麼一個詭異的繪馬？

連香山家的藩士小日向直彌都不知情，光信寺和光榮寺的住持皆守口如瓶的祕密，他竟然知道。從來歷推測，這被封印的繪馬應該是很重大的祕密，爲什麼這名外地來的畫師會知道此事？會是伊吉自己說出，或是圓也和尚不小心說溜嘴，使得他湊巧得知此事。而一提到畫便不顧一切的菊地圓秀，不惜採用強迫的手段，也想一窺廬山眞面目嗎？應該不是這樣。如果眞是這樣，直彌能理解。直彌自認他所知道的菊地圓秀，就是這樣的個性。一提到畫就不顧一切。

但事實上，順序卻正好相反。圓秀打從一開始就知道有供奉繪馬的存在。這才是問題所在。

——他到香山的御館町來，到底所爲何事？

直彌想起志野達之助挑起單邊眉毛，責備他竟然還和那名畫師書信往來時的神情。阿末也罵過他。但自己卻認爲圓秀大人身分可靠，與他交談以及書往來的內容，提到的也都是繪畫相關的事，對此一笑置之。

也許此事無法輕鬆看待。

——他到底是什麼人？

直彌被人輕輕碰觸一下，猛然一驚、縮起身子。原來是淚眼汪汪的伊吉，一臉擔心地伸手想扶直彌的手臂。

「您還在發燒嗎？」

經他這麼一提，直彌才發現自己在顫抖。難怪伊吉會替他擔心。

這不是因爲發燒的緣故。此刻直彌全身發抖，是因爲震怒，以及不信任。自己不理會周遭人的擔憂，對這麼一位和善的旅行畫師完全信任，這種輕率的行爲令他深感後悔。我眞是個糊塗蛋。

「抱歉，我沒事。我的病已完全康復了。」

現在即使慌亂、生氣、畏怯，也於事無補。得冷靜下來。
「小、小日向大人。」
伊吉像在求助似地問道：
「圓秀大人現在躲在哪裡？他離開寺院後，我正感到鬆了一口氣。沒想到他竟然還在御館町裡。」
「不，伊吉，圓秀大人已不在御館町裡，也不在香山領地內。」
「可是，破壞正殿的人，一定就是他！」
伊吉心裡認定，除了他之外，不會有別人。正因為這樣，他隱瞞自己與圓秀間的對談，對此深感內疚。
「伊吉，你自己這樣斷定不對。」
直彌注視著這名內心宛如孩童的大漢雙眸，向他講道理。
「不管圓秀大人再怎麼想看那塊供奉繪馬，都已經是過去的事了。昨晚六角堂遭破壞的事，與此事無關。圓秀大人早已回相模藩了。他無法在香山做任何事。」
直彌一面說，一面朝他點頭。伊吉雖然面露不安之色，但還是跟著點頭，「是……」
「因此，這件事你完全沒錯。不必感到內疚。來，快重新打起精神，好好工作。」
伊吉原本緊繃的嘴角，這才微微放鬆。直彌朝他投以勉勵的微笑，內心卻是納悶不解。
事情不像他對伊吉說的那麼簡單。六角堂那件事，還不能斷定與菊地圓秀無關。雖然他已離開香山，但他有可能託人前來竊取，也可能打從一開始便與人合謀。
現在不管怎麼想都有可能。

在正殿裡，安置佛像的大殿隔壁房間，圓也和尚仍和阿末在交談。住持一臉愁容地望著直彌，接著目光移向四周，吩咐阿末將隔間的門板關上。

「我已聽說了。小日向大人，這件事可不能慢慢來，您直接待在寺內吧。我們讓您在此避難。」

阿末似乎也有這意思，但直彌一口回絕。

「住持，不能這麼做。」

「可是……」

「住持，您知道三郎次少爺再次染上『神取』的事嗎？」

「不，我沒接獲任何通知。不過，我認爲光信寺一定已知道此事。」

因爲瓜生氏所屬的菩提寺應該會進行加持祈禱的儀式。

「去年秋天第一次發病時，還曾經盛大舉行儀式。」

圓也和尚的口吻微帶不悅。

「原本像這類的祈禱，不是我們該做的，我佛的教義不是這樣開導。但如果御館夫人希望這麼做，我們只能配合。」

御館夫人爲了讓心愛的兒子痊癒，可說是無所不用其極。當她的心願沒能達成時，應該會想找一個怪罪的對象。

「這是我和小日向家該背負的考驗。」

直彌很乾脆地如此說道，圓也和尚和阿末互望一眼。

「如果您心意如此堅決，那也沒辦法。」

圓也和尚嘆了口氣，阿末則是頹然垂首。

「與志野家的奈津小姐聯絡一事，交給貧僧吧。貧僧會好好處理此事。」

「感激不盡。」直彌深深行了一禮，「住持，伊吉的事已不必擔心。六角堂遭破壞的事，他認為是自己在關緊門窗和看守上有所疏忽所致，對此深感內疚。我已說服他，說那是他自己誤會，而他好像也接受了。」

直彌不善說謊，也不善隱瞞祕密。他對眼前的圓也和尚感到歉疚，也很擔心這樣是否能瞞過這位老和尚犀利的目光，覺得背後冷汗直流。也許是麻煩事和罕見的事全湊在一起，連住持也不禁亂了方寸，才會相信直彌的說法。

「謝謝您。貧僧這就馬上暗中派人進行六角堂的修繕，並一併派伊吉幫忙。」

「光信寺方面……」

「現在他們也顧不了這了。」

住持神色凝重，接著又以宛如嚼著苦澀之物般的口吻說道：

「而且破壞六角堂的荒唐惡賊，還不知道接下來會採取什麼行動。也許他會仗著偷來的東西，來找我們談條件也說不定。」

直彌為之一驚。住持的見解犀利。

「原來如此。被竊取的確實是可加以利用的物品。」

被封印的可怕祕密，隨著使用方式的不同，可派上不同的用場。

「住持，在下雖不才……不，正因為在下現在身處這樣的立場，反而能在這時候派上用場。」

他原本就已被逼入絕境。

「要是有需要幫忙的地方，歡迎隨時通知一聲，在下會立馬趕到。」
直彌語氣堅決地說道。他們離開光榮寺，返途走進草叢時，阿末向他訓斥道：
「您自己開口攬下這麼大的差事，到底在想什麼啊？」
「妳自己才是。在和尚面前大氣都不敢喘一下，一來到外頭就這麼聒噪。」
「您要是再說這種話欺負我，我就不管您了。」
雖然阿末毫不客氣地回嘴，但不經意地一看，發現她眼中噙著淚水。
「妳怎麼了，眞不像平常的妳。」
阿末低著頭，伸手拭淚。
「老爺，您不害怕嗎？」
我很害怕呢——阿末小小聲說道：
「這些不好的事，爲什麼接二連三發生呢？」
「光榮寺的事，與三郎次少爺的病，是兩碼子事。再說，妳忘了嗎？也有好事發生啊。我的『神取』已完全痊癒了。」
阿末停下腳步，抬頭仰望直彌。
「……志野大人不知是否平安無事。」
這句話問得突然，直彌一時間無法掩飾自己的表情。
「老爺您果然也很擔心。」
「因爲山番是很辛苦的工作。」
「不對。這次不光只是當一般的山番，而是發生了什麼大事，所以志野大人才會火速趕往北方五村吧？」

直彌瞇起眼睛，「妳爲何這麼說？」

「在二輪已慢慢開始出現傳聞。說五村當中有一村被燒毀，村民全都消失無蹤。」

「永津野牛頭馬面的生人狩獵行動，現在早已不是什麼新聞了。」

「如果是平時的生人狩獵，藩內的眾人不會那樣急著上山。」

「不然妳說這次是怎樣？」

阿末凝視著直彌，「會不會是和永津野開戰了？」

直彌莞爾一笑，「二輪宅邸的佣人們，現在一碰面都聊這些傳聞嗎？」

由於剛才展現出十足的氣勢，阿末現在反而有些尷尬，雙脣緊抿，但似乎仍有話想說。

「阿末，妳別擔心。」

直彌溫柔地輕拍這位嬌小的侍女背後。

「在此太平盛世，永津野沒有哪個傻瓜會想開戰。即使對方再怎麼貪心粗暴，都不會做這種事。」

根本不可能開戰。

「只要一開戰，永津野藩馬上會被撤藩。」

「可是，他們又不是對將軍開戰。永津野想攻打的，是我們香山領地啊。」

「不好好治理將軍所賜的領地，卻和鄰藩爭鬥，引發紛亂，此種荒唐的行徑等同是對將軍的叛亂。所謂的政治就是這麼回事。」

因此香山藩儘管遭遇殘暴的生人狩獵，還是不能將事情鬧大，一直靜靜忍耐，持續與對方交涉，以錢財交換人質。

「這樣的話，永津野堂堂正正地向我們開戰不就好了嗎？到時候我們也就解脫了。既然明顯是永津野有錯，幕府應該會懲罰永津野，爲我們主持公道才對吧？」

直彌轉以嚴肅的表情面向阿末，「阿末，妳不可胡說。」

眞的很抱歉——這位向來聒噪的侍女，爲之臉色發白。

「我們在此道別吧。家母就拜託妳了。擔憂藩國的未來和妳的身分不相稱，妳不如多花點心思在小日向家。」

在草叢裡的岔路上，直彌趕阿末上路，目送她嬌小的背影離去後，重新拉攏身上棉襖的前襟，快步離去。

儘管他安慰伊吉、向阿末講道理，但其實自己才是內心最慌的人。他感到背後一陣寒意。

——圓秀大人如果是永津野那邊的人……

那位好脾氣的人，眞的是相模藩御用畫師菊地家的養子圓秀嗎？那名字和身分，該不會全是他捏造的？

與直彌之間的書信往來，也眞的是來自相模、寄往相模嗎？該不會都只是假象？伊吉脫口而出的懷疑，也許意外說中了眞相，菊地圓秀還潛伏在香山領地內。下次他又會捏造其他的名字和身分。如果他是奸細，這點小事對他來說只算是家常便飯。

要是出現在陽光下就會引發嚴重的災難。對香山藩和瓜生氏而言，一個無比可怕的神祕之物，有人察覺到它的存在，想拿走它加以利用。下手的人，最有嫌疑的就屬永津野的人了。在香山領地引發災難，他們再趁亂……

不過究竟會是何種災難？直彌的思緒為之混亂。他從達之助那裡聽說，仁谷村發生難解的逃亡事件。香山居民逃向永津野。發生了某件令他們不顧一切，非得這麼做的事。那件事和有人搶走供奉繪馬的事有關嗎？

不，等一下！這樣根本是前後順序顛倒。是先有仁谷村逃亡的事件，昨晚才發生搶走供奉繪馬的事。兩者之間應該沒什麼關聯。

——我自己才不該胡思亂想。

對菊地圓秀也一樣。一味地將他想成壞蛋，就看不清其他事了。也許說明之後，只是個惹人發笑、平凡無奇的緣由。現在還不能妄下斷論。直彌如此說服自己。

直彌腦中思索著這個問題，返抵岩田寮，悄悄繞路回到病房裡，人在走廊的看護衝進房內。

「小日向大人，您上哪兒去啦？柏原大人派人前來，費了我們好大一番工夫。」

剛才好不容易才把對方請了回去——看護擦著冷汗說道。

「抱歉，給你添麻煩了。伊織大夫人呢？」

「在診療室裡。大師巧妙地演了一齣戲，但柏原大人的手下如果堅持要親眼確認您臥病在床的模樣，可就不知該如何是好了。我們可是嚇出一身冷汗。」

柏原大人指的是香山藩的置家老柏原信右衛門。置家老不是藩內的職務，而是代代侍奉瓜生氏的管家，一律由柏原家擔任。原本稱做「仕置家老」，表示家政一手獨攬，如果是藩內的小事，可以不必一一向主君商量，擁有自行賞罰的權限，因而得到這樣的稱呼。如今置家老負責藩主宅邸的公廳與內院間的協調工作，在掌管內院方面，擁有比城代家老更大的權限。當然，他也有權管束在主君身旁或內院服侍的藩士，並加以監督，其實直彌在成年前，能以兒小姓的身分在宅邸內工作，都是因為有柏原信右衛門的提拔。達之助之所以對他說，「你要復職時，得請求柏原大人讓你辭去小姓的職務，改當番士。」正是這個原因。

柏原信右衛門為人敦厚誠實，不是個逢迎拍馬的輕率之人。他之所以派人來查看，應該是三郎次少爺再度發病，御館夫人益發感到不安和憤怒，周遭人為了安撫，傷透腦筋。

——不知主君又是怎麼想。

直彌乖乖地待在三張榻榻米大的病房裡，待日落西山後，大野伊織悄悄前來。一見他凝重的表情，直彌便明白情況並不樂觀。

「大夫，三郎次少爺的病情如何？」

「不妙。病得很重。」

白天時還只是因發燒和咳嗽而顯得虛弱，御館夫人和大野清策大夫叫他，他還會點頭，也能拿碗就口。到了傍晚就嚴重發作，劇烈嘔血後，一直昏睡不醒。

「心臟也日漸衰弱，或許得先做好最壞的打算。」

大夫的眼神比春夜還晦暗。

「由良夫人悲憤過度，失去理智。她一直哭喊，『是誰害我這麼痛苦？』她的情緒始終無法平復。」

是誰害我這麼痛苦？直彌感覺那近乎慘叫的吶喊聲，直接傳進耳中。

「事情演變到這個地步，即使謊稱你又病情加重，也無濟於事。」

直彌極力不讓自己的呼吸變得紊亂。

「我早已做好心理準備。」

直彌拿定主意說出這句話。伊織大夫的眼神卻突然轉爲柔和。

「不能這麼早下定論。小日向先生，失去理智的只有由良夫人。主君可沒把她說的話當眞。」

直彌大吃一驚，身子爲之一震。

「自從去年秋天起，主君一直順著由良夫人的意思。想討自己心愛女人的歡心，是每個男人都會做的事。你應該也懂這個道理。」

確實是太寵她了——大夫悄聲道，「沒錯，的確寵過頭了。甚至准許賜你褒祿，實在做過頭了。」

不過，只要沒造成危害就好。由良獲得滿足，小日向也能專心養病，可說是兩全其美。主君是這樣的想法。

「說好聽一點是豁達，說難聽一點是粗枝大葉。這就是主君的性情。」

很像是主君親人會說的話。

「不過，演變成現今這種狀況，不能再縱容了。因爲愛妾的鑽牛角尖，而讓自己一名家臣身陷危機。主君可沒那麼昏庸，會放任她如此驕縱。」

「可是，白天時，柏原大人不是派人來查看嗎？那也是奉主君之命。」

「確實是奉主君之命，柏原大人才採取行動。不過，他煞有其事地派人來查看，只是爲了向由良夫人報告，說小日向確實也病情惡化。」

這也是爲了順著夫人的意演這齣戲，所想出的辦法。

「聽說主君現在爲自己先前的輕率之舉深感後悔。」

——生病不是任何人的錯。「神取」這種病，無法給人或是承受，更無法轉嫁給他人，或是分擔別人的病。此次的風波，全是我個人的疏失。之前由良說出那種話時，我沒馬上訓斥她，矯正她錯誤的想法，是我不對。

直彌為之愕然。

主君眼看就要失去三郎次少爺。目睹自己的親生骨肉即將辭世，身處在悲傷與痛苦中，竟然還能有這樣的想法，只為了區區一名小姓。

直彌感覺到一股從體內湧現的羞慚烈焰，燒炙著他的肚腸。

「在下蒙主君如此厚愛，當時竟然還自作聰明地說出，『就讓在下連同三郎次少爺的病一起化解吧。』這種思慮欠周的話來。」

當時獲得御館夫人的誇讚，直彌確實很得意。雖然自己心裡也很輕視御館夫人，覺得她像是個愛說夢話的人，但自己受到重用，還是不免洋洋得意。

眞是膚淺，彷彿自掘墳墓一般。

「事後感到悔恨，所以才叫後悔。如果世事能提早料到，我們人就不必這麼辛苦了。」

伊織大夫訓了這麼一句後，開始催促直彌，「來，快去換衣服。你接下來要逃難了。」

「逃難？」

「逃離這裡藏身。」

要爭取時間，只有這個辦法了。

「要是三郎次少爺就此亡故，即使主君再怎麼勸慰，由良夫人恐怕也不會馬上看開。她一定會央求主君逮捕你，將你押至三郎次少爺枕邊，逼你切腹謝罪。這麼一來，被迫替你斬首（註）的家臣也會很痛苦。」

伊織大夫故意開玩笑道。然後像是身上哪裡突然感到疼痛般，皺起眉頭。

「我們也得體恤一下母親喪子的悲痛。」

由良夫人不全然是因爲個人的任性才沒了理智。

「這需要時間。你先暫時消失，這是最好的辦法。一切都已安排好了。不久，志野家會派人來接你。」

直彌聽得目瞪口呆，「您說志野家……」

「就是番方支配步兵組統領，志野兵庫之助大人。」

是達之助的父親。

「我與柏原大人討論後，決定由志野大人來提供你藏匿處。」

直彌自己掘出的墳墓，如今竟是由達之助的父親來替他掩埋。

三

「倘若一興大人還在世的話，」

志野兵庫之助提到直彌父親的名字，不悅地從鼻孔噴氣。

「當初在你接受褒祿時，想必會大罵一句，『你這個做事輕率，不知自己有幾兩重的蠢蛋，竟然會接受那種一時興起所賜的褒祿。』然後把你理成大光頭，趕到光榮寺去，堅決辭謝這項奉祿。

如此一來，你今天也就不會陷入這場風波中了。」

志野與小日向兩人的父親，和現在的達之助和直彌一樣，是情同手足的竹馬之友。兩人的父親對彼此來說，是像親生父親一樣嚴厲、值得敬愛的人物。

「眞的很對不起。」

兩人在志野家後方的別房裡迎面而坐。這裡在二輪也算是屈指可數的大宅院，甚至備有武具倉庫，代代都是充當番士統領的住家。不過這座別房是兵庫之助所建造。

十年前，兵庫之助的妻子罹患「神取」。她病情嚴重，在岩田寮養病，一住就是兩個月。最後病治好了，但受盡「神取」高燒折磨的身體變得很虛弱，一直臥病在床。爲了讓妻子好好休養，兵庫之助建了這座別房，最後他一直都在這裡照顧妻子。

如今這座別房用來藏匿因「神取」而被逼入窘境的直彌。這兩家人素有淵緣，如今仍保有這段情誼，說來著實慶幸。在兵庫之助夾帶苦笑地說一句「算了」，就此原諒他之前，直彌一直都拜倒在地上，活像一隻青蛙。

都已經這麼晚了，兵庫之助卻仍身著禮裝，髮髻梳理得整整齊齊，一副隨時都準備好要前往藩主宅邸的模樣。

雖是側室之子，但好歹也是瓜生家的子嗣，如果他命在旦夕，重臣自然會群聚在藩主宅邸。兵庫之助必須率領步兵，嚴加戒備。而此刻他做好這樣的準備，那表示……

——少爺果然病情很危急。

註：昔日武士在切腹時，一旁需要有人幫忙介錯（斬首），使其從切腹的痛苦中解脫。

直彌再次感覺彷彿有隻冰冷的手壓向他胸前。房裡的座燈，燈芯燒得愈來愈細，彷彿映照出藏匿此地的他心中的愧疚。

「現在不管我再怎麼說教，也只是嘮叨罷了。你畢竟算是大病初癒，所以在主君與柏原大人處理好這件事之前，乖乖待在這裡。」

「是，在下會好好謹言愼行。」

志野父子長得很相似。達之助倘若老上二十歲，身高再矮些，應該就是兵庫之助這個樣子。可以一本正經地說玩笑話，這點很也相像。

「假扮成岩田寮的看護，大搖大擺地跑到光榮寺去，這種事也不准再做。」

聽他這麼一說，直彌心底爲之一驚。「您爲什麼知道？」

直彌問了之後才想到——是奈津。圓也和尚已代爲傳話。

兵庫之助臉部的皮膚黝黑，眼角皺紋深邃，每次只要一說話，眼角便會被皺紋掩埋。直彌曾經聽奈津說過，隨著他心情的好壞，眼角埋進皺紋裡的情況會有些微不同。她父親的心情可以從皺紋推擠的模樣中看出。

此刻他的皺紋表現出何種心情？直彌看不出來。

「直彌，光榮寺發生了什麼事？」

那是番士慣有的質問口吻。

「奈津爲了你和三郎次少爺，要求我讓她去參拜藥師如來佛，求如來佛慈悲保佑。結果那個活像古董的臭和尚，竟然說六角堂裡有老鼠，暫時不對外開放。」

竟然說有老鼠？兵庫之助露出嗤笑：

「六角堂豈有那麼破爛，會引來老鼠？眞是說謊不打草稿。其實是發生了什麼事，才不得以封閉六角堂吧？」

直彌不所如何是好。他分別向圓也和尙和伊吉保證過，絕對會保守這個祕密。

但志野兵庫之助是番士統領之一。不論是追捕破壞六角堂的竊賊，還是找出被竊取的供奉納馬，都需要借助番士的力量。這時候最好向他坦言一切。

「我可以告訴您，但此事說來離奇。」

說著說著，兵庫之助眼角深邃的皺紋，逐漸顯露出不悅之色，連直彌也看得出來。

「志野大人，關於這奇怪的供奉繪馬，您過去可曾聽過？」

「沒有。」兵庫之助沉著臉應了一聲，「既然它原本是藏在光信寺，那應該不是藩內的藩士所爲，而是離藩的人士所爲。」

直彌也這麼認爲。

「不過，既然會同意讓它與佛像一同移往光榮寺，那麼，當初封印時姑且不論，至少在五年前，它對瓜生家而言並不是那麼忌諱的物品。否則即使佛像移往光榮寺，封印物也還是會留在光信寺。」

直彌對此有不同看法。六角堂藥師如來佛的臺座，看起來像是當初建造時就爲了能在裡頭存放物品。「要隱藏這個供奉繪馬，不能放在別的地方，只能由這尊尊貴的佛像封印。」——從中感覺得出這樣的意圖。

「上頭還貼著符咒，是吧？」

「是的，聽說圓也和尙親眼見過。」

「據說瓜生家的祖先擅長咒術，擁有可藉由祈禱來影響森羅萬象的力量。」

此事直彌從未聽聞。

「我只聽我父親說過一次而已。」

兵庫之助瞇起眼睛，露出遙望遠方的眼神。

「能影響森羅萬象，也就是擁有左右天候的能力。古時候戰爭的勝敗，取決的往往不是雙方的戰力或軍師的指揮能力，而是天候和風向。」

不光是每一場戰役的結果。如果久雨不停，疫病便會蔓延；若長期乾旱，土壤將變得貧瘠，收穫大減，兵糧短缺。

「所以能左右天候的咒術者，往往會受到主掌軍權者的重用。」

話雖如此——兵庫之助側頭顯得納悶。

「現在不知主君身上是否還流有這樣的血脈。他是否懂得咒術，更是無從得知。真要說的話，主君其實很排斥咒術之類的事。」

對三郎次少爺的「神取」所做的加持祈禱，也是御館夫人所授意安排。

志野兵庫之助身穿禮裝，雙手握拳置於膝上，望向直彌。

「咒術和祈禱會對相信的人心理產生作用。對不信的人則無效。即使那裡曾經有個被封印的詭異供奉繪馬，但像這樣大驚小怪，未免顯得過於怯懦。」

是——直彌也恭敬地應道。

「我反而比較在意那名畫師。」

兵庫之助的眼神顯得嚴峻。

「如果他只是個好奇心重的畫師，倒還好。但如果他是個假冒畫師身分的奸細……」

「您是指，他是永津野的人嗎？」

令人驚訝的是，兵庫之助竟打斷直彌的話，回了一聲，「不。」

「永津野的人假冒畫師的身分，說自己來自遙遠的相模，這樣略顯唐突。倒不如說，他可能是幕府的人。」

此時直彌的態度由恭敬轉爲驚惶。

「可是，幕府會這麼在乎那詭異的老舊封印物嗎？」

它與藩政，以及香山藩對幕府的忠誠和恭順度，都沒半點關係。

「不清楚。不過，看之前將軍對諸大名所採取的嚴厲處置，不管是再細微的疏失或是祕密，只要一被揭露，就有可能引來除封或轉封的處分，這是可以確定的。不過現在對於封印物的眞相以及封印的情形都還不清楚，我也無法妄加揣測。」

眼下也只能嚴加注意有無特別的情況發生，多加小心。

「所謂特別的情況，像熊在照顧小孩這種笑話也算。關於六角堂的事，我會派手下仔細查探。」

「『熊照顧小孩』這句話，目前前往統管北二條五村的本庄村辦事的達之助，在鎭守神社內也曾說過。他應該是在家中與父親交談時，都會用這個比喻吧。」

直彌移膝向前。

「志野大人，關於仁谷村的逃亡事件，達之助他們那批前往查看的番士隊，可有回報？」

兵庫之助眼角的皺紋猛然爲之歪斜。

「信鴿已經飛回了。」

香山藩使用傳信鴿。

「第一次通報提到仁谷村被燒毀，村民全都消失無蹤，再來就不知道了。」

「之後呢？沒派人通報嗎？」

兵庫之助臉上明顯浮現愁容，搖搖頭。

「本庄村的駐守處理應有擔任山番的番士在。要不然村長直接派人來通風報信也行。」

直彌說到一半突然打住。因爲從兵庫之助的神色看得出來，現在問這些也無濟於事。

「不只前往查看的番士隊，連本庄村也沒傳來任何音訊。」

這麼說來，仁谷村發生的「某件事」，也擴大到統管北二條五村的本庄村？

「從那之後已經過了幾天呢？是否應該加派番士前去支援？」

「別急。這種事有其處理的步驟。在外地開墾的村莊生活嚴峻，即使有人逃離也不足爲奇。」

「可是，這是從未發生過的事態。也不知道村民是否眞是逃亡。伯父，最重要的是……」

直彌忍不住如此叫喚道：

「達之助的安危……」

「那又怎樣？」

兵庫之助眉間皺紋加深，打斷直彌的話。

「你現在操這個心有什麼用？比起北二條，你更該擔心小日向家。好好想想獨自守著二輪那個家的希江夫人此刻的心情。」

「家母是家父的妻子，不會在這種時候方寸大亂，她沒那麼沉不住氣。即使主君居中調解不成，我最後得切腹謝罪，家母一樣能保持冷靜。」

「你這個蠢材！」

志野兵庫之助最後忍不住大聲怒斥：

「我和柏原大人擔心的不是你會不會切腹。我們只是不希望主君拗不過愛妾的任性而對家臣降罪，做出淪爲後世子孫笑柄的愚行！」

兵庫之助有一滴唾沫濺向直彌臉上。微帶溫熱。直彌全身顫抖。

——這就是忠義嗎？

「因此……」兵庫之助壓低聲音道，「你至少要爲了希江夫人，好好愛惜自己的性命。」

這就是孝。

「眞對不起。」

直彌端正姿勢，再次伏地拜倒。

「我之前想法錯了。」

應該請志野家保護的，不是直彌，而是希江。

「還望您多多關照家母。爲了不損及主君威嚴，我會盡己所能地逃。」

只要能爭取時間就行了。

「不過，如果要逃，我沒必要待在這裡。」

直彌雙眼直視兵庫之助。

「請派我去本庄村。」

志野兵庫之助那雙與他兒子極爲相似的眼睛圓睜。

「我還以爲你要說什麼……」

「我已經是個逃亡者。即使逃往山裡，也沒什麼影響。我想去親眼確認，北二條到底發生了何事。」

應該更早想到的。這麼一來，雖然我是個無用之人，好歹也能爲香山藩盡一分力。

「也許山裡發生了什麼麻煩事，令眾人無法任意行動。」

「你想多了。你……」

「自從第一次通報後，再也沒任何音訊。」這次換直彌打斷兵庫之助，「這不像我們香山藩番士會做的事，也不像達之助的作風。伯父您應該也覺得事有蹊蹺才對。」

不是用常理推斷，而是憑一名老練番士擁有的直覺，憑一名將達之助養育成這種性情的父親擁有的感覺。

倘若說眞心話，他應該現在就想上山。如果不是因爲身分地位，被派遣番士應遵循的步驟束縛的話。如果能以一名父親的身分，隨意展開行動的話。

「而且我也很在意被人從光榮寺偷走的詭異繪馬。」

號稱出現在陽光下便會引發災難之物。詛咒之物。不管那樣的說法帶有什麼含意，這種強忍心中不安的感覺，教人覺得很不舒服。

「如果您認爲我這只是怯懦的展現，那麼，請待日後達之助掐著我這名逃亡者的後頸，從山上押我回來這裡時，再一起好好嘲笑我吧。」

志野兵庫之助瞇起眼睛，像是又要厲聲訓斥般，朝他放出銳利的目光後，開口道，「我不准你獨自前往。」

「咦？」

「你不熟悉山林，能否獨自抵達北二條都還是個問題。」

接著兵庫之助突然對隔間的紙門喚道，「奈津！」

馬上傳來「是」的一聲應答。奈津打開紙門，出現在驚詫莫名的直彌面前。她是從什麼時候開始待在那兒的？

「一切如妳所聽見的，準備的工作就交給妳了。」

兵庫之助一面吩咐，一面甩動裙褲下襬起身。

「派彌次與小日向同行。準備的工作，照他說的安排即可。」

「我明白。」

奈津以手指點地，弓身行了一禮。兵庫之助從女兒身旁走過。

「現在勸他也沒用了。」

補上這句後，兵庫之助就此離去。

房內只剩他們兩人，在微弱的座燈亮光下，直彌與奈津互相凝視。

奈津的臉頰晶瑩剔透，臉上汗毛隱隱透著亮光。與她父親和兄長很相似的一對眼睛，眼瞳又大又圓。那彷彿無時無刻都會以慈愛包容人的溫柔眼神，直彌比誰都清楚。

「恭喜您康復歸來。」

奈津的聲音在顫抖。直彌頷首，接著湊向奈津，執起她的手。此刻不需要任何言語。

兵庫之助口中的「彌次」，是剛才直彌從岩田寮來到志野家時，前往迎接的那名年輕人。

當時私下轉告此事的伊織大夫，說他是「志野家的下人」，而且因為情況緊急，兩人沒有交談。不過，直彌跟在他背後摸黑趕路，隱隱還是猜出了幾分。

要來到二輪的屋敷町，與前往光榮寺不同，無法躲在樹林或草叢中行進。只要走在町內，到處都有人在巡視。但這名年輕人毫不懼怕，他巧妙地利用建築後方、橋下、屋舍間的窄道這類不會被人看見的場所，穿梭其間，順利地替直彌帶路。所以直彌才會暗忖，這名年輕人應該是伯父的「百足」。

在香山藩，密探——也就是從事間諜行動的人——人們都稱之為百足（註一）。因為他們像百足一樣無聲無息地潛入任何地方，神出鬼沒，而且不會輕易被捕。也有另一項說法指稱，因為他們有時能完成暗殺任務，所以被比喻成有毒的百足。

他們原本就是生活在暗地裡的人。有時是由來歷不明的人擔任這項職務。志野家代代都是番士，擁有自己的百足也不足為奇。即使直彌與志野家關係匪淺，依然不知道百足的存在，這也一點都不奇怪。

重新就近細看後才發現，彌次年約十七、八歲。以百足來說，他的年紀太過年輕，難以讓人信任。他體格清瘦，也許就是這樣，才能靈活地行動，悄靜無聲。

讓人覺得稀奇的是，他頭髮理得極短。穿著一件短小的棉襖，身上纏著一條破舊的手巾，脖子以上像是名修行僧，穿著卻像農夫。如果是町場裡的工匠，那他就像是仍在見習，還沒資格穿印有家紋的棉襖，老是挨師傅罵，不斷被人使喚的小學徒。

他五官端正。彷彿用小刀削成的銳利眉形、鼻梁、嘴型，顴骨高聳，眼窩凹陷。他有著一對俗稱的三白眼（註二），小小的黑眼珠很難看出他視線的焦點位在何處。

「彌次是我家的下人。之前一直沒機會向直彌大人您問安。」

奈津轉頭望向彌次的眼神，帶有親近之色。

「不過，彌次已在我們身邊服侍了五年之久。他做事細心，手又巧，一些簡單的修繕工作，他都能獨力完成。」

難得獲得主子的誇獎，彌次本人卻是一副與己無涉的表情。

「原來如此，彌次想必是志野家的重要幫手。」

奈津一本正經地點頭。

「是的。直彌大人，其實彌次與北二條有點淵源……」

他是個孤兒——奈津接著道：

「那一帶在進行開墾之前，山裡頭只有一座妙高寺，那時候仍只是個小嬰兒的彌次，獨自在森林裡放聲哭泣。」

後來被妙高寺的僧人拾獲。

「原本理應就此出家爲僧，但他勤奮工作的態度，令人覺得大有可爲，於是家父向住持請託，將他留在身邊。」

就這樣將他訓練成百足，是吧——直彌如此認定。儘管成了他們兩人的話題，彌次依舊擺出不知在看哪兒的眼神，靜靜端坐著。

註一：蜈蚣。

註二：黑眼珠偏上，左右和下方的眼白偏多，是一種凶惡的面相。

「剛才彌次帶領我走暗路時，不顯一絲遲疑和畏懼，令人敬佩。」

奈津展露歡顏。

「彌次在這方面相當機伶。不僅能看遠，夜間視力也絕佳。可能不太會被嚇著吧。」

「似乎是這樣沒錯，眞是可靠。」

聽直彌如此誇獎，奈津又轉頭望向彌次，後者完全沒有反應。

「是的，彌次眞的很可靠。因爲在山裡長大，所以很熟悉山林的一切，也很擅長判斷氣候。光是觀看風向和雲的形狀，便能猜測明天的天氣，好幾次都令我嘖嘖稱奇呢。」

多麼令人放心的隨從啊。

「雖然他的身分不能對人公開，不過家父和家兄都指導他劍術。所以他不僅能擔任嚮導，應該也能保護直彌大人的安全。」

不過——奈津望向地面。

「彌次幾乎都不開口說話。」

打從剛才便一直是如此。

「我雖然和他很熟，頂多也只聽他簡短的低語。家兄甚至有很長一段時間都以爲彌次不會說話呢。家兄說，雖然如此，但他做事很機伶，這點相當了不起。」

很像是達之助會說的話。

「彌次既不會向人問候，也不答話。冒犯之處，請您多多包涵。」

「只要不是語言無法溝通就好，我不會在意這種事。」

剛才走夜路時，彌次時而點頭、時而搖頭，光憑手勢便完成帶路的工作。這樣就夠了。

「彌次很聰明。也許比我們想像的還要聰明。他直覺很敏銳……」

奈津與她哥哥一樣性格直爽，不善隱瞞，此時她突然一副欲言又止的神情。直彌沉默了一會兒，靜靜等候。

奈津緊握手指，終於拿定了主意，望向直彌。「彌次不會主動說他想要怎樣，向來都會乖乖聽從吩咐。別說是任性了，連自己的意見或願望也不會開口說。」

但這次達之助以番士隊的身分入山查看前，彌次卻有了奇特之舉。

「彌次一直央求要跟家兄一起去。」

請派我去北二條——彌次說。

「這是前所未有的事。他眞的是死命向家兄苦苦央求。」

但以番士隊的身分入山的達之助，無法擅自帶家中的下人隨行。何況彌次又和常人不太一樣。

「家兄百般勸慰，最後狠狠訓了他一頓，將他留在家中。但從那之後，彌次一直靜不下來。」

雖然看在直彌眼裡，他就像地藏王石像一樣平靜。

「如果不是了解彌次平時模樣的人，是看不出來的……」

「喔，這樣啊。」

「直彌大人。」奈津就像要忍住顫抖般，手摀著嘴，「我不禁覺得，在家兄入山前，彌次已察覺不對勁。他認爲北二條有什麼危險。」

直彌自己先前在鎭守之森與達之助道別時，也感到一陣心神不寧。但那是因爲對香山藩而言很重要的北二條五村，其中一座村落發生奇怪的逃亡事件，兩人看出彼此臉上的不安。彌次會不會也是從達之助臉上看出這樣的神色？

「不過，彌次人在市町裡，想要詳細得知山裡的情形，這並不容易吧？」

人們常說鳥類和老鼠能預測天災變化，山犬、狐狸、熊也對危險很敏感，但人應該是沒這個能耐。

直彌想稍稍化解奈津的不安，朝她微微一笑。奈津卻轉為認眞的眼神，態度果決地說：

「彌次有這個能耐。我認為他有山神的強力加持，像是被神明選中的人一樣。」

哎呀呀，好大的口氣。竟然說彌次擁有坐鎭大平良山，守護香山與永津野這一帶的山神加持。

奈津可能是看出直彌的驚訝與苦笑，她更進一步地趨身向前。

「因為彌次被拋棄的地方，是開始造山前的北二條。」

當時正値晚秋，森林裡的樹木都已葉落殆盡，天氣轉涼，早晚時呼氣都會化為白霧。

「在那種地方，有哪個嬰兒可以活過一整晚？既沒挨餓，也沒受凍，更沒被野獸襲擊。」

這不光只是運氣好。

「一定是山神的安排。」

彌次是山神的使者。具有感受山的氣息，與山林心意相通、察覺山林變化的能力。

「只要有彌次在，不管發生什麼事……」

奈津突然眼眶泛紅。

「直彌大人，就是這樣，我才沒勸您不要去。」

她顫抖的話語，深深刺進直彌胸中。

先前彌次展現不尋常的模樣，想跟達之助一同前往，但達之助沒理他。這分後悔一直折磨著奈津。而現在換直彌要前往北二條了，這次一定要借助彌次的力量，如此一來一定能順利成功，大哥和直彌都會平安歸來，奈津心中滿是這樣的期望。

直彌收起笑容，擺出嚴肅的表情，朝她頷首。

「奈津小姐，我向妳保證。入山後，我一切都會聽從彌次的指示。然後在山神的加持下，完成使命，與達之助一同歸來。」

當他語氣堅定地說完後，彌次這才首次以他那對小小的烏黑眼瞳望向直彌。直彌也朝他點了點頭。

兩人趁夜離開御館町，走進前往北二條的山路，在第一個馬留等候天明。要繼續深入山中，若不等太陽升起再行動，會有危險。

所謂的馬留，是設置在各處山路上、地上鋪有草蓆的簡樸倉庫。裡頭備有草鞋、粗繩、白棉布、藥物。如果是位於山頂要道的馬留，則是像製炭小屋這樣的構造，裡頭還設有圍爐，並擺著裝有雨水可供使用的水缸，可供人在此暫住一宿，抵擋突如其來的風雨。對生活在香山山村的居民以及往來山中的人，可說是能讓人感到心安的設計。

經這麼一提才想到，菊地圓秀對此相當感佩，還特地前往作畫，回來時讚不絕口。

——那眞是便利的設計。裡頭放了那麼多東西，卻都沒被偷，眞是了不起。

菊地圓秀還說，那證明了香山藩政治安定，領民內心純良。

如今直彌得知圓秀那可疑的舉動後，只要一回想起這一切，便覺得心如刀割。

雖說這是條山路，但從御館町外郊走到這處馬留，不到四公里。不過，直彌還是走得氣喘吁吁，腳掌陣陣發疼，體力衰退許多。

直彌和擔任山番的番士同樣裝扮。而彌次則仍是他先前在志野宅邸時的穿著，只是另外戴上馬笠，腰間繫著小小的皮袋，連短刀也沒帶。手上只拿著一根在路上撿來的枯枝，但這種東西派得上用場嗎？

東方天空已露魚肚白，殘星仍掛在天際閃爍。直彌仰望天空、調整呼吸。彌次轉頭望向他，把斗笠移向背後，枯枝擺在腳邊，雙手舉至肩膀的高度，做出微微甩手的動作。

「咦？怎麼了？」

經詢問後，這次彌次改爲上身往後仰，手抵腰間，然後再度甩手。好怪的猜謎遊戲。

直彌也試著甩手。彌次點頭，雙肘使勁往兩旁伸展。直彌跟著照做後，他又點了點頭，這次改爲轉動頭部。

原來如此，他是在催促我跟著他做，好讓身體放鬆。

「我明白了。就照著你做吧。」

兩人經過一番筋骨舒展後，身體溫熱不少。原本只要一彎腿就會嘎吱作響的膝蓋，頓時變得靈活許多。

「彌次，謝謝你。」

長夜已盡。因刺眼的朝陽而瞇起眼睛的彌次，也不知道有沒有聽見，他深深戴上斗笠，撿起地上的枯枝，轉身又邁步前行。直彌也跟著他走。

春陽好似飛鳥振翅飛向天際般，強勁有力地一路升向高空。山林覺醒，泥土的氣味、新芽的芳香、朝露的閃亮。彌次不時轉頭查看喘息著攀登山路的直彌，再度朝他比手勢。

「這次又是什麼？」

作。

彌次停下腳步蹬地，撐大鼻孔呼吸。接著邁步向前，然後又停下來回望直彌，反覆同樣的動作。

「你是要我和你用同樣的步伐行走，同樣的間隔呼吸，是嗎？」

語畢，彌次以手中的枯枝指向自己的腳下。上頭留有草鞋的腳印。

「要我踩在你的腳印上嗎？明白了。」

依言而行後，一開始覺得很難受，但後來漸感輕鬆，原本紊亂的呼吸也變得平順。彌次踩過的地方，不論是怎樣的斜坡，他都能踩得牢固。要是稍微踩偏，便會踩到小石子，或是打滑。

阻礙去路的樹枝，以及垂落面前的藤蔓，彌次都會動用手中的枯枝巧妙避開。儘管他沒一一砍伐，還是能輕盈地避開。每次遇到橫擋在山路上的樹根，他都會在跨越時以枯枝輕敲，提醒直彌注意。若遇到眞的很難通行的地方，他會停下來幫忙。

直彌逐漸明白，彌次的登山方式，是不違逆山林。明明有人們走過的道路，但彌次卻故意走進叢林或長滿草叢的地方，這點令直彌感到吃驚，但乖乖跟著他走之後發現一路順暢。彌次可以看出輕鬆好走的路。

就這樣，兩人順著通往北二條的山路走到了半途。在大平良山山峰的殘雪以美麗的條紋圖案呈現眼前時，山腳的御館町方向開始傳來一陣鼓聲。

直彌爲之一驚，停下腳步。御館町已離此甚遠，化爲腳下的一個小區塊。藩主宅邸的城牆上設有瞭望臺，上方的警鐘在陽光照耀下閃閃生輝。

兩人正來到坡度甚陡的登山道半途。彌次露出不解的神情，像在問直彌爲何停步。

「彌次，這是宣告全員進城的鼓聲。」

直彌學彌次取下纏在脖子上的手巾，抹了把臉，接著闔上眼。

「三郎次少爺過世了。」

關於剛才響起的宣告鼓聲，只能想到這個理由。

這一刻終於還是來了。原本還期望少爺或許會康復，但最後終究落空。母親個性堅強，還有阿末陪著她，應該能保持鎮定，不會亂了方寸。岩田寮的伊織大夫會不會因爲小日向直彌逃脫而被怪罪？

眞對不起他，但現在要是折返，一切就失去意義了。

「彌次，我們繼續趕路吧。」

直彌往前邁步，彌次卻抬起手制止他，指向繫在腰間的水筒。

「喔，這樣啊。要喝水，是吧？」

剛才也是這樣。休息擦汗後，接著喝水。不能一次喝太多，擦去多少汗水，就補充多少水。

宣告鼓聲愈敲愈急。像這樣爬上山，遠離市町後，聽起來像小孩子玩的波浪鼓。

雖說是側室之子，卻是長子，爲什麼會取名爲「三郎次」呢？這是因爲相信取這名字，孩子就會健康長大。但「神取」突破他們這樣的用心，悄悄潛入，將三郎次少爺帶往另一個世界。

眞教人同情。直彌在一處難以立足之地，極力端正站好，朝御館町藩主宅邸的方向雙手合十。

這時，彌次突然動了起來。他迅速靠近直彌身邊，右手搭在他肩上，左手搭在他頭頂，使勁往下壓。

「你幹什麼！」

直彌一時間勃然變色。但看到彌次的表情後，他的憤怒馬上轉爲驚訝。

兩人當場蹲下。彌次以全身覆住直彌，兩人疊在一起，幾乎平貼在地上。

一陣風從山頂吹下，朝兩人直撲而來。那陣風充滿令人皺眉的臭味，而且微帶溫熱。與春天清新的溫暖截然不同，是一股令人作嘔的熱氣。

吼～～傳來動物的低吼聲。

稍頃，彌次猛然起身。剛才緊張的表情已不復見。包圍他們兩人的森林，同樣歸於闃靜。

——剛才那是什麼？

那陣風像是氣息，宛如從腸肚腐爛的野獸口中呼出的氣息。

猛一回神，直彌的臂膀雞皮疙瘩直冒。

四

在灑滿朝陽的溜家後院，蓑吉坐在脫鞋石上，孤伶伶一人。

他終於可以下床四處行走了。身體到處都還有明顯的跌打痕跡，而先前剝落的皮膚，現在看起來就像灼傷的疤痕。除此之外，他和附近四處奔跑的小孩沒什麼兩樣。他也像這個年紀的男孩一樣，食欲旺盛。

但他沒什麼活力。

這也難怪。朱音從外廊的另一頭悄悄探頭望著蓑吉那嬌小的背影，暗自嘆息。

自己究竟發生了什麼事？過去的事，蓑吉大半都想不起來。他的記憶始終無法恢復。

自己的名字，以及家住小平良山附近的仁谷村，與名叫源一，擔任槍手的爺爺相依爲命。他馬上就憶起這些事。但他在後山被宗榮發現之前，究竟在村裡發生了什麼事？一談到這件事，蓑吉小小的臉蛋便爲之一僵，臉部痙攣、眼神失焦。

「蓑吉，你振作一點。」

朱音輕輕將他搖醒，蓑吉像是被人朝臉上潑水般，回過神來。

「咦？我現在是……」

「沒關係，沒關係的。」

他本人也很努力想憶起。他頭偏向一旁，雙手抱頭。蓑吉自己也很想知道到底發生了何事。在仁谷村裡，蓑吉和他爺爺到底是怎麼了？但偏偏他就是想不起來。彷彿撞向一堵厚牆，記憶一片黑暗。

「看來，你的內心爲了保護你，不讓你想起那件事。」

宗榮對蓑吉如此說道，朱音和蓑吉一樣驚訝。

宗榮輕撫著自己臉上的鬍碴苦笑，「朱音大人，請不要連您也露出這種表情嘛。」

人心的構造是很精細的——宗榮道：

「它看起來就像一個大容器，扮演這樣的功能，但其實它裡頭有很細微的區隔，收放在每個不同的場所裡，有其不同的功用。每個區隔空間都有蓋子，可以打開和蓋上。」

而蓑吉的內心，至今仍決定對仁谷村發生的事蓋上蓋子。要是打開蓋子，取出裡頭的記憶，它的主人蓑吉將會被那沉重的記憶壓垮。

朱音與蓑吉面面相覷。兩人現在可以很自然地做出這樣的反應，足見他們的關係有多親密。

「宗榮大人，你說這種話，該不會是在耍我吧？」

自從能敞開心胸交談後，他們發現這孩子說著一口和阿千、加介很相似的地方口音。

宗榮手插在懷裡，故意皺起單邊眉頭。

「蓑吉，少說這種人小鬼大的話。竟然說我要你？」

「嗯。」蓑吉噘起小嘴，「因爲宗榮大人向來都這樣啊。」

朱音聽了，一時忍不住笑出聲來。

的確，宗榮自從和這孩子交談後，常會說些奇怪的話。例如指著朱音說她是「仙女」，說他自己是徒步渡海而來的偉大仙術師，說阿千和加介是「我底下的式神（註）」，這座房子是他以仙術變出的幻影，老爺子雖然是人的外貌，但其實是一隻五百歲的老烏龜所化身而成。

現在蓑吉這個樣子，要坦白告訴他這裡不是香山，而是永津野的領地，太過殘忍。所以每次蓑吉問，「這裡是哪裡？你們是誰？」宗榮總會用這種說法來含糊帶過。

現在他同樣在演戲。

「我是在天竺讓許多位將軍取得天下的偉大仙術師。哈哈哈！」

但宗榮所編的謊，蓑吉並未當眞。

「眞是對不起。」

朱音笑個不停，朝仍舊以一臉嚴肅表情在演戲的宗榮，以及鼓著腮幫子的蓑吉道歉。

「朱音大人，您這樣毫不顧忌地大笑，讓我很沒面子耶。」

宗榮這才收起嚴肅的表情，尷尬地搔搔頭。

註：受陰陽師使喚的鬼神。

「蓑吉，我看起來一點都不像天竺的仙術師嗎？」

「天竺是什麼？」

朱音又是噗哧一笑。至於宗榮，則是希望蓑吉好歹能問一句，「天竺是哪裡？」

「天竺是位於大海對面的一個大國。蓑吉，而你現在所在的這個地方，是當初你和源一爺爺住在你們村子時，認爲比天竺還要遙遠的地方。」

宗榮維持裝傻的口吻，卻突然說出這樣的話來，朱音的笑臉頓時一僵。

「這裡是永津野領地內的名賀村。從仁谷村看的話，是位在東側，中間隔著小平良山。」

「宗榮大人！」

朱音想打斷他的話，但宗榮說道：

「蓑吉覺得沒事，對吧？」

蓑吉一度目光游移，接著突然快速地眨著眼，重新望向朱音和宗榮。他像在打探什麼般，定睛凝視。

「那麼，我是被抓來的嘍？」

他以稚嫩的聲音，直截了當地問道。宗榮以眼角餘光瞄了怯縮的朱音一眼，莞爾一笑。

「你能馬上想到這點，表示你的腦袋很清楚永津野與香山之間的紛爭。內心也覺得這是很嚴重的事，對此感到害怕，對吧？你把手抵在胸前，確認看看。」

蓑吉乖乖地依言而行，單手抵向左胸。

「噗通噗通跳。」

「這樣啊。應該是有點害怕。不過你一點都不需要害怕。朱音大人沒有抓你，也不會把你交給想抓你的人。」

「等、等你康復後，我會悄悄送你回香山。」朱音因太過焦急，一時舌頭打結。「所以你可以安心地待在這兒。」

「不過，你不能跑到屋子外頭。除了朱音大人、我、阿千、加介，還有老爺子五人以外，你不能在任何人面前露臉。如果有人來，要趕緊躲好。要是你被人發現，朱音大人可就爲難了。」

這樣的口吻，對孩子太過嚴峻。但蓑吉不顯一絲怯色，重重點頭。

「嗯，我明白了。」

眞堅強，蓑吉的祖父源一教得眞好。

「等你覺得即使想起村裡發生的事，內心也承受得住時，你那封閉的蓋子就會自己打開。」

宗榮輕敲蓑吉心臟的位置，接著說：

「這麼一來，我們便能知道你究竟有什麼樣的遭遇。同時也能判斷是否能放心地送你回仁谷村。所以在那之前，你就好好待在這兒，明白了嗎？」

這段對話，是一小時前的事。從那之後，蓑吉一直獨自坐著，背對這邊。

朱音明白，這時最好讓他一個人靜靜。要是被發現她在偷窺，反而不好。朱音強迫自己離開。

最近朱音常一整天都在紡織屋裡工作。在新屋完工前，養蠶的規模無法再擴展，養蠶所需的人手也有限。另一方面，在紡織屋這邊，爲了做出永津野獨特圖案的絲綢，女人各自提出構想、投注巧思，朱音也參與這項工作。

名賀村的紡織屋，是村長長橋家在現今的住處蓋房子前所住的平房改建而成。在全部打通的木板地上，擺了十臺紡織機。木板地前方，有個呈鉤狀突出於建築外的部分，原本是馬廄，現在鋪上木板，做爲存放布匹、絹絲，以及拉絲和維修道具之用。這裡常會有年輕女孩來見習，但今天不一樣，一名陌生男子擺著一張折疊式書桌，正在伏案寫字。

這是誰呢？是不時會從城下到這裡來的絲綢商人嗎？之前的那名夥計，總會找機會緊跟在朱音身邊逢迎拍馬，像夏蚊一樣揮之不去，令人厭煩。如果換了個人，還眞是謝天謝地。

此人年紀和宗榮相仿。以束衣帶纏住衣袖，看起來有模有樣，那笑咪咪的神情，確實很像是做絲綢這種漂亮商品買賣的商人。但令人不解的是他頭上寬闊的月代（註）。大月代是武士的象徵，和商人很不搭調。

「小台大人，您來啦。」

統管紡織屋眾女眷的資深侍女阿染出來相迎。

「抱歉，我來遲了。」

「哪兒的話。榊田大人的傷勢如何呢？」

宗榮在山裡受傷的藉口，用在這裡一樣很方便。

「他不肯乖乖躺著靜養，所以一直好不了。阿千還爲此發火呢。」

「哎呀，傷得那麼重，一定很辛苦。還是改住到村長家比較好？那裡侍女比較多。還是說，找個人去幫忙呢？」

這怎麼行。爲了隱瞞眞相而撒謊，果然不容易。

「不不不，只要有阿千在就夠了。對了，阿染，那位是誰啊？」

那名男子朝紡織屋裡四處打量，一臉笑咪咪的模樣，頻頻動筆。

「看他好像很開心的樣子，是布商嗎？」

「哎呀，他沒跟小台大人您問安嗎？他是村長的客人。」
這幾天，朱音刻意不到長橋家去，自然不知曉此事。
「他是一位畫師。」
就像要咬什麼堅硬之物般，阿染張大她那滿是缺牙的嘴，如此說道。她應該是這輩子第一次說到「畫師」這個字。
「聽說他是相模人，目前受村長照顧，會在這裡住上一陣子。」
四處旅行的畫師，是吧？應該不是長橋茂左右衛門安排他到名賀村來，而是獲得城下的許可而前來。
可能是發現朱音的視線，那名畫師停下動作、擱了筆。朱音向他走近，彼此恭敬地行禮問候。
「小台大人駕臨，在下應該馬上前去向您問候才對。對您失禮了，請您見諒。」
畫師名叫菊地圓秀，據說菊地家是相模藩的御用畫師。
若是如此，難怪他頭上頂著大月代了，而他本人也露出爽朗的微笑。
「我本是江戶深川的商家子弟。後來有緣被菊地家收爲養子，但還沒決定是否由我繼承家業。我的養父同時也是我的師傅，我現在的身分與他門下的弟子沒什麼兩樣。」
如果疏於精進，將會引來養父的責罵，被逐出家門——圓秀若無其事地說道。
「您是專程到永津野來作畫嗎？」
「我在陸奥各地旅行，把旅途中所見的景致以及珍奇的事物畫下。」

註：自中世末起，成年男子將前額到頭頂的頭髮剃除的一種髮型。

這就是修行。

「這間紡織屋的模樣，在其他地方應該不算珍奇吧？」

「不過大家的臉都很與眾不同。」

朱音不懂他話中的含意，側頭感到納悶，這時圓秀又露出柔和的微笑。

「她們臉上散發著光輝。應該是在這裡工作很快樂，每天都覺得過得很有意義。我走遍各地，很少看到領民臉上的神情像這樣充滿光輝呢。」

永津野的人民對於振興這項起步晚的全新產業，全都投注了心力。如果能展現成果，改善人們的生活，會更加提振士氣，讓人充滿幹勁。這樣確實很幸福。

不過此事背後有但書，那就是得服從曾谷彈正。

「聽說這項養蠶的獎勵政策，是小台大人您兄長的構想，對吧？」

圓秀不知道朱音的擔心以及「獎勵」背後的另一面，如此詢問，表情顯得無比開朗。

「家兄來自外地，所以他發現在他藩大力推廣的事業，永津野不知為何晚起步甚晚……只是這樣。」

朱音想轉移話題，望向圓秀手中的畫，「嘩，真的是畫紡織屋裡的人呢。」

「是的，這只是畫草稿。」

單邊裝訂的大本冊子，可能是做為畫草稿或素描之用。圓秀翻頁讓她看。有坐在紡織機前的女人、拉絲的女人，當母親在紡織時，代替母親照顧嬰兒的同時，在紡織屋角落遊玩的孩子。他只憑一枝毛筆，自在地操控粗線、細線、直線、圓線，畫出人們活靈活現的動作，甚至是紡織屋裡瀰漫的氣氛。朱音重新端詳這位有張圓臉的畫師。

「我會小心不打擾您工作，所以可否讓我將小台大人畫進這裡頭呢？」

「圓秀大人如果看出您想要的畫，那就請便。」

喔——圓秀一臉感佩。

「不愧是小台大人，竟然對身爲畫師的我說，『如果看出您想要的畫。』」

聽起來不是恭維，而是眞的對此感到佩服。像畫師這種以遠離塵世的工作爲業的人，或許都像他這麼坦率、毫無隱瞞。朱音覺得有點羨慕。

後來朱音在這裡紡織，恰巧村長茂左右衛門前來。他一看到專注作畫的圓秀，便雙手叉腰，像在罵小孩般地大聲喊道：

「啊，原來在這兒。您吃完早飯後就出門沒回來，也不知跑哪兒去了。眞是的，俗話說『像子彈般一去不回的人』，指的正是大師您這樣的人。」

「村長，您就別再叫我大師了。」

圓秀以笑臉回應，手中的筆卻未停歇。村長來了之後，紡織屋裡的女人有了新的動作，景象爲之改變，他可能是覺得有趣吧。

「對了，關於長寶寺倉庫一事，住持已經同意了。您隨時都能去參觀。」

這時剛好是點心時間，茂左右衛門坐著吃點心，並開口說：

「不過那已相當老舊，而且一直存放在裡頭，不曾維護。也許上面長滿了霉，或者已經破損，不值一看喔。」

「無妨。我只是想拿在手中看看。」

你們在談什麼呢？朱音彷彿開口詢問般，注視著茂左右衛門。這時圓秀代替他回答：

「聽說這裡有年代久遠的供奉繪馬。」
「是在上頭寫下心願的繪馬嗎？」
茂左右衛門搖頭，「現在已經完全廢止了。小台大人您不知道，也是理所當然。」
永津野的供奉繪馬，是供奉在寺院裡，而不是神社。爲了讓黃泉的死者生活不虞匱乏，會畫下生活用品的圖案，加以供奉。大多是畫下一些奢侈品，祈求死者在另一個世界可以過著優渥的生活。
「所以它雖然叫做繪馬，卻一點都不小喔。」
茂左右衛門微微敞開雙手，在空中比出一個長方形圖案。
「我們每年秋天彼岸日時供奉的繪馬，都這麼大。」
「眞氣派。您是說，倉庫裡還留有繪馬，是嗎？」
朱音還是不太懂，「爲什麼供奉繪馬會被廢止？」
村長朝紡織屋裡瞄一眼。女人們正在開心地聊天吃點心。
「因爲頒布了禁令。」
從那之後，對神社或寺院供奉繪馬，或是花錢請人畫供奉繪馬，一律不准。
「如果只是爲了祖先而供奉繪馬，沒什麼不對。但隨著供奉繪馬日益盛行，畫繪馬的工作在津先城下成了武士的副業。」
圓秀雙手一拍，「喔，因爲下級武士都很熱中做副業。光憑奉祿根本吃不飽，這種情況到哪兒都一樣。」
他又肆無忌憚地說這種話。原來如此，若沒有相當程度的繪畫技巧和學識，根本畫不出繪馬，所以是很適合永津野藩的下級武士貼補家用的工作。

連茂左右衛門也壓低聲音道，「就這樣惹來藩主的震怒。他說畫這種奢侈品賺錢牟利，不是永津野武士應爲之事。」

那已是約莫二十年前的事了，所以是龍崎高持的父親那一代。先王是一位崇尚武士的嚴峻與孤傲，喜好威武的君主。

「因爲這項禁令，當時存放在寺院裡的繪馬全都取下放火燒毀。」

付諸一炬。

「不過，要燒毀帶有施主祈願的繪馬，終究還是於心不忍，所以有些寺院將取下的繪馬偷偷藏起。」

名賀村的古剎長寶寺就是其中之一。

「圓秀大人想前往一觀，對吧？」

朱音終於明白始末了。圓秀深深點頭，眼中閃著光輝。

「供奉繪馬不是出自專職畫師之手，而是作畫之人以兼副業的形式所發展而成，孕育出獨特的技法。書法倒還好，不過談到繪畫，即使是下級武士，也大多沒正式學習過。」

如果是副業，那就是接獲訂單後才開始作畫，儘管學過大致的作畫規則和基礎，但每個作畫者也都還是看著範本臨摹，所以個人的習慣或是拙劣的筆法隨處可見，這便是其獨特的展現——圓秀很投入地這麼說。

「外行人的畫功，在圓秀大人這樣的高手面前，應該不值得參考才對。」

「哪兒的話，我還不夠成熟。任何所見所聞，都能當成我作畫的養分。」

茂左右衛門皺起魚尾紋，面露苦笑，「他從城下一來到這裡，馬上朝我家的馬廄坐定，攤開畫冊作畫，嚇了我一大跳。」

「那是因爲名賀村的馬廄構造很有意思。與人們住的房子緊緊相連，但又和曲家（註）不同，中間夾著廚房，還有中庭和水井。」

圓秀似乎果眞如他本人所言，走遍陸奧各地。朱音決定向他套話，「圓秀大人在來到永津野之前，住哪呢？」

「約莫半個月前，我人在仙台。更之前則是在遠野。」

他屈指細數曾經去過的地名。

「在這裡，除了要畫永津野的景色和風俗外，我還很想畫大平良山。聽說那裡有山神。」

「是的。那是很美的一座山，對吧？」

「攀登的話，應該很險峻吧。神山大多都是這樣。」

「是止步山。」茂左右衛門在一旁插話，「不能攀登。」

圓秀就像被人捉弄而焦急的小孩一樣，「不能想想辦法嗎？遠景和近景我都想畫。」

「山林不是人們可以爲所欲爲之地。」

朱音調皮地問道，「那麼，您和香山藩交涉過嗎？」

茂左右衛門聞言後，差點沒跳了起來。

「小台大人，您在說什麼啊！」

他接著朝坐在兩人中間發愣的圓秀道：

「那裡一定也當那是止步山，因爲從很久以前就傳說大平良山裡頭住著山神。」

「喔，這樣啊。」

見畫師回答得一派輕鬆，朱音內心頗感失望。圓秀還不曾踏足香山藩，是嗎？原本心想，要是他對那裡稍有了解的話，可以暗中向他請教。

朱音感到心神不寧，比平時提早返回溜家。回家後一看，阿千、老爺子、蓑吉全都在廚房裡。阿千煮飯，老爺子和蓑吉在一旁幫忙。三人異口同聲地喊了一聲，「小台大人，您回來啦。」

「蓑吉今天幫了好多忙呢。對吧，老爺子？」

老爺子頷首，原本就很細長的眼睛，瞇得更細了。

「他打掃後院、剝豆皮、搗小米和稗。」

阿千一一列舉，蓑吉還在一旁補充，「還、還去找竹筍。」

「未免太早了。」

阿千朝一臉驚訝的朱音皺起眉頭。

「是宗榮大人帶他去的。」

「你去後山，不會害怕嗎？」

蓑吉動作生硬地點了點頭。

「不過，現在還沒有竹筍。」

拿這當藉口，似乎不太高明。應該說採山牛蒡比較好。

「可有想起什麼，或是覺得不舒服？」

註：相對於長方形平面的直屋，對L形平面房子的統稱。由於母屋與馬廄連成L型，所以稱之爲曲屋。

「沒有。」蓑吉搖了搖頭，但他搖頭的動作有點古怪。頭也略微往右偏。

「蓑吉，你這裡會不會痛？」

朱音伸指碰觸，發現他脖子右側到後方一帶很僵硬。他之所以動作生硬也是這個緣故，似乎無法轉頭，也無法往後仰。

「會是因為突然到處跑，使得原本受傷的地方惡化嗎？」

這時，宗榮可能是繞過後院走來，從廚房後門露臉。

「啊，肚子好餓。好香啊。阿千，今晚吃什麼菜啊？」

宗榮開心地大聲詢問後，這才發現朱音的存在。「朱音大人，您回來啦？」

「你還問呢！」

當事人蓑吉在一旁直眨眼，待朱音和阿千說明清楚後，宗榮伸手碰觸蓑吉的脖子。

「什麼嘛，根本用不著大驚小怪。」

只是肌肉僵硬罷了——宗榮說：

「你過來。我替你治好。」

宗榮帶著蓑吉前往這孩子目前所住的東房。朱音也跟在後頭。宗榮出門返家後，也沒洗腳就直接走進屋內，所以走廊上留下大大的腳印。這下子阿千又要生氣了。朱音強忍著笑，蓑吉也是。

「進來，趴在上頭。」

蓑吉先是抬頭望向朱音，接著趴在房間中央。這時候重新望向他的身體，覺得他的身材和手腳都很瘦小。

「因為你之前一整晚頭都卡在洞裡。所以會覺得脖子僵硬，也是理所當然。」

跟落枕一樣。

「可是之前都沒事啊。」

趴在地上的蓑吉，鼻頭抵著榻榻米說道。

「當你有其他部位覺得更痛時，就感覺不到。我們人的身體，有非常好的構造。不會一次感到多處疼痛。」

宗榮坐在蓑吉身旁，雙手輕觸他的脖子、背後、側腹。

「這裡痛嗎？」

「嗯。」

「這裡呢？」

「不痛。」

「腿彎一下。」

蓑吉猛然彎曲膝蓋，奮力一踢。因爲力道太猛，腳跟踢中微微往前彎腰的宗榮臉部。

「喂喂喂，我比你還痛呢。」

朱音又笑了。

「嗯，果然只是一般的肌肉僵硬。蓑吉，你試著放鬆全身的力氣。」

接著宗榮對蓑吉右腳的大腿根部以及臀部下方展開按摩。以大拇指按壓，用力揉動。

「呵呵呵。」蓑吉發出聲音，「好癢喔。」

接著宗榮張開手掌，抵住蓑吉右邊臀部下方，開始拍打。每拍一下，蓑吉的肩膀就搖晃一下，看起來力道不輕。

不過，是不是有哪裡搞錯呢？正當朱音猶豫該不該發問時，身後傳來腳步聲。阿千朗聲說道：

「咦？宗榮大人，蓑吉喊疼的部位是脖子，不是屁股耶。」

沒錯。所以朱音也覺得納悶。

宗榮神色自若地說，「我知道。」

他繼續用力拍打，以拇指按揉。「唔……」蓑吉強忍著笑。

「蓑吉，不能笑喔。不然宗榮大人會把你的頭和屁股搞錯。」

好了——宗榮停手，「蓑吉，你起來轉動一下頭部。」

蓑吉迅速起身，面向朱音他們坐好後，戰戰兢兢地轉動頭部。接著他眼睛睜得老大。

「不痛了。」

他伸出小手撫摸自己的脖子。

「不再覺得僵硬了！」

朱音和阿千都大為驚訝，伸手摸向蓑吉的脖子。剛才還很僵硬的脖子，現在眞的變軟了。

「宗榮大人，你對他做了什麼啊？」

宗榮抿嘴而笑，「所以說我是仙術師嘛。」

朱音和阿千都驚訝莫名。

「蓑吉，你再趴下來一次。其他部位我也幫你治療一下。」

蓑吉說他左肩後方的肩胛骨一帶有點疼，宗榮抓住他左臂往上扭，使他的手掌朝向天花板。

「哇！蓑吉的肩膀會脫臼。」

「阿千，沒關係，我們放心地看吧。」

「蓑吉，在我數到三之前，會一直維持這個姿勢。我會施力將你的手臂往下壓。你要撐住，不要輸我。等我數完三後，再放鬆力氣。懂了嗎？」

一、二、三。宗榮喊了一聲，「好了。」蓑吉把手垂落。如此反覆了幾次後，他讓蓑吉坐起身，做深呼吸。

「如何？」

「嗯，已經不痛了！」

蓑吉揮動雙臂，結果一拳重重打中宗榮的鼻子。

已完全消除疼痛的蓑吉，到後院幫忙加介準備燒洗澡水。阿千則是返回廚房。

「那是名爲『活法』的一種技術。」

以前那一點都不稀奇——宗榮道。被蓑吉打中的鼻頭仍舊泛紅。

「戰場上的武士們，爲了調整因疲憊而痠痛的身體，好在下一場戰役前能行動自如，都會彼此互相整治，用的就是這項技術。」

所以在戰事頻仍的時代，這項技術在武士之間廣爲人知。

「它無法醫治箭傷、刀傷、骨折。不過因疲勞所導致的僵硬、痙攣、扭傷疼痛，它都可以應急治療，進而使其痊癒。這非常重要。在一路戰勝挺進的情況下就不用說了，即使是在戰場上敗戰逃亡時，也會希望能靠自己的力量行走的士兵愈多愈好。」

阿千端來臉盆和手巾，宗榮以此擦拭自己的髒腳。

「這項技術變得愈來愈稀奇，表示現在是太平盛世。眞是可喜可賀啊。」

可喜可賀這種說法微微帶刺，不像宗榮平時的口吻，聽在朱音耳中略感刺耳。
宗榮正準備要搓洗弄髒的手巾時，朱音出手阻攔。
「哎呀，我怎麼能讓朱音大人做這種事呢。」
「沒關係。」
朱音以臉盆裡的清水搓洗手巾，向他問道，「宗榮大人，如果是採永津野藩的稱呼方式，您的出身算是番士，而不是大夫，對吧？」
「是的。榊田家並非醫學世家。」
語畢，宗榮自我調侃道：
「我是個只有志氣比人高的窮酸御家人（註）。當眞是個明明餓肚子，卻叼著牙籤裝模作樣的武士。」
這句話中也帶著不滿。宗榮與自己的本家之間，應該是發生過什麼爭執。這與他遠走他鄉是否有什麼關聯？
你到底是什麼人？現在或許是這樣問的絕佳時機。宗榮也許已察覺朱音的心思，他咧嘴一笑：
「不過，我之所以能擺出這種流浪漢的樣貌，也都是因爲有那樣的本家和身分，所以我要是再發牢騷的話，可是會遭天譴的。」
此事就此打住，別再追問了，這是朱音從這句話得到的感覺。即使沒有刻意隱瞞的必要，每個人也都有自己不想提及的事。朱音自己也是。不，她甚至想隱瞞。
「晚飯前造口業，害得飯菜都變難吃，那可太沒意思了。」
「是啊。」

朱音用力擰乾手巾，莞爾一笑。她就是拿宗榮沒辦法。

「不過宗榮大人，我覺得很納悶。爲什麼蓑吉明明是脖子痛，您卻拍他屁股呢？」

「哎呀，我可不光只是用力拍打吧？」

宗榮靦腆地笑道：

「人的身體，是先有骨骼，然後外頭長肉。而骨骼與肉，以及肉與肉之間連接的，稱之爲筋，或是腱。」

它們全都相連在一起——宗榮如此說道，並彎曲自己的手臂做示範。

「支撐頸部的肉，從背後通過腰部，直達臀部下方，一路相連。所以當脖子一帶緊繃或痙攣時，只要將臀部下方的緊繃揉開，脖子也會變得鬆軟。僵硬化解後，氣血便會恢復通暢，變得行動自如。」

當人們把一條線繃緊時，只要放鬆一邊，另一邊自然也會跟著放鬆。同樣的道理。

「生物也都是如此。身體是全體相連而行動。」

「那麼，您將蓑吉的手臂往後扭的用意是？」

「當初蓑吉倒臥在後山時，以一般人不會有的姿勢度過一整晚。因爲那樣的姿勢而變得僵硬的手臂肌肉，要用反方向施力來加以化解。」

活法的技術並非是施加蠻力，所以只要懂得節奏，連朱音也辦得到。

「生物的身體，在受傷或疲憊時，會想自行痊癒。我只是稍微幫個忙而已。」

註：江户時代，直屬於將軍底下的家臣，特別是指無權謁見將軍的下級武士。

原來如此，正當朱音如此頷首時，從東房窗外的後院方向，傳來一聲驚恐的厲聲尖叫。是蓑吉的聲音。朱音聽到血氣從自己臉上抽離的聲音。宗榮一躍而起，從窗口跳向屋外。朱音也趕緊奔向後院。

「怎麼了！」

加介與蓑吉蹲在柴房旁。兩人似乎原本正在整理砍好的木柴。柴刀立在柴房門口，掃把拋在地上。

蓑吉把臉埋在加介懷中，緊緊抱住他。加介像要以全身護住蓑吉般，緊摟著他，眼神四處游移，無比慌張。

「加介，怎麼了？蓑吉他……」

朱音氣喘吁吁地詢問，這時，往柴房後方窺望的宗榮轉過頭來。他望著朱音皺起眉頭，表情凝重。

「小、小台大人，有、有蛇！」

由於蓑吉緊抓著不放，加介一屁股跌坐地上。

「蛇？」

「是日本錦蛇，體型相當大。」

不過牠正在呼呼大睡呢——宗榮道：

「朱音大人，您不怕蛇嗎？」

「我從小在山裡長大，所以不怕。」

朱音伸手輕觸蓑吉背後，傳來他的顫抖。他似乎正緊緊咬牙。

「蓑吉，大家都來了，已經沒事了。」

朱音溫柔地輕撫他的背，接著站起身，往柴房後方窺望。

她不禁發出一聲驚呼，「哎呀，眞的很大呢。」

由於那條日本錦蛇盤繞成一團，所以不易判斷大小，不過應該有大人張開雙手那麼長，頭幾乎跟朱音的拳頭一樣大。蜷縮的身體有一半藏在草叢中，儘管四周出現人影，牠一樣滿不在乎。

因爲牠已塡飽肚子。可能是剛吞了兔子之類的動物，肚子鼓脹。

「蓑吉拿著掃把繞往柴房後方時，突然放聲大叫，朝我撲了過來。」

加介就像在抱嬰兒般，將蓑吉抱在懷中。

「蓑吉，那條蛇吃飽在睡覺，不會亂來的。你不用怕。」

面對宗榮的呼喚，蓑吉仍舊把頭埋在加介懷中，不住搖頭。朱音來到他身旁，再度伸手想輕撫他背部時，他突然身子一震，一把推開加介，逃了開來。

「喂，等一下！」

宗榮大步追上，一把揪住蓑吉的後頸，將他拉了回來。蓑吉瞪大眼睛，緊緊咬牙，雙手在空中一陣亂抓，兩腳又蹦又跳，想要逃離。

「蓑吉，你振作一點！」

宗榮抓住蓑吉的身體後，將他轉身面向自己，雙手握住他肩頭用力搖晃。那孩子的頭左搖右晃，黑眼珠往上飄。

「你看著我。蓑吉，看著我。」

宗榮鼻尖緊貼著蓑吉，大聲叫喚。蓑吉繃緊全身，極力抵抗，仍想逃離。

維持半蹲姿勢，不知如何是好的加介，朝蓑吉叫喚，「山上的蛇，現在才剛從土裡出來。」

宗榮雙手用力拉扯蓑吉的臉頰。蓑吉原本往上飄的眼珠回到原位，搖晃的腦袋也就此停住。

加介愈說愈有勁，「蛇現在還迷迷糊糊的，所以才會大搖大擺出現在這種地方。牠不會亂來的。」

朱音躡腳靠近柴房，伸長脖子窺望。那隻鼓著肚子，還沒完全清醒的蛇，可能也發現了現場的騷動。牠鬆開原本纏繞的身軀，溜進草叢裡消失無蹤。

「蓑吉，蛇不見了，牠跑走了。你不用再害怕了。」

蓑吉的目光開始對焦，認出緊貼在他面前的宗榮。

「……我」

他的聲音渾濁。宗榮以夾在衣帶裡的手巾替蓑吉擦拭嘴角的泡沫。

「怎樣，比較不怕了吧？」

蓑吉回望宗榮的眼睛，點了點頭。接著望向朱音和加介，這次則是應了一聲「嗯」。

「和我一起深呼吸。」

吸、吐、吸、吐。蓑吉臉上逐漸恢復血色。

朱音朝加介悄聲道，「這裡沒事了，你去幫阿千的忙吧。」

加介擔心地頻頻回頭張望，返回屋內。

「蓑吉，我問你一件事。」

宗榮摟著他纖瘦的雙肩，聲音轉為嚴肅。

「你曾經遇過那樣的大蛇，有過恐怖的遭遇嗎？」

一顆豆大的汗珠順著蓑吉臉頰滑落。
「沒有。」
「那麼，你爲何那麼怕蛇？」
孩子光滑的額頭擠出皺紋。蓑吉在思考該怎麼說才好。
「不是蛇，不過……」
那傢伙長得很像蛇——蓑吉低語。
宗榮詫異地皺起眉頭。
「那傢伙？」
蓑吉的眼珠差點又要往上飄，但這次他自己忍了下來。他緊咬著嘴脣，雙手緊緊握拳。
「比那條蛇還要大更多。」
蓑吉再度緊緊咬牙，但還是忍不住微微顫抖。
「蓑吉，我聽不太懂。那傢伙到底是什麼？」
宗榮這種逼問的口吻，一旁的朱音看不下去，忍不住插嘴，「宗榮大人，您這麼嚴厲地問他……」
「請安靜。」
宗榮毫不客氣地制止朱音，雙眼緊盯著蓑吉。
「你說的那傢伙是什麼？長得像蛇，但又不是蛇，對吧？」
隔了一會兒，蓑吉頷首。
「牠很大，對吧？有多大？」

「比番小屋還大。」
「番小屋是什麼？」
「是我家。爺爺的家。」
「蓑吉和爺爺的家，是嗎？」
「嗯。」
「是和這座柴房差不多大的小屋嗎？」
「還要更大！」
蓑吉很不情願地搖著頭，突然像生氣似地說個不停。
「因爲爺爺是村裡的番人。番小屋是爺爺請村裡的年輕人幫忙蓋的。等我再大一點，就能幫忙蓋小屋了，可是卻……」
「我知道，蓑吉，我知道。」
蓑吉說得氣喘吁吁，沉默了一會兒，接著又低語道：
「那是山神。」
「咦？這什麼意思？」
「是伍助先生說的。」
「伍助是誰？仁谷村的人嗎？」
「嗯。」
「他原本和你在一起嗎？」
「可是他很快就不見了。」

「跟你走散了嗎？」

蓑吉沒回答，全身爲之一僵。他想起了什麼，正以心眼觀看。重新細看，再次重新體驗。

接著，他全身一震，第一次主動望向宗榮的雙眼，向他問道：

「宗榮大人，您到過很多地方旅行，對吧？」

宗榮眨了眨眼，「嗯？我的確去過不少地方沒錯。」

「其他的山也有那種東西嗎？」

蓑吉說到一半突然噤聲，眼神游移，直打哆嗦，雙膝打顫。

宗榮進一步把臉湊向蓑吉，壓低聲音緩緩問道：

「你說的那種東西，是怎樣的東西？」

蓑吉緊緊咬牙。

「說清楚一點。是怎樣的東西？」

朱音也屏息注視著蓑吉小小的臉蛋。他到底想說什麼？他看到了什麼？

蓑吉囁嚅道：

「是怪……怪物。」

說完這句話後，蓑吉就此潰堤。淚水奪眶而出，全身顫抖，齒牙交鳴。

「村裡的人全都被那怪物吃了！伍助先生和爺爺都不會再回來了。爺爺明明是村裡最厲害的槍手啊！」

蓑吉放聲嚎啕，宗榮不再按住他，反而鬆開手讓他自由。蓑吉雙手掩面，哭得全身發抖。

「我也在山路上被那傢伙吞進肚裡，沒能逃脫。那傢伙的大嘴巴就在我眼前，裡頭黑漆漆的，好難受，後來我就什麼也不知道了，我、我……」

蓑吉放聲大喊，像要將鬱積心中的恐懼和憤怒一次吐個乾淨般。朱音和宗榮聽得目瞪口呆。

五

小日向直彌望著彌次的背影，默默走上山路，最後終於抵達仁谷村，但眼前的景象比他想像的還要悲慘。

放眼望去全是斷垣殘壁，大火肆虐後的餘燼。完全沒有人蹤，唯有死亡的氣息與一片死寂。聽不到任何鳥囀，連隻老鼠都沒看見。流經村莊南側的小河裡，也不見半條魚。

理應前來此地查看的番士隊，也不知跑哪兒去了。地上連個馬笠也沒留下。

直彌為之愕然無語。這時彌次首次開口：

「這裡已經沒留下任何活口。」

他的表情凝重，但依舊很冷靜。不過倒是沒想到他的聲音竟然這般柔和。

「是、是嗎？」直彌應道。不行，我怎麼能就此感到畏縮呢。

「我們調查一下四周吧。」

兩人分頭對瓦礫和燒毀的遺跡展開調查。發現村民用身邊的農具和道具抵抗的痕跡。起火點似乎不只一處。有可能是在騷動下打翻燈火引發火災，也可能是有人潑油縱火。

走進包圍村莊的森林深處後，發現了更詭異的東西。

「這是什麼？」

地上的雜草被踩扁，大小如同一個圓形坐墊。

彌次冷冷地說，「是腳印。」

從形狀來看，直彌也這麼認爲。隱約可看出像手指的形狀。但因爲難以置信，所以他開口問道：

「可是這未免太大了吧。」

彌次頷首，鼻頭擠出皺紋，「還留有臭味。」

可能是心生慌亂的緣故，直彌什麼也感覺不到。他擦拭額頭上的汗水，仰望蒼穹。今天豔陽普照，令人壯膽不少。

「待在這裡也沒用。我們去本庄村吧。」

本庄村統管北二條五村。有秤屋的出水金治郎這位村長，也有山番的駐守處。前來查看的番士隊，現在或許在那兒。

從御館町到仁谷村約半天的路程，不過從仁谷村到本庄村，則大約八公里遠。連大病初癒的直彌，只要走上一個時辰，也肯定能抵達。

「你也想早點見到達之助，對吧？」

聽說當初達之助要前往仁谷村時，彌次曾苦苦央求，說他也想跟去。直彌猜想他的心意，如此說道，彌次卻沒回話。彌次的側臉感覺很冷淡，他對直彌連看也不看一眼，率先邁步走去。

從村莊往西行的小路旁，彷彿什麼事都沒發生過似的，開著白色的小花。小路被踩踏得很平整，四周的樹枝都被砍除。從中可看出仁谷村居民勤奮的生活態度。

但走著走著，前方出現一個物體，令人懷疑自己的眼睛。

一個散發強烈腐臭的奇怪物體。直彌在沒提防的情況下湊近細看，差點當場腿軟。那東西是好幾個人的骨骸和衣服所混雜而成。溶解成一團泥狀。

「這、這是……」

從那黏稠物體的某個角落，冒出一隻腳。直彌感到噁心作嘔，忍不住弓起身子。全身冷汗直冒。

「好慘……」

傳來彌次的低語聲。

「一定還有。要找嗎？」

經他這麼一問，直彌才勉強抬起頭來，「找有什麼用？你認爲可以救誰，是嗎？」

彌次搖搖頭。

「既然這樣，我們快點趕路吧。」

不能像逃跑似地步伐慌亂。直彌如此訓斥自己。

前方不遠處，有個馬笠掛在樹枝上。直彌發現它像被人拋出似的，掛在樹枝上。同時也發現有刀鞘掉在崖下的凹坑裡，以及山番所用的短矛，掉在草叢深處的地面上。把柄處斷折。

儘管現在已超越不安，轉爲恐懼，但直彌還是抱持最後一絲希望。金吾，你一定平安無事，對吧？你保護本庄村的村民，正在思考對策，想著要如何應付眼前的事態，對吧？

「彌次，告訴我。」

直彌再也受不了沉默，喘息著朝彌次清瘦的背影問道：

「奈津小姐說你很了解山林的一切。這到底是怎麼回事？究竟是什麼東西搞的鬼，你看得出來嗎？」

彌次沒說話，這時直彌腳下踩滑，彌次迅速伸手抓住他，將他扶起，並對他說，「我們快走吧。」

他的眼神無比堅毅。

「快點去和生還者見面。」

見面後，當面問清楚，這才是當務之急。如果胡思亂想，心生膽怯，只會減緩行動。

「說得也是。抱歉。我們走吧。」

但抵達後發現，本庄村同樣空無一人。

不像經歷過火災，但這裡同樣清楚留下破壞的痕跡。這裡比仁谷村大上三倍，也有更多建築。只有山番的駐守處和村長的宅邸沒有明顯的損傷。其他小屋和房舍，不是缺了牆壁、木板屋頂毀損，就是屋柱斷折。水井被撞塌，木桶滾落一地。當中有些木桶像是被踩碎。

「喂～～喂～～」

彌次出聲叫喚，但沒人應答。眼下才剛入春不久，一陣山風吹過，揚起塵埃。

「慢了一步，是吧？」

直彌感到沮喪而腿軟。他扶著彌次的肩膀，走進駐守處內一看，擺武具的層架和土間（註）的腳印都顯得很凌亂。

「我去查看一下四周。」

註：日本房子入門處沒鋪木板的黃土地面。

彌次迅速走出駐守營地。直彌因疲憊和失望而無法動彈。連他都覺得自己既窩囊又丟臉，但他害怕亂動。

要是在這裡也發現那極其怪異的一團屍骸……要是從裡頭找到達之助的臉……

眼前化爲一片黑暗。直彌雙手掩面。奈津的微笑浮現他眼皮裡。志野兵庫之助的斥責聲在耳中響起。

振作一點，小日向直彌。不是你自己要來這兒的嗎？

傳來一個快步奔來的腳步聲。是彌次。他回來了。

「地上留有人的腳印。」

在村莊的西北方，從這裡一路往山上而去。

「那腳印像是好幾個人聚在一起，撥開草叢一路往前走。腳印還很新。」

彌次的聲音顯得有點興奮。眼神堅定。雙腳牢牢踩穩地面。

直彌深呼吸一口氣。我也不能再這麼窩囊下去了。那新的腳印通往的前方，也許有活人。還有希望。

直彌向彌次伸出手。

「彌次，拉我這個軟弱者一把吧。即使拉到我肩膀脫臼也沒關係，用力拉。」

彌次果眞用力拉了他一把，毫不手下留情。直彌在這股勁道下站起身。

「好，我們走。」

身體微微發顫。

他們撥開草叢，穿過樹枝，登上斜坡。這不是一般人通行的路。像是有人踩過的腳印，若非彌次一定看不出來。不熟悉山林的直彌，全神貫注地跟在他身後。

在翻越一座山頭，前方出現另一座更陡峭的岩山時，不遠處突然爆出一個開朗的聲音。

「啊，是山番大人！」

抬頭一看，是名身穿農作服的年輕女孩。她站在岩石裸露的岩地上，轉頭望向身後，揮動著雙手，扯開嗓門喚道：

「村長大人，各位，山番大人來了！到這裡來救我們了！」

本庄村的人們，在村長秤屋出水金治郎的指揮下，逃進這座岩山旁鑿穿的洞窟，在此藏身。直彌和彌次馬上接受金治郎的親自迎接，帶他們走進洞窟裡。這昏暗的洞窟入口雖小，但裡頭頗深，還有多處分歧。

「那是很久很久以前，比德川大人取得天下的那場戰役還要更早的事。聽說當時的人們心想，香山搞不好也能像永津野那樣挖到黃金，如果沒有黃金，有銀或銅也好，試著挖挖看吧。就在山裡四處開挖。」

這裡也有昔日留下的痕跡，這原本只是個小洞窟，後來加上人力挖掘，變成現今這副模樣。

面對初次目睹的景象，直彌頗為驚訝，但彌次還是一樣平靜。

「最後什麼也沒挖到。但萬萬沒想到會以這種方式派上用場……還好當初我爹曾經告訴我這個故事。」

秤屋的金治郎今年四十。幾年前他父親病歿，他才剛接任村長的職位不久。他那充沛的精力和體力，村民應該覺得很值得信賴。直彌見金治郎描述事情經過的俐落口吻以及沉穩的舉止，也有種暫時放下心中大石的感覺。

正如同之前在鎮守之森從達之助口中所聽聞，最早得知仁谷村慘劇的是本庄村。金治郎奉駐守當地的山番指示，召集男丁前往仁谷村，一看便明白那裡發生了非比尋常的大事。

「駐守當地的山番以及村民，起初也認爲是永津野的牛頭馬面所爲，對此大爲感嘆。但打從一開始，我就不這麼認爲。」

如果只是一般的逃亡，爲何要放火，這點實在教人想不透。

「如果是被什麼東西襲擊，村民全部逃亡，那應該是什麼猛獸所爲。」

村長一時也說不清。一行人於是先返回本庄村，全神投入加強防備的工作中，以防那「不知名的東西」來襲。這時，包含志野達之助在內的番士隊正好抵達。事先查看過仁谷村後才來到本庄村的番士，同樣一副難以置信的神情。

「聽說之後在森林裡發現了幾個大腳印。」

直彌也親眼見過。

「我聽了之後對他們說，此事一定是野獸所爲，但前來查看的番士隊長卻大爲震怒。」

蠢蛋！說什麼傻話！有哪種野獸可以滅了整個村莊？是熊，還是山犬？隊長的怒斥聲響遍駐守處的天花板。

「您說的有理……」

駐守處的山番和前來查看的番士之間意見分歧，他們討論接下來該如何處理，起了糾紛。當中有人提出強硬的看法，認爲這一定是生人狩獵，應該馬上攻進永津野的要塞。

當時夜已深。仁谷村遇襲之謎的「答案」，出現在本庄村。

本庄村在村莊東側設有守衛，點燃篝火。山番的番士和村裡的槍手都會輪流站崗戍守。那東西完全不把這一切放在眼裡，直接衝進村裡。

「那樣的野獸，當眞前所未見，聞所未聞。」

根本就是怪物——金治郎說：

「像隻大蜥蜴，也像蛇和蟾蜍，而牠的吼叫聲又像熊。」

村長描述怪物來襲情況的口吻，一直顯得很平淡。可以明白他是想盡可能不慌不亂地詳細描述在那場混亂的暗夜中看到的一切，但愈聽愈覺得光怪陸離，難以置信。

「本庄村包括駐守處的三名山番在內，原本共有三十二人，而這裡現在只剩十三人。少掉的那些人，有的或許逃進山裡，已抵達其他村莊或御館町。」

之所以不像仁谷村那樣全村滅亡，都多虧有番士在。之前在駐守處總愛互相爭辯的番士，一到重要時刻，馬上互相配合、全力奮戰。

岩山洞窟內分歧的通道深處，可能是以前放置道具的場所。在這處挖掘出約四張榻榻米寬的空間裡，聽村長說到這兒，直彌再也按捺不住。

「前來查看的番士隊當中，應該有位名叫志野達之助的人……」

話還沒說完，秤屋金治郎的臉馬上痛苦地扭曲。

「志野大人他……」

光看他的表情，不用聽也知道結果爲何。

——金吾他爲了保護本庄村而戰死了。

見直彌的神情，金治郎應該也已看出幾分。他雙手合十道：

「之前隊長訓斥我是蠢蛋時……」

——隊長，您別這麼說。山裡的事，這些住在山裡的村民應該比我們清楚。秤屋村長所言，不能斥爲無稽。

「志野大人還出面替我說話。」

很像達之助的作風。直彌低頭望著地面，一再點頭。

彌次默默守在身後。即使待在一旁，也不會讓人感覺到其存在的彌次，傳來某種情緒。那是悲傷、後悔、還是懊惱？直彌不敢加以確認，因而沒望向彌次。

「連一名番士都沒留下嗎？」

「有兩位倖存。」

兩位都是前來查看的番士。其中一人身受重傷，至今仍不省人事。另一人則是被怪物以類似唾液的東西吐中，右肩到背後都是灼傷。但他仍強忍著傷痛，在遇襲的隔天一早，便下山朝御館町而去。

「那名番士說，如果沒召集全香山的番士打倒那隻怪物，難消心頭之恨。」

那名番士名叫高羽甚五郎。直彌聽過此人。雖然較爲年長，但在隊內是和達之助最親近的人。自從躲過第一次的來襲，逃進這座洞窟後，金治郎等人一直躲著不敢吭聲，一天又一天地苟延殘喘。但始終不見御館町派番士大軍前來。

高羽甚五郎是來到半路氣空力盡，沒能成功走下山嗎？還是御館不相信他說的話，延宕時日？的確，這種事若非親眼見識，絕對無法相信。

據說高羽甚五郎因怪物吐出的唾液而造成灼傷。直彌不禁想起在仁谷村森林裡看到的那團悲慘的遺骸。人的身體被溶解……

「待在這座洞窟裡，姑且安全無虞，對吧？」

「是的，那隻什麼都吃的怪物完全沒靠近。」

村民什麼也沒拿，就逃到此地。水可以就近取得，但食物和衣服都還留在村裡。所以男人數名爲一組，不時回村裡拿取。

「從那之後，怪物好像沒再靠近村子了。但要是大家這就回去，難保又會發什麼事。」

直彌也這麼認爲。秤屋村長行事果決又睿智。

「五村的其他村莊情況如何？」

「我們不敢派人知會，所以沒有回報。不過高羽大人說，其他三個村莊人少，而且位於西側，應該不會馬上遭遇襲擊。」

——說到那吃人的怪物接下來會攻擊的對象，應該是永津野的要塞。

原來如此。這點倒是沒想過，言之有理。永津野的要塞離仁谷村不遠，而且初春時，這一帶山中動向不定的山風，常會由東往西吹出幾乎捲走地表上一切的強風。那陣風或許會將駐守在要塞的那些牛頭馬面的氣味，傳送到徘徊於仁谷村附近的怪物鼻端。

「這裡有多少人無法自力行走？」

「有五、六個人……」

這麼一來，要在沒有番士保護的情況下，十三人一同下山前往御館町，實屬困難。人多一起行動，也可能會引來怪物的注意。難得找到一處安全的地點，現在先別輕舉妄動方是上策。

「情況我明白了。我和彌次會火速返回御館町。」

得趕緊向志野兵庫之助報告此事才行。
「就你們兩位？太危險了。」
「有彌次在，不會有問題。」
「在你們抵達前，太陽都下山了。」
直彌安撫金治郎，請他不必擔心。
「雖然我不是番士，但我是奉番方支配步兵組的統領——志野兵庫之助大人的命令前來。」
只要向統領大人報告，會馬上派番士隊前來。大家也就能平安下山了，再忍耐一會兒。直彌向他們保證。不管這件怪物襲村的事再怎麼荒誕，只要如實稟報，他一定會相信。
不，是我一定得讓他相信才行。

「這件事真是難以置信。」
朱音在寢室旁的小房間與宗榮迎面而坐。
名賀村這一帶，儘管已是這個時節，但每當太陽下山，還是冷徹肌骨。座燈和火盆散發出淡淡的亮光和溫暖。
蓑吉完全道出自己的體驗和所見所聞後，筋疲力盡，露出宛如放下肩上重擔般的表情，沉沉入睡。
「這不像是蓑吉捏造的故事。話說回來，那孩子也沒必要編這種謊。」
朱音心中感到不安。
「不過，蓑吉知道這裡是永津野領地。」

宗榮搔著鼻梁，「因爲我那不入流的謊言，已被他看穿。」

「所以他其實是遇上牛頭馬面的生人狩獵，卻又無法如實以告，只好改說成是遇上吃人的怪物，會是這樣嗎？」

宗榮噗哧一笑，「蓑吉是個聰明的孩子，但沒這麼高深的智慧。」

「是嗎……」

「朱音大人，這是您的壞習慣。一有不好的事，馬上與令兄聯想在一起，然後擺出『家兄的錯，就是我的錯』的表情。」

宗榮壓低聲音說道，愉快地笑著。朱音一點都不覺得尷尬。

「眞是抱歉。不過這可一點都不好笑。」

宗榮憋住笑，接著說道：

「不管蓑吉遇上的怪物到底是什麼，香山藩仁谷村發生大規模野獸侵襲的災情，這是顯而易見的。」

如果那不是蓑吉在做噩夢，仁谷村就是這樣滅亡的。

「山裡的野獸，會造成這麼大的災情嗎？」

朱音不是懷疑蓑吉說的話。然而，比柴房還大的野獸，而且還會吃人，實在太荒誕了。

「話說回來，這一帶的山林竟然有如此巨大的吃人野獸……連傳說故事裡的大蟒蛇，在這一帶聽起來也不具有半點眞實性。」

北國的自然環境對野生動物來說，一樣很嚴峻。這一帶的山林沒有豐饒到可以培育出比小屋還大的野獸。

仁谷村確實發生了什麼怪事。也許眞的是山犬或熊所造成的災害。不過，如果災情嚴重到足以滅村，那會不會是慌亂的村民自己的恐懼和疑神疑鬼所造成？

在黑暗的山中，就此成了「怪物」。

但朱音說著說著，一旁的宗榮卻板起臉孔搖著頭。

「朱音大人，您忘了嗎？」

「咦？」

「蓑吉的背後留有點狀的傷痕。那是很奇怪的傷痕，很像齒痕。」

朱音為之語塞。

「沒錯，是怪物的齒痕。」

形成和緩圓弧狀的奇妙傷痕。

「而且蓑吉一開始全身沾滿黏稠狀的東西，散發出像魚肚腐爛的惡臭。因爲那個東西，使得他皮膚呈現剝落的狀態。」

那臭味飄蕩在蓑吉躺臥的東房內。

「『我被怪物吞進肚子。』那孩子曾說過。若是這樣，那臭味應該是怪物的唾液或垂涎吧，或者是脾胃裡的酸液。」

愈說愈荒誕。朱音勉強地回以一笑。

「宗榮大人，您把那孩子說的話當眞是嗎？」

「當然，因爲他說的話都兜得攏。」

「可是那孩子還活著。身上沒有被咬傷或溶解的痕跡。如果眞的被怪物吞進肚裡，應該無法活命吧？」

「可能是一度被吞下，後來又被吐出吧。」

宗榮講得充滿自信。所以朱音這次以微帶正經的口吻笑道：

「是蓑吉不合怪物的胃口嗎？」

「或許是。」

宗榮講得一本正經。

「那隻怪物雖然不是蛇，但和蛇長得很像。既然這樣，即使擁有蛇的習性也不足爲奇。朱音大人，您不知道嗎？有些貪婪的蛇雖然已吞了獵物，肚子鼓脹，但看到更營養，更能吃飽的獵物，便會將肚子裡的東西嘔出，重新吞下別的獵物。」

朱音沉默無言。

「不過，也可能蓑吉純粹只是運氣好。」

宗榮補上這麼一句，又搔抓起鼻梁。

朱音不發一語，以火筷輕戳火盆裡的木炭。宗榮注視著她的動作。

「接下來我們該怎麼做？」

該怎麼處理蓑吉的事？

「我們先來調查到底發生了何事吧。」宗榮馬上應道：

「除了蓑吉外，仁谷村或許還有生還者。不，一定有。蓑吉的祖父也不見得已經喪命。也許他很擔心這孩子的安危，正忙著四處找他呢。」

朱音心想，希望眞是這樣。

「不過在永津野與香山交界這一帶，要調查可不容易。」

「這是當然，要突然闖進香山藩的領地，是不可能的事。不過，要前往永津野方面的要塞，倒是有可能辦到。」

「可是，如果沒有理由的話……」

這時，宗榮突然重新坐正，低頭行了一禮。

朱音爲之一愣，「宗榮大人？」

「對不起。請您原諒。」

他雙手撐地道歉，接著突然抬起臉來，莞爾一笑。

「請您別告訴阿千。這件事要是被她知道，我一定又會被狠狠訓一頓。」

朱音明白他道歉的含意後，爲之愕然。

「宗、宗榮大人，您去過要塞，是嗎？」

「是的。」

「還說呢。您爲什麼要做這麼危險的事？」

「不，我在後山遊蕩，四處探尋時，不經意地來到要塞附近。我心想，如果只是在遠處觀看，應該沒關係。」

「沒被番士發現吧？」

「截至目前爲止，一直平安無事。」

「截至目前爲止……？」

看來不光只有一、兩次。

「宗榮大人！」

「哎呀，朱音大人，您太大聲了。」

宗榮舉起雙手，做出像是要把朱音往回推的動作，露出尷尬的笑容。

「我這不是在替自己找藉口，但我一開始並沒有那個意思。可是，自從救回蓑吉後……沒錯，就是我第二次到後山去的時候。當我在查看那孩子逃來這裡的可能路線時，在森林裡遇上兩名番士。」

朱音再度顯得神情緊張，宗榮急忙對她道，「您別緊張。我馬上躲進草叢裡，心中暗叫不妙，擔心蓑吉的事被發現，嚇出一身冷汗。但那兩名番士並沒有下山走向名賀村。」

兩名番士除了身上的佩刀外，還帶著弓箭。但他們沒騎馬，也沒佩戴象徵彈正手下牛頭馬面的面具。兩人頻頻四處張望，撥開草叢查看，不時跪在地上，把臉貼向地面。

「看了讓人覺得，他們也在搜尋某人，或是某個事物。」

宗榮與他們保持相當的距離，不讓他們察覺自己的氣息，靜靜觀察他們，所以聽不到他們兩人的交談。雖然心裡感到焦急，但過沒多久，他發現兩位番士一面在四周探尋，一面抽動鼻子，想嗅聞氣味。

「他們就像這樣嗅個不停。然後一面說話，一面側頭看似不解。對於蓑吉身上的臭味，我們那時也是同樣的反應。」

朱音這才閉上嘴，點了點頭。

「於是我這才想到。該不會有仁谷村的人在要塞裡吧？是被捕，還是獲救？是生是死？無從得知。不過，要塞的番士可能也和救助蓑吉的我們一樣，身處類似的立場，感覺到那奇怪的臭味，對眼前的事態感到驚訝，好奇山上到底發生了什麼事。」

於是宗榮隔天一早便溜出溜家，走進後山，直直地朝要塞而去。

「從名賀村前往要塞的捷徑，是一條稱不上路徑的小路，這是我向老爺子請教來的。當初我央求他告訴我，所以請不要責罵他。」

老爺子是名賀村最長壽的老人，這一帶的山林他瞭若指掌。不過已很久沒人問他這些事了。

「和我原本所猜想的一樣，要塞並不是多講究的建築。」

它只注重實用性。大雪籠罩的冬天，寒氣逼人，所以番士都很辛苦。村長茂左右衛門曾如此說過。

「比起人待的地方，馬廄反而比較大。那氣派馬廄的後方，有個明顯是臨時搭建的牢籠。」

在地上立起竹柵欄所圍成的，還有手持長槍的人在一旁看守。

「牢籠裡關了兩個人。」

從身形來看，像是山村的人，不像是想硬闖關口的盜賊。

「兩人皆渾身泥巴，似乎相當衰弱。其中一人是年紀和加介相仿的年輕人，勉強還能坐，而另一人是名老者，癱倒在地上。」

朱音的心神不寧，轉化爲不吉利的心跳加速。

「是仁谷村的人嗎？」

「看他們受那樣的對待，應該推測得出來。」

宗榮的口吻顯得很難過，「如果是走在名賀村與要塞間往來的一般道路上，不會看到那座牢籠。它設得相當隱密。」

看守嚴密，外人難以靠近被囚禁的人。但宗榮還是改換其他時間，看準機會試了幾次。

「我第三次潛進那裡時，他們兩人已不見蹤影。」

比起對宗榮多次靠近要塞的事生氣，朱音更在意被囚禁的人，一想到他們的悲慘模樣，便感到心痛不已。

「如果他們兩人死了，或是被殺害，那麼某處應該會有他們的骨骸。要是能確認他們的長相，帶回他們身上的物品，給蓑吉看，或許能成爲線索。」

宗榮在要塞周邊的山林查探。

「後來不費吹灰之力就找到了。」

要塞北側的斜坡上，有個像是臨時挖掘掩埋成的簡陋土墳。

「不過奇怪的是……」宗榮皺起眉頭，「如果那裡頭只埋了關在牢籠裡的那兩人的遺骸，未免太大了。」

「意思是，還埋了其他人？」

「有可能。」

是被關進牢籠後沒多久便喪命嗎？還是一開始發現時，就已經是屍體了？不管怎樣，看樣子不像光只有一、兩人。

「那麼大的土墳，想要開墳一觀究竟，不是空手挖就能辦到。這需要道具和人手，而且我要是動作太慢，會被他們發現。所以我只能暫時先放棄了。」

他很清楚地說了一句「暫時」。這個人是眞的膽識過人，還是太過樂天呢？

「如果那些人全是從仁谷村逃來這裡，要塞理應會向人在城下的家兄通報此事……」

國境發生的事，不管再怎麼枝微末節，應該都會傳進曾谷彈正耳中。

「曾谷大人公務繁忙，想必不會馬上趕來這裡視察。」

「可是，有人從香山藩逃來這裡，這原本是不可能有的事啊。」

朱音語氣堅定地說完後，猛然一驚，「被囚禁在牢籠裡的，如果眞是仁谷村的居民，爲什麼番士不展開生人狩獵？山裡也許還有逃亡的人。他們也應該會馬上到我們村裡來搜索才對。」

「查看有無可疑人物逃進名賀村，是吧？懷疑對曾谷彈正大人心悅臣服的長橋茂左右衛門，在他擔任村長的名賀村內，有人藏匿來自香山的逃亡者？」

宗榮挑起單邊眉毛。

「不過，看在要塞的代官或番士眼中，村長只是個微不足道的小人物。即使是要闖進名賀村展開搜索，讓茂左右衛門大人顏面盡失，他們應該也不會有所顧忌。」

但您就不同了——宗榮道：

「不管您心裡怎麼想，就身分來說，您都是朱音大人，是彈正大人的親人，是最可靠的自己人。倘若懷疑小台大人您身處的名賀村藏匿了來自香山藩的逃亡者，而四處查探，對彈正的牛頭馬面來說，可說是大逆不道之舉。」

這點朱音自己也很清楚。所以才會將藏匿蓑吉的事，全當成是出自她個人的意見。而此刻宗榮很好心地將這一切全說了出來。

「不過，光憑他們對我的顧慮，也不知道名賀村這樣的安穩還能維持多久。」

「您說得是。不過我認爲，他們可能也和我們一樣感到困擾。要塞裡的仁谷村居民，如果說的話和蓑吉一樣，他們當然不會簡單地回一句，『喔，這樣啊，那可是大事呢。』一切照單全收。」

被一隻比柴房還大的吃人怪物追殺，死命逃往這裡。

——大家都被吃了。

「如果沒先調查確認一番，番士也不敢擅自行動吧。」

豈能隨便向筆頭大人通報這種荒誕至極的傳聞呢。

「他們應該會這麼想。事實上，在今天蓑吉開口說那些話之前，我原本也想繼續監視要塞那邊的動向，等著看番士他們會發現什麼。」

但現在已沒那個時間，宗榮突然端正坐好說：

「我在後山遇見那兩名番士時，他們在追查某個臭味，這是因爲要塞裡的仁谷村居民身上也散發和蓑吉同樣的臭味，所以他們在搜尋身上同樣有那氣味的其他逃亡者；但也可能不光是如此。」

「還有什麼？」

宗榮定睛注視著朱音雙眸。

「如果是要塞附近飄散著那股腥臭，番士追查氣味，找尋氣味源頭的話……」

朱音一時沒能意會過來。當她明白宗榮這番話的含意時，朱音差點忍不住笑了出來。

但她不能笑。

「您的意思是，襲擊香山仁谷村的怪物，已逼近戍守永津野國境的要塞附近嗎？」

「即使是這樣，也不足爲奇吧？」

這座山連小孩子的腳程都能翻越。如果是一隻比番小屋還大的野獸，應該能輕鬆爬上山。

「仁谷村被毀滅，沒留下任何獵物。怪物應該會在山中遊蕩，找尋食物。雖然不清楚香山藩的小平良山山麓一帶是怎樣的情況，不過名賀村是這一帶唯一開墾的村莊。香山應該也和我們差不多。」

如果仁谷村的人們消失，怪物會爲了接著找尋獵物而移往他處。

「如果怪物找尋人氣——嗅出食物的氣味，而來到永津野這邊，那麼位於國境的要塞是最近的目標。」

要塞再接下來，便是名賀村。

「要塞的番士不同於村民，都是武裝的武士。如果怪物出現，或許會合力打倒牠。若是這樣就太幸運了。」

「嗯，是啊。」

朱音緊抓著這句話猛點頭，宗榮也就此露出微笑。

「不過話說回來，只是靜靜地觀看，教人十分焦急。所以朱音大人，我明天也想去要塞查看一下情況。」

這次是正大光明地前往造訪——宗榮說：

「藉口應該多的是。我是溜家的小台大人專屬的保鑣，就說又有山犬出沒之類的。」

說到這裡，宗榮伸指輕撫下巴。

「或是說最近溜家附近有一股魚肚腐爛的臭味，以此向番士套話，也是個辦法。」

朱音雙唇緊抿，許久沒答話。她在思索。

接著她拿定主意道，「這不是個好辦法。」

「喔，這樣不行嗎？」

「宗榮大人，您是外地人，而且是沒領奉祿的一般人身分。雖說同樣是武士，但行事粗魯的要塞番士，一定不會輕易接納您。」

「看在他們眼裡，我應該稱不上武士。」

「想必是。因爲您實在太可疑了。」

宗榮搔抓著他那一頭亂髮，「哎呀，您這麼說未免太嚴厲了。不過，還有其他好法子嗎？」

「要塞那邊，我一個人去。」

朱音故意一本正經地說道。

「想到家兄的鷹鉤鼻，我就覺得生氣，但既然我以曾谷彈正妹妹的身分住在名賀村裡，也該是時候和要塞那邊聯絡情誼了。這個時候從名賀村前往要塞拜訪，是個不錯的藉口。」

藉口？宗榮側頭感到納悶，朱音刻意向他展現「小台大人」的威儀，莞爾一笑。

下山時，彌次選了一條不同於來時的小路。

「彌次，你爲什麼走不同的路？」

彌次馬上應道，「走同樣的路，會被記住。」

這樣危險——彌次補上一句。

「這樣啊。這是山裡野獸的習性，對吧？」

彌次搖頭，「不是。不過那隻怪物很聰明。」

這不是推測，而是很肯定的斷言。

「彌次，難道你對那隻怪物知道些什麼？像是山中的古老傳說之類的。」

「不是那樣的東西。」

「是因爲牠既詭異，又可怕，是嗎？」

彌次沉默了半晌後，低聲應道：

「因爲這是禁忌。」

到底是什麼意思，直彌難以理解。彌次會用像「禁忌」這般艱澀的用語，同樣令他驚訝。

下山來到先前聽到宣告鼓聲的那處地方時，太陽已完全下山。浮雲遮掩弦月，不見星辰閃爍。彌次繫在腰間的燈籠，是明亮的路標。

來到可以俯瞰御館町萬家燈火的地方時，直彌呆立原地。

那不是一般的萬家燈火。而是像要將御館和市町整個包圍般，各個要處都燃起了篝火。對照之下，平時太陽下山後反而熱鬧的繁華大街，此刻則不見燈火，宛如屏氣斂息一般。連商家眾多的街道，路上的燈火似乎也全都熄去，在仍未完全天黑的夜空下，難以辨識。

後者應該是因爲正值三郎次少爺的服喪期間，禁止一切歌舞樂曲，因而提早結束營業吧。不過，那煞有其事的篝火圍成的圓圈，光用這個理由實在難以解釋。

這個謎題旋即解開。彌次猛然衝向前，躍進幽暗的草叢中，接著拉出一名男子。一名山番打扮的大漢。

「啊，這不是高羽大人嗎？」

沒錯，直彌記得他的長相。是在本庄村倖存的番士。他果然沒能順利下山，倒臥在路旁——才剛這麼想，旋即發現這名昏厥的大漢肩上纏著繃帶，發出傷藥的氣味。顯見他接受過治療。

直彌一再大聲叫喚，彌次將水筒裡的水滴向他嘴邊，高羽甚五郎終於清醒過來。他也認得直彌。

「小日向，你是小日向嗎？」

「是的，眞高興您平安無事。」

「我即使平安無事也沒用。你聽好了，現在沒人可以進出御館町。」

已被番方封鎖——甚五郎道。

「爲什麼會這樣？以您這身模樣，要通報五村的災情，他們也不讓您通行嗎？」

「他們才不管北二條的事，現在御館根本管不了那麼多。」

都是因爲三郎次少爺的死。

「那不是因爲染上『神取』。三郎次少爺是被詛咒身亡。」

也就是遭人暗殺。御館引發了好大一場騷動，馬上開始搜尋詛咒之人。爲此，番士全員出動，御館町全面嚴密封鎖。

直彌一時間無言以對。高羽甚五郎很不客氣地說道：

「你不是小姓嗎？會導致這種結果的危險，竟然暗藏在御館中，可別說你完全都沒察覺。」

主君甚爲寵愛御館夫人，愈是疼愛三郎次少爺，愈教人感到不安。

「您說的是……可是主君應該不會因爲這樣而冷落正室夫人和少主。」

「比起主君，更麻煩的是他身邊的人對此事所抱持的想法和揣測。」

藩內分成擁護少主與三郎次少爺的兩派人馬，彼此反目。爲了讓自己黨派所支持的主子勝出，而策畫陰謀。

「不管在哪裡，都會發生這種王位繼承的動亂。雖說這就是人性，是世間常態，但爲什麼不能事先採取對策？柏原大人也眞是沒用。他這樣根本就只是個頂著置家老身分的紙老虎嘛。」

明明因受傷和疲憊而無比衰弱，但高羽甚五郎仍感嘆不已，潸然落淚。

「到最後造成這樣的騷動，眞是可悲。我身爲步兵組第一長槍高手，操使主君御賜的朱漆長槍，別說進御館了，連二輪的入口都進不了，還吃了閉門羹。」

在殺害三郎次大人的惡黨全都逮捕之前，不准任何人進出，快走——守衛當時如此說道。

「高羽大人，那麼，您是在哪裡接受醫治？」

「喔，在岩田寮啊。」

在御館町遇到困難時，大家都會想到伊織大夫。

「因爲那裡只有病人，所以戒備沒那麼嚴密。我偷偷潛入，請大野大夫替我治療。」

甚五郎說，他從大夫那裡得知情況後，明白現在不管再怎麼陳請，御館也不會聽他說，也沒那個閒工夫，更不會派人前往救助北二條的村民，所以他獨自折返。甚五郎說，將柔弱的村民留在那可怕的怪物四處遊蕩的北二條，有損山番的威名。

「話雖如此，我在山中突然感到一陣頭暈目眩。」

這也難怪。高羽甚五郎此刻正發著高燒，光憑手摸便感覺得出來。

「高羽大人，您回岩田寮去吧。」

甚五郎瞪大雙眼，「說這什麼話！你要我對本庄村的村民見死不救嗎？」

「以您現在的身體狀況，即使回去，也只會礙手礙腳。」

「胡說什麼！你這個待在藩主宅邸裡工作，面有菜色的傢伙，瞧不起我高羽甚五郎嗎？」

甚五郎雖大聲咆哮，卻無力地癱倒在地。彌次隨手扶起他，直彌也從另一頭扶起這名大漢的肩膀。

他們費了一番工夫下山，看見岩田寮的燈火後，這才全身疲勞湧現，雙腳發顫。還不能放心。北二條的山林和御館町，雖然兩邊遭遇不同的情況，但同樣陷入困難的問題中。

彌次翻越岩田寮的圍牆潛入，不久旋即返回，朝直彌招手。伊織大夫站在後方木門處，手執燭臺，以手掌遮住燭光，等候著他們，「往這兒走。」

他們將甚五郎藏在先前直彌住的那間三張榻榻米大的病房。治療結束後，移往大夫的診療室，這才安定下來。

「番士也會到這裡巡視，不過暫時不會有問題。真受不了，我明明告訴過他，以他的身體狀況要登山，實在太勉強了。」

伊織大夫的神情同樣滿是疲態。

「小日向先生，你也平安無事，真是太好了。不過，聽說北二條有會吃人的怪物四處作亂，這是真的嗎？還是高羽大人他神智不清？」

「很遺憾，確有此事。高羽大人很正常，他很擔心本庄村村民的安危。」

彌次坐在診療室角落的暗處。伊織大夫長嘆一聲。

「不過，此事實在太荒誕了……」

「您說的沒錯。不過大夫，我認為三郎次少爺遭詛咒身亡這件事，聽起來同樣荒誕。究竟是怎樣的詛咒？」

伊織大夫雙手置於膝上，又嘆了一聲。

「我也不清楚詳情。聽說是從三郎次少爺寢室的地板底下，找到寫有咒文的人偶。」

該不會就是因為這個人偶，三郎次少爺才會兩度染上「神取」吧？在眾人為此大感驚詫之際，一名侍女逃離宅邸，後來追捕逼問，她竟然咬舌自盡而死。這就是這場風波的開端。
直彌聽得目瞪口呆。如果此事發生在其他地方倒還另當別論，但在致力於以治病的藥材振興財政的香山，而且在藩主宅邸內，竟然有人相信人偶和詛咒這類的事。
「這未免太愚蠢了吧……」
伊織大夫也板著臉孔，「沒錯。不過小日向先生，如果是關於疾病可施予和收受的高論，我和你應該都快聽膩了才對。」
直彌聞言後爲之一震，頻頻眨眼。
「大夫，這麼說來……」
「沒錯。番士現在正嚴密追查，想查明你是否與密謀藉由詛咒暗殺少爺的那班人有關聯。」
那根本是雙重藉口——直彌本想如此反駁，但旋即噤聲。對現今的御館，不，對御館夫人和圍繞在她周遭的人們，根本有理說不清。
「家母呢？她是否已被捕？」
「你放心。因爲有柏原大人居中調解，令堂目前寄住在光榮寺。」
希江受圓也和尚照料。
「有阿末陪在她身旁，奈津小姐也和她一起。」
「咦，奈津？」
直彌不自主地直呼其名，顯現出兩人的親近，伊織大夫莞爾一笑。
「她說，『未婚夫的母親就如同是自己的母親一樣，請容我陪在一旁照料。』提出這項請求，一同前往光榮寺。」

「這樣啊……」

「她的父親統領大人一直待在御館內，兄長又擔任山番不在家中。志野家現在內部似乎也亂成一團，所以奈津小姐住進光榮寺，心裡應該會比較踏實吧。」

她倚賴的彌次現在也在這，無法前去幫奈津的忙。而達之助又……

「奈津的兄長已在本庄村喪命。」

直彌呻吟般地低語道：

「爲了保護村民不受怪物危害而喪命。」

伊織大夫也爲之沉默。直彌立起單膝，「大夫，我想去光榮寺見奈津與家母一面。」

「不行！」

這不是制止的口吻，而是斥責。

「御館町此刻戒備森嚴，連一隻小貓要在街上遊蕩都沒辦法。如果你這時被捕，只會讓事情變得更加棘手，你不懂嗎？」

彌次也以嚴厲的眼神注視著怯縮的直彌。

「既然這樣，我就直接前往御館。即使無法見到主君，至少請求能見柏原大人一面，向他說明事情經過。」

「這也是不可能的事。怪物的事實在太過光怪陸離，而你現在又有嫌疑在身，被人追捕。不管你再怎麼認眞說明此事，又有誰會相信？」

你自己冷靜下來，好好想一想——這番話猶如賞了直彌一耳光。

「我要回山裡。」

彌次冷冷地說道。雖然聲音低沉，但那是他的宣言，當中帶有外人無法撼動的決心。

「不會有人前去援助。既然這樣，得保護村民才行。」

「這我也明白啊！可是，只有我們兩個人回去，又能做什麼？」

「總之，你們兩人都先休息一下吧。我替你們準一些吃的。」

伊織大夫急忙站起身。

「我去準備藥物。像傷藥、燙傷的膏藥、退燒藥這類的。聽高羽大人說，那隻怪物會從口中吐出可怕的東西。」

「是的。馬上會將人的身體燒毀溶解，相當可怕……」

伊織大夫蹙起眉頭，「這樣的話，應該是牠脾胃裡的酸液吧。不過，擁有這樣的強酸，還能吐出酸液攻擊獵物，有這樣的生物嗎？不管怎樣，我先來調查一下，看有沒有對抗酸液的方法。」

伊織大夫一走，先前常在這裡照顧直彌的那名看護旋即端著飯糰和水走進。雖然他對彌次的模樣有點吃驚，但是見直彌平安無事，他相當高興。

「感激不盡。」

「我只是照伊織大夫的吩咐辦事而已。」

直彌本以爲自己現在頭腦和內心一片紊亂，即使閉上眼也無法入睡，但筋疲力竭的身體相當誠實，不知不覺間已打起了盹。當他因說話聲而醒來時，伊織大夫正將藥包交給彌次，不知在和他說些什麼。

「要避開酸液，比起武具和防具這類的金屬物，不如用木板、原木、樹藤這類的物品。金屬會被酸液溶解，產生有害的濃煙。吸入那樣的濃煙，會傷及肺臟。」

直彌揉著眼睛坐起身。

「看護在清洗難處理的骯髒衣物時，會在熱水中加入磨碎的『歐落』樹果來使用。只要事先塗上它，就不容易造成灼傷。要抵擋怪物吐出的酸液，它或許有點作用。」

「『歐落』是吧。」

「我知道。」彌次道，「本庄村的森林裡有很多。」

香山是藥材的產地，自然懂得活用這項智慧。

兩人迅速整裝完畢。

「等高羽大人身體好轉，我會拜託家兄，安排他和柏原大人見面。只要讓柏原大人見識高羽大人身上的傷，怪物的事也會增加幾分可信度。」

如果能順利讓御館採取行動的話……

「我也會盡快趕往北二條。傷患得趕緊接受醫治才行。如果他們現在所待的洞窟安全的話，最好暫時留在那裡，別輕舉妄動。」

「我會照您的吩咐做。大夫，您聽高羽大人提過了嗎？他說那隻食量驚人的怪物如果會被人氣吸引，那牠接下來的目標將會是永津野的要塞。」

「喔，是嗎？」

伊織大夫為之瞠目，突然轉為開朗的神情，「小日向先生，如果是這樣的發展，那不就有希望了嗎？」

「希望？」

「永津野的牛頭馬面不是很凶狠強悍嗎？或許會對怪物展開反擊。」

這點倒是沒想過。怪物如果往東行，直彌只想到這樣能爭取一些時間，不過確實如同伊織大夫所言。

彌次卻直搖頭。

「牛頭馬面也收伏不了那隻怪物嗎?」

彌次停止搖頭，改為緊咬嘴唇，「要是突然遭遇襲擊就完了。」

在眾人大感驚慌，對眼前的光景不知所措時，將會完全被震懾。

「人們向來害怕會吃人的野獸。」

直彌與伊織大夫面面相覷。

「不。」伊織大夫加重語氣說道，「即使一度遭受襲擊，永津野的牛頭馬面也不會一下子全滅。不同於北二條，那裡的要塞並非完全孤立。只要他們派人通報，其周邊或城下應該馬上便能派出番士前往支援。」

向來以武士榮耀聞名於世的永津野武士，即使賭上武士的顏面，也一定會收伏那隻卑鄙的怪物。

「或許我們還能向永津野求援呢。」

直彌一時說不出話來。他感到全身熱血沸騰，血液逆流。

「大夫，您說這是什麼話!」

「噓，你太大聲了。」

「永津野的牛頭馬面向來都以不人道的生人狩獵折磨我們的領民，您現在竟然說要向他們求援……」

「不然要怎樣解救村民？在這分秒必爭的重要時刻，你又能做什麼？」
被回了這麼一句，直彌無言以對。
「若追根溯源，香山與永津野本是同一個藩國啊。」
伊織大夫壓低聲音，趨身靠向直彌，像要說服他似的。
「一直這樣互相爭鬥、憎恨，是很不幸的事。如果能以這次收伏怪物的事為契機，大家和睦相處的話，可真是轉禍為福呢。」
大野家明明是香山藩主瓜生家的親戚，為什麼能說出這種話來？直彌感到一股怒氣憋在胸口，無比難受。
「我去要塞看看。」
彌次在一旁代替回答，向伊織大夫點頭致意。伊織大夫也對彌次道，「嗯，那就麻煩你了。」
「我不能接受！」
像要刻意避免與氣頭上的直彌針鋒相對似的，大夫說，「逃離仁谷村的村民，可能在永津野的要塞被捕，或者是被他們所救。」
也對，為什麼沒想到？這件事的開端，就是香山的領民逃往永津野領地。
「我去要塞。」
彌次拋下直彌，自己站起身，「如果動作快點，或許來得及。」
如果能趕在怪物襲擊永津野要塞前向他們通報，便能做好迎擊的準備。像伊織大夫所言，那裡如果有仁谷村的村民，就能因此獲救。
這道理直彌也明白，但身為香山藩士，他內心實在無法接受。

「我一個人去就行了。」

直彌望向彌次。混在人群中猶如影子，走進山中猶如一陣風的彌次，第一次清楚顯露出他的個人意願。

接著彌次冷冷撂下一句話，「您沒辦法去。」

「你……你說什麼！」

「您不是金吾大人。」

這不是像彌次這種身分的人該說的話。直彌大可當場拔刀斬殺彌次。不，他的確應該這麼做。但他使不上力，只不斷地顫抖。

的確，如果是達之助，面對這樣的情況，應該會趕緊傾全力採取應有的措施，不會考慮其他不必要的事。不論是憤慨、憎恨，還是香山藩士的自尊，這些事都可留待以後再說。

「……大夫。」

直彌緊緊咬牙，朝不發一語地望著他們兩人對話的伊織大夫說：

「接下來的事就麻煩您了。」

「包在我身上。」大夫應道，「你一切小心。你們也要好好保重自己的性命。」

直彌與彌次趁黑溜出岩田寮，再次回到山路中。這次是筆直地朝國境而去。彌次的步履沒半點猶豫。直彌緊緊握拳，努力緊跟在後。

第三章　來襲

一

爲了前往要塞，朱音想了一個「藉口」，那就是「斗笠御用」。

永津野的武士使用的馬上笠有兩種。冬天用的斗笠直徑較小，外緣套上一圈皮革，用來防止冰雪結凍。夏天用的斗笠爲了遮蔽烈陽，直徑較大，外圍會套上麻繩。斗笠的送交和更換，稱之爲「斗笠御用」，城下有專屬的御用斗笠商家；不過在山村，都是由代官所或要塞附近的村莊來擔任這項工作。

一年兩次，在春秋兩季進行的這項慣例，現在正好是春天的這個時期。回收舊斗笠，送交冬天時事先做好的新斗笠。但在那之前得先辦一項手續，要從村長長橋家遞交「御笠御用立目錄」，以取得管理要塞的代官所核發的送交許可。能負責送交斗笠這項工作，是村裡的榮譽，會鄭重其事處理。而送交這份目錄的人，正是村長茂左右衛門。

想和茂左右衛門一同進入要塞，這是朱音打的主意。朱音一直都沒給要塞的番士好臉色看，也就是對她哥哥曾谷彈正，尚未展現忠心耿耿之色。茂左右衛門對此頗爲在意，現在正好可藉此討茂左右衛門歡心，可說是一石二鳥。

果不其然，朱音的提議，令村長大為開心。

「小台大人，您自己主動要拜訪代官大人，勉勵各位番士的辛勞，眞是感激不盡啊。」村長像在向朱音膜拜般，無比感激。

「為送交斗笠而前往拜訪，對村裡來說是很重要的慣例。我也一直很想找機會和您一同前往。」

朱音也煞有其事地這麼說。

「早知如此，您應該早點跟我說的。」

「這怎麼行呢？像要塞這種戍守國境的重要場所，應該不是女人可以隨便去的。」

本以為接下來只要等著看結果即可，沒想到出現一大失策。那名畫師菊地圓秀不知道從哪兒得知這個消息，竟然說他也想去要塞，要求帶他一同前往。

「我聽說戍守永津野與香山國境的要塞番士雖然身處太平盛世，但始終都嚴密做好應戰的準備，嚴加防守。這是在其他地方難得一見的光景。我很想親眼一看究竟。如果能獲得同意，我想將它畫下來。」

他與榊田宗榮一樣，都是無可救藥的樂天派，令朱音嘆為觀止。他明明消息很靈通，但要塞的番士之所以全副武裝，是為了展開生人狩獵，這件事難道他不知道？還是說，他明明知道牛頭馬面的所做所為，卻故意佯裝不知？

——所謂的畫師，都和他一樣好奇心這麼重嗎？

連茂左右衛門也面有難色。不過圓秀並非平凡百姓，他背後有相模藩當後盾。他到永津野來時，相模藩方面似乎已先主動知會過。

「我從城下迎接您到這個村莊時，城裡的留守居大人嚴加吩咐過我，要待您如上賓。」好一位派頭十足的畫師。既然這樣，那就別把它看成是失策，反過來將它轉爲良機。好好對待這位什麼都想看、什麼都想畫的圓秀，請他們帶路在要塞內參觀，這樣也不錯。

長橋家派人前往要塞傳話，與宗榮討論後只隔了一天，朱音便決定前往要塞。

這段時間，阿千聒噪極了。老是不停地問，小台大人，您要穿什麼服裝？頭髮要怎麼梳？

「阿千，妳也眞是的，我不是去遊玩。」

「小台大人，就因爲不是去玩，才會問您啊。爲了送斗笠而前往要塞時，村長都是一身正式的禮服。小台大人也得穿正式禮服才行。」

最後梳了島田髮髻，穿上朱音從上州自照寺帶來的唯一一件綾緞質料的慶長窄袖和服。那是母親留給她的遺物。

「沒能替您備轎，眞的很對不起您。」

「說這什麼話。那是村長也能徒步走到的地方，對吧。」

名賀村有靠馬拖曳的拉車，但沒有轎子。永津野山勢險峻、土質堅硬，在這裡騎馬需要高度的技術和經驗，連番士也會因不熟悉山路而不愼墜馬。因爲是這樣的地方，所以人們都仰賴自己強健的雙腳。

至於菊地圓秀，他雙腳套著腳絆（註一），在平時的服裝外套上黑羽二重（註二）的外褂，出現

註一：以布或皮革包覆小腿的一種護具。
註二：羽二重是一種綢布的名稱。

在朱音面前。那是相模藩御用畫師菊地家的家紋禮服。

「正是爲了因應這樣的場合，我一直都隨身帶著這件外褂。」

茂左右衛門、朱音、圓秀三人，帶著長橋家的傭人，以及負責運貨的下人和侍女各一人，再加上實際製作御用斗笠的「笠處」老闆及其隨從，一行人走在四公里長的山路上，往要塞而去。一路上百花齊開，山燕翩然飛舞，好一幅春日清晨的景象。

送交斗笠是一項很死板的工作，但是對這群相關人等而言，這同時也是習以爲常的儀式。借用宗榮說的話，「名賀村與要塞間往來的一般道路」整頓得很完善，而且連日晴天，地面乾燥，走起路來毫不費力。

阿千原本央求要跟著前往照顧小台大人，但朱音以平時難得一見的嚴厲口吻拒絕了她，將她留在村裡。朱音甚至想到回去後要向阿千賠不是，足見她此時相當冷靜。

蓑吉提到的「怪物」，以及宗榮從中做出的推論，雖然這兩件事都不能一笑置之，但走在這陽光灑落一地的森林小路上，心中的不安愈來愈淡。這麼美麗的山林或許藏著一隻吃人的怪物，實在教人難以相信。

一路上，笠處的老闆與長橋家的傭人在朱音背後聊著天。

「今年很少看到成群的山燕呢。牠們都沒在村莊附近的森林裡築巢。」

「不光是山燕，其他的鳥兒也是。今年春天特別安靜。」

「這麼一提才想到，聽說入春不久就有山犬靠近溜家。小台大人平安無事，眞是太好了。」

山上生物的細微變化。朱音忍不住豎耳聆聽，一時亂了步伐。

「小台大人，您怎麼了？」

菊地圓秀馬上來到朱音身旁。剛才他直嚷著說路旁的八重櫻顏色相當罕見，還落後眾人一大段路。

「圓秀大人，您好像很習慣走山路呢。」

畫師今天一樣心情絕佳，看起來活力充沛。

「也算不上習慣，不過，常四處雲遊，腰和腿好像都變得健壯了。」

「我原本還以為畫師都是關在房間裡，成天握著毛筆面向白紙，日日感嘆呻吟。別說出外旅行了，連外出散步都很難得呢。」

「是啊，那會隨著畫師所追求的目標而有所不同。」

圓秀滿臉歡愉地吸取森林的氣味，笑咪咪地說道：

「應該說，這會隨著那位畫師期望自己想畫什麼，以什麼為志向，而有所不同。」

一隻山燕從眾人前方掠過，宛如乘風滑行般飛遠。圓秀瞇起眼睛目送山燕離去。

「想畫盡這世上景致的畫師，會雲遊四方。至於以畫出人們內心世界為志向的畫師，則會關在家中……不過也有相反的情況。」

為了描繪外在而凝視內在，為了描繪內在而凝視外在。

「真難懂。」

「這和佛教的教義一樣，若往難處去想，它就愈難；若覺得簡單，它就變得簡單。」

又和榊田宗榮一個樣，這名畫師也很喜歡高談闊論，讓人聽得一頭霧水。

這時，走在前頭的茂左右衛門轉頭對眾人喚道：

「可以看到前面的要塞了。小台大人，就在那片森林的前方。」

朱音微微抬起斗笠外緣，仰望他指的方向，接著摘下斗笠。

戍守永津野與香山國境的小平良山要塞，即使站在遠處，一樣可清楚看見它漆黑的外貌，盤踞在翠綠的森林中。

「像烏鴉一樣黑，對吧？」

茂左右衛門微微冒汗的臉龐露出笑容，引以為傲地說：

「它的外牆、地板、屋頂，全是用『燒板』鋪成的。」

那是一種用火將表面燒焦，變得像木炭一樣的木板。

「這樣即使被火箭射中，也不會起火燃燒。」

這真教人吃驚呢——圓秀大聲嚷著。那興奮的聲音，朱音覺得很刺耳。

不怕火箭？他們是想防範戰爭，還是想引發戰爭？

宗榮什麼也沒說。對他來說，這可能不是多稀奇的景象。也許他認為朱音早已知道。

沒有明確的理由，也說不出個道理。但面對那占去一塊藍天的黑色要塞，朱音突然心生畏懼。

另一方面，當時在溜家這邊——

「阿千，妳別再嘔氣了，快點清理廚房吧。」

結束外圍打掃的加介，從後門探頭喚道。

經他這麼一提，阿千反而更嘔。

「誰嘔氣來著！我早就清理好了！」

確實已清理完畢。剛才蓑吉也在一旁幫忙。器皿已洗過、擦拭乾淨，小飯桌也清理完畢，現在正在刷洗早上用過的鍋子。

「啊，蓑吉也在啊。」

加介望著蓑吉，露出難爲情的笑容。

「我打掃時，順便朝四周掛上『驅蛇祕方』。已經不用怕了。」

蓑吉點了點頭，正準備開口道謝時，阿千在一旁插嘴，「加介，你說了不該說的話！這樣是刻意讓他想起那件事。」

阿千護住蓑吉背後。加介不知所措地向後退。

「啊……眞是不好意思。」

「才不會呢。謝謝你。」

蓑吉說起話來非常清楚，阿千和加介皆瞪大眼睛。

「蓑、蓑吉。」

「我沒事了。身上的疼痛也全都好了。」

他又說了一次謝謝，低頭行了一禮。

「不必這麼客氣啦，蓑吉。」

「你可眞有規矩，懂得向人道謝。眞是個好孩子。」

他們兩人的笑臉，也溫暖了蓑吉的心。眞開心。我要試著和他們一起笑。嗯，我還沒忘了該怎麼笑。

「阿千姊，接下來要做什麼？我來幫忙。」

「這樣啊。那麼，井邊臉盆裡擺了要洗的衣服，都堆得跟山一樣高了。」

「你也會幫我打掃吧？今天屋裡的地板全都要擦過一遍呢。」

三人熱鬧地忙著投入工作中。

——永野津的人並不是惡鬼。

他們都很善良、勤奮，而且待人親切，蓑吉如此暗忖，和我村裡的人一樣。

打從他懂事起，大人就告訴他，小平良山的另一頭和我們這裡，就像是地獄與仙境。永津野是地獄，住在那裡的人不是像可怕的惡鬼，就是像可憐的亡靈。

蓑吉周遭沒有任何資訊讓他對這樣的教導產生懷疑。投入北二條造山工作中的五村百姓，光是養家糊口已竭盡全力，只看得到眼前的事。他們認爲沒必要將目光放向遠處，要是不小心亂看，反而會惹禍上身。

被可怕的事所吞沒——沒錯，眞的是被吞沒，置身在一片漆黑中，後來不知爲何從裡頭跳出來，接著他不停地逃、不停地逃，耗盡力氣，倒臥在某處。當時發生的事，他到現在仍無法清楚憶起。

在這個房間裡醒來時，蓑吉還以爲自己到了另一個世界。我果然是死了。因爲這裡有一位仙女。仙女抱著我，帶我來到那個世界。

不過，他認定的仙女，其實是朱音大人，接著出現一位老是吹牛皮的宗榮大人，還有阿千姊和加介先生，以及看起來比仙人還老的老爺子。

五村是開墾的村莊，所以精力和體力不濟的老人無法在此長住。像溜家的老爺子這樣的老人，蓑吉還是第一次見識。

不過，這裡並不是另一個世界。蓑吉仍安好地活在人世。只不過，在他不顧一切地逃命時，似乎不小心翻越了國境。

地獄永津野。

在溜家，他完全沒感受到一丁點這種氣氛。這裡既溫暖，食物又充足，還讓他穿上乾淨的衣服。朱音大人很溫柔，每次來到他身旁，總會散發一股香味。阿千姊時常朗聲大笑，也常以同樣的音量喝斥宗榮大人和加介先生，他們兩人總是對她畢恭畢敬，不過他們其實感情很好。

在這裡，以朱音大人地位最高，再來好像是宗榮大人。他明明是武士，地位卻不如朱音大人，可能是因爲他沒剃月代，還穿著一件老舊的裙褲。阿千姊、加介先生、老爺子是溜家的傭人。三人都工作勤奮。不過眞正令蓑吉吃驚的，是老爺子精神矍鑠的模樣。最近他還架著梯子爬上屋頂呢。每到春天，仁谷村也會這麼做，所以蓑吉猜得出老爺子是在忙什麼。這是在檢查冬季這段期間屋頂是否有破損。但這項工作竟然是由老爺子負責。

沒人覺得危險而勸他下來。老爺子不但少言寡語，動作也像影子一樣，無聲無息地來回走動。或許大家都沒發覺。即使看到了，大家可能也認爲，老爺子一定沒問題，因而放心地交給他去辦。

溜家是一間很氣派的宅院。過得豐衣足食。朱音大人即使走出溜家，在外面一定也是位大人物。

所以這裡應該不是地獄。聽說這座村子叫做名賀村。難道名賀村是地獄，只有溜家例外？不過，他在裡頭的房間休養時，有人們的笑聲順著風從村子的方向傳來。這樣的話，名賀村應該也不是地獄才對。

地獄是那天晚上的仁谷村。

——爺爺。

我得堅強一點才行。爺爺沒能逃到山路上。沒能逃出村子。他已經不在人世了。像那樣不可能會活命。沒人有辦法活命。

一度成功逃出的伍助先生，還有蓑吉自己，都沒能逃脫。

因爲怪物一路追了過來。

像蛇一樣全身黏滑。連在那天晚上的微弱亮光下，也能看出牠的樣貌。還有那像是捕獸夾完全張開的血盆大口。

不行，不能想起那一幕。不過，我是怎麼獲救的？是山神故意放我走，好讓我告訴大家怪物來了嗎？

「啊，眞的呢。加介先生也眞是的，竟然在這種地方吊著百足。」

阿千發出一聲驚呼，蓑吉回過神來。

「蓑吉你看，這就是驅蛇用的護身符喔。」

阿千雙手抱滿了洗好的衣服，轉頭朝蓑吉微笑。蓑吉從臉盆旁站起身。

溜家的水井位於後院，一旁是晒衣場。地面上立著數對柱子，竹竿橫架其上。在前方的柱子旁，相當於蓑吉肚臍的高度，以小釘子釘著一個小小的稻草工藝品，呈現蜈蚣的形狀。

「蛇最怕百足。所以稻草做成的百足可以當成是驅蛇用的護身符。因爲比較小，所以腳的數量不夠，不過做得很精細。加介先生手眞巧。」

由於昨天蓑吉顯現那樣的慌亂之態，所以加介馬上替他做了護身符。蓑吉心中再次湧現一股暖意。

這時，宗榮和加介繞過房子轉角處走來。宗榮身穿筒袖服和野褲，小腿處套著腳絆，腰間只插著短刀，背後綁著一把鋤頭。

「喔，妳在這兒啊，阿千。」

宗榮豪邁地朗聲叫喚，大步走來。

「聽說溜家有挖筍的道具，對吧。可以借用一下嗎？」

加介惴惴不安地向宗榮央求，「宗榮大人，現在還沒有竹筍……」

「太早了！」

阿千代替加介厲聲一喝：

「宗榮大人，再怎麼說您也是貴爲一名武士，瞧您這什麼模樣。是打算到田裡工作嗎？」

「我說了，我是要去挖筍。」

面對一臉掃興的宗榮，加介感到困擾，阿千爲之生氣的理由，蓑吉也猜得出來。

「宗榮大人，如果是要到後山去，請帶我一起去。」

不知道是蓑吉的提議令人感到意外，還是他的沉穩口吻令人驚奇，三人似乎都爲之一愣。

蓑吉吞口唾沫，再說一次，「我也想去後山。在山上行走，或許會想起更多當天晚上的事。」

最先從緊張氣氛中放鬆的是宗榮。他站著俯視蓑吉，定睛望著他說道：

「會再想起可怕的事喔。」

「嗯。」

「你可以忍耐嗎？」

蓑吉握緊拳頭，「嗯，要是我不忍耐，就一直都沒辦法知道村民究竟怎麼了。」

嗯——宗榮呼出鼻息。

「其實我要挖的，是可怕的竹筍。爲什麼我說它可怕呢，因爲我們不認識這竹筍，但你或許認識它。」

阿千緊緊皺眉，「宗榮大人，您又在吹牛了。」

這時出現難得一見的景象。加介打斷阿千的話，「阿千，宗榮大人有他的想法。」

難得遇上這種情況，阿千一時爲之怯縮，「可、可是……」

加介不予理會，來到蓑吉身旁，伸手搭在他肩上。

「蓑吉，宗榮大人都這麼說了。你眞的要一起去嗎？」

或許只有蓑吉才認識的竹筍。那應該是仁谷村的竹筍吧。

蓑吉頓時領悟。

——是要去找尋村裡的人。

蓑吉回望加介，應了一聲「嗯」。他抬頭仰望宗榮，「請帶我一起去。與其什麼也不做，我寧願幫宗榮大人的忙。」

「很好。那你跟我來吧。」

宗榮下巴往內收，點了點頭。今天早上不知爲何，他臉上的鬍碴刮得相當乾淨。他以手指搔抓著光滑的下巴，嘴角泛起笑意。

「你果然是個有膽識的孩子。」

「既然這樣，那我也去。」

加介如此提議，阿千差點跳了起來。

「竟然連加介先生也這麼說，到底是怎麼了？小台大人明明不在家，你們卻都要離開溜家，跑到後山去。」

接著又是一幕罕見的景象，宗榮伸出他那粗獷的手，輕撫阿千的頭。

「抱歉，阿千。不過，朱音大人前往要塞，轉移番士的注意力，現在正是絕佳機會。」

雖然蓑吉不懂話中的含意，但朱音大人與宗榮大人難道事先討論過什麼？

「請等一下，我來準備。蓑吉，你跟我來。」

加介迅速替蓑吉換好衣服，他和蓑吉各準備了一把握柄比宗榮背後那把還短的鋤頭，外加三個竹製水筒。到時候可能還會帶東西回來，所以加介背了個空竹簍，另外在蓑吉的脖子上圍了一條手巾。

「這是沒印家紋的手巾。」

回到後院後，宗榮被恢復原本氣勢的阿千狠狠訓了一頓。**唯獨把我一個人屏除在外，是嗎？到時候你們挨小台大人罵，我可不管！**

「宗榮大人，這個給您。」

加介從懷裡取出一個小東西。是稻草做成的百足。

「這是驅蛇護身符。」

「聽說蛇討厭百足。」蓑吉也在一旁補充。

宗榮瞇起眼細看，「噢，太感謝了。三人份，是嗎？很好，蓑吉你也戴著，夾在衣帶裡吧。」

「其實啊，如果能抹上菸管上的菸油，會更有效果。」

「蛇怕菸油，是吧。嗯，學到了一項知識。」

「宗榮大人。」

阿千又恢復成早上被朱音大人留在屋裡時的臭臉，如此說道：

「要是在山裡被人看到，你要怎麼解釋蓑吉的事？」

「這個嘛，只好隨口敷衍幾句了。」

看來他沒想過這個問題。

「就說是旅館裡的童工，從城下到這裡替宗榮大人送信吧。」

宗榮瞪大眼睛，「加介，你腦筋動得眞快。就這麼辦。名字叫……索吉。要是名字差太多，他自己也記不住。」

「索吉。」蓑吉伸手按住鼻頭，記住名字，「我叫索吉。」

「就說是為了讓這位專程從城下來這裡送信的童工帶伴手禮回去，特地帶他來挖竹筍。」

「是山牛蒡。」阿千馬上板著臉說，「竹筍現在還太早，要我講幾次你們才懂。」

「知道了，是山牛蒡。」

「不過，如果不想被人發現的話，宗榮大人，得先把臉和手弄髒。」

人們的臉和手腳的肌膚，在野外出奇的白，看起來很顯眼。爺爺也曾經告訴過蓑吉。

「原來如此，那我該怎麼做？」

「抹泥土。啊，庭院的土不行，那裡剛施過肥。」

連阿千自己也吃了一驚，蓑吉看了直笑。看到蓑吉的笑臉，阿千差點也跟著笑了起來，但她像是故意逞強般，垂著嘴角。

「蓑吉，我跟你說。宗榮大人和加介先生都很粗神經。」

「咦？什麼？」

「粗神經啊。你們香山都不這麼說嗎？意思是很粗心大意，做事都看不遠。」

這對粗神經二人組，朝蓑吉的額頭和臉頰抹土。

「要是被要塞的番士大人發現，你就自己逃回來吧。」

「阿千姊，我才不怕番士呢。」

「說這什麼話。你們香山藩的人，怎麼可能不怕要塞的番士。」

連我們都害怕呢——阿千附帶補上這麼一句。

蓑吉鬆了口氣。永津野的人們也怕牛頭馬面？

「好，那我們走吧。阿千，家裡就交給妳了。放心，中午前我們就會回來。」

隨口留下這麼一句後，宗榮帶頭走向通往後山的道路。走沒多遠，蓑吉身後傳來加介的聲音。

「啊，老爺子。」

老爺子在溜家的屋頂目送他們三人離去。他腰間綁著安全索，模樣就像雙手攀住屋頂的頂端一般。加介朝他揮手，老爺子也朝他揮手。

宗榮不僅很習慣走後山這條山路，此時的他明顯在趕路。爲了跟上他的腳步，蓑吉走得上氣不接下氣。

朗朗晴空，蓊鬱森林。他們沿著宛如獸徑般的險峻小路往上走，但也正因如此，置身在這季節的山林之美中，蓑吉幾乎感覺不到恐懼。蓑吉在那可怕的夜晚逃脫的路線，至今仍無法想起，這樣反而幸運。

攀登到再也看不見溜家的高度後，他們停步歇息。這時宗榮開口：

「蓑吉，你昨天說的事，我可以也說給加介聽嗎？」

「嗯。」

宗榮很快地說明完後，又接著說，「我想挖掘的，其實是一座簡陋的土墳，那應該是墳墓沒錯。」

仁谷村的村民確實曾被囚禁在要塞裡。當中有幾人已經喪命而被掩埋。蓑吉聞言後，血色自臉上抽離，至於在聽了「怪物」的事情後，就只是側著頭感到納悶不解的加介，則顯得很慌張。

「宗、宗榮大人，說到這兒就行了。」

「不，蓑吉他沒問題的。因為他已做好心理準備，才會跟著我來，對吧？」

蓑吉緊抿雙唇，點點頭，「嗯，我沒事。」

「不過宗榮大人，如果真有那樣的怪物，為什麼你今天沒帶長刀來？」

「啊？不，只要有短刀就夠了。因為那裡頭是竹劍。」

「咦！」

「那應該是去年這時候的事了。我在酒田町盤纏用盡，拿刀去典當，最後流當。」

「咦！」

加介大為吃驚，一臉滑稽樣。蓑吉則是以手巾擦拭臉上的汗水，強忍顫抖的衝動。

——不管怎樣，用刀子一樣對付不了那傢伙。

要是遇上牠，只能逃跑。

再度開始攀登後，宗榮說，「不過加介，你膽子也真大。聽到怪物的事，不覺得害怕嗎？」

「因為山裡有各種野獸。」

他展現出無比沉穩的態度，令一旁的蓑吉看得十分焦急。

「我爹是一名樵夫，所以我聽過不少事。野獸會攻擊人，往往都是因爲太過飢餓，顧不得一切，要不就是受傷，或者是帶著孩子在身邊。」

不過，只要不是在山中不期而遇，情況往往都不會太嚴重。

「野獸也不想靠近人類。尤其是白天，牠們的視線看不清楚。」

野獸的鼻子比較靈光。

「像山犬這種夜間視力絕佳的野獸，不是晚上，牠們不會結隊來襲。」

面對眼前的陡坡，宗榮往前弓身，手撐向地面，微微發出一聲低吟。

「那麼加介，你認爲蓑吉看到的怪物是什麼？」

加介略顯顧忌地望向蓑吉。

「雖說看起來像蛇，但以那麼巨大的體型來說，應該是熊吧。」

「熊的皮膚才不像蛇一樣黏滑呢。」

「可能是生病或受傷，身上的毛脫落。」

蓑吉忍不住回嘴，「哪有那麼巨大的熊！」

因爲說話太過用力，一時踩滑。在他差點滾落之際，加介伸手撐住他。

「晚上遇到不常看到的東西，往往會顯得特別巨大。我爹常這麼說。」

「嗯……如果是熊因爲受傷或生病，捕不到獵物，過度飢餓而不顧一切，那即使牠襲擊村莊，也不足爲奇。」

不對，不對，不是這樣！蓑吉在心裡吶喊。宗榮大人和加介先生都是因爲沒親眼目睹，才會說這種話。只要見過一次，就會明白我說的全是真的。

——看到那東西，也只能逃命了。

伍助窩囊的聲音在耳畔甦醒。

——那是山神。

當時不懂這番話的含意，但現在他明白伍助想說的是什麼。那是山神，怪物是山神的化身。

爲什麼？爲什麼現在蓑吉就明白了呢？

他以心眼凝視，努力想要憶起。那血盆大口、巨大的黑影，從草地上滑行而來。那是……那是……

不行。蓑吉想要看清楚，但他的心眼卻自動闔上。

「噢，這是我先前留下的記號。」

一旁的樹枝上，纏著乾枯的藤蔓。

「接下來往右走。這裡岩石隆起，只要躲在下方，就不易被要塞的人發現。」

「宗榮大人，看來您來過不少次呢。」

「可別告訴阿千喔。」

與其說是蹲身躲在岩石後方，不如說是因爲這裡地處斜坡，得像這樣爬行才能前進。

「蓑吉，你之前逃跑時，沒經過這裡吧？」

「……我不知道。」

「我發現你的地點，是在更下面的地方。回去時，我再告訴你在哪兒。」

宗榮就像眞的是要來挖筍似的，口吻一派悠哉。

繞過岩地後，又能站直身子行走了。不久，加介指著前方說道：

「宗榮大人，在這附近，是嗎？」

「嗯，就在前方不遠。你知道啊？」

「先把樹木砍下，開闢空地。山裡的居民之所以在住處附近這麼做，是爲了造垃圾場。」

三人皆大汗淋漓，氣喘吁吁，終於來到了目的地。

宗榮之所以稱之爲「土墳」，應該是因爲頂端立著一根木棒，可能是當記號。如果沒有它，則只是個大土堆。

「要在這裡開挖，對吧？」

「嗯，沒錯。」

宗榮放下背後的鋤頭。加介蹲下身觸摸土墳，試著用手刨抓。

「土質很鬆軟，才剛掩埋不久。」

接著他突然大吃一驚地問：

「宗榮大人，要塞在哪個方向？」

宗榮指向中間隔著土墳，與朝上空緩緩攀升的太陽呈反方向的那一側是西邊。

「在那片森林的對面。離這裡相當遠。」

「這麼說來，這裡果然是垃圾場。」

「總之，先挖挖看吧。」

三人排成一列，躲在土墳後方，往側面開挖。不久，宗榮的鋤頭前方纏上一塊布。

「咦？這什麼？」

拉出來一看，是手巾的一部分。由於只是當中的一角，還看不出來上頭有無圖案或家紋。

「蓑吉，你退後一點。」

宗榮以他寬厚的背部阻擋蓑吉的視線，開始以短柄鋤頭掘土。

不久，他停下動作，低聲道：

「加介，你看這個。」

加介往宗榮手底下的東西窺望，嚇得差點大叫，但他急忙忍住，只從喉嚨洩出「唔……」的聲音。

「蓑吉，你不能往這邊看。」

可是蓑吉已往前探頭。宗榮本想將他推回去，但可能是被他那堅決的眼神打動了。

「眞是可憐。」

宗榮如此說道，摟著蓑吉的肩膀。

宗榮挖到的是一隻手臂。那是右臂，模樣很纖瘦，應該是女人。上頭沾滿泥土，不見半點血色。雖然已嚴重腐爛，但還沒長蟲。

宗榮擱下鋤頭，用手仔細刨開那隻纖瘦手臂四周的泥土。清除泥土後……

那隻手臂從手肘處被截斷。

這次加介忍不住發出「嚇」的一聲驚呼。

蓑吉爲之瞠目，雙眼注視著只有手肘以下的手腕。五根手指間全沾滿了泥土。仁谷村的女人全都很勤奮，也會和男人一起做粗活。光憑這樣無法判斷是誰的手臂。

「這不是刀傷。」

宗榮檢查著手臂如此說道。
「看來不是要塞的番士所爲。」
蓑吉頷首，「是被吃了。」
傷口處就像破布一樣，看起來像是被硬生生扯斷。
「宗榮大人，是那怪物吃剩的。」
宗榮沉默不語，在摸過那隻被扯斷的手臂後，他摩搓著手指。並將鼻子湊向前，嗅聞氣味。
「沒聞到蓑吉那時候的氣味。因爲已過了很長一段時日。」
蓑吉用手刨土。應該還有，還有其他人。
加介戰戰兢兢地抬頭環視四周。
「我從另一頭挖。」
加介離開他們兩人，移往墳墓的另一側。偷偷伸手拭淚。應該是感到既恐怖又悲哀，因而爲此落淚吧。
不可思議的是，蓑吉反而沒哭。或許就像宗榮之前所說的，他心中會流淚的部位已蓋上蓋子。要是掀開蓋子的話，他將什麼都不能做，只會哭泣。現在不能這樣。
不久後，鋤頭改爲纏上頭髮。宗榮馬上鬆手放開鋤頭，以手刨土。蓑吉也在一旁幫忙。冒出一顆人頭。幸好臉部面向另一頭。宗榮清除周邊的泥土後，動作輕柔地將頭顱的臉轉正。那凹陷的眼窩往上望向蓑吉，髮髻幾乎都已鬆脫。脖子以下的部位是結實的肩膀，仍埋在土中。身上穿著衣服。
蓑吉記得這個長相和衣服的圖案，「是市少爺。」

是住在村長家的村長姪兒。他父母早逝，常說，「我是在伯父家寄食的。」是位工作勤奮，且力氣過人的青年。

「如果不把土清乾淨，無法挖出市少爺。」

語畢，宗榮伸展了一下腰部，拍去沾滿雙手的泥土，接著突然在原地定住不動。

「宗榮大人？」

加介蹲在土墳的另一側，以短柄鋤頭挖土，宗榮望著他背後的方向，看得目不轉睛。

蓑吉站起身，微微移向旁邊，想看宗榮究竟在看什麼。

加介發現後，也納悶地問，「怎麼了？」

連蓑吉也像結凍般，注視著加介身後。

「我、我身後有什麼嗎？」

可能是覺得可怕，加介想朝他們這邊走來。宗榮厲聲制止他。

「等一下，加介。你站著別動。」

「可、可是……」

「沒有危險的東西。多虧你站在那裡形成陰影，我們才得以看出。」

「看、看出什麼？」

「你自己轉頭看。就這樣維持微蹲的姿勢。你要是站直，影子的長度會跟著改變。」

加介抱著鋤頭，以上身前傾的姿勢往後望。

「看到了嗎？」

加介用力以全身晃動做爲回應。

眼前是混著沙石的地面，上頭落滿枯枝和葉片，長滿了雜草。即使有些凹凸起伏也不易分辨。確實如宗榮所言，要不是加介的影子以適當的角度落在上頭，即使從旁邊經過也不會發現。

不過，只要一旦分辨得出，就不會看錯。分辨出其中一個，其他部分也就都看得出來。有一路綿延的點點痕跡。不過，這「點點痕跡」的間隔相當大，是一般人步伐的數倍大。是腳印。

清楚嵌進地面，是三根腳趾的腳印。相當於人類腳掌的部位，呈倒三角形，大小如同坐墊一般。

「蓑吉，加介，會留下這種腳印的動物，你們想得到什麼？」

加介沒回答，就只是搖頭。

「外表像蛇一樣黏滑，還有腳。模樣像蟾蜍。」

經這麼一提，確實如此。但蓑吉心裡卻無法順利與怪物的樣貌產生連結。

「不過牠的動作快速，遠非青蛙所能比。」

「那麼，會是蜥蜴嗎？」

若說是蜥蜴也未免太大了——宗榮低語：

「我原本以爲，不管再怎麼大，頂多也只有像熊那麼大，不過從這個腳印來推算，應該不只如此。」

宗榮伸手搭在蓑吉頭上。

「抱歉，我太小看你說的話了。」

「宗榮大人，更重要的是……」

蓑吉指著其中一個腳印。

「牠來到這裡後，又回去了。」

「嗯？」

「這腳印從森林前方來到土墳面前，接著又回到了森林裡。」

喏，你看。蓑吉一面以視線循著地上的每個腳印，並用手指出。

而在土墳的另一側，加介又開始以全身用力點頭，「蓑、蓑吉說的沒錯。」

宗榮時而踮腳，時而微蹲，一會兒瞇眼，一會兒手擺在眉毛上，左顧右盼。

「我看不出來。你們看得很清楚，是嗎？」

蓑吉與加介互望一眼，不約而同地回答一聲「嗯」。

「那麼，我們順著它走吧。」

「嚇——」

加介嚇得往後仰身。宗榮開始俐落地將掘出的泥土以及屍體和斷臂埋回墳內

「即使這樣埋在這裡，怪物的鼻子可能還是聞得出人肉的氣味。如果是牠吃剩的東西，上頭會留下牠自己的氣味。所以牠才會靠近這裡。」

牠可能還會再來。這裡已經是怪物的地盤。

「一直靜靜待在這裡，或許反而危險。倒不如我們主動查出牠的下落，揪住牠的尾巴。」

「咦……是這樣嗎？」

「加介，風是從哪兒吹來的？」

加介舔了一下食指，高高豎起，確認過風向後說，「是那邊。」

「好，我走前面，加介殿後，蓑吉走中間。我們要小心行事，時時處在下風處。」

追捕野獸時一定都是這麼做。不過，山風有時會因地形而旋繞，或是因高度改變而變更風向，所以難以判別。這是爺爺說的。

蓑吉猛然衝向前方，抬頭仰望樹木，繞著樹木打量。嗯……選哪一棵好？

看起來很柔軟的藤蔓，纏向一棵和成人的身體一樣粗的橡樹。他把鼻子湊向葉片，聞到植物的氣味。

「蓑吉，你在做什麼？」

「宗榮大人，這個。」

蓑吉扯下一些藤蔓，撕碎扯斷後，舉至宗榮面前。

「請用它纏在身上。然後再嚼一些葉子。這樣就能混進森林的氣味中。」

「這種做法我還是第一次聽說呢。」

「爺爺都是這麼做。」

宗榮又拉下一條長長的藤蔓，將它扯斷，先纏在蓑吉身上，接著纏在自己身上。加介也同樣往身上纏繞。

「好，這樣就行了。」

三人走進森林裡。要是有人看到他們的模樣，想必會笑彎了腰。身上纏著藤蔓，臉和手腳沾滿泥土，他們自認鬥志昂揚，但姿態卻略顯畏縮。

森林裡沒有像樣的道路，但有人們往來行走的痕跡。阻礙去路的樹枝被砍除，地上的雜草也被掃除。

「要塞的番士都是騎馬，對吧？」

宗榮悄聲問道。

「是的。他們到名賀村的時候，一定都是騎馬。展開生人狩獵時也是……」

「不過，這一帶看不到馬蹄印。」

「馬進不了這種地方。」

永津野四周的山脈，很不適合馬兒行走——加介道：

「所以能在山上騎馬的番士，眞的都很厲害。」

「原來如此。蓑吉，在香山是怎樣的情況？你該不會就是負責牽馬的吧？」

蓑吉搖了搖頭，「仁谷村也沒有馬。因爲山裡的地形很險峻。」

馬蹄常會受傷，而且餵馬的葉子也不夠，馬兒很快就會喪失活力。

「聽說已完成造山工作的南邊和西邊村莊，有馬和牛。北二條五村還要再加把勁才行。」

「造山是什麼？」

「是開墾山林，闢建成藥草田。」

加介回應，「嗯，和我們開闢桑田很類似。」

「如果是桑田，香山的山上也有。在那裡養蠶。」

「不過，比起養蠶，種植藥草更爲盛行吧？」

「因爲收入比較好。」

加介側頭不解。蓑吉也是同樣的感覺。難道永津野沒有可做成藥材的藥草嗎？

「因爲永津野與香山是只有一山之隔的鄰居。」宗榮道，「雖然有些相異處，但應該有很多相似處吧？就連你們的地方口音，我聽起來也覺得一樣……」

說到一半，宗榮突然閉口，停下腳步。蓑吉和加介也急忙噤聲。

宗榮豎起右手食指，催促他們兩人注意。

「有沒有聽到某個聲音？」

蓑吉豎耳細聽。這個季節吹過森林的輕風，像在輕撫枝椏般，吹動樹木，發出悅耳的沙沙聲。只有這樣。

同樣豎耳細聽的加介，右耳動了一下。

「沒錯，宗榮大人，我聽到了。」

加介如此低語，縮起脖子環視四周。

「有某個聲音。」

蓑吉還聽不出來。

「加介先生，是怎樣的聲音？」

「奇怪的聲音……就像……就像……」

宗榮一本正經地說，「像鼾聲。」

這古怪的比喻，如果是平時，應該會惹人發噱，但現在沒人笑得出來。

「那腳印仍持續往前，對吧？」

「是的，那裡有一個。」

加介伸手指向左前方時，蓑吉也聽到了。那低沉的聲音傳來，彷彿會讓人腹部深處爲之震動般。確實很像鼾聲。而且是又大又響的鼾聲。之前伍助喝醉睡著時，發出這樣的鼾聲，惹來眾人的白眼。

「可能就在附近。」

是怠忽職守，在森裡林睡午覺的番士——才怪。

「壓低身子，慢慢前進。」

「宗榮大人，請再嚼一片葉子。」蓑吉扯下藤蔓的葉片，「因爲野獸會聞我們的氣味。」

三人躡腳行進。蓑吉抓著宗榮的腰部，加介抓著蓑吉的肩頭。三人都屏氣斂息，但這樣反而變得呼吸急促。

「腳印到這裡就斷了。」

取而代之的，是宛如某個巨大的東西在地上拖行般，地上的雜草都被壓垮。

像一直在等候加介出聲般，那像打鼾的聲音也靜止了。

宗榮挺起胸，重重吁了口氣。以手巾擦拭額頭的汗水。

「可以望見要塞。那是瞭望臺吧。」

左手邊的高處，在越過森林的前方，有個黑色建築冒出頂端的部分。三人就像在要塞底下迂迴繞行般，穿越森林。

「爲什麼會那麼黑？」

「應該是爲了備戰，而鋪設燒板吧。我也是第一次看到這種要塞。」

原來如此，永津野喜歡開戰——宗榮語帶嘲諷地說道：

「像這種漆黑的要塞，應該是朱音大人很討厭的畫面。不知她現在怎麼了。」

對喔，朱音大人在要塞裡。蓑吉突然擔心起來。要是能早點回溜家就好了。

「加介，怎麼了？」

加介眨著眼睛，接著改爲往左右兩旁側頭，望著前方。

「咦……奇怪。」

他手指的前方，是整座森林唯一一處開闊的空地，陽光灑落一地。不管再蓊鬱的森林，都不時會有這樣的地方，根據過去的經驗，蓑吉也明白這點。那是因爲地底下有塊大岩石，樹木無法扎根，或是底下有水脈流經，也可能是長有毒草，各種原因都有。

不過加介覺得「奇怪」的地方，確實有點古怪。不光是陽光照向那裡，而且只有那處地方高高隆起。宛如地上冒出一顆大瘤。

上頭長有零星的苔蘚。森林裡的其他地方都沒有這種情形。苔蘚會順著樹幹往上生長，但不會長在地面。

「這應該不是另一座土墳吧？」

宗榮正準備往前邁步時，傳來一個震動聲。三人皆停下動作，連呼吸也隨之暫停。

又是一陣震動。

傳來比一般鼾聲大出三倍的響聲，或者該說是聲音。

「嗚喔——」

森林裡的那顆大瘤發出震動。一次、兩次。每次震動，就會抖落身上的土沙和枯葉。蓑吉耳畔傳來某個卡噠卡噠的聲響。是加介的齒牙打顫。他馬上撲向加介。

「噓，要安靜一點。」

加介急忙用雙手摀住嘴巴。接著移開一隻手，摀住蓑吉的嘴。因爲蓑吉同樣齒牙打顫。

宗榮擺好架勢，手按短刀刀柄。眼中炯炯生輝。

那顆大肉瘤現在清楚地抖動著身子，站起身，露出牠原本蜷收在身體底下、長得嚇人的尾巴。光瞧一眼，無從判斷尾巴的長度。粗的地方像圓木，細的地方則像成人的手腕。從宗榮所站的位置，看不到其尾端。

蓑吉全身寒毛直豎。我把牠的尾巴誤當成蛇了嗎？不過，牠一點都不黏滑。是因為牠現在身上覆滿了泥土和葉子嗎？

全身滿是泥巴的怪物，完全背對著他們。是在晒太陽睡覺嗎？怪物沒注意到他們三人，也許牠還沒完全清醒。

「加介、蓑吉。」

宗榮從緊緊咬牙的齒縫間，擠出這沙啞的聲音。

「別亂動。」

又傳來一聲更響亮的「嗚喔」叫聲。怪物張開血盆大口，打了個哈欠。

飄來一陣令人皺眉的腥臭，蓑吉差點為之反胃作嘔。我記得這個臭味。

怪物微微動了一下。看到牠又粗又短的腳，支撐著像小山般巨大的身軀。如果光以腳的形狀來看，與蜥蜴一模一樣。腳跟的位置看不到蹴爪（註）。但前三根趾爪又利又大，與其說是趾爪，不如說是利牙。

身體像蟾蜍，腳像蜥蜴，尾巴像蛇，皮膚呈條紋圖案。

傳來卡嚓一聲。宗榮手中的短刀已微微離鞘。

——這種刀對付不了牠的。

蓑吉想這麼說，但喉嚨乾渴，發不出聲音。
怪物突然動了起來。牠那像小山般的身體先是蜷縮成球狀，接著陡然伸展。
這個動作引來一陣風。塵埃揚起，沙石化為飛石，朝蓑吉臉部飛來。他忍不住閉上眼轉過身去，雙手摀著嘴，以防發出聲音。先是加介覆在蓑吉身上保護他，接著宗榮也這麼做。
不久風平塵靜。
怪物消失了。那巨大的身軀、隆起的小山、森林裡冒出的巨瘤，突然平空消失。
「牠去哪兒了？」
沒有腳步聲，也沒撞向森林樹木的聲響，就這樣消失無蹤。光憑牠的動作來看，確實很像蛇。
「你們兩人退向一旁。」
宗榮壓低身子，緩緩靠近剛才怪物所待的地方。地面上清楚留有怪物巨大身軀的痕跡。那傢伙重量驚人。
下半身隱沒在身旁的草叢裡，往前探出身子窺望的宗榮，肩膀上下起伏喘息著。
「牠不在了。」
彷佛因為這句話而瞬間解開咒文束縛般，蓑吉和加介朝宗榮奔去。
「牠動作快得嚇人。」
「是、是蛇。」加介以顫抖的聲音說，「那傢伙把腳縮起來，像蛇一樣在森林裡滑行。」
通往要塞的斜坡上，留有地上雜草壓扁的痕跡。就像加介說的，怪物把腳縮起來時，似乎是扭

註：中文叫「距」，公雞、雄雉等腳上蹠骨後上方突出像腳趾的部分。

動著身體前進，地上留下的痕跡有深有淺。

「加介，你帶著蓑吉回名賀村去。」

宗榮的眼神和嘴形都無比緊繃，展現過去不曾有的嚴峻。

「已經很確定有怪物的存在。名賀村會有危險。你去見村長，將看到的一切全告訴他，請他加強村裡的防備。」

「村、村長現在和小台大人一起到要塞去了。」

宗榮像無賴漢似地暗啐一聲，「可惡，我都忘了。那麼，找太一郎也行。不管誰都好。告訴每一個人，總有人會認眞聽你說吧？」

「您說加強村裡的防備，該怎麼做才好？」

「將女人和小孩全聚向村莊中央，別讓任何人獨自在村外行走。如果有人在山上，馬上派人前去召回。派出去的人，也不能獨自前往。」

是——加介連連頷首。

「在村莊周圍搭建瞭望臺，監視有無奇怪的動靜。多準備一些火把。不管是鋤頭、鐵鏟，還是柴刀都好，每個男人都要手持武器。然後事先燒好熱水。若有什麼萬一，滾燙的熱水可以充當武器。」

宗榮一面說，一面點頭。

「那隻怪物的皮膚就像厚實的盔甲。或許滾燙的熱水會比三流的刀劍更爲管用。」

而且大部分的野獸都怕火。蓑吉想起了先前的事，「仁谷村之所以會燒毀，或許是因爲有人縱火想驅趕怪物。」

「有道理。不過，一旦失火，人們自己也無處可逃。」

加介可能已將宗榮吩咐的事全記在腦中，暗自吞了口唾沫後，重新綁好草鞋的繫繩。

「那麼蓑吉，我們走吧。」

蓑吉搖了搖頭，「加介先生，你一個人回村裡去吧。」

「你說這什麼話啊。」

「宗榮大人打算追蹤那隻怪物，對吧？」

「因爲牠往要塞那邊去了，得趕緊通知番士才行。」

「我也要去。我要偷偷潛入要塞內，找出仁谷村的村民。」

蓑吉緊緊握拳。宗榮猶豫了一會兒，旋即道：

「好，我明白了。蓑吉和我一起去。加介，現在名賀村還有時間準備。絕不能讓那隻怪物吃掉任何人。一切就靠你了。快去準備。」

「是，宗榮大人，請您保護小台大人。」

「這是當然。」

目送加介連滾帶爬走回原路的背影，宗榮催促蓑吉：

「接下來隨時都有可能與怪物撞個正著。你要勇敢一點喔。」

兩人順著怪物留下的痕跡，爬上斜坡。他們雙手撐著地面，手腳並用一路前進。

「宗榮大人，刀子是傷不了牠的。」

「好像是這樣沒錯。不過，牠畢竟也是生物。身上應該會有柔軟的部位。像是眼珠、喉嚨之類的。」

也就是要害。

「不過相當棘手。照這樣子來看，怪物似乎能配合周遭的環境改變身體的顏色和色澤。牠能融入四周的景象中，隱藏自己的樣貌。」

所以才會一會兒顯得黏滑，一會兒又像是地面上隆起的肉瘤。

「既然牠會留下腳印，那牠應該能行走。而另一方面，牠也能像剛才那樣縮起腳，如同蛇一般用腹部滑行。」

眞教人百思不解——宗榮呼吸急促地低語道：

「那傢伙到底是什麼玩意？」

二

朱音在要塞裡覺得很無趣，但她忍著沒表現出來。

與鋪設燒板的外觀一樣，內部的一切擺設也以實用爲重，沒任何裝飾。不過打掃得相當周到，一塵不染，屋柱和地板擦拭得光可鑑人。

呈交「御笠御用立目錄」的儀式，在這座要塞內唯一一間金光閃閃的客房內進行。彩色的格子通風窗上刻滿花鳥風月，壁龕的柱子上做了一些裝飾。紙門上繪有金箔做成的松樹與明月的圖案。在舉行這煞有其事的儀式時，圓秀一直張著嘴，像是看得入迷，也像發愣，同時也像忍不住發噓般，表情相當奇怪。

這裡的代官是一名年過四十，挺著圓肚的矮小男子，在永津野山奉行的部下當中，似乎算是頗有家世的一位。連才剛和他見面的朱音也知道這點，因為儀式結束後舉辦酒宴，他喜孜孜地湊向朱音身旁，不斷吹捧自己。

先前在進行儀式時，坐在上座、顯得趾高氣昂的代官，見現場氣氛放鬆後，拉朱音到上座去，幾乎快流下口水，「哎呀，筆頭大人的妹妹貌美猶如天仙，又是織布的名人，簡直是織女下凡。」代官接連說出這種肉麻的話來。

看來，這間華麗的客房是專為這名男子的嗜好所打造，當中只有一樣東西吸引朱音的目光。位於西邊，也就是面向香山領地之處，掛著一幅表裝簡單的掛軸。

——是出自哥哥之手。

上頭只寫著「報恩」二字。是曾谷彈正的筆跡。筆跡帶有右上角上揚的個人習慣，文字在收尾時似乎勁道過猛，有幾滴濺出的墨汁。

這間客房位於要塞瞭望臺正下方。只有壁龕對面那一側設有紙門。從上座望去，左手邊有一扇設有窄細格子的門板，裡頭應該是武士待命處。右手邊設有門檻，所以應該有同樣的門板，但現在門被拆下，完全敞開。旁邊是窄細的木板地通道，有一排往上掀開抵住的窗戶。如果與香山藩開戰，這將會是用來朝敵軍射箭攻擊的絕佳設計。

所以才感到納悶。哥哥為何朝香山的方向掛著「報恩」這樣的文字？曾谷彈正該報恩的對象，應該是人在東方津先城裡的龍崎高持大人才對。

可能是為了突顯這幅掛軸吧。壁龕裡沒擺掛軸，只放著一個色彩鮮豔，讓人聯想到代官個人嗜好的陶壺。沒有插花。要塞裡沒有能為客人插花擺飾的女人，這點從剛才端酒菜來的全是身穿農作服的男人來看，很容易猜得出來。

還有一件顯而易見的事。這名好女色的代官，和壁龕裡的陶壺一樣，純粹是裝飾。他只是個在底下抬轎的人，連曾谷彈正的傀儡都稱不上。

爲了守護藩內的職制和秩序，必須設置徒具形式的代官，而當這個角色的人，以腦袋和內在都像羽毛一樣輕浮的人最爲適合——這是哥哥的想法。代官與茂左右衛門和圓秀一起飲酒，身上的禮服早已一片凌亂，酩酊大醉，模樣毫不檢點。坐他對面的朱音從中看透哥哥的心思。

這座要塞與城下的曾谷宅邸一樣，都是哥哥所有。筆頭大人是其主子。

而這位眞正統領的其中一名手下，打從儀式開始一直到酒宴高潮爲止，始終都坐守在西窗邊的通道盡頭，完全不笑。

「這位是磐井半之丈。」

在酒宴開始前，代官隨手一揮，向朱音介紹這名男子。

「如您所見，他是個年輕人，爲馬迴組（註）裡的下級武士。不過，多虧有筆頭大人賞識，去年秋天特地從城下提拔他擔任到這裡戍守的番士。」

「幸會，我是朱音。」

聽朱音如此問候，那名男子立刻雙手握拳抵向地面，朝她深深行了一禮，報上姓名，並以剛強有力的聲音應道，「愧不敢當。」

「今天就由磐井來爲朱音大人以及這位……呃……」

「在下名叫菊地圓秀。」畫師語氣和善地應道。

「就由他來作陪，帶兩位參觀要塞內部。聽說朱音大人第一次造訪這種陽剛之地，對吧？」

「是的，所以我很感興趣。身爲名賀村的一員，我一直很想見識一下辛苦保護我們的要塞番士平時的工作樣貌。」

「我和小台大人有同樣的心思。」

在這樣的對談中，磐井半之丈一動也不動，始終垂眼望著地面，甚至不確定他是否仍有呼吸。果然很年輕。城下的曾谷宅邸也一樣。對曾谷彈正心悅臣服的人，全都像這樣年輕氣盛。

這裡的武士全都一身武裝。除了代官與四、五名官差外，沒人穿禮服。雖然他們穿著筒袖和服，搭上縮腳褲，身上沒穿盔甲，但依然穿著鎖子甲、護肩、護身防具，還有像鱗片般的護腿，發出卡嚓卡嚓的聲響，昂首闊步。這些武具全像上過漆似的，發出閃閃黑光。

圓秀眼睛爲之一亮。確實帶有一股精悍之美，應該是很吸引畫師的素材，但同時也帶有一股不祥之氣。

陪同出席酒宴的長橋茂左右衛門，似乎滴酒未沾，他已察覺朱音一直沉默不語。

「代官大人，感謝您的盛宴款待，今天眞是開心，不過我們也差不多該……」

該告個段落了。代官一臉惋惜。朱音禮貌性地行了一禮後離席，叫喚坐在下座的年輕武士。

「你叫磐井，對吧。請起立，麻煩帶路。」

她第一次用這種口吻說話。其實心臟差點從口中跳出，但此刻這種姿態才適合她。

果然磐井半之丈很乾脆地應了聲，「是。」

「圓秀大人，我們走吧。您想先看哪兒呢？」

流露出無邪笑臉的畫師，應該已有不少杯黃湯下肚，卻絲毫不顯醉態。他像是個要去遊河的小

註：在藩主或將軍身旁擔任護衛的騎馬武士。

孩般，一臉欣喜若狂的表情。

「先去哪兒好呢？很難決定。處處都是難得一見的景致。」

「那就先往下走吧。」

朱音如此說道，朝半之丈頷首。他在前頭帶路，走下一道很陡的樓梯。他的腳步和動作都很俐落，沒半點累贅的動作。

圓秀側身行走，小心翼翼地走下樓梯，並開口道，「對了，聽說這裡有個大馬廄。可以參觀一下嗎？」

馬廄。朱音為之一驚。宗榮目睹的那座臨時搭建的牢籠，就位在馬廄旁。

「菊地大師對軍馬特別感興趣，是嗎？」

若以一般的口吻說話，磐井半之丈的聲音清脆悅耳，很像一般的年輕人，幾乎不帶永津野的口音。

「哪裡，我是從長橋家聽來的。聽說這一帶的山林地勢險峻，騎馬相當困難。」

朱音等人所到之處，在一旁負責看守、保養武具、伏案辦公，忙著執行各項勤務的番士，都一一起身站正。每次他們的防具都會發出吵鬧的聲響。朱音感覺自己宛如成了一位跑在戰場上的傳令。

對此視若無睹的圓秀，開口道：

「所以擔任番士的各位，一定都有一身精湛的騎術。聽說在照顧軍馬方面，也非生活在平地的人們所能比擬。」

「的確，對於在山中代替我們雙腳的軍馬，我們就像是同伴一樣重視。」

走下樓梯，來到一樓。這裡設有入門的木板地，也有白沙地，此處用來對被捕的人進行偵訊。但在這座要塞裡，眞的需要如此「正式」的設備嗎？

「翻越險峻山地，腳程比雪崩還快的永津野軍馬，因爲勇猛，所以個性也比較剛烈，會認人。如果大師您隨意靠近，會有危險。」

「喔，這樣啊。」

「如果您想靜下來好好畫，可以選擇結束山上的工作，重回城下的那些馬兒。津先城的馬場裡應該還有幾匹。」

「那我就請長橋家幫我拜託看看吧，但我還是很想畫下這樣的烈馬。」

他們沿著悄靜的外牆繞往建築後方。朱音在一旁聆聽年輕番士與畫師的對話，一顆心七上八下。他會這麼乾脆地讓我們看馬廄嗎？不會有事吧？

不知何時走在朱音前頭的圓秀，發出一聲歡呼。是馬廄。傳來馬蹄聲和馬的呼氣聲。這座全黑的建築，果然連馬房的柵欄也是黑色。雖然每扇門都以金泥畫上龍崎家的家紋，但在風吹雨淋下，已斑駁脫落。

旁邊並沒有立起竹柵欄圍成的牢籠。

這也是理所當然。他們早知道朱音會來。爲了不讓她注意到這裡，只要拆毀牢籠，收拾乾淨，就不會留下痕跡。

那麼，被囚禁的人呢？宗榮看到的那兩人已經死了嗎？沒別人了嗎？即使有……

這時朱音才想到某件事，感到一股錐心的痛苦。

那些人該不會因爲朱音要來，而被收拾了吧？

宗榮似乎不這麼想，不過朱音認爲這座要塞裡所發生的事，全都已傳進曾谷彈正耳中。她不認爲這裡的番士會認爲這只是件芝麻小事，一切純屬荒謬，而沒向筆頭大人報告。如果和香山的領民有關，不管再枝微末節的事，或是再荒謬的事，應該都會向他報告才對。對某人心悅臣服，就是這樣。

——哥哥殺了仁谷村的人。

什麼事都怪罪給彈正，同時也怪罪起自己，這是朱音的壞習慣，宗榮也曾經笑著這麼說。不過，事實就是如此，她也無可奈何。

「噢～～噢～～眞是不簡單啊。」

見陌生人走近，馬兒激動地直蹬腳。馬廄管理人加以安撫。儘管喝了酒也不會臉紅的圓秀，此時看了眼前的景象，反而因欣喜而臉泛潮紅。

「小台大人，可以請您等一下嗎？」

他取出矢立（註一）和底稿本。儘管馬廄管理人拿來椅凳，他也不理會，直接站著動起畫筆。

「好，請隨意。」

對方也請朱音就座，但她拒絕。她想稍微伸展一下雙腳。

磐井半之丈在一旁靜候。他腰間除了插著長短刀外，還備有一把像女子用的懷劍（註二）般大小的短刀。經這麼一提才發現，要塞裡看到的番士，也大多是這樣。

「那把短刀是用來做什麼的？」

經詢問後，磐井半之丈面露驚訝之色。朱音親切地向他問話，想必出乎他的意料之外。抖擻的眼神，長長的睫毛。漫長的冬天才剛結束，所以目前還不至於晒得太黑。要不是經歷過嚴格的鍛鍊，他可是個會被誤認成美女的美男子。

「是用來在山中的森林砍除樹枝和雜草。」

「原來是這樣。在我生長的上州山中，樹枝和藤蔓都是用策馬的馬鞭打落。這需要一點訣竅，要是技巧不好，馬鞭會被扯走而墜馬。」

半之丈眼中更加浮現驚詫之色，「小台大人也喜歡馬術嗎？」

朱音笑道，「我只騎過一匹馬鬃稀疏的老馬。牠是隻個性溫馴的馬，很喜歡人們摸牠鼻子。不過牠很會流口水，常把我的衣袖弄溼，令我傷透腦筋。」

好懷念啊。已許久不曾憶起昔日上州生活的這些瑣事。

可能是朱音那開朗、不帶半點驕矜的笑臉發揮了感染力。半之丈的嘴角也微帶笑意。

這時，馬兒發出一聲宛如悲鳴般的高亢嘶鳴，繫在馬廄裡的數匹軍馬皆開始甩頭，鼓噪不安。

「喂，怎麼啦！」

馬廄管理人和在場照顧馬匹的番士迅速趕至。灰馬、花馬、黑馬，每匹馬都是身軀粗壯，腳關節壯碩的大型馬。

「不必顧忌我，快去幫忙吧。」

在朱音的催促下，半之丈說了一句，「失禮了。」便往馬廄奔去。他和馬廄管理人一同以韁繩拉住激動的馬匹，並出言安撫。

註一：攜帶式的筆記用具。裡頭有毛筆和墨壺。也有人拿它做爲防身用武器。

註二：護身用的短刀。

「唔～～唔～～冷靜一點。你們在害怕什麼。」

馬其實出奇膽小，一點小聲音或是陌生的影子，都能令他們爲之驚慌。這點朱音知道。

——可是不太對勁。

有些馬兒情緒激動，但在同一座馬廄裡，也有低著頭靠在一起，一直待在角落裡的馬匹，若以人的行爲做比喻的話，就像是「嚇得蜷縮身子」一樣。

菊地圓秀正熱中地作畫。他一面畫，一面改變站立的位置，時而蹲身昂首，時而伸長脖子窺望，忙碌不已。

朱音環視四周。光憑馬廄裡的這場騷動，要塞並不會受影響。沒人出來查看情況。而在不遠處——可能是在圍牆內，這棟建築的另一側，傳來番士自我鍛鍊的吆喝聲。喝！嘿！呀！聲音無比威猛。

馬廄所在的這一側面向陡坡，竹林茂密。可能是這個緣故，這一帶沒有圍牆。此處位於東方，所以應該經常沐浴在朝陽下。陽光從得抬頭望的高大竹林透射而下，一定是很美的風景。

雖然是如此壯闊的竹林，但現在要挖竹筍還太早。朱音想到此事，露出微笑。

馬匹最後終於靜下來了。藍天掛著浮雲，風中飽含森林的青翠氣味。

朱音閉上眼，深呼吸一口氣。接下來該怎麼做？圓秀想看哪兒呢？在這種地方，如果想把抓來的人藏起來，會藏在哪兒？想必不會是在建築物的上方。那裡空間太過狹窄。這座要塞雖然規模不小，但並不是什麼大建築。

是地下。難道有地牢？

竹林一陣騷動。一陣風吹來……

颼～～颼～～

朱音張開眼，望向竹林的方向。因風吹而彎撓的竹林。但不光只是這樣，那是竹子被某個東西壓倒後反彈發出的聲響。

咻。一根竹子反彈，接著換下一根。

這裡的竹林相當高。如果只是有人在地面上走動，不會有這種情形。即使有好幾匹馬在林中奔馳，那朱音用單手手指都圈不住的粗大竹子，也不會如此輕易被壓倒。

她心底一震。

該不會……

她待在原地無法動彈，注視著那不斷發出颼颼聲響的竹林。竹子被壓倒後回彈，從左手邊的斜坡處不斷往馬廄靠近。

離竹林盡頭的斜坡處，還有七到十公尺遠。就快到來附近了。

這時，竹林的動作突然停止。發出一陣尖銳的聲響，數根竹子一同反彈後，竹林就只是很一般地隨風搖曳。

朱音這才吁出剛才憋在胸口的呼吸。

馬匹都靜了下來。不光是那些躁動的馬，連害怕得待在角落的馬匹也開始緩緩動了起來。馬廄管理人對牠們說話，輕撫牠們的脖子和身軀後，牠們也開心地以鼻子磨蹭撒嬌。

「磐井大人。」

朱音聽自己的聲音沒變樣，鬆了口氣。

「我們也該到其他地方去了。要是放著圓秀大人不管，他恐怕一整天都會待在這裡畫馬。」

這時她突然想到一點，接著道：

「剛才嚐的那些菜，每一道都很可口。在這種深山野嶺，要準備這些食材，又得小心存放，想必很花工夫吧？兵糧庫在哪呢？如果你們用了什麼技巧，一定要教教我，我也想教會溜家的傭人。」

「兵糧庫，是嗎？」

像剛才的嘴角輕揚般，此時半之丈迅速且短暫地蹙起眉頭。

「像土倉或倉庫這種地方，不管裡頭放了什麼，都不是適合小台大人您過目的地方。而且會弄髒您的衣服。」

他的意思是不想讓朱音看，但爲何會露出如此排斥的表情？

「那眞是失禮了。不過……」

「小台大人、小台大人！」

圓秀將底稿本夾在腋下奔來。圓睜著雙眼。

「剛才我在那裡聽說，番士在外出巡視國境時，都會戴上面具。好奇怪的規矩啊。至少我在其他地方就沒聽說，也沒見過。」

朱音只能回他一句，「哎呀。」磐井半之丈這次則是明顯蹙眉。他表情寫著，多嘴的馬廄管理人，竟然對這位愛打聽的畫師說那些不該說的話。

「磐井大人，可以讓我見識一下面具嗎？」

圓秀緊抓著半之丈的衣袖，苦苦央求。

「是很普通的木雕面具。我們只在執勤時會戴上，沒什麼特別之處。」

「不不不，那很稀奇呢。可以讓我見識一下嗎？」

臉上露出充滿親和力的笑容，不管到哪兒都能畫，看他像個孩子般大呼小叫的，沒想到竟酒量驚人。朱音這才覺得這名看起來一臉和善的畫師有點可怕。

突然說想看馬廄，接著又央求要看象徵牛頭馬面的面具。朱音所在意的事，以及堪稱是永津野藩要害的事，他全都精確地掌握。這難道純屬偶然？還是說，他知道的事遠比朱音以及周遭人所認爲的還多，而且常四處打探消息。

——他眞的只是一般的畫師嗎？

磐井半之丈對圓秀恭敬地後退一步，「在下明白了。那就給您過目吧。」

「噢，太感謝了！」

雀躍不已的圓秀，順勢執起朱音的手，恭敬地低頭行禮。

「這項戴面具的規矩，聽說是出自小台大人的兄長，筆頭大人的巧思。不知這當中有怎樣的緣由呢。」

「這、這樣啊。我不知道呢。」

「面具放在馬廄的倉庫裡，和馬具一起存放。請往這兒走。」

朱音在半之丈轉身時，不經意看到他的側臉，他明顯怒意熾盛。

倉庫位於馬廄後方。會行經馬房間的窄路。就近傳來馬匹的鼻息聲，一股獨特的氣味撲鼻而來。

倉庫是將馬廄的一角以燒板隔間而成，出奇地寬敞，應該同時當成更衣室使用。馬鞍、馬鐙、馬轡，整齊地排成一列，懸掛牆上。

這裡也有往外推開頂住的窗戶，此時陽光正從外頭照進，高度約至朱音胸口一帶。有名馬廄管理人在外頭打掃，他手執掃帚的模樣，只看得到胸部以上的部位。他一見半之丈和朱音到來，立即停止手上的動作，等候吩咐。

「沒關係，繼續忙你的。」

朱音如此喚道，半之丈也朝他頷首，馬廄管理人這才又靜靜地做起原本的工作。他是位兩鬢已白的老翁，穿著一件紅褐色的農作服。

倉庫的角落擺著一個用金屬補強邊角的葛籠（註）。半之丈走向葛籠，打開蓋子。它有個裝設鎖頭的金屬配件，但沒上鎖。

「請拿起來看。」

半之丈退向一旁，冷冷地說道。圓秀走向前，一副雀躍的模樣。

「眞特別呢……」

這聲音不像在演戲，而是發自內心的感佩。

葛籠裡頭隨意疊了許多比成人的臉龐還大上一圈的木雕面具。

朱音原本以爲會更爲誇張，頓時感覺有點失望。圓秀拿起其中一個，彷彿要伸舌舔舐般，仔細檢視。確實是很簡樸的木雕，坦白說，像是在鍋蓋上鑿出眼鼻的部位所做成。而和鍋蓋不同的地方在於上方的部分往左右兩旁挺出，應該是用來當頭上的角。不過，若換個角度來看，也像是貓狗的耳朵。

戴上面具時，似乎是以棉繩穿過面具左右的孔洞，套在耳朵上。顏色爲黑色——暗沉的黑色。棉繩也是黑色。

「我們將煤灰抹在面具上。」

丬之丈如此說道，像在回答朱音的疑問般，「每次巡視回來，我們都會抹上新的煤灰。下一次出外巡視時，煤灰就會滲進木紋裡，所以即使我們戴上面具，臉也不會沾黑。」

這樣啊——朱音微微點頭。圓秀一一取出面具細看，一副渾然忘我的神情。

「好像不是一人一個專屬面具呢。」

「因爲只是這樣的面具，不管誰戴哪一個，都沒有多大差異。」

「不，有差異。」

圓秀似乎很仔細聆聽，轉頭望向他們兩人。

「每一張面具都有微妙的表情差異。這是在哪裡製作的？這裡有面具師傅嗎？」

丬之丈苦笑，「這裡不是那麼悠閒的地方，可以供面具師傅在此居住。面具是在城下製作，然後運來此地。」

「那麼，是我哥哥安排的嗎？」

「是的，一切都是筆頭大人的安排。」

「我哥哥命人做這種東西，要你們戴在臉上，到底是在想什麼？」

可能是因爲朱音的口吻帶有難以掩飾的諷刺意味。丬之丈眨了眨眼，端正站好。

「這面具是一種印記，用來表示我們要塞的番士不是一般人，而是守護永津野的法規所化身而成。」

註：竹編的方形箱子。

不是一般人？

「永津野是被漫長寒冬冰封的北方山國。謀生之路有限，自從昔日盛極一時的金山礦脈挖盡後，人民長期以來一直爲貧困所苦。」

得重建藩國，富國富民。爲此，需要新的產業，以及用來振興產業的強勢法規。

「可是，番士究竟也是凡人。懲罰違反法規，怠惰偷懶，不全力推動富國政策的人民，是番士的職責所在。但與人民對峙時，有時終究還是會心生動搖、猶豫，受情感左右。」

番士守護國境，獵捕違背養蠶振興政策的人民，必須令人敬畏。不能對求情的聲音心軟，也不能有常人的同情心。

「戴上這面具時，我們便成爲主君所訂立的法規化身。不再是人。因此不會因人民的眼淚而動搖。」

朱音不禁反問，「對於遭遇生人狩獵的那些人所發出的悲嘆和討饒，也不爲所動，對吧？」

圓秀可能是感到吃驚，悄悄伸手搭在朱音手肘上，「小台大人，您在說什麼啊？」

朱音沒將目光從磐井半之丈臉上移開。她正面望著這名年輕人，凝視他的眼瞳深處。

半之丈也做出回應。睜大他冷峻的雙眼，完全不爲所動，彷彿在說，「您儘管看吧。」

——他是認眞的。

向曾谷彈正獻出他的眞心。

雖然很不甘心，但朱音先低下頭去。

「能擁有這麼多人的信任，哥哥還眞是有福報啊。」

彈正原本明明是個無處棲身的流浪漢，天生下來就處處被排擠的人。

磐井半之丈微微吁了口氣，對處在他們兩人之間，表情尷尬的圓秀道，「這面具之所以做得如此簡樸，全是因爲筆頭大人思慮周詳，認爲將我們變身爲法規化身的這項印記，只是一般的道具，不能在獨行時擁有其價值和權威。」

爲了不讓曾谷彈正下令製作面具一事，在城下產生不必要的權益和利害關係。

「這面具也許是城下的女人接副業所製作而成。像這樣就無所謂。不過菊地圓秀大人。」

「什麼事？」

正感到尷尬緊繃時，突然這一聲叫喚，令圓秀回過神來。

「如果閣下也在相模藩任職，應該能理解才是。對我們藩士而言，貫徹主上的命令，比自己的性命還重要。不過，我們貫徹使命的姿態，不是用來展現給人看，也不是用來向人誇耀。更何況這個面具，只有在永津野藩內才有其意義。」

「我、我明白了。」

「可否請您別畫這個面具呢？在下求您了。」

磐井半之丈當場低頭行了一禮。

朱音本想開口詢問，但忍了下來。圓秀手執面具，低下頭去。就在這時……

幾乎是同時發生的事。

「哇！」

倉庫外傳來這聲叫喊。接著發出碰的一聲。窗戶關上，陽光被阻斷。

「無禮。發生什麼事！」

在完全被陰影吞沒的倉庫內，半之丈以嚴厲的聲音斥喝，護腿發出碰撞的聲響，往窗邊走去。

他推開窗戶往外望。空無一人。不過又傳來碰的一聲，是某個輕盈的東西翻倒的聲響。

「喂，怎麼了？」

「剛才是怎麼回事？」

有人出聲靠近。半之丈從窗口探出身子，但用來抵住窗戶的木棍似乎已掉落，手搆不到。

「磐井大人。」

朱音開始心跳加速。

「無妨。我們離開這兒吧。」

圓秀將面具放回葛籠內，蓋上蓋子。陽光照到的地方還很明亮，對比之下，這裡顯得特別陰暗。

「剛才那是誰的聲音？」

圓秀悠哉的提問還沒結束，馬房裡的馬匹又開始騷動。那嘶鳴聲聽起來猶如悲鳴。

「磐井大人，不必經過馬廄也能到戶外嗎？」

「可以，從這裡走……」

半之丈打開深處的門板，陽光猛然射進屋內。朱音急著想來到亮光處。

馬兒喧鬧無比，頻頻以馬蹄蹬地，在馬房內繞圈。連安撫牠們的馬廄管理人聲音也透著慌亂。

才剛往外踏出一步，朱音又聽到竹子彎撓發出的「咻咻」聲響。

「這到底是怎麼回事？」

半之丈緊跟在後，猛然一驚，來到朱音前方，擺好防備架勢。

「小台大人，請往後退。」

朱音呆立原地。竹林裡一陣騷亂。比剛才更爲激烈，騷亂的範圍也更廣，掉落許多枝葉。傳來一股腥臭。朱音聞過這腥臭味。

「半之丈，發什麼事！」

一名魁梧的番士繞過馬廄轉角，朝這裡奔來。他身上穿著護身防具，頭上纏著頭巾。看起來略微年長，不過應該是半之丈的平輩。

「不清楚是怎麼回事。剛才勘吉還在這兒。」

這麼一來朱音也發現了。是那名打掃的老翁。竹掃帚掉在窗下，前面還有用來抵住窗戶的木棍。

只有「人」消失無蹤。

「好臭啊，那是什麼？是旋風嗎？」

兩名番士瞇起眼睛，神情嚴肅地望向那騷亂的竹林。

「我們進要塞吧。」朱音催促道，「不能繼續待在這兒，快點。」

圓秀一臉困惑。

「這件事待會兒我再跟你們說。現在得先逃離這裡。」

果然就像宗榮說的，那股臭味的來源正逼近要塞。

仁谷村被滅亡，已沒有食物。那隻尋求人氣的怪物，接下來會往哪兒去？

「喂，半之丈，你看那個。」

魁梧的番士伸手指向前方。朱音和圓秀也都看到。在竹林裡，一件紅褐色的農作服飄然從天而降。是外衣的部分。

——是那名叫勘吉的老翁所穿的農作服。

只有衣服，裡頭什麼也沒有。

「應該是勘吉的吧。我去拿回來。」

半之丈踏步向前，朱音連忙制止。

「不能去啊！」

這名年輕番士的嘴角浮現一抹加以安撫的笑容，「小台大人，您別擔心。這裡是山中，位居高處。應該只是一時刮起強風，吹亂了竹林。」

「不，不是這樣！」

朱音舉起雙手想加以攔阻。但半之助輕鬆避開，說了一句「抱歉」後，大步走進竹林裡，開始登上斜坡。

「小台大人，您臉色好蒼白啊。」

圓秀一臉擔心地湊向她身旁。這時，竹林裡傳來一聲嚇人的叫喊。

「哇～～！」

那是驚詫的叫聲，接著聲音戛然而止。

「半之丈。」

魁梧的番士也為之錯愕。

已經沒救了。朱音一把握住圓秀的手，拉著他往前衝。

「快點！到要塞裡去！」

聽到剛才的那聲叫喊，番士紛紛衝出。由於朱音和圓秀與他們逆向而行，所以難以前進。

「小台大人，這樣很危險。」

圓秀擋在前方要保護朱音。朱音不禁緊抓他的肩膀。

「圓秀大人，請聽我說。」

「啊，是。」

「這座山……」

說到一半，朱音突然噤聲。

弓著身子要保護朱音的圓秀，頭頂上方突然出現某個東西。

是令蓑吉深感畏懼的大蛇，大蟒蛇。

牠從後方馬廄的轉角處扭動著身軀前來。牠全身不住蜿蜒，高高抬起彎曲的蛇頭。

不過，如果是蛇的話，應該會有頭。而且不會像這樣分成雙叉。

這是尾巴。

彷彿一直等候朱音明白這點似的，那野獸狂野的咆哮，和地鳴聲一起震耳欲聾地傳來。

三

蓑吉大吃一驚。一旁的宗榮也全身爲之一僵。

「那是……」

剛才傳出那聲咆哮的，是兩人正要前往的要塞方向。宗榮仰望那黑色要塞，血色逐漸從他臉上抽離。

剛才他們發現時，怪物還沒完全睡醒。但現在這個聲音，明顯已完全清醒。狩獵已展開，滿足飢餓的用餐時刻到來。

「蓑吉，振作一點。」

在這聲叫喚下，蓑吉驅策自己動一動身體。他伸展手肘、彎曲膝蓋、張開嘴巴。

得試著逐一做這樣的努力才行。蓑吉的身體想化爲僵硬的石頭。只要化爲石頭，就什麼也感覺不到，也不會覺得害怕。像山中的森林和石頭，不管出現何種怪物，它們都不會感到害怕。

「不、不、不好了。」

他故意試著大聲喊道。舌頭因恐懼而變得不太靈光。

「啊，得趕快去……救朱音大人……才行。」

開口說出後，便覺得壯膽不少。朱音大人此刻在要塞裡，在怪物展開襲擊的要塞裡。

「很好，就是這股氣勢！」

宗榮撫摸蓑吉的頭，對他說了一句，「好，我們快趕過去。」便發足飛奔。蓑吉緊跟在後。

環繞要塞的森林一陣騷動。從這裡仰望要塞，發現它頂端出現幾個人影。又是一陣咆哮。接著是雄渾的叫喊聲。是武士所發出。斷斷續續傳來「快出來，快出來」的叫喊聲。

「聽說永津野要塞的番士個個驍勇。」

宗榮一面跑，一面氣喘吁吁地說道，「他們會打倒怪物，取下牠的腦袋。」

蓑吉咬牙切齒地回應，「那傢伙的腦袋，要由我來砍下。」

牠是仁谷村眾村民的仇敵。

「對喔，我都忘了。抱歉。」

在濃密的森林裡，兩人穿過樹叢往前趕路，但感覺要塞無比遙遠，令人備感焦急。仰望時感覺不遠，但順著斜坡而行，卻彷彿愈離愈遠。蓑吉因太過心急，多次滑了腳，由宗榮扶起他。

要塞的番士應該是全員出動，合力對抗怪物。

叫喊聲、下達命令的聲音、悲鳴、慘叫聲。聲音全混雜在一起，愈來愈高亢，順著風勢傳進兩人耳中。

咚！地面一陣搖晃，蓑吉往前撲倒。宗榮也雙手撐地，趴向地面。

「這、這未免太厲害了吧。」

腳下再次傳來震動。森林搖晃，木片從空中飛落。

「是怪物在蹬地嗎？」

宗榮如此說道，扶起蓑吉。

「不妙，快趴下！」

他整個人覆在蓑吉身上。

緊接著，一道充滿腥臭的強風從兩人上方掃過。是從要塞的方位往下吹來，一股帶有腐爛魚肚般臭氣的旋風。森林裡的樹木不光只是搖曳就沒事，有不少樹枝斷折四散。

「那該不會是怪物的鼻息吧？」

蓑吉憶起。那晚在仁谷村，也有同樣的旋風從村裡的屋舍間吹過。

「是怪物帶來那陣風。」

「什麼？」

「怪物只要暴動，山林也會跟著暴動。宗榮大人，那陣風是山神的風。」

那股令人皺眉的臭味，深深滲進蓑吉和宗榮的身體裡。被那陣風吹過的人都會這樣。

——這是接受過山神怒火的證明。

事後朱音也仍記得當時的情形。即使不想憶起，還是會突然不自主地在腦中甦醒，清晰浮現眼前，一次又一次。因此，與其說是她還記得，不如說是忘不了。

菊地圓秀見眼前的朱音露出害怕的表情，不禁想要轉身看清楚身後到底有什麼。身處同樣的立場，任誰都會這麼做。

這時，怪物發出一聲咆哮。這聲音不會與其他聲響搞混，除了生物外，絕不會發出這種咆哮。在聲音最低沉的時候，像是敲響大鑼這類的金屬樂器般，參雜著一種會化為震動傳向體內的聲音。朱音因那股震動而雙膝打顫，兩腳發軟。

圓秀應該也是。他同時被怪物的怒吼聲嚇了一跳，馬上縮起脖子。這兩個動作救了他一命。怪物的尾巴原本正要纏向圓秀的脖子，但一時失去目標，揮空掃向一旁，接著再次高高舉起。朱音活像一隻被蛇盯上的青蛙，無法動彈，只是握著圓秀的手，呆立原地。

這時，數支飛箭破空而來，從怪物的尾巴旁掠過。

因怪物的咆哮而一時耳聾的朱音，這才恢復聽覺。傳來番士勇猛的叫喊聲。

「射箭！射箭！」

「這隻醜陋的蛤蟆是什麼鬼啊！」

「看我的厲害，臭妖怪！」

箭如雨下。番士接連以刀槍展開猛攻。怪物的尾巴彷彿有自己的意識一般，猛然高高舉起，彎成鐮刀狀，掃向一旁，朝向番士的方向。

「往這邊走！到要塞裡去！」

朱音拉著圓秀的手往前衝。

「小、小台大人，那到底是什麼？」

「快跑！再不跑會沒命的！」

走進竹林裡的磐井半之丈怎樣了？被一口吞了嗎？

「危險！」

圓秀撞向朱音的背後，朱音整個人往前撲，跌落地面。一支飛箭正巧從朱音頭上掠過，將今天早上阿千爲她梳理的漂亮髮髻切斷，朱音豐沛的秀髮披散肩上。

「啊，我眞是太失禮了。」

「不，謝謝您。」

要是再磨蹭下去，會連同怪物一起被射殺。朱音披散著頭髮，和圓秀手拉著手逃往白沙地旁。跑得上氣不接下氣，心臟幾乎要從口中跳了出來。

「到上面去，我們到高處去吧。」

要塞上方頻頻傳來番士的聲音。應該是在瞭望臺上攻擊怪物。有幾個人像滾落似地衝下樓梯，手中握著像大鐵鎚般的武器衝向戶外。

「來，快點。」

圓秀將黑羽外掛的下襬塞進衣帶裡，催促朱音。

「小台大人先走，請注意腳下……」

像在等他說這句話似的，整座要塞突然一陣晃動。朱音差點從沒有扶手的樓梯上跌落，被圓秀抱住。

「他們是以那把鐵鎚敲打怪物嗎？」

圓秀的口吻倒是顯得很沉穩。

「總之，先到高處去。」

到怪物看不到的地方。光這一隻怪物，就毀了蓑吉的仁谷村。朱音手腳並用，緊貼著樓梯往上爬。

咚！又是一陣搖晃。煤灰從頭頂飄落，跑進眼中，她伸手擦除後，繼續往上爬。

二樓和三樓都有不少番士聚在窗邊和瞭望臺上，弓箭和短矛齊上，有人丟石頭，有人朝在地面上與怪物對峙的同伴下達指示。這幕光景猶如戰場。

「咦，要開槍了！」

朱音的內心也同樣激動。開槍，開槍，請開槍殺了牠。請打倒那隻怪物。

樓上是剛才舉行酒宴的代官房間。兩人一前一後上樓後，發現長橋茂左右衛門坐在樓梯旁。

「村長！」

「噢，小台大人，眞高興您沒事。」

圓秀也移膝向前，執起村長的手，「您臉色眞難看。有沒有受傷？」

「不，我沒受傷，不過……」

房裡就像有人大打出手般，一片狼藉。餐盤翻倒、器皿破裂，坐墊凌亂地散落各地。

要塞的鐵砲隊在窗邊擺好陣容。前後各一列，頻頻朝下方展開射擊。火藥的氣味撲鼻而來。

「代官大人呢？」

不見蹤影，也許早逃了。茂左右衛門嘴巴微張，只是搖頭，眼神空洞。

圓秀東張西望，「我的底稿本掉了。」

儘管如此，他還是從懷中取出矢立和墨壺，轉頭望向後方的紙門。上頭破裂，開了個大洞。圓秀將它撕下。

「就畫在上頭吧。」

「說這什麼話啊！」

「小台大人，您別擔心。已經沒事了。不管那隻怪物再大，尾巴再長，也搆不到這兒。」

唔……茂左右衛門發出一聲沉吟。村長不光只是坐著，他是因爲腿軟而動不了。

又接連傳來槍響。藍白色的硝煙飄蕩，嗆人的臭味撲鼻。鐵砲隊的番士意氣昂揚。

「射擊！射擊！」

「臭妖怪，眼睛到底在哪兒？」

「牠就像一隻胖蜥蜴。牠的頭部兩側，相當於人的耳朵部位，那裡肯定會有眼睛。」

「瞄準眼睛！射牠的腳，封住牠的行動。」

這種前裝式火槍，每開一槍都得從槍筒前端塞進子彈，無法接著開第二槍。這支鐵砲隊的番士，兩人一組架起兩把火槍，一人負責開槍，一人負責裝子彈，展開連續射擊。充分訓練的流暢動作，不顯絲毫慌亂。

「再過不久，這裡的各位就會替我們打倒那隻怪物。」

咚！整座要塞又是一陣搖晃。朱音手撐向地面。但圓秀則是笑道：

「臭怪物，可能是臨死不遠，已經站不住了。」

他的意思應該是指怪物踉蹌不穩，撞向要塞的建築。

「眞想在牠還活著的時候，看清楚牠的全貌和動作。」

說時遲，那時快，圓秀已蹲著身子走向窗邊。鐵砲隊的番士正聚在一起展開攻擊，沒位子給這位悠哉參觀的客人。儘管如此，圓秀還是像搶吃剩飯的野狗般，戰戰兢兢地窺望外頭的情況。左手拿著紙門的破紙，右手握著畫筆，他那勇猛的側臉，與番士相比毫不遜色。

「不、不可以。」

茂左右衛門又發出低聲沉吟，一隻手揪住朱音的衣袖，另一隻手伸向圓秀。

「村長，危險……」

就在這時，從底下飛來一灘水，濺向聚在窗邊的鐵砲隊番士。

剎那間，朱音想起加介和阿千端起臉盆，將洗衣或洗澡用剩的水潑向地面時的畫面。就像那樣，一灘水從某個容器被潑向空中後，散開灑落。

爲了攻擊底下的怪物，全都低著頭、身體往前彎的番士，被那灘水迎面潑個正著。

緊接著下個瞬間，他們開始大叫。

不光是大聲叫喊。他們當場跳了起來，高舉著手、雙腳蹬地。有的朝臉上不住搔抓，有的則想卸下身上的防具。他們不斷跺腳，跌倒在地，然後無法起身，在地上不住翻滾。

從他們身上冒出白煙。那不是硝煙，是宛如蒸氣般的白濁煙霧，同時釋放出幾乎令鼻腔爲之燒灼的怪味以及「滋滋」的怪聲。

「好燙、好燙！我的臉燒起來了！」

一名番士扯下護手，另一人則是扯下護身防具。兩人的身體都開始溶化，而且持續溶解。戴護手的那名番士，連手腕都燒成赤紅。

「這、這是怎麼回事！」

「我的眼睛，我的眼睛看不見了！」

一名搔抓臉部的番士失去平衡，撞向窗框，發出一聲悲慘的叫喊後墜落。

「啊～～啊～～啊～～」

茂左右衛門持續呻吟，淚水和鼻涕直流，緊緊握住朱音的手。

面對眼前悲慘的景象，和村長一樣腿軟的朱音，發現了一件事。

——這臭味。

先前蓑吉全身沾滿某種臭味濃重，黏稠噁心的東西，皮膚泛紅剝落，就像溶解一般。

宗榮說過，那是怪物的唾液、垂涎，或是脾胃裡的酸水。

「圓秀大人，快離開那裡！」

圓秀原本錯愕地呆立原地，後來看那些番士鬆開手中的火槍，大吼大叫，他急忙往後倒退數步，跌坐在地。

現場突然籠罩在暗影下。有個巨大之物迅速靠向窗邊，遮擋了陽光。

朱音看見了。有一條像人的手臂那般粗的肉色帶子，舔向那些身上淋了酸水，慌亂地互相推擠的番士，將他們三、四個人綑成一束，全部一起捲走。

「哇——！」

就連平時勇猛的番士也顯得無比慌亂，有人抓著窗戶大叫，有人趴在地上想逃。火槍落地，脫下的防具仍發出「滋滋」的聲響，散發出的蒸氣嗆人。
陽光再次被遮蔽。
「危險，快逃！」
朱音竭盡全力大喊。番士一面叫喊，一面從窗邊逃脫。
那條肉色的帶子，發出宛如洗好的衣服砸向地面時的沉悶聲響，緊貼著窗框的一角。從下方的地面一路往上延伸而來。接著牠應該是一口氣將窗框往下扯。只見窗框就這樣輕鬆地被扯下，壁面破裂，才一眨眼的工夫，那一側的牆壁已有一半消失不見。
一陣風吹來。在那瞬間的寂靜下，傳來竹林喧鬧的聲音。
卡嚓。
朱音一時懷疑是自己看錯了。茂左右衛門閉上了眼。圓秀則是瞪大眼睛。
牆壁少了一半，形狀宛如浮在半空的靠窗走廊外緣，緊緊嵌著三根鉤爪。
是怪物的鉤爪。牠想爬上此處。
「可惡！臭妖怪！」
「把牠打下來，打下來！」
勇敢地與其對抗的數名番士，並非拿起火槍朝牠射擊，而是以槍托朝下方的怪物展開攻擊。
咆哮。朱音連耳腔內都在震動。面對那臭氣熏人的強風，番士忍不住別過臉。怪物的尾巴趁機橫向在空中畫出一道圓弧，朝他們襲來。
被橫向掃中後，番士全都應聲倒臥地面。朱音清楚聽見怪物的尾巴呼嘯而過的聲響。緊接著下個瞬間，那開雙叉的尾巴繞了一圈返回，撞向僅剩的牆壁，將它砸個粉碎。代官引以為傲的客廳，此刻像是艘殘破的遇難船，上頭開了個大洞，而且隨時都會傾倒。

沒錯，朱音感覺到了。並不是因爲她身體傾斜。而是房間整個往窗邊左傾。

「小、小、小台大人。」

圓秀爬了回來。他身後幾名倖存的番士，因受傷而呻吟。至於那名被燒灼得面目全非的番士，早已斷氣。

「我、我們快逃。到、到下面去。」

咚！另一邊的鉤爪嵌進地板，爲了重新抓緊而暫時移開。接著可能是承受不了怪物的重量，通道部分的地板整個脫落，發出一聲巨響，怪物也跟著墜落。倒臥前方的番士，以及數把已經沒用處的火槍，連同一起墜向地面。

地上傳來轟然巨響，怪物掉落地面。那劇烈的震動，令整座要塞再度隨之震動。傳來截至目前爲止最大的一次震動。

不光是這間客廳，整個要塞都開始傾斜。

「小台大人，村長，你們振作一點。我們要逃離這裡。得快點到下面去才行。」

這裡快崩塌了——圓秀道。一張毫無血色的臉，只有雙眼布滿血絲。

「以倒退的方式慢慢爬下樓梯，像小嬰兒一樣。要是站著走，下次再搖晃時……」

牆壁已消失不見，可以望見開闊的藍天。怪物凶猛、憤怒的咆哮聲傳遍四方，傳來不知已是第幾次的震動。

「有可能會被甩出去。來，我們走吧。」

朱音與圓秀兩人合力，七手八腳地扶起茂左右衛門。像感染瘧疾般不住發抖的村長，連要跪著起身都有困難。

「請振作一點。您看，番士還在外頭戰鬥。他們一定會收伏那隻妖怪。」

果然如同圓秀所言，突然傳來番士的叫聲，蓋過怪物的咆哮，聲勢未竭。不過，那不像是戰鬥時的吶喊聲，反而像是因恐懼而發出的尖叫。

「代、代官大人也是像那樣……」

茂左右衛垂淚道：

「當時他說了一句，『喝得眞痛快。』靠向窗邊，突然就被抓向空中。」

是怪物的尾巴，或是那條肉色的帶子──可能是怪物的舌頭。是被牠捲走，吞進肚裡，還是被拋向遠處？

「好在村長您平安無……」

話還沒說完，傳來一陣劇烈的搖晃。彷彿正下方有某個東西往上撞似的。客廳的榻榻米像變魔術一般往上彈起，地板正中央破了個大洞。同時房間繼續往一旁傾斜，好不容易微微站起的茂左右衛門被絆倒，仰躺在地。

整棟建築發出擠壓聲，彷彿發出慘叫一般。而且聲音愈來愈尖銳，宛如與之呼應，客廳也朝牆壁消失的那一側傾斜。

「村長！」

朱音和圓秀同時伸手，但慢了一步，沒能抓住茂左右衛門的手或衣袖。咚！這次明顯有某處損毀斷折。這座黑色的要塞承受不了劇烈的衝擊，認輸投降了。傾斜的情況猛然加劇，頭倒向另一側的村長，只能眼睜睜地滑向少了牆壁的那一側。他馬上抓住地上那個大洞的外緣，但他可能是被帶刺的木板裂痕刺中，鬆開了手。如此一來，可說是大勢已去，他瞪大眼睛、張大嘴巴，像人偶般被拋向半空。

朱音和圓秀若不抓緊身旁的東西，也會和茂左右衛門同樣下場。他們努力來到樓梯旁，和先前爬上樓梯時一樣，緊貼著樓梯，一階一階往下爬。

底下那一樓已不見半個人影。不知是怎樣造成，一根支撐地板的橫梁斷折，從地板上刺出。雖然沒聞到怪物吐出的酸水臭味，但溶化的武具和防具散落一地。

「這裡的人也都被怪物給……」

圓秀話說到一半，天花板突然掉落。是剛才兩人所在的客廳地板。朱音忍不住出聲尖叫，低著頭閉上眼睛，繼續順著樓梯往下爬。

咚！碰！持續搖晃。要塞內的擠壓情況愈來愈嚴重，外頭的番士怒罵聲，開始參雜了難以掩蓋的慘叫聲。

「那隻怪物想毀了要塞。」

「如此奸巧的妖怪，當眞是前所未聞，連故事書裡也不曾提過。」

此刻要塞劇烈搖晃，慘遭破壞，發出即將崩塌的嘎吱聲，不斷傾斜。

好不容易抵達地上一樓，來到寬敞的土間後，朱音和圓秀皆爲之腳軟。

牆壁全沒了。面向竹林那一側的要塞牆壁，被毀損得慘不忍睹，像硬生生被拆除似的。外頭的地面散落一地的箭矢，還有許多黑漬，應該是飛濺的血花。有幾名番士倒臥地上。

戰場似乎回到了面向竹林的要塞後方。地鳴聲、毆打聲、番士的叫喊聲、激烈的震動。接著又是怪物的咆哮。許多慘叫聲相互交疊傳來。好燙！好燙！呀，救命啊！

「圓秀大人，我們離開這裡吧，回名賀村去。」

趁番士還在和怪物交戰的時候。

「即使待在這裡，我們也幫不了忙。得趕緊回名賀村，通知村民此事。」

怪物吞食番士。如果牠最後真的將要塞夷爲平地，接下來就是名賀村了。感覺只是時間早晚的問題。

又有煤灰和塵埃飄落，天花板已岌岌可危。

「……是煙。」

因大受衝擊而顯得一副窩囊樣的圓秀，臉上閃過一絲緊張之色。

「小台大人，我聞到煙的氣味。」

朱音沒看到，也沒聞到氣味。她的鼻子已不管用，因爲到處都是怪物嘔吐物的腐臭味。

「有哪裡冒火了。會是廚房嗎？」

「先不管這個，我們快點到外頭去吧。」

當她轉身時，看到前方竄出火舌。

牆壁下方的地板有一條線，火勢順著那條線延燒。那正是朱音與圓秀逃離此地所要走的通道。

朱音終於也聞到了。那不是煙味，是油。有人灑油點火。多麼愚蠢啊。要是失火，人們就無處可逃了。

那沿著線燃起的火焰，捲起一陣微風，往牆上延燒。

「聽說這個要塞很耐火……」

圓秀慌張地說道，但其實不是這個意思。其實它並不耐火災，只是能抵擋外頭射來的火箭。要是從屋內著火，就和其他建築沒什麼兩樣。

轟。頓時燃起熊熊大火，阻擋了朱音他們的退路。熱氣迎面吹來。

「這、這下糟了！」

圓秀背過臉去，大聲叫道，不顧一切地從左手邊少了牆壁的地方逃向屋外。朱音也緊跟在後。

衝出一看，怪物與番士正展開激戰。而情勢已很明顯。

此刻還能站著應戰的番士，只剩寥寥數人，其餘皆已倒下。有的蹲在地上，有的被踩扁。即使全部算在內，人數也少了許多。不是被怪物吞進肚裡，就是被拋向他處。

朱音這才第一次望向怪物全身。

兩人站在怪物的正後方。他們張大著嘴抬頭看到一條高舉至他們頭頂，又長又強韌的尾巴。尾巴捲住兩名番士，將他們緊緊勒住。一人被纏住雙腳，整個人倒懸，無力地垂落雙手，在空中擺蕩。另一人則被捲住身體，但他同樣完全沒抵抗。此人望向朱音他們的方向，雙目圓睜，頭完全傾向右側，角度相當誇張——他脖子已經扭斷。

怪物的體型宛如一座小山。是隻身形緊實渾圓，大得讓人懷疑自己雙眼的怪異蜥蜴。

可能是注意到了朱音與圓秀，怪物轉頭望向他們。

牠全身渾圓，頭和身體一樣粗。頭和身體中間較細，所以勉強還能分辨。四隻腳都很短，各長著三根鉤爪的大腳，支撐著牠巨大的身體，但看起來就像是被壓在底下。

牠那身體是怎麼回事？覆滿堅硬的鱗片，鱗片在陽光下不斷變色。面向竹林的那半邊身體映照出竹林的顏色，而面向要塞的這半邊，則是映照出傾斜搖晃的黑色要塞燒板的顏色，黑得宛如煤炭。但這煤炭轉眼又變爲灰色，一會兒轉爲像青蛙皮膚般的綠色，一會又變回煤炭的黑色。在變化時，閃動著詭異的濡溼光澤。如果只看此時的情況，確實就像蓑吉所言，像極了蛇。

朱音以爲怪物轉頭望向他們。圓秀應該也這麼想。他們緩緩向後退步。

他們是根據什麼而認爲怪物轉頭？因爲看得到目前緊閉著的嘴巴。嘴巴寬度將近兩公尺長，像蜥蜴，像蛇，也像蟾蜍。嘴巴上方應該是鼻子。有個形狀塌扁，像腫包的突起，上頭有一對小孔。

但要斷定這就是「臉」，還少了個決定性的關鍵。

那就是眼睛。這怪物沒有眼珠，也沒有眼窩。連故事書裡提到的獨眼妖怪那樣都不是。牠根本沒有眼睛。

——這不是一般的生物。

朱音無法動彈，甚至忘了眨眼，如此暗忖。

這是某種東西的化身。是穢物、邪氣，以及惡意所凝聚而成。

——這是何等不幸，何等不吉利啊。

你有名字嗎？你和其他生物一樣擁有「生命」嗎？

無法出聲的朱音在心裡吶喊。而那怪物彷彿要回答她的詢問般，緩緩張嘴，冒出一排原本收在牠血盆大口裡的森森利牙，同時也看得到那肉色的可怕舌頭隆起。

像犬齒般銳利的牙齒間，夾雜著各種東西。有人肉的碎片、破布、斷箭。

番士在怪物的另一側放箭，箭已快要用盡。兩、三支箭飛來，射中怪物的頭部和喉嚨，傷不了牠分毫，像飛蟻般空虛地落地。

在牠面前，弓箭和火槍都派不上用場。那不知道是鱗片，還是皮膚，形成怪物的盔甲，完全傷不了牠。當大喊著瞄準眼睛射擊的番士明白根本找不到妖怪眼睛時，不知會有多驚訝。

一名番士大喝一聲，拔出大刀砍向怪物。他的護肩脫落、護腿溶解，小腿的皮膚剝落，渾身是血。

怪物轉頭望向他，肉色的舌頭彈出，那名朝牠撲來的番士頓時像玩具般彈飛。怪物順勢捲起其他番士，往竹林的前方拋出。

接著頭頂傳來激烈的破壞聲。怪物的尾巴將捲起的兩名番士，朝要塞三樓的牆壁重重砸去，像人們握拳打向牆壁一樣。原本就已少了燒板牆壁的三樓，經不起衝擊，一大半碎成了木屑。

牠甩動尾巴。再次看見時，捲住的兩名番士已經消失無蹤。怪物開雙叉的尾巴前端就像人們用手握住物品般，握住三樓地板剩餘的部分，將整個建築往下拉。

要塞一陣搖晃。如同人搖搖晃晃，橫向倒臥一般。倒在瞭望臺上的番士屍體以及殘缺的屍塊，紛紛掉落。幾乎同一時間，往建築內延燒的火勢因此找到出口，火舌瞬間往外竄。

「要塌了！」

圓秀大叫，一把抓住朱音的手臂，往反方向逃。

在起火的同時，瓦礫不斷落下。朱音視線緊盯著塌毀的要塞。要塞起火燃燒，柱子、屋頂、橫梁、地板，紛紛朝怪物身上倒落。請就這樣將牠活埋吧。將那隻怪物壓垮！

緊接著下個瞬間，又發生了令人難以置信的事。怪物以眼睛跟不上的速度收起舌頭，捲起尾巴，收進兩隻後腳中間，並折起四隻腳。朱音只能想到用「折起」來加以形容。與牠巨大的身軀相比，雖然略嫌小了點，不過那是帶有鉤爪的腳，相當強健，但現在緊貼著怪物的腹部，完全看不見。

怪物此時的模樣，就像一隻又大又粗的蛇，或是水蛭。牠翻動黏滑的身軀，無比狡猾地從即將塌落的要塞瓦礫中閃過。
一陣地鳴聲傳來，要塞徹底倒塌。
怪物消失無蹤。牠又改變身體顏色了。竹林一陣騷動，竹子嚴重彎曲。到處傳來馬匹的尖聲嘶鳴。馬匹之所以逃離馬廄，是因爲看到火光感到害怕。
圓秀拉著朱音的手臂，在背後推著她。當她回過神來，才發現自己在奔跑。他們已衝出圍牆外，來到森林的小路上。這身穿不慣的禮服感覺好沉重。下襬纏住雙腳。一臉僵硬的表情逃離要塞的圓秀，一直沒鬆開朱音的手。朱音跟不上他的速度。
「等、等一下！」
她如此叫喊，跌了一跤。腳踝一陣疼痛。
圓秀扶她起身。背後兩、三度傳來怪物的咆哮聲，還有濃煙和熱氣。
「那、那傢伙跑哪兒去了？」
圓秀語帶顫抖地說道，眼神仍游移不定。
「牠明明沒有眼珠，是怎樣看清楚四周的？」
再次傳來咆哮聲，逐漸接近中。牠在追趕朱音他們。是靠氣味，還是聲音？還是說，牠能以人們無法想像的特殊構造，來「看」周遭的事物？
「小台大人，牠的動作很快。我們要逃命一定來不及。不如躲進森林裡吧。」
朱音跑得上氣不接下氣，強忍著扭傷的腳踝疼痛，開始俐落地解開衣帶。
「您、您這是幹什麼？」
「這種禮服很礙事。」

朱音脫下衣帶和窄袖和服後，圓秀也像想到什麼似的，撩起衣服的下襬，塞起衣帶裡，轉身背對朱音。

「小台大人，請讓我背您。」

「不，我沒關係。」

怪物再度放聲長嚎。這時，某處微微傳來「朱音大人」的呼叫聲。朱音爲之一驚，豎耳細聽。

「對了，爬到樹上吧。」圓秀面露喜色，「小台大人，您爬過樹嗎？」

「小、小時候很擅長。」

「好，那我們爬到樹上去躲那隻怪物吧。」

那座黑色要塞威武的怪異模樣已經消失。升起的黑煙中摻著火粉。

又傳來一聲「朱音大人！」的叫喚。不是自己聽錯。朱音環視四周，但圓秀用力拉著她的手臂。

「來，請站起來。往這邊走！」

朱音被圓秀拖著走，走進森林裡，找尋合適的樹木，但是當她伸手搭向那布滿裂痕的樹幹，仰望那怎樣踮腳也搆不著的樹枝時，朱音因絕望而眼前爲之一黑。我辦不到。我已經不是昔日身手矯健的小孩了。我爬不上去。

「圓秀大人，我就躲在底下的草叢裡。您自己爬樹吧。」

像在嘲笑朱音般，一股滿含熱氣和腐臭味的強風吹來，吹倒地上的草叢。

「沒用的。不管躲在哪兒，只要是待在地上，馬上會被發現。」

圓秀就像馬廄裡那些慌亂的馬兒一樣，不斷在原地踏步，環視四周。接著……

「喔，那是……」

他發出一聲驚呼後往前衝，朝和緩的斜坡上奔去。接著又發出「噢～～噢～～」的叫聲，再度跑了回來。

「小台大人，那裡有一口井。它非常深，不過裡頭有很多石頭。」

我們去躲那兒吧——圓秀拉起朱音。他們踉踉蹌蹌地跑向前，圓秀所指的方向，確實有一口以圓石圍成的古井。圓石之間的縫隙長滿雜草，青苔密布。腐爛的木頭蓋子就擺在一旁。應該是圓秀移開的。

「要、要躲這種地方？」

往裡頭窺望後發現，裡頭有許多大小和嬰兒的頭部一樣大的石頭和土塊層層堆疊。裡頭的水已完全乾涸，是一口荒廢的枯井。

「要怎麼躲？」

「請解開衣帶，然後用它纏住您的身體。」

朱音依言而行，圓秀握住堅韌又有彈性的絲質衣帶的一角，走向附近的樹木，纏向跟成人的身軀一樣粗的樹幹，牢牢打了個結。衣帶長長地垂落在樹幹與朱音之間。圓秀拉住衣帶，朝手掌纏上數圈後緊緊握住。

「我會緊緊拉住。」

「可是圓秀大人，那您呢？」

「我會爬到樹上。小台大人，請動作快！」

沒傳來怪物的聲音，也感覺不到牠的氣息，但這樣反而更可怕。

脫去鞋子、白布襪，光著赤腳，朱音雙手握住衣帶，往井底垂吊。微微聞到一股霉味。

「不用完全降到井底沒關係。」

因爲正在施力，所以圓秀似乎緊緊咬著牙，聲音略顯沙啞。

以他畫師的身分，平時應該沒做過需要出力的工作。不過他的決定一點都沒錯。衣帶慢慢往前放，支撐著用赤腳的趾尖貼向水井的牆面緩緩往下降的朱音。

「小台大人，衣帶已經拉到底了。您到井底了嗎？」

應該降了約兩層樓的高度。趾尖勉強可碰觸到井底疊最高的一塊大石頭。頭頂可望見呈圓形的藍天。

「還沒。」朱音朗聲應道，「不過可以這樣吊著。圓秀大人，您也快找地方躲起來！」

「我明白了。小台大人，您要堅強一點。我們一定能平安逃離這裡！」

留下這聲與現場氣氛迥異的開朗叫喚後，圓秀沒再出聲。

朱音獨自躲在古井裡呈筒狀的幽暗中，她極力想放慢呼吸。緊緊勒住她胸部和腹部的衣帶，因爲自身的重量而愈勒愈緊。她呼吸變得又急又快。恐懼也起了推波助瀾的效果。好痛苦。腦袋逐漸空白，眼前一片模糊。

淚水突然盈滿眼眶。她想到了溜家的眾人。阿千、老爺子、加介、宗榮，還有蓑吉。眞的有那隻怪物，那孩子說的是眞話……

淚水撲簌而下，她逐漸失去意識。

蓑吉和宗榮正好從朱音和圓秀所在位置的另一側來到要塞。有一扇通往圍牆內的的簡陋木門，平時應該有人看守，但此刻空無一人。非但如此，木門還完全敞開。兩人暫時躲在木門後。圍牆內無比喧鬧，除了人們的叫喊聲外，還參雜了馬匹的嘶鳴聲以及馬蹄聲。

「就是牠嗎？」宗榮低語道。

蓑吉第一次在大太陽底下清楚目睹怪物的全貌。那模樣，那大小，還有那身體的顏色，都與蓑吉記憶中的怪物不同。不過牠的動作，與蓑吉前往小平良山那晚所遭遇的不祥之物完全吻合。強韌的身體，軟硬兼具。沉重的身軀，外表黏滑，行動迅速。

巨大的身體，還有幾乎和身體一樣粗的醜陋頭部。叼著獵物，讓人聯想到捕獸夾的大嘴。雖然牠的體型大得離譜，但長得很像蜥蜴和蟾蜍。四隻腳的形狀，與躲在溼暗處迅速逃離的蜥蜴一模一樣。

蓑吉在暗夜中誤看成蛇的，是怪物身上的兩個部分。一是前端開雙叉的長尾巴。二是又寬又厚的長舌頭。

蓑吉用全身去回想。我被牠的舌頭捲進肚子裡。那溼滑的感覺，是怪物的舌頭。被一口吞下的剎那所看到的黑暗，是因爲進了怪物的胃。

「那傢伙身體會變色。」

怪物的皮膚要是靠近四周全是燒板的要塞，就會變黑，如果是在地面，則會變成土灰色，不斷變色，然後又恢復原狀。

唯一不變的，只有從牠張開的血盆大口中冒出，宛如另一種生物般動個不停的舌頭所呈現的暗紅肉色。

怪物露出舌頭的顏色後，發出咆哮。

要塞的番士正勇猛地與怪物搏鬥。戍守國境，直屬曾谷彈正的精銳部隊。面對會讓人懷疑自己眼花，甚至懷疑是自己精神錯亂的可怕怪物，他們毫不畏懼。個個張弓射箭，持槍突刺，揮刀斬落。頭頂持續傳來「砰砰」的聲響。是火槍。鐵砲隊在瞭望臺底下那層樓一字排開，彈如雨下地展開射擊。

但對牠不管用。箭矢全都被彈開。刀槍完全無法傷及怪物的皮膚。朝牠展開攻擊的番士不是馬上被吞食，便是被舌頭或尾巴拋出，或是被長有銳利鉤爪的腳給踩扁。

怪物不時會做出奇怪的動作。牠以堅硬的頭部撞擊，或是後腳往後踢，有時則是前腳橫向掃出，攻擊要塞二樓的高處。每次燒板都會破裂，接著在牠的攻擊下，地板脫落，連屋柱和橫梁也爲之斷折。

「宗榮大人，那傢伙想弄垮要塞。」

「那頭野獸是故意的？」

「嗯。」

怎麼會有這種事——宗榮沒這麼說。不管這隻怪物做什麼，他已經都不會感到驚訝了。

「朱音大人應該還在要塞裡。我們上，蓑吉。後門在那裡。」

宗榮所指的角落，是這座陽剛的建築中唯一帶有生活味的地方，疊了許多木桶，晾著幾件衣服，還掛了幾件蓑衣。

「喂，朱音大人，您沒事吧？朱音大人！」

宗榮朗聲叫喚，兩人奔跑時，腳下的地面不住搖晃。番士的怒吼聲中夾雜著慘叫。要塞在搖晃。

一次又一次。衝擊和震動。仰頭望向頭頂的蓑吉，看見黑色的瞭望臺像在鞠躬般，往對面那側傾斜。

傳來更大的破壞聲和番士的叫喊聲。宗榮和蓑吉都護著頭當場蹲下。

傳來番士的慘叫，當中參雜了難以形容的痛苦與恐懼。

「好燙、好燙！」

「他們怎麼會一直喊好燙？到底在吵些什麼？」

剛才的那一擊，使得要塞嚴重傾斜。不知是馬廄受到波及，還是馬匹因恐懼失控，踢破柵欄，牠們發出激昂的馬蹄聲，四處逃散。有些馬還拖著尚未裝設好的馬鞍和馬鐙。有的馬就像瞎了一樣，撞向外牆，有的繞著建築外圍逃向正門口，衝出木門，有的則是輕鬆地躍過圍牆。當中有幾匹從蹲在地上的宗榮與蓑吉身旁奔過。

「那傢伙好像不會吃馬。」

「吃人比較輕鬆。」

許多深山裡的野獸就是在明白這點後，才開始襲擊人類。爺爺曾經這樣告訴過蓑吉。人的動作比馬和鹿都來得慢。無法以強健的腳和蹄來踢擊抵抗，也無法像野兔那樣躲進洞裡，甚至不會張口咬，可以輕鬆捕獲。而且肉質軟嫩，肚裡裝滿了內臟，吃起來很有分量。

「喂，有人在嗎？」

突然傳來這聲叫喊，蹲在地上的蓑吉和宗榮面面相覷。咚！劇烈的地震，持續傳來不祥的尖銳聲響。

「有人在嗎？快放我出去啊。」

宗榮迅速站起身，一面環視四周，一面大聲回應，「你在哪兒？」

「我在這兒，快放我出去。」

對方扯開嗓門叫喊，但聲音很沙啞。那含糊的聲音，從腳下傳來。

「宗榮大人，在木桶後面！」

疊成三層的木桶後方，有個通風用的小格子窗，從那裡伸出兩根手指。

「在這裡，我在這裡。」

是個像在哭泣般的男人聲音。蓑吉爲之一驚。他曾經聽過這個聲音。

「你那裡是哪個房間？」

「廚房裡頭的置物間。」

「你是善藏先生嗎？是善藏先生，對吧？」

男子沉默了片刻，接著聲音轉爲激昂，「你是蓑吉嗎？」

「嗯！我馬上就救你出來！」

從後門衝進後，有四、五名身穿紅褐色和藍色農作服的男子，個個臉色慘白，一臉驚訝地轉過頭來。宗榮拔出腰間的短刀，喝斥他們：

「待在這裡會被吃掉。別再拖拖拉拉，快逃往森林！」

這群穿農作服的男子，應該是要塞裡的傭人。他們可能是想用火驅趕怪物，湊來了火把、成綑的木柴、燭臺，全是些易燃物。當中可能也有廚師，一名男子手中握著菜刀。

「想去爲番士助陣嗎？很遺憾，這些東西完全不管用。」

這時整棟建築一陣搖晃擠壓，聲音蓋過宗榮的斥喝。原本就已嚇得面色如土的男子，這時更顯怯縮。

蓑吉道，「從後面的木門逃往森林就行了。剛才有好多匹馬逃了出去。」

「置物間在哪兒？」

宗榮亮出短刀加以威嚇。一名男子指著後方應道，「在、在這裡頭。」宗榮和蓑吉衝進後方。要塞又是一陣搖晃，穿農作服的男子哭喊著逃了出去。

這處置物間是糧食庫，同時也是存放廚房道具的倉庫。裡頭塞滿了木盒、以草蓆包覆的草包、米袋、土甕。

「善藏先生，你在哪兒？」

「在這裡，這裡！」

在堆疊的米袋後方。兩人合力取下米袋後發現，有個可以蹲身走進的格子門。前方可以看見人的身影。沒錯，是仁谷村的善藏。他們夫妻倆合力耕種藥草田。

「來，快點。」

善藏爬行著露出半邊身子。並不是入口太低的緣故，而是因爲他無法馬上站起身，這點蓑吉也明白。他太過虛弱。全身沾滿風乾後布滿裂痕的泥巴，身上滿是擦傷和瘀青，衣服破爛，沾滿血漬。善藏憔悴枯瘦，臉色蒼白，模樣猶如妖怪。

「我、我老婆也在。」

「是阿苑阿姨嗎？」

蓑吉也知道。每到豌豆收成的季節，這位阿姨總會把豌豆混進雜穀裡，灑上鹽，炊煮出好吃的豆飯。

「阿苑阿姨也平安無事嗎？阿苑阿姨，我是蓑吉！」

沒有回應。善藏那瘦得宛如骷髏的臉龐爲之扭曲，眨了眨充血的眼睛。

「我老婆死了。」

善藏和妻子的屍體一起被關在這裡。

「總之，請快點離開這裡。尊夫人也一起帶走吧。」

宗榮在一旁幫忙，合力將他們兩人拉出置物間。蓑吉讓善藏扶他肩膀，宗榮則是扛起阿苑的屍體，返回廚房。那群穿農作服的男子早已逃散。

在救人的這段時間，要塞一直劇烈搖晃，頭頂不斷有木片和灰泥的碎片掉落。當震動變得更加激烈時，要塞發出啪嚓啪嚓的聲響，好像是某處天花板崩塌。

塵埃整個從頭頂落向全身，宗榮沉聲低吟，「蓑吉，你說得沒錯。那傢伙打算毀了要塞。」

「武士大人，謝謝您。」

善藏伸出骨瘦如柴的雙臂。

「我老婆由我來抱。」

宗榮見善藏自己一個人連站立都有困難，一時爲之躊躇，但還是將阿苑的遺體交給了善藏。善藏接過妻子的遺體後，抱著她當場坐了下來。

「好，蓑吉，你和他們一起逃到外面。然後躲在剛才的木門那邊等我。我去找朱音大人。」

「宗榮大人，在這種混亂的情況下，朱音大人或許早逃到外面去了。」

「眞是那樣就好了。」

兩人交談時，要塞一陣搖曳。從廚房往內走的宗榮，旋即又折返。

「可惡，樓上的天花板榻落，堵住了通道。我去找其他入口。蓑吉，快點到外面去。這裡也很危險。」

「嗯。」

朱音大人，朱音大人！宗榮肆無忌憚地放聲叫喚，逐漸遠去。蓑吉就像想起什麼似的，一陣哆嗦，接著要塞也發出擠壓的悲鳴聲，劇烈震動。

正因爲保住性命，所以在身上的傷痛以及被囚禁時的飢渴雙重折磨下，善藏的模樣慘不忍睹。但阿苑的死狀更是淒慘。身體有一半燒灼潰爛，皮肉溶解。最嚴重的是臉到胸部一帶，要不是蓑吉和阿苑很熟，或許會認不出她來。嘴巴左側的肉溶解，露出齒列。

「善藏先生……」

蓑吉拉著善藏的衣袖。

「我們到外頭去吧。這座要塞就快塌了。」

善藏露出意想不到的溫柔笑容，望向蓑吉。

「你撿回了一命呢。眞是個堅強的孩子。源爺人呢？」

蓑吉不發一語地搖了搖頭。善藏收起臉上的笑，「這樣啊。不過，你能保住一命，就是對你爺爺最大的孝行了。」

蓑吉強忍心中湧現的悲傷情緒，「嗯。」

善藏抱著手中的屍體，由下往上望向蓑吉。

「你和村裡的誰一起嗎？」

「就我一個人。在逃亡的途中遇上伍助先生，但後來走散了。」

「像他那樣的醉鬼，是死是活不重要。蓑吉，那位武士是什麼人啊？」

問完後，還不等蓑吉回覆，善藏接著說，「是永津野的人，對吧？」

「嗯，是他救了我。」

說完後，蓑吉也發現了一件很重要的事，「善藏先生，這裡只有你和阿苑阿姨兩個人嗎？還有其他人嗎？」

沒有——善藏應道。那是宛如低吟般的聲音。空洞的眼瞳，彷彿會透氣似的，暗藏寒光。

「大家都死了。被帶來這裡時，我家的阿苑、多平、次郎吉爺爺，還有阿清，都還勉強保住一命。」

善藏陸續說出村民的名字。

「大家都因為那隻妖怪而受傷，慘不忍睹。阿清被咬去一隻手臂。」

但永津野這座要塞的惡鬼們……

「將我們囚禁。非但沒替我們治療，連水和食物也不給。我喊破喉嚨，一再告訴他們仁谷村被妖怪襲擊，我們拚了命逃來這裡，他們也都不當一回事。只會一再責問我們，對我說，『胡說八道，你們為何跨越國界到這裡來？你們是什麼人？有什麼企圖？』」

善藏開始簌簌發抖，淚如雨下，將阿苑摟得更緊。屍體早已開始腐爛，善藏那指節粗大的手指嵌進皮膚裡，皮膚凹陷，幾欲破裂。

要塞又開始搖晃，外頭傳來的怪物咆哮愈來愈大聲。番士被牠所震懾，已發不出原先的勇猛吆喝。

「善藏先生。」蓑吉為之無言。

善藏搖搖晃晃地抱著阿苑站起身。從糧食庫來到廚房的寬敞處。善藏的目光望向前方。緊盯著某一點。

從頭上掉落的碎片，已從原先的塵埃變成大木片、灰泥、牆壁的土塊。現在可是分秒必爭啊。蓑吉從門口探頭，觀察外頭的情形。在這短暫的瞬間，目光從善藏身上移開。

「蓑吉，真的就你一個人？」

蓑吉因聲音而回頭，發現善藏腋下夾著阿苑的屍體，手中握著原本擺在廚房檯面上的菜刀。

「善、善藏先生。」

「永津野的人不能信任。」

「可是他們……」

「你去吧，蓑吉。要好好保重。」善藏以菜刀前端對著蓑吉，「我要留在這裡大幹一場，好告慰我老婆和村裡的人們。」

這樣正好——他環視四周的物品，如此說道。是那些身穿農作服的男子湊齊的易燃物。

「那隻妖怪，我這次一定要燒死牠。順便拿牛頭馬面當墊背。」

憎恨和憤怒奪走善藏的理智，他已完全變了個人。

「我要收拾妖怪，順便毀了永津野的要塞！」

「善藏先生，太勉強了，別這麼做！」

「你走吧！你要是阻止我，那你也是牛頭馬面的同夥，蓑吉！」

他揮舞著菜刀，蓑吉禁不住往後退，一時沒踩好廚房門口的門檻，跌了一跤。待他跳起身時，破裂的天花板紛紛掉落在面前，差點堵住門口。

「善藏先生！」

地面搖晃。要塞明顯倒向另一側，屋頂少了一大半。

那是令人難以置信的畫面，宛如一場噩夢。

「蓑吉！」

是宗榮的聲音。仔細一看，他肩上扛著一人。是名身穿禮服的男子。雙手雙腳皆無力地垂落，衣服也處處破損。

「宗榮大人，他是……」

「是名賀村的村長。」

宗榮原本背後的鋤頭已遺失，短刀插在腰間。全身沾滿塵埃，空著的雙手沾滿鮮血。

「他卡在樹枝上。傷得很重，但還有一口氣在。」

「朱音大人呢？」

「沒看到。已經無法從那一側進入要塞內。那裡屍橫遍野。」

一聲高亢的怪物咆哮。兩人不禁蜷縮起身子，緊接著下個瞬間，伴隨著劇烈的破壞聲，要塞完全彎折，從頂端開始崩塌，並竄出火舌。

「怎麼會這樣！爲什麼會有火？」

宗榮化爲慘白的臉龐嚴重歪斜，蓑吉差點哭了起來。

「善藏先生說這次一定要燒死那隻怪物，還說要拿牛頭馬面當墊背。」

「眞是愚蠢至極。」

宗榮搖著頭，背起村長。

「蓑吉，我們先逃離這裡再說吧。」

蓑吉站起身，兩人一前一後朝木門奔去。這時，背後吹來一股腥臭的強風，抓住兩人的腳下，像捲走樹葉般，輕鬆將他們捲離地面，吹了約有四公尺遠。

宗榮為了保護背後的村長，迎面落向地面。身體較輕的蓑吉則是被吹得更遠，他縮起身子，很快便重新站起。

接著看到難以置信的一幕。

是那隻怪物。剛才那陣風是牠呼出的鼻息。牠已逼近到四公尺的距離。

「宗、宗榮大人。」

蓑吉被怪物所震懾，手腳石化，無法動彈。宗榮呻吟著坐起身，一個轉頭，便知道自己身陷危機。

「……蓑吉，離我遠一點。」

「可、可是……」

「坐在地上往後挪，慢慢離開。」

怪物轉頭面向他們。因為上頭有一張大嘴，所以這應該是牠的「臉」，但這傢伙實在很怪異。

「宗榮大人，這傢伙沒有眼睛！」

宗榮扶起昏厥的村長，自己也坐起身，但並不打算站起。

「嗯，好像是這樣沒錯。」

換言之，牠不是正常的生物——宗榮說。那是恍如曉悟一切，也像是放棄一切的平靜口吻。

怪物「注視」著蓑吉和宗榮。牠那又大又難看的頭側向一旁。牠的尾巴到底是垂放，還是捲起，從這個位置看不到。牠的舌頭也已收進嘴裡。

這咕嚕咕嚕的聲音是什麼？

是怪物的肚子發出聲響，還是喉嚨？就像醬油桶裡頭裝著溼答答的東西，在滾動時發出的聲響。經這麼一提才想到，比起先前在山裡睡覺打鼾時，這傢伙的肚子變得更圓了。因爲吃太多而腹部鼓脹，感覺就快要迸裂開來。

怪物的頭側向另一邊。像是思考著要如何吃眼前的獵物，或是以怎樣的順序來吃。

聲響愈來愈大。喉嚨——頭部連接身體的一處較爲窄細的部位上下起伏。

牠張開嘴，冒出舌頭。蓑吉停止後退，全身僵硬。

他看見怪物肉色的口腔。裡頭是整排的牙齒，鼓起的舌頭發出溼滑的亮光。

今天早上離開溜家到現在，他看到了許多一輩子都無法相信的事，但似乎還沒結束。錯愕無語的蓑吉，以及抱著村長、全身沾滿塵埃坐在地上的宗榮，目睹怪物在他們面前嘔吐。牠嘴巴一張一合，喉嚨和腹部上下起伏，嘔出腹中的東西。

那強烈的惡臭，令蓑吉差點也跟著作嘔。熏人的惡臭，教人連眼睛都睜不開。儘管捏住鼻子用嘴巴呼吸，那臭氣還是會化爲味道，跑進喉嚨裡。

怪物鼓脹的腹部逐漸凹陷。嘔出的東西堆成一座小山。

全都是人。有身穿武具和防具的番士、穿農作服的男人。有的身體完好，有的只有上半截身體。或者是一隻腳，一隻手。屍體以及屍體的碎片。每個外觀都溶成泥狀，沾滿黏稠的臭水。

「蓑吉，看來你也是這樣被牠吐出來的。」

在完全溶化前被吐出，當眞走運。

「當這傢伙吃太多而肚子發脹時，會這樣把肚子清空。」

太卑鄙了，宗榮咒罵道：

「話說回來，連護身防具和鎖子甲也一起吞進肚裡，難怪會覺得不舒服，臭妖怪。」

你說什麼啊，宗榮大人。

「這種幸運或許不會再有第二次。蓑吉，你快離我遠一點。」

「宗、宗榮大人，你打算怎麼做？」

「我會想辦法的。」

宗榮講得一派輕鬆，像是要修理漏水問題似的，緩緩立起單膝。眼睛緊盯著怪物，讓全身癱軟的村長躺在地上後，跨過他的身體，往前走去。

怪物可能是腹中的東西已全部嘔出，像要打嗝似地張大嘴巴，發出「咕～～」的聲響。接著抬起頭，轉向宗榮。由於牠沒眼睛，所以不知道在看哪裡。也許牠鼻尖朝向宗榮，但其實是想吃掉蓑吉。即使牠待在原地不動，在這樣的近距離下，只要伸出長舌頭，還是可以輕鬆捲住他。

蓑吉再度坐在地上微微往後挪動。傳來怪物喉嚨發出的鳴響。

宗榮站起身弓著背，雙腳踩穩地面，手按住短刀刀柄，擺好架勢。

「——蓑吉。」

蓑吉喉嚨乾渴，一時發不出聲音，只能點頭。

「我數到三後，你馬上站起身逃走。不可以回頭，要一路往前衝。」

「啊……是。」

「要開始嘍。一。」

怪物的頭往右傾。
「二。」
怪物從鼻子呼出氣息，發出充滿溼氣的聲音。
「三！」
蓑吉一躍而起，轉身便逃。宗榮拔出短刀，朝怪物衝去。
怪物厲聲咆哮。在那股臭氣的強力勁道下，宗榮被往回推，不自主地往後踮了幾步。這時怪物的舌頭朝他伸來。又粗又厚，鬆弛的部分看起來就像一般的肉塊，但動作卻像蛇一樣迅速，而且就像看準目標擊出的一鞭，準確無比。以疾風迅雷之速纏住宗榮的身體，一圈又一圈勒緊後，高舉過頂。
宗榮的雙腳在空中不住揮動。
「喝！」
隨著一身吆喝，宗榮手中的白刃往下一揮，斬向怪物的舌頭。想將捲住他身體的部分，從長長的舌頭上斬斷。接著又砍了兩刀，怪物發出一聲慘叫，鮮血從傷口迸發。
因那聲慘叫，蓑吉忍不住回頭望。怪物的血濺往他臉上，他不禁抬起手抵擋，跌了一跤。
「宗、宗榮大人！」
宗榮被抬至半空，全身之力全貫注在手臂上，死命地舉刀斬落。多驚人的鬥志啊。他被勒得那麼緊，想必連呼吸都有困難，但雙手的動作卻不曾減緩。他一砍再砍，每次傷口加深，怪物就會因痛苦和憤怒而扭動身軀，不住跺腳，鮮血噴飛，血如雨下。
怪物在流血。牠也是血肉之軀，並非無懈可擊。用力砍一樣會流血。

「宗榮大人，加油！切得斷，可以切斷它！」

怪物的舌頭有三分之一被切斷，這部分已失去力氣。宗榮的身體因此垂落，來到離地將近兩公尺的高度。

「臭妖怪，吃我這招！」

宗榮砍出強而力有力的一刀，怪物縱聲咆哮。

成功了！就在蓑吉站起身的瞬間，怪物一陣蹬地，巨大的頭部猛力一甩，宗榮飛過牠的身體，被甩向後方。在這股幾乎要引來強風的勁道下，怪物的舌頭從宗榮砍出的傷口處裂成兩半。而宗榮也連同那緊緊纏住他的怪物舌頭，一同被拋向遠方。

竟然會有這種事！蓑吉站在原處動彈不得。這傢伙居然自己扯斷了舌頭。

怪物捲起舌頭收進口中。儘管如此，血還是不停從牠嘴邊淌落。牠喉嚨發出聲響。這次不是喘息聲，而是猶如遠處打雷般的隆隆聲。

啪嚓。怪物往前跨出前腳，朝蓑吉靠近一步。像丟紙團般往後拋出的宗榮，已被牠忘了嗎？牠鼻孔抽動，嗅聞蓑吉的氣味。

啪嚓。又往前跨出一步。粗大的鉤爪。牠的鉤爪前方，是宗榮剛才救出的名賀村村長，正躺在地上昏迷不醒。怪物的鮮血也飛濺在村長的衣服上。

——再這樣下去，他會被踩扁的。

蓑吉雙手雙腳撐向地面，短暫地緊閉雙眼後，下定決心，站起身。他舉起雙手走向前。第一步走得有點踉蹌，但第二步就站穩了腳步。

「喂，這邊，這邊。」

他揮動雙手，一面移向左方，一面緩緩後退。

「在這邊。大塊頭，我在這邊。」

光靠人聲似乎不夠。他舉起手在頭頂上方拍掌作響。

怪物改變方向。牠的鼻孔像很飢餓般，不住抽動。好，很好。

「我在這裡。過來我這邊。」

怪物跟著蓑吉的聲音走，開始追起蓑吉。鮮血從牠嘴角淌落，鮮紅的血液染黑了地面。

「清空肚子後，又餓了，是吧？你眞是個大笨蛋。」

蓑吉持續後退，怪物緊跟著蓑吉的動作。牠的注意力沒放在村長身上，牠身體朝的方向已完全偏離村長。很好，非常好。

「想吃我，是嗎？舌頭很痛吧？這樣還是想吃嗎？你這個貪吃鬼。只要有食物就想吃，是吧。伍助先生只要有酒就非得喝個精光才過癮，你和他一個樣。」

儘管害怕得發抖，但蓑吉還是不斷出聲叫喚。

「你到底是怎樣的野獸？像你這種卑鄙的貪吃鬼，不可能會是山神。你到底是哪來的！」

要一直後退並不容易。蓑吉被小石子絆到，一陣踉蹌。怪物一步步與他縮短距離。那宛如小山般的巨大身體後方，一條長長的尾巴緩緩抬起。

因爲舌頭疼痛無法使用，所以想用尾巴把我捲起，是嗎？捲起之後，再張開大嘴，送入口中，就此結束這一切。這次我肯定難逃一死。

好運不會接連發生，但蓑吉仍持續後退，他別無他法。

怪物的尾巴高舉至頭頂。開雙叉的前端，已鎖定蓑吉。

完了。蓑吉雙膝打顫，當場一屁股跌坐地上。

怪物的腳也停止前進，只有尾巴緩緩在頭頂上方搖晃。

這時。

「噗～～」

是鼻子的呼氣聲。就在蓑吉身後。噗～～又傳來這個聲音。那不是怪物，這個呼氣聲比怪物的小多了。

蓑吉害怕從怪物身上移開目光。但看不到身後到底有什麼，同樣令他害怕。

兩者都讓他害怕得不敢動彈，甚至不敢眨眼。眼中噙滿淚水。

「噗～～」

接著傳來馬蹄聲，不斷向他靠近。他感覺到了，這是……馬。

蓑吉正要轉頭時，那匹馬一口咬住蓑吉後方衣領，一把將他提了起來。他差點身子往後倒。這時，那匹馬鬆開口，又發出「噗～～」的鼻息，長長的馬面朝他的頭撞了一下。

蓑吉惴惴不安地抬眼而視。一匹紅棕毛色的馬，正緊挨著他身後。

應該是從要塞馬廄裡逃出的馬吧。沒佩戴馬鞍和馬鐙，全身光澤油亮好看。

——明明會被吃掉，你爲什麼還待在這兒？

那匹馬俯視著他。額頭上有一顆形狀像花朵的白星，相當特別。人與馬四目交接。馬兒溫柔地眨眨眼。

這匹馬不怕怪物嗎？

馬微微發出一聲嘶鳴，點了點頭，再度咬向蓑吉後方的衣領，想拉蓑吉遠離那隻怪物。感覺像是在叫蓑吉「站起來」。牠不斷甩著尾巴。

怪物突然停止動作。牠的頭、腳、尾巴都靜止不動。只有鼻孔不住嗅聞，喉嚨也不再發出聲響。

棕馬拉扯著蓑吉的衣領，衣服幾乎都快被牠給扯脫了。蓑吉像被吊起來似地站起身。

「嘶～～」

馬兒放開蓑吉，發出一陣嘶鳴。聲音並不凶猛。感覺是在催促蓑吉快點行動，彷彿說，「我們走吧。」

怪物猛然頭往後縮。

那不是準備飛撲而來，一口咬住的預備動作。牠像隻打架落敗的狗，低垂著頭。而更令人難以置信的，是牠巨大的身軀也顯得退縮。看起來像是小心，也像是提防，甚至像是害怕。

蓑吉注視著怪物，湊向那匹棕馬，環住牠的脖子。傳來馬的體溫。牠的鼻息呼向蓑吉的臉頰。

「吼～～」

怪物從鼻孔猛力呼氣，縮起凶惡的鉤爪，折起牠的四隻腳，緊貼著身體，接著他轉身揚起一陣塵土，像一條又重又沉的巨蛇般，扭動著身軀，開始轉頭走回要塞的方向。那驚人的速度快如閃電。

牠長長的尾巴揮向空中，畫出一道圓弧，從蓑吉和棕馬的頭頂上方掠過。蓑吉看得目瞪口呆，耳邊微微傳來竹林彎撓的咻咻聲，接著地面爲之震動。

蓑吉暗自吞了口唾沫。這時才恢復了呼吸，開始一陣咳嗽。

那匹馬把臉湊向蓑吉一陣磨蹭。蓑吉也抱住牠的脖子。

「謝謝你救了我。你眞厲害，比那隻怪物還強呢。」

他輕撫馬的脖子和臉頰，感受著馬的溫熱。多虧了這匹馬，才撿回一條小命。

對了，村長沒事吧？他急忙奔向前去，將村長扶起，此時村長雙眼微張。

「村長、村長，你振作一點。」

村長微張的雙眼眨了幾下，緩緩撐開眼皮，眼神無法聚焦。

「村長，再不快點離開這裡，怪物可能又會回來。」

蓑吉搖著村長，轉頭望向那匹棕馬。牠乖乖地留在原地，輕踏著地面，甩動馬尾。

「那裡有匹馬，你看得到嗎？你要想辦法起來，坐上那匹馬。我會牽著馬走，我們一起回名賀村吧。」

村長低聲呻吟，皺著眉頭抬起頭，張開血色盡失的雙唇。

「你是……哪家的孩子？」

太好了。看這樣子，應該還行。

「先不管這個，請快點起身吧！」

宗榮大人和朱音大人現在不知道怎樣了。在不安、恐懼、悲傷的夾擊下，感覺就像胸口被人刨去一大塊。但不能在這裡浪費時間。即使蓑吉自己一個人在這裡徘徊，也沒辦法找出他們兩人。現在更重要的是解救村長，回去名賀村通報眾人。要是宗榮大人此刻在場，一定也會叫他這麼做。蓑吉緊緊咬牙，強忍淚水。

「村長，請抓緊我！」

小台大人，小台大人。

一直有人在呼叫。那是慌亂又誇張的叫聲。小台大人、小台大人。真吵。朱音感覺腦袋搖搖晃晃，有人在拍打她的臉頰。

叫我有什麼事——

朱音醒來，望見開闊的藍天。不是從古井底下仰望看到的圓型天空，而是整個開闊無垠的蒼穹。

有三顆人頭擋住這樣的天空，正低頭望著她。由於太陽就位於正上方，形成陰影，所以看不清他們的長相。但其中一人又發出剛才的吵鬧聲音。

「小台大人，啊，您醒啦。太好了，太好了！」

有人伸手搭在她肩上，支撐著她的背。朱音坐起身，望見一旁的古井。她已來到古井外。仔細一看，原本纏在身上的衣帶已解開。

「小台大人，怪物走了。我們平安度過一劫。我也平安無事。」

一直聒噪不停的是菊地圓秀。汗水從他滿是塵土的臉頰流下，形成多道條紋。

「圓秀大人……」

朱音甩動她還沒完全清醒的腦袋，微微挪動身子。另外兩人是誰？

「我叫小日向直彌。這位是我的隨從，名叫彌次。」

圓秀身旁，一名登山裝扮的年輕武士正單膝跪地，挺直腰桿，向朱音問候。朱音馬上想起要塞那位名叫磐井半之丈的番士。不論是年紀還是長相都很相似。不過，這名年輕武士的月代已很久沒梳理。

而扶起朱音，撐住她背後的，是那位名叫彌次的侍從。他理著一頭短髮，同樣也是登山的打扮。看起來機靈且工整的五官，有一雙薄脣。

「小日向……大人？」

可能是先前胸口一直被緊緊束縛的緣故，她聲音沙啞，連話都說不好。

「請放心。」圓秀以歡騰的口吻說道，「小日向大人與我是熟識。我之前在香山時，與他過從甚密。」

圓秀講得很開心，但那位姓小日向的年輕武士卻是輕咳一聲，打斷他的話。

「圓秀大人，請別這麼說。」

「咦？這樣啊。」

圓秀露出尷尬的神情，急忙脫下身上的黑羽二重外褂。正在納悶他想幹什麼時，只見他將外褂披在朱音身上。對了，朱音脫去禮服，解下衣帶，現在只穿著襯衣。

「是您救了我吧。非常謝謝您。」

朱音重新端坐，雙手撐地，向小日向行了一禮。

「這裡如您所見，已成爲這副模樣。小日向大人是從津先城下來到這座要塞嗎？」

不光名賀村，周邊的其他村莊應該也發現要塞失火所冒出的黑煙。不過，若說從那裡趕來，動作未免太快了。

「您與圓秀大人認識，對吧？在這種時候相遇，是何等的偶然啊。」

但圓秀卻又露出尷尬的表情，小日向也同樣蹙起眉頭，面有難色。

「我名叫朱音，住在附近的名賀村。我得趕緊向村裡通報這項慘事，若繼續留在這裡，怪物或許會折返，非常危險。小日向大人也請和我一起回名賀村。」

正準備站起身時，那位名叫彌次的隨徒，用力按住朱音肩膀。

「小台大人，您的腳受傷。您忘了嗎？」

在圓秀開口之前，朱音左腳腳踝傳來一陣刺痛，微微叫出聲來。

「好像是扭傷。」小日向道，「都腫起來了，看來傷得很重。應該沒辦法走山路了。」

「我來背您吧。來，我們走。」

圓秀轉身背對朱音，但小日向直彌出手制止了他，雙眼直視著朱音。

「這時要是拐彎抹角說話，事情只會變得更麻煩。我就直截了當地說了吧。我們不去名賀村。不，是無法前往。」

「可是，待在這裡會有危險！」

「我們是香山藩的人。」

朱音爲之一愣。對了，剛才圓秀不是也說過嗎？他說，「我之前在香山時。」

「我藩在北方開拓的村莊遭遇怪事，我爲了調查詳情，才來到山中。」

朱音登時曉悟，出言打斷他，「是仁谷村，對吧？」

小日向直彌眼中浮現驚訝之色。

「您知道？」

「我從仁谷村一名倖存的男孩口中聽聞此事。那孩子名叫蓑吉。現在人就藏在我居住的溜家中。」

他平安無事——說到這裡，朱音焦急地接著道：

「之前蓑吉說他們村子被怪物襲擊，起初我們都沒人當眞。但怪物眞的存在，比他所描述的還要可怕。」

朱音一面說，一面想起先前的畫面，開始簌簌發抖，齒牙交鳴。小日向直彌輕輕以手掌搭在她肩頭上。

「如果是那隻怪物，我和彌次已從山上看到牠的身影。」

以冷漠的眼神注視朱音的彌次，完全沒答話。以隨從的身分來說，他這樣不僅不知分寸，也很無禮，但小日向直彌完全沒有怪罪他的樣子。

「即使您沒說，我們也很清楚牠有多可怕。」

他的口吻充滿苦悶與痛苦。

「要塞被破壞，番士紛紛倒地，慘遭吞噬的情形，我們全都目睹了。我們本想趕在事發前通報你們，但晚了一步。光憑我們兩人，也幫不了忙……」

直彌爲之語塞，緊咬著乾燥的嘴脣。

「除了束手旁觀外，我們無技可施。請原諒。」

「不，好在是這樣。」

朱音低語，「你們兩位沒白白犧牲性命。」

圓秀也頷首，「沒錯，眞的就像小台大人所說。當我在樹上看到小日向大人時，我心裡也想，這是多奇妙的緣分啊，眞是天助我也。」

「圓秀大人，請別再說了。」

小日向直彌再度冷冷地打斷圓秀的話。

「那怪物消失後，我四處找尋生還者時，聽到圓秀大人的叫喚聲。這確實是奇妙的緣分，不過……」

這時，他狠狠瞪了圓秀一眼。這名畫師像烏龜一樣縮起脖子。

「我沒那個時間爲此高興。永津野藩士早晚會察覺國境上發生了怪事，而火速趕至。我和彌次不能在此遭到囚禁。我們得盡快返回香山領地內，通知這樁慘事的詳細情形。」

眞是可怕的傢伙——小日向直彌表情緊繃，如此說道：

「以燒板包覆的要塞，竟然輕輕鬆鬆就被牠給撞毀，眞令人難以置信。」

「不管召集再多人手，備齊再多武器，一樣沒用。」

在要塞內外目睹的那樁慘劇，再度浮現朱音眼中。

「我親眼目睹。弓箭和火槍都傷不了那隻怪物。連刀都被反彈而回。即使以長槍突刺，在牠那宛如盔甲的鱗片……或者只是厚實的硬皮下，別說要刺穿牠溼滑的身體了，根本連牠一根寒毛也傷不了。」

牠不是尋常的生物。

「那是邪氣所凝聚而成。是惡意的凝塊擁有短暫的生命，展開行動。」

「小、小台大人，您鎮靜一點啊。」

朱音不理會加以安撫的圓秀，定睛凝視小日向直彌。

「這得就近親眼目睹才會明白，所以我在此告訴您。那隻怪物沒有眼睛，完全沒有眼珠。但牠動作飛快，被牠盯上的獵物都逃不過牠的魔掌，慘遭吞噬。牠擁有巨大的身軀，不只會操控長長的舌頭和尾巴，還會從口中吐出將人皮膚溶解的酸液。要塞裡有許多番士都是因此而喪命。牠不是人們對付得了的怪物。」

「但還是得打倒牠。」

小日向直彌不自主地如此回嘴。雖然他的眼神和嘴角顯得無比堅毅，但臉色蒼白，滿是疲態。

——他感到害怕。

在那隻搗毀要塞的怪物威脅下，他和朱音一樣被徹底擊潰，一蹶不振。

圓秀就像在打圓場般，介入兩人的交談中，「總之，現在先逃離這裡吧，好不好？」

小日向直彌也從朱音臉上移開目光，朝隨從點了點頭，站起身。

「彌次，我們走吧。」

那名隨從顯得很鎮定，表情沒半點變化。不發一語地站起身。

「小台大人，我們走吧。請讓我背您。」

圓秀轉身露出後背，但朱音把臉轉向一旁，想靠自己站起身。「我要回名賀村。」

「您自己一個人，應該沒辦法吧？」

自己一個人？

「圓秀大人，您不回村裡嗎？名賀村裡的人會爲您擔心啊。」

畫師顯得怯縮，額頭開始冒汗。看他那個樣子，小日向直彌不知爲何，再度臉色凝重地說道：

「圓秀大人在香山有急事要處理，我不能讓他回永津野。要請他和我同行。」

在這時候，這種說法當眞古怪。這肯定是他編的藉口。

「那就隨您高興吧。我要回去了。」

「小台大人，您自己一個人走的話，要是途中遭怪物襲擊，那多危險啊！」

這時，彌次悄然無聲地靠近朱音，伸手環住她腰間，一把將她抬起，扛在肩上。他明明沒有魁梧的體格，力量卻大得驚人。

「你幹什麼，太失禮了！放我下來！」

縱使她用力拍打彌次的背，他也不爲所動。「小台大人、小台大人。」圓秀一再安撫她。彌次一派輕鬆地扛著朱音，跟在邁步離去的小日向直彌身後。

「小台大人，眞的很抱歉。不過現在和小日向大人一起走比較令人放心。這位彌次先生聽說很熟悉這一帶的山路。」

好一個悠哉的雲遊畫師，說得可好聽。朱音就這樣頭靠在彌次背後，弓著身子讓他扛在肩上，不斷扭動身子掙扎。

「放我下來！放我下來！」

小日向隔著彌次的肩膀轉頭望向朱音，就像在爲彌次不發一語的冷淡態度賠罪般地說，「我明白此舉至爲失禮。我料想朱音大人在永津野是頗具身分地位之人，但現在除了跟我們走之外，別無他法。」

「你竟然如此胡來！」

當朱音如此回嘴時，驀然發現一件事。這名叫彌次的隨從，身體怎麼會有如此柔軟的觸感……

這時圓秀突然尖聲叫道，「啊，那是什麼？」

由於是往西而行，四人會暫時先折返來到要塞旁。古井所在的森林一帶也聞得到微微的濃煙氣味，現在味道愈來愈濃，還留有大火燒過後的熱氣。

但這當中還參雜了別的怪味。朱音記得這氣味。是先前蓑吉身上散發的氣味。要塞的鐵砲隊受創時，也聞過這個氣味。

彌次停下腳步，傳來小日向直彌的聲音。

「接下來會是很悲慘的畫面。」

他聲音無比沉痛。

「朱音大人，在我出聲提醒您之前，請一直閉上眼睛。麻煩了。」

朱音感到胸中一陣刺痛。不管再悲慘的畫面，她現在也都不會再感到吃驚了。正因為想像得到會有多悲慘，所以才感到難過。

「不必費心。請放我下來吧。」

彌次準備繼續往前邁步，於是朱音又再拜託了他一次，「拜託你，請放我下來。因為那怪物做了些什麼事，我知道的愈多，愈能出主意保護村民的安全。」

停頓了一會兒後，小日向直彌應道，「我明白了。彌次，放她下來吧。」

和先前扛起朱音一樣，彌次俐落地放下她，撐著她的身體，讓她站在地上。可以看見一臉蒼白的圓秀站在身後。

朱音屏息緩緩轉頭。

仍冒著煙的要塞殘骸旁，躺著三、四名番士的遺骸。有人脖子或手腳被扯斷。有人臉部潰爛。

應該是要塞崩塌時，從高處墜落，或是被怪物長有鉤爪的腳掌給踩扁。

她不禁別過臉去。前方樹枝上還掛著兩名番士，是被怪物的長尾巴打飛到樹上。

「怎麼會這樣……怎麼會……」

一股激動之情湧上朱音喉頭。之前置身在那場殺伐和慘劇的漩渦中，她連要哭泣和嘔吐都辦不到，而現在她幾欲被這遲來的心靈波浪所吞沒。

「圓秀大人。」朱音悄聲叫喚，「請擦乾淚水，背我走吧。」

圓秀哭著背起朱音。

四人小心謹慎地觀眾四周的情況，一路前行。來到可以望見要塞北側竹林的地方時，等在前方的，是更加令人不忍卒睹的慘狀。被強酸溶解，身體開始四分五裂的番士遺骸，堆成一座小山。

「唔……」圓秀喉嚨發出一陣聲響，呼吸急促地強忍作嘔的衝動。

「將腹中的東西全吐出來，好像是那隻怪物的習性。」小日向直彌壓低聲音道，「好了，我們快走吧。再看下去，只會令人皺眉。」

朱音他們並不知道，這就是不久前，怪物在蓑吉和宗榮面前嘔出的成堆屍骸。

朱音從成堆的屍骸中發現，有一人仰躺著倒在陽光下。此人有一張五官端正的臉龐，半邊臉已完全無從辨識，另外半邊臉還保有原樣。

「是磐井半之丈。」

圓秀爲之一驚，停下腳步，朝他合掌膜拜。

小日向直彌僵立原地，彌次則是突然離開他身旁，消失一陣子後又走了回來，手上拿著某個東西。

是牛頭馬面戴的木頭面具，剛才不知遺落在何處。

彌次移步向前，輕輕將面具戴在半之丈臉上。

「謝謝你。」朱音道，「他應該算是你們的敵人吧。」

沉靜無聲的四人，宛如一支送葬隊伍，但行動卻迅如脫兔，直往香山領地而去。

第四章　死鬥

一

——愈來愈麻煩了。

小日向直彌一面在山路上趕路，前往本庄村村民苦苦等候的洞窟，一面心情沉重地暗自思忖。

——這到底是怎樣的宿命呢。

萬萬沒想到會以這種方式，在這樣的事態下，與菊地圓秀再次碰頭。如果這是上天的安排，他不禁懷疑起老天爺的用意。

之前和彌次一起來到可以望見永津野那些牛頭馬面的巢穴附近時，要塞正遭受怪物的襲擊。兩人站在小山丘上，視野開闊，從那裡可以望見一切。

直彌第一次目睹那隻怪物。像蛇一般的鱗片、像蟾蜍般的圓肚、巨大的下顎、宛如另外獨立的生物般，可以自由行動展開攻擊的舌頭和尾巴。

牠爬上要塞的外牆，連同一部分牆壁一同跌落地面後，馬上重新起身，捲起尾巴，從喉嚨發出咆哮。那強勁而又敏捷的動作，彷彿會強行奪走人們的目光，同時也一把攫走人們的心，具有人們所無法理解的神祕力量。

更重要的是，牠不時會變換外表的顏色，有時甚至看不見其蹤影，著實駭人。像牠這般巨大的生物，竟然能說消失就消失。

直彌呆立半晌後，旋即回過神來，想往下朝要塞奔去。但彌次阻止了他，竟然一把揪住他後面衣領，將他拉了回來。

「沒用的，已經太遲了。」

「說這什麼話！我是武士。眼前這種情況，我豈能坐視不管！」

「不管是武士還是農夫，對那傢伙來說，都一樣是食物。」

「彌次，你再怎麼無禮也要有個限度。放手！」

彌次的手臂和身體都像是強韌又有彈性的皮繩。直彌無法將他甩開。最後是彌次揪住他胸前的衣襟用力搖晃。

「你想在這裡白白喪命嗎？」

直彌在他喝斥下為之怯縮。彌次把他的臉扭向一旁，朝向要塞的方向。要塞已開始傾斜。

「你看仔細。把這一幕牢牢烙印在眼中。那傢伙是怎麼行動，做了什麼事，牠有什麼能耐，好好記在腦中。」

彌次強而有力的這句話，令直彌的內心萎縮。面對怪物的威脅，他雙膝發軟。彌次離開他身旁，爬上附近的一棵樹。直彌當場癱軟在地。

不久，那隻摧毀要塞，吃得肚皮鼓脹的怪物消失蹤影。要塞冒出火舌。

彌次從樹上爬下，簡短地說了一句，「怪物往東去了。」

「這樣啊。」

直彌使出全力站起身。

「我們去找尋生還者吧。」

火勢尚未平歇，要塞的殘骸仍處於很危險的狀態。但直彌還是扯開嗓門，邁出怯縮的雙腳，在布滿塵灰的瓦礫中來回巡視，查看那些俯臥地上的人們面容，有時朗聲叫喚：

「有人嗎！有沒有仁谷村的人！我來救你們了！」

但沒人應聲。直彌與彌次只找到怪物嘔出的成堆屍骸。而且才剛嘔出不久。之前在仁谷村勉強忍了下來，但這次他再也按捺不住，當場作嘔。連彌次也臉色凝重。

他們在要塞的圍牆外一路探索，來到了東側，接連叫喊了幾次，連嗓子都啞了。

「有人嗎？」

他的叫喚聲傳向人在樹上的菊地圓秀。

「這裡，這裡有人。」

只有兩名難得的倖存者。

話雖如此……

——這下眞的很麻煩。

在回程的路上，走在直彌前方的彌次，一樣踩著穩健的步伐。那兩人走在直彌身後。與畫師同行的那名叫朱音的女人，可能是力氣耗盡的緣故，走進山路後不久，便倒在圓秀背後昏了過去。彌次按向朱音頸部探她脈搏，蹙起眉頭。

「她變得很虛弱。我們快點回去吧。」

圓秀慌了起來，「要回哪兒去？是御館町嗎？如果是這樣，爲什麼不是往下走？」

彌次原本要回答，直彌迅速制止了他，「彌次，別告訴他。」

一旦用粗聲粗氣的口吻說話後，便再也壓抑不了心中的怒火。直彌現在也很虛弱。他難以克制自己。

「這位圓秀大人之前在我面前裝成普通畫師的樣子，但那根本不是他的眞面目。對他要小心提防。」

圓秀聞言後不只嚇了一跳，還一臉意外地瞪大眼睛。

「小日向大人，您這麼說太過分了。」

他那辯解的口吻聽了教人生氣，直彌反駁，「你騙了我，還敢大言不慚地說這種話……」

「別說了。」

彌次出言制止，口吻如同一刀斬落般的犀利。

「這時候說話只會更喘，走路速度會減慢。跟著我走，別說話。」

被隨從這樣訓斥，直彌顏面盡失，但彌次說得沒錯。圓秀也吃了一驚，接著顯得安分許多。彌次可能是朝某個地方而去，不時露出不安的眼神，不發一語。

直彌也默默邁著步伐，但思緒在他胸中不斷膨脹，各種念頭在腦中形成漩渦。

圓秀果然是永津野來的密探，他稱朱音爲「小台大人」。在香山，這是親族間對女人的一種敬稱，在永津野又是怎樣的情形？

儘管從剛才那怪異的災厄中逃過一劫，但朱音氣質高雅，人又長得美，言談舉止皆很優雅，一定出身不凡。難道她就是操控圓秀的人……

只要之後讓她自己吐露實情即可。現在別想太多。但是像這樣壓抑自己心中的猜疑後，先前那慘絕人寰的景象再度浮現，掩蓋了直彌的心靈。

——我不是金吾，也無法像金吾那樣。但我是香山的武士，豈能就此怯縮。

他如此告訴自己，光是要保持理智便已竭盡全力。

回到仁谷村後，彌次決定稍事休息。他讓直彌與圓秀休息，讓朱音躺在樹蔭下，自己從小河邊取水回來。

彌次接著從他掛在腰間的皮袋裡取出藥丸，讓朱音含在口中。朱音這才回過神來，但還是神情恍惚。

「……這裡是？」

「是仁谷村。」直彌道。

「這裡是……」

朱音緩緩眨了眨眼，環視這座被燒毀的村莊廢墟。

「這裡就是那孩子住的村莊。」

她低語似地說道，垂落雙肩，眼神空洞。

先前從洞窟出發時，秤屋金治郎將花蜜熬煮成的糖球包好，要他們帶著上路。這是北二條的人們登山時的必備品，相當珍貴。滋味甜中帶鹹。圓秀只吃了一小口，臉上便微微恢復生氣。他自己沒感覺，不過直彌一定也和他一樣。

「小台大人和我爲了『斗笠御用』而造訪要塞。」

圓秀像是突然想起似的，如此說道：

「名賀村的村長也和我們同行。」

說到這裡，他就像糖球卡在喉嚨裡似的，突然嗆了起來，手摀著眼睛。

「抱、抱歉。」

彌次輕拍畫師的背，「快到了。護腿重新綁好。」

畫師頷首，「是。就先不想那些事吧。」

他眼眶泛紅。原本緊繃的情緒微微緩和，眼中噙著淚水。這名來路不明的男人，也有這樣的一面嗎？

彌次執起朱音的手催促，「接下來換我背妳。」

「……不，我能自己走。」

朱音語氣柔弱地回絕，但她明白自己根本無法行走。

「彌次，我來背她吧。」

直彌提議道，圓秀微微露出怯縮的眼神，接著羞愧地低下頭。直彌不發一語地背起朱音，她全身癱軟無力。

走著走著，夕陽逐漸傾沉，但直彌感覺不到時間的流逝。他已化為一具稻草人，就只是不斷往前走。

接著……

「啊，您回來啦！村長，小日向大人回來了！」

終於抵達了。負責警戒的村姑發出充滿活力的叫喊，小日向直彌回過神來。幾乎要令人頭昏眼花的疲勞一次湧現。

暫時從地獄回來了。

「哎呀……眞是太慘了。」

秤屋金治郎垂落雙肩，頻頻眨眼，如此低語：

「小日向大人，您能平安歸來，眞是太好了。」

他們再次走進洞窟內。積滿燭淚的大蠟燭，火光照亮直彌與金治郎的臉。

永津野那兩人交由村民照料。筋疲力竭的圓秀待在寧靜的洞窟裡，接受村民親切的照料後，可能是放鬆下來，倒頭呼呼大睡。朱音一樣不省人事。不必擔心他們會逃走。

雖然供應了食物，但直彌只喝得下白開水。彌次沒半點疲態，用完餐後說了一句，「我去站崗。」便消失在洞窟內。

接著直彌與金治郎迎面而坐。他從自己下山前往御館町的途中救了高羽甚五郎的事開始說，接著談到三郎次少爺的死、御館町遭封鎖的事、折返回北二條的山上，翻越國境，抵達永津野要塞，在那裡目睹到的景象。但他過度疲累，金治郎不只一次輕撫他的背安撫他。儘管他勸直彌別再說了，先躺下來休息一會兒，但直彌還是無法放鬆情緒。

「我不知道要塞裡是否囚禁了仁谷村的村民。即使有，也沒辦法解救他們了。因爲連牛頭馬面都慘遭吞噬。他們的巢穴已被燒毀。」

「那座要塞，是吧……」

被怪物摧毀，化成了灰燼。多次置身於牛頭馬面生人狩獵的恐怖下，在他們面前備感無力的金治郎，一時間難以置信，也難怪他會有這種反應。

不過，若是冷靜下來思考，便覺得很諷刺。如果這不是怪物所爲，而是龍捲風或雪崩這類理所當然的災難所造成的結果，秤屋心裡反而覺得舒坦。牛頭馬面被殲滅了呢，村民甚至會高興得拍手叫好，設宴慶祝。

另一方面，倘若這次是牛頭馬面打倒怪物，即使金治郎他們眼前的災厄消除，但他們對牛頭馬面的恐懼應該會繼續加深。像那樣的怪物，牛頭馬面竟然能合力收拾牠，當眞比怪物還要可怕。

究竟哪一個才算幸運，哪一個才是他們應該期望的結果？不，應該說哪個結果會比較好？

不過，倒是有一個明確的好消息。直彌朗聲道，「怪物從要塞往東去了。聽說那裡有村莊。如果牠是被人氣所吸引，那暫時不必擔心牠會回到這裡。」

然而，金治郎的表情卻爲之一沉。他壓低聲音說：

「御館的番士不前來救我們，是嗎？」

直彌眨了眨眼。原來金治郎是在煩惱此事。

「那也只是眼下暫時，不能就此沮喪。村長，你要有信心。」

金治郎緩緩點頭。

「御館町被封鎖，這是可以確定的事，但是讓高羽大人吃閉門羹的番士，是個只知道完全照上級命令辦事的蠢蛋。等高羽大人可以說話後，透過伊織大師向御館陳請，情況一定會改變。」

「可是，次世子過世，這可是件大事啊。御館裡的人還有空理會我們嗎……」

御館夫人的長子三郎次，領民都稱呼他「次世子」。雖然他不是繼承人，但地位僅次於世子，所以才會有這樣的稱呼。

「當然了，三郎次少爺的事也很重要。不過，我們現在爲此事苦惱也無濟於事啊。」

問題是要繼續待在這裡，等御館派遣一隊番士前來，還是要趁怪物往東而去的這段時間，逃向西邊，與其他三村的村民會合，一同等候救援。

「這裡有傷患，不能棄他們於不顧。我們得待在這兒。」

「可是，如要逃往西邊，現在是最佳機會。繼續待在這裡，早晚糧食會耗盡。」

光是增加直彌和彌次兩人，也會造成負擔。

「往西去吧。在剩下的三座村莊裡，位於最西側的是哪一座？」

「是谷川村。」

「那就往那兒去吧。我來說服村裡的人，想辦法搬運傷患，帶領大家一起前往。」

秤屋金治郎流露安撫的眼神，「小日向大人，您應該不是山番吧。往西行的這段路，地勢險峻，很不好走。」

難得直彌說得如此果決，但秤屋這句話就像潑了他一桶冷水，惹來直彌的不悅。連一個小小的山村村長也瞧不起我，是吧？

「不勞你操這個心。我也是守護香山領民的武士！」

「只保護香山領民，是嗎？」

傳來一個女人嚴肅的聲音。直彌驚訝地轉頭而望，只見朱音推開看守她的彌次，跪坐在地上。她已換上像是跟村內女人借來的農作服。雖然她的姿態很低調，但表情強硬，語調剛強，就像在責備直彌一般。

「彌、彌次。」

你是怎麼看守的——在直彌如此訓斥前，彌次的薄唇嘴角垂落，挑動雙眉，那模樣就像在說，「這不關我的事。」眞搞不懂他到底站在哪一邊。

不知道她從哪裡開始聽他們的對話。三郎次少爺亡故的事，不能隨便讓永津野的人知道。

「承蒙醫治，我腳踝的疼痛已減緩許多。」

朱音先向金治郎低頭行禮：

「在此誠心向您道謝。不過我不能一直待在這裡。我想馬上回村內去。請讓我回去。拜託您了。」

她的用詞遣句相當客氣，而且只對金治郎說。直彌慌了起來。

「秤屋，這個女人是……」

「我是永津野的人。」

朱音抬起臉來，很乾脆地說：

「住在要塞附近的名賀村。剛才小日向大人說怪物接下來要前往的村子，就是我住的村莊。」

這是嚴厲的責備口吻。小日向也很清楚自己爲何會被責備。

「小日向大人似乎認爲，即使有再多永津野的人民成爲怪物的食物也無所謂。」

「我沒那種想法。」

「不然是何種想法？」

朱音緊盯著直彌，出言反駁，但她近逼的雙眸卻微微泛淚。

「永津野的村民也是人。」

直彌心中的堅持，猛然化去。

「……抱歉。」

道歉的話語脫口而出，接著是一陣無言。

「要是怪物襲擊名賀村，和我一起生活的人們將會被怪物吞食。我很替他們擔心，心痛不已。」

朱音的聲音顫抖著。

「小日向大人，您之前在要塞的瓦礫堆中說過。對著心生慌亂，認爲無法打倒那種怪物的我說，『儘管這樣還是要打倒牠。』」

直彌確實這樣說過。

「對你們來說是可恨敵人的永津野番士，應該也是抱持同樣的想法與怪物對抗。爲了保護領民、保護永津野的土地、守住武士的尊嚴、完成自己的使命。可否請您對此多一分同情，多一分體諒？」

直彌感到臉紅過耳。想到先前自己爲了安撫朱音而說那句話時的表情，益發感到無地自容。

直彌不了解山林，也不了解其可怕和嚴峻。儘管憎恨永津野牛頭馬面的作爲，對他們侵犯領地感到怒火中燒，卻不曾與他們交鋒，也不曾爲了帶回被擄走的領民，而忍辱低頭與他們交涉。一切全是由山番處理。

這一切他只憑腦袋去理解，憑著腦袋生氣、憎恨。

——我無法成爲金吾。

感覺猶如羞愧之火燒遍全身。他不敢直視朱音，只能低頭不語。

「永津野的朱音大人。」

金治郎態度沉穩地插話：

「我是統領香山藩北二條眾村的村長，人稱秤屋金治郎。冒犯插嘴，請您原諒。」

朱音以農作服的衣袖拭淚，「哪裡。」

「您的心情我很能體會。不過，即使您接下來獨自入山，想回到您居住的村莊，還是無法打倒怪物。只會危及您的性命。」

「可是，可是……」

「朱音大人，那隻怪物像蛇一樣在地上飛快地滑行，您目睹過嗎？如果以那樣的速度在山中飛馳，憑我們常人的雙腳根本追不上。所以您還是好好休養身體，和我們一起躲在這兒吧。」

朱音一面聽金治郎說，一面搖頭。她伸手拭淚，眼角泛紅。

「不過，我還是得趕緊回到永津野才行。」

不容有片刻猶豫——朱音說：

「抱歉。是我太思慮淺薄。您從要塞的古井裡救出我時，我即使爬著逃離，也應該當場離開你們才對。我根本不該來香山領地。」

「可是，您有傷在身，無法行走啊。」

「沒錯，所以我應該當場自盡才對！」

她悲痛地說道。可能是再也按捺不住，淚水順著臉頰不住滑落。直彌與金治郎面面相覷。她爲什麼說這種話……

「朱音大人，您到底是什麼身分？」

即使捨命，也不該踏進香山領地的永津野領民。名賀村這座山村裡的人們尊稱她是「小台大人」，如果只是這樣的身分，應該不會受到多大的束縛才對。朱音具有更崇高的地位。

朱音抬起臉，在短小的蠟燭亮光下，她濡溼的臉頰閃閃生輝。

「我是永津野藩主龍崎高峙大人底下的御側番方眾筆頭——曾谷彈正的妹妹。」

統率牛頭馬面，指揮他們展開殘忍的生人狩獵，那個地獄獄卒首領的妹妹。

直彌說不出話來。金治郎喉嚨裡發出打嗝般的聲響，雙目圓睜。

朱音任憑淚溼雙頰，簡短地說明事情始末。提到她和名賀村村長一起造訪要塞的事。以及名賀村內現在恐怕為了他們遲遲未歸的事而引發了村民的騷動。

「要是有人從名賀村通報這起怪事給城下知情，家兄一定會派遣大批番士……不，他一定會親自帶隊兵臨國境。」

會就此與怪物開戰？能打倒怪物嗎？或者只是又有人白白犧牲？朱音不知道，但她很清楚一點。

「只要沒找到我，家兄絕不會死心。非但如此，他還會以找尋我做為正大光明的藉口……」

直彌打斷朱音的話，搶先說道，「率軍堂而皇之地攻進香山領地。」

朱音頷首，三人之間籠罩著比洞窟的岩壁還要堅硬的冰冷沉默，壓得幾乎讓人無法喘息。

「……我並不是站在家兄那邊。」朱音像在訴說心聲般，難過地悄聲說道，「所以我離開津先城下，以一名領民的身分在名賀村生活。這聽在香山領民耳中，或許只會覺得是我的個人說詞，不過，我也同樣對家兄不仁道的作為感到憤怒。」

但這是何等諷刺的事啊，朱音雙手掩面。

「我真該在要塞裡被怪物吃掉才對。」

直彌表情僵硬地呆坐原地，展開思索。不，他自以為在思考，但其實腦袋只是一味空轉。而他一旁的金治郎，仍雙目圓睜，望著一臉苦悶的朱音。

這時，朱音背後傳來彌次的聲音。

「如果要藉口，怪物已是很好的藉口。」

其他三人爲之一怔。

「光是說要收拾怪物，永津野的大軍就有理由跨越國境。」

彌次定睛注視著朱音弓起的後背。

「所以妳要慶幸撿回一命，來到香山。香山救了妳，能以此和永津野交易。」

直彌猛然一驚。彌次說得一點都沒錯。爲了讓自己仍在空轉的腦袋停下來，他用力往額頭一拍。

「哎呀！彌次，你說得對。你到底是什麼來歷。看來，志野的父親很用心栽培你呢。」

眞是位了不起的「百足」。不光是有一百隻腳，也有一百個人的智慧和力量。

伊織大夫說的那種和睦相處，根本就不値得期待。但如果是交易，還行得通。只要有朱音在，就能影響曾谷彈正。眼前出現一條可行之路。

「既然這樣，不如我們主動接洽。就說，爲了打倒怪物，讓我們攜手合作吧。爲了做到這點，最好請朱音大人與我們同行。」

「要仰賴永津野的武士，是吧？」

金治郎沉聲低吟，睜大的雙眼注視著某一點。

「秤屋，抱歉。我明白你之前受盡牛頭馬面的折磨，但現在……」

「不、不、不。」金治郎搖頭，「沒關係。反正御館那邊的人都已放棄我們香山北二條的人了。」

「不、不是放棄你們。只是因爲情況特殊，番方無法採取行動。」

「高羽大人都冒死下山求援了，他們卻還是置若罔聞。」

「我不是說了嗎？是那名守門的番士太愚蠢。」

「之前我們不斷陳情，告發永津野生人狩獵的殘忍行徑，說得喉嚨都啞了，但御館那邊的人還是沒理會我們。只有一小部分的山番，會設身處地爲我們著想。」

秤屋金治郎的聲音中，帶有一股極力壓抑的埋怨，令直彌無從辯駁。這對向來都待在御館內，只知道御館町生活的直彌來說，就像冷不防挨了一巴掌似的，是很嚴厲的一句話。

「小日向大人，您也是。」

金治郎重新面向直彌。

「您說自己是奉番方支配志野大人的命令前來北二條，但我從沒聽說過這麼古怪的事。您看起來既不像番士，也不像志野大人的心腹。」

金治郎對怯縮的直彌接著道：

「我這不是在打探您的事情。不過，派您一個人前來，並不會有什麼幫助。」

面對這尷尬的場面，直彌緊咬下唇。彌次瞇起眼睛，不知在想些什麼。

「諸位山番捨命與怪物對抗，但御館那邊的人卻封閉城鎮，一副事不關己的模樣，他們死得未免太不值得了。」

村長以平靜的語氣，毫不客氣地說：

「我們只會造山，沒半點抵抗能力。只要有人能救我們度過眼前的難關，不管是誰，我們都願意求助。」

秤屋金治郎重新端坐，雙手撐地，向朱音深深一鞠躬。

「拜託您，朱音小姐。請代爲與您兄長交涉。請救救我們。」

直彌先是爲之一愣，接著恍然大悟。剛才金治郎睜大眼睛注視著某一點，並非是在發呆，也不是心灰意冷。他是在思考，看出生路，對原本的想法死心。御館那邊的人，一直對北二條的困境置之不理，金治郎對此已死了心。

「金一、金一。」

傳來女人的叫喚聲。緊接在聲音之後，一名頭上套著手巾，身形枯瘦的女人，雙手將守在入口處的彌次推向一旁，往內探頭。

「姊，妳太沒禮貌了！」

金治郎喝斥道。那婦人似乎是秤屋的親人，金一應該是他的小名。

「因爲有事才叫你啊。武士大人、夫人，請原諒。咦，這個人是怎麼回事，不要抓我！」

她朝正準備將她往外推的彌次噘起嘴，很好強地擠向前。

「夫人，請您原諒。我是秤屋金治郎的姊姊，名叫阿紋。」

她弓身行了一禮後，抬頭望向淚溼雙頰的朱音。朱音微微挪動身子，手撫向凌亂的頭髮，向婦人應道：

「我不是什麼夫人。請叫我朱音。」

「是，朱音小姐。」

像在加以確認般，阿紋在口中念著這個名字，朝朱音湊近。

「我曾經聽過這個名字。而且您的長相……就像同一個模子刻出來的。」

「姊，妳在說什麼啊。」
「你閉嘴。金一，這事你不懂。」
「我長得像誰？」
阿紋沒回答朱音的詢問，輕輕執起朱音的手問道：
「朱音小姐，您今年貴庚？」
「三十八歲。」
她輕撫著朱音的手，點了點頭，接著問道，「您有一位哥哥，對吧？和您是雙胞胎。」
對這個問題感到吃驚的，只有朱音一人。雙胞胎？這是怎樣的謎題？
朱音應道，「是的。我和家兄是雙胞胎。」
阿紋突然淚如雨下。她高舉著朱音的手，在臉上摩娑，「這樣的話，就不是我誤會了。您正是那位朱音小姐。啊，您可終於回到香山了。」
連同彌次在內，眾人皆聽得直眨眼，說不出話來。
「我……我回到香山？」
如此反問的朱音，眼神游移。
「是的。您不記得了嗎？因爲當時朱音小姐和市之介大人都還很小。」
這次換朱音差點當場跳了起來，「市、市之介？妳怎麼知道這個名字？」
接著朱音告訴直彌和金治郎，「市之介是家兄的乳名！」
「姊，妳冷靜一點，把話說清楚。到底是怎麼回事？」
金治郎安撫姊姊，環視在場眾人。

「家姊是秤屋的長女，大我八歲。她說的應該是以前的事。」

「沒錯。」阿紋緊握朱音的手，「朱音小姐，您和令兄從出生一直到三歲爲止，都是在現今香山北二條的妙高寺長大。」

儘管驚訝，但「妙高寺」這個名字，直彌也曾經聽過。那不就是拾獲彌次並收養他的寺院嗎？彌次也雙眉上挑，緊盯著阿紋瞧。

「你們去那座寺院時，令堂也一起同行。家母當時在一旁照料。我那時也跟著家母待在妙高寺，所以我還記得。」

「秤、秤、秤屋……」金治郎結結巴巴地說道，「在北二條開始造山前，是這一帶樵夫的頭兒。聽說常在山寺進出，與住持是熟識。」

阿紋說著比她年輕的金治郎也不知道的昔日往事。

「我在香山出生……還曾和家母與家兄住在山上……」

朱音驚訝地低語。阿紋用力點了點頭。

「朱音大人與令堂長得一模一樣。我一見到您，馬上就想起來了。」

阿紋見到朱音的臉，得知她的名字後，情緒激動難以自抑，這才闖了進來。

「阿紋夫人……家母後來怎樣了？我和家兄都不記得家母的樣子。」

阿紋壓低聲音道，「朱音大人的母親，在妙高寺亡故。」

母親已不在人世。朱音身子一震。

「阿紋夫人，請告訴我，家母、家兄，還有我，當時爲什麼會待在妙高寺？」

阿紋皺眉搖了搖頭，「當時我也還小，所以不太清楚。我不曾在寺院裡見過朱音小姐和市之介大人的父親。令堂亡故，你們兄妹倆從寺院遷往他處時，我在後面追著你們哭，被住持狠狠訓了一頓。他對我說，『他們兩人不會再回來了，妳就忘了他們吧。』好殘酷的一番話啊。」

但您終於回來了。阿紋再度淚如雨下，高舉著朱音的手。

「啊，太好了，眞教人懷念啊。」

朱音溫柔地回握她的手，接著拿定主意，望向金治郎，「妙高寺離這裡很遠嗎？」

「得從仁谷村往北走。」

「不遠。」彌次以肯定的口吻說道。直彌覺得他眼中棲宿著之前不曾有的亮光。擁有解謎關鍵的妙高寺，也是一處和彌次淵源深厚的場所。

「可是朱音大人。」直彌中途打岔，朱音朝他瞥了一眼，「在令兄從津先城下來到國境之前，還有時間。在那之前，要是能先對阿紋夫人這番話做個確認……」

情勢將會大幅扭轉。別人眼中的曾谷彈正，是因武藝受到賞識而在永津野藩獲賜奉祿，後來以智略躍升為藩主身邊親信的一名外地人，是個來路不明的野武士；但如果這名在香山領地肆虐，令人憎恨的牛頭馬面統領，其實是香山出身的話……

「如果知道自己眞正的出身，家兄心靈平靜後，或許永津野和香山便可攜手合作。這樣的話，也許還能打倒那隻怪物。我一定要確認此事，親口說服家兄！」

二

對在北二條生長的蓑吉，馬不是他熟悉的動物。

不過，因額頭上的記號而取名爲「小花」的這匹馬，蓑吉對牠有種特別的親近感。蓑吉讓村長茂左右衛門坐在馬上，手裡握著他以藤蔓搓成的應急用韁繩，那匹馬非但溫順地跟著他走，還在蓑吉即將走錯山路時，像在替他帶路般，自己往前走。

看到溜家的屋頂後，蓑吉朗聲叫喚阿千和老爺子。幾乎是以哭喊的方式叫喚他們兩人，牽著小花從後山的小路往下跑。

加介已平安返抵名賀村告知此事。從屋裡飛奔而出前來迎接蓑吉的阿千，見到小花和牠背後昏厥的村長後，驚訝得眼珠都快掉出來了，大聲地喊道：

「蓑吉，你平安無事啊！村長他怎麼了？死了嗎？宗榮大人呢？喔，加介現在人在村長家。老爺子，老爺子，蓑吉回來了！」

在籬屋長橋家的宅邸裡，已鄭重其事地加強抵禦怪物來襲的防備工作。

關於吃人的怪物，眾人都不曾聽聞。如果光憑加介一人的說詞，恐怕不會被採信。

「這是宗榮大人說的。他要我們守護村莊。」

這句話奏效了。村長繼承人太一郎曾受過宗榮的救命之恩。他也很了解宗榮的爲人，都尊稱宗榮爲「大師」。

「既然大師這麼說，此事絕不能等閒視之。」

就在他催促半信半疑的村民著手準備時，蓑吉帶回了茂左右衛門，加介說的話加上蓑吉的親身體驗，眾人這才明白那場黑煙是要塞失火，接下來真的是上下一團慌亂。拜此之賜，在太一郎完成大致的調度，再度來到昏迷不醒的祖父茂左右衛門枕邊前，都沒人問及蓑吉的來歷。

由擅長製作藥材的阿千父親負責替茂左右衛門治療。他也和其他人一樣半信半疑，但是當蓑吉提到，怪物以口中嘔出的酸水將人溶化，並將肚裡溶解至一半的東西全部吐出時，他就像覺得噁心作嘔般低語道：

「那傢伙就像蛇一樣。」

「嗯，模樣就像吃得肚子圓滾滾的蛇。」

「這樣的話，牠有毒嗎？」

被咬中的人好像沒有中毒的跡象。不是被咬成兩半，就是被甩飛，要不就是一口呑噬。不過因爲牠是怪物，難保牠不會有毒。

「看來需要解毒劑。」

阿千的父親匆忙離去，待現場只剩太一郎與蓑吉分坐沉睡的茂左右門兩側時，太一郎這才問蓑吉是哪家的孩子。蓑吉如實以告。

「這樣啊。」太一郎凝睇著祖父那滿是傷痕的睡臉，「小台大人完全知情，暗中藏匿著你。」

「因爲阿千姊……發現我帶在身上的手巾，上頭有標幟。」

蓑吉說那是秤屋的標幟，太一郎聞言後點了點頭，「秤、砝碼、杵，是香山村長的標幟。那邊的村長標幟，我們這邊不能使用。所以反而大家都知道。」

蓑吉還是第一次與溜家以外的名賀村居民見面。太一郎有一對很大的腮幫子，看起來一臉和善，聲音也很溫柔。眼睛長得和茂左右衛門很像。

他眨了眨眼，視線停在蓑吉繫在腰間的稻草百足。

「那個驅蛇護身符是誰給你的？」

蓑吉急忙握住驅蛇護身符，將他藏了起來。太一郎見狀笑了。

「我沒有要責怪你的意思。別那麼緊張。你可是我爺爺的救命恩人呢。」
長橋茂左右衛門嘴巴微張地沉睡著。面如白蠟。
「……因爲有小花陪我。」
「喔，那匹馬，是嗎？雖然已上了年紀，不過是匹好馬。」
說完後，太一郎頭側向一旁。
「不過說來也奇怪。那麼巨大的怪物來襲，光是那氣味和聲音，馬兒應該就會害怕得不得了才對。」
「嗯。馬廄裡的馬，在怪物來的時候全跑光了，只有小花不同。」
「你說怪物當時反而還顯得怯縮，對吧？眞是奇怪。」
蓑吉也這麼覺得，「而且那隻怪物沒吃馬。」
即使馬兒沒逃散，仍留在馬廄裡，也不會被怪物襲擊嗎？想到這點，便令人感到在意。
「牠只會襲擊人類，是吧？」
太一郎望著祖父的睡臉，悄聲問道，「大師不知道情況怎樣？」
蓑吉不清楚，他想回答不知道。因爲蓑吉實在不想說，他被怪被遠遠地拋飛，大概是沒救了。
「大師身上也帶著驅蛇護身符嗎？」
「嗯，加介先生也給了他一個。」
「那他一定不會有事。」太一郎瞇起眼睛，露出笑容，「他會前去解救小台大人，兩個人一起回來，對吧？」
蓑吉頷首，以拳頭拭淚。

「來，我們去廚房吃點東西吧。女眷已煮好飯。你是名賀村村長的救命恩人，要吃飽一點。」

蓑吉依言前往廚房後，在那裡工作的女眷全聚了過來，服侍蓑吉。

她們不斷向蓑吉搭話，但要是太過多嘴，恐怕會給太一郎添麻煩。而且塡飽肚子後，突然疲勞湧現，昏昏欲睡，連抬頭都覺得累。蓑吉說要去上茅廁，溜出廚房。

從山上回來後，還沒見到加介。阿千和老爺子應該是待在溜家裡吧。

小花在哪兒？就像想念溜家裡的人們一樣，蓑吉現在也很想念小花。他拖著沉重的步伐繞到宅邸後方查看，發現馬廄裡繫著五匹馬。最前面的一匹就是小花。

一名男子身穿緊身工作褲，搭上印有「箍」標幟的棉襖，正在照顧馬匹。應該是這家人的馬廄管理人。他以揉成一團的稻草，擦拭一匹馬的身體。一看到蓑吉，男子便向他喚道：

「噢，小弟弟，你還好吧？」

「叔叔，我可以待這兒嗎？」

「啊？應該請你到宅邸裡坐才對吧。」

看來，這名馬廄管理人也知道蓑吉是帶回村長的大功臣。

「我待這裡就好了。我想和小花在一起。」

「小花？你帶回來的那匹要塞的馬，對吧？」

馬廄管理人朝小花努了努下巴，「牠已經是匹老馬了，很聰明呢，所以要塞的番士才會那麼愛護牠。」

男子只是照料一會兒，似乎就已明白。沒錯，小花很聰明，所以才不怕怪物。也許牠知道，只要勇敢面對，怪物就會夾著尾巴逃走。

「你聽好了，村裡的馬對你和小花都還不熟悉，小心別被牠們踢飛喔。」

蓑吉湊近小花，撥開馬兒腳下堆積如山的稻草，鑽進裡頭。小花低下頭，朝蓑吉臉上舔了一口。馬廄管理人見狀後笑了。

「牠和你很熟呢。」

蓑吉伸手碰觸小花的前腳。那股溫熱，令他差點流下淚來。

只要和小花在一起就感到安心。只要有小花在，怪物一點都不可怕。小花已經是匹老馬，不過牠既強悍，又聰明。和爺爺一樣……

蓑吉終於沉沉入睡。

四周一陣喧鬧，馬兒頻頻以鼻子噴氣，馬蹄蹬地。

蓑吉就像從睡夢裡衝出似的，猛然一躍而起。剛才那名馬廄管理人，以及另一名身穿棉襖的年輕人，正準備把馬兒往外拉。

「小弟弟，你醒啦。你來拉小花。我們要將牠們牽往滿作家。」

我睡多久了？他還覺得迷迷糊糊，沒完全清醒。馬廄管理人催促蓑吉：

「動作快。牠們是村裡很重要的馬匹。」

「不過，不是有更重要的馬要來嗎？你就別再嘮叨了。」年輕人向馬廄管理人勸說道。

「小弟弟，快起來。你的臉好髒啊。你可別以這副模樣進屋喔。因爲現在情況很特殊。」

「怪、怪物來了，是嗎？」

蓑吉認定的「特殊情況」只有這件事。但馬廄管理人和那名年輕人爲之發噱，「你還眞是搞不清楚狀況呢。是來了一位身分特殊的客人。」

「爲了讓筆頭大人眾家臣的坐騎休息，得趕緊將這裡清空才行。」

蓑吉聽得一頭霧水。筆頭大人？這是誰啊？『重家城』是什麼？

可能是見蓑吉一直搞不清楚狀況，感到焦急，馬廄管理人快步朝他走來，扶他起站起，拂去他身上的稻草。

「村長受傷躺在床上，太一郎先生也爲此苦惱。我們絕不能出醜。喏。」

馬廏管理人要蓑吉握住套在小花身上的韁繩。雖然沒有馬鞍，但已套上馬轡。

「快點跟我走。」

他們要前往的「滿作家」位於村莊南側，一處地勢較高的地方。他們走出馬廏，繞過宅邸後方，在走上坡道的途中，蓑吉不經意地回頭而望，大吃一驚。

村長宅邸的玄關前，放著一具裝飾得金光閃閃的交通工具，蓑吉有生以來第一次見識這種東西。他之所以認爲那是「交通工具」，也是因爲那個像箱子般的物體兩旁的竹簾往上捲，裡頭有個像坐墊的東西，而且有一根粗大的棍子貫穿其中，像是可以讓人一前一後加以扛起，所以他才會有這番猜測。

「叔叔，那是什麼？」

引領馬匹前行的馬廏管理人，不知爲何，刻意壓低聲音回答蓑吉的詢問。

「那個是轎子。很氣派吧。能在這種地方看到轎子，眞是有眼福啊。」

逐漸西沉的春日，在轎子五顏六色的裝飾上形成折射，格外刺眼。

「你睜大眼睛瞧仔細了。但不能正眼直視，要低頭抬眼看。那是筆頭大人的夫人乘坐的轎子。」

馬廄管理人充滿敬畏地壓低聲音，匆忙地說道。

筆頭大人的夫人，得讓他們所騎的馬在宅邸的馬廄裡休息才行，是吧？

滿作家沒有馬廄，馬兒都繫在後院。馬廄管理人說，雖然是在忙亂中照顧這些馬兒，但好在不必擔心下雨。名賀村的馬兒並非歸村長所有。一匹馬擁有十個人的力量，是很重要的幫手。所以在使用時，要很體恤牠們。即使是要馬兒拉貨車，也只能挑平坦的路面走。

那位「筆頭大人的夫人」來到村長的宅邸，似乎真的是件大事。滿作家裡的人也頻頻談論此事，神情高興又興奮。

怪物的事、村莊的防禦工作，他們沒忘吧？蓑吉好想回溜家。

他前往繫馬的地方，但那裡有人，無法擅自帶小花離開。他只好放棄，獨自前往溜家。

老爺子在溜家門前。他站在前庭的高崖處，一隻手擺在眉前，眺望村裡的情形。蓑吉出聲叫喚後，他才把手放下，駝著背，以他最快的速度走來。他那牙齒掉光的嘴巴動了動，好像想說些什麼，但最後什麼也沒說，只是輕撫蓑吉的頭。

「啊，蓑吉！」

阿千走出屋外，加入他們。

「你跑哪兒去了。」

剛才阿千一直沒空哭，現在則是毫不顧忌地大哭起來。她似乎老早就哭過了，眼皮顯得紅腫。想到她是爲宗榮大人和朱音大人而哭，蓑吉也跟著鼻酸。

「加介先生也回來了。往這兒走。」

宗榮、加介、蓑吉三人走進後山，是今天早上的事。現在終於天黑，好漫長的一天。

加介仍是之前在山裡與他道別時的穿著。蓑吉心想，不知道他正在忙什麼。只見加介在後院立起木樁，纏上繩子，在上頭掛上許多金屬器具。

「我要和其他男丁一起輪流站崗，而阿千也要去幫忙煮飯、提水。」

老爺子和蓑吉最好也別待在溜家，改去其他村民家中暫住——加介說：

「像那樣的柵欄，擋不住怪物。不過，我盡可能蒐集這些金屬器具掛在這裡，怪物要是從後山來到這裡，馬上就會知道。」

村民最好都聚在村裡的中心。如果可以，最好全都待在村長的宅邸裡。溜家這三人為了這裡的事忙得不可開交，似乎還不知道「筆頭大人的夫人」到來一事。

蓑吉將他聽聞的事告訴他們後，阿千和加介嚇得腿軟，但老爺子倒是處之泰然。

「應該是來巡視吧。」

老爺子口中含糊不清的聲音，終於轉為人話。他的聲音很沙啞，說起話來比永津野的地方口音還要慢。

「巡視？可是老爺子，來的是夫人呢。」

「筆頭大人的夫人，是御藏大人的千金，與我們這一帶頗有淵源。」

蓑吉不懂「御藏大人」的意思，但阿千和加介似乎懂得。

「喔，因為這一帶以前是『御藏大人』所屬的山。」

「不過，只有夫人獨自前來，這就奇怪了。」

阿千以哭腫的臉，語帶傲氣地說完後，旋即轉為驚訝的表情，「老爺子，你為何如此清楚夫人的事？」

老爺子就只是笑而不答。

蓑吉愈來愈擔心。在滿作家是如此，如今這裡也一樣，名賀村的人們因爲貴客到來而滿心歡喜，完全忘了怪物的事。

「要是這時候怪物來襲的話……」

加介倒是很沉著，對蓑吉這番話應了一聲，「要是發生這種事可就麻煩了，得更加嚴密防備才行。不過蓑吉，夫人有許多家臣隨行，對吧？」

「嗯。聽說是騎馬前來。」

「如果是筆頭大人的家臣，那可稱得上是武士中的武士。令人安心不少。」

「可是，他們會相信嗎？」

「要是村長能醒來跟他們說明就好了。」

蓑吉與加介彼此不安的眼神交會，阿千突然俐落地抬起頭來。

「你們快去把手和臉洗一洗，換件衣服。」

「阿千姊，怎麼了？」

「得去村長宅邸，幫太一郎先生的忙才行。此事只有親身遇見怪物的你們才辦得到！」

去幫太一郎先生的忙，意思應該是說，要幫忙太一郎向筆頭大人的夫人一行說明，現在有個莫大的危機正步步逼近名賀村。

加介馬上變得結結巴巴，「這、這怎麼行呢。阿千，要我去晉見夫人，我才沒那個膽呢。」

「如果光太一郎先生的說詞還不夠，你們就得當面說明。不管你的表情有多窩囊，都還是得晉見夫人。比起因畏怯而裹足不前，這麼做才算是忠義。」

阿千那哭腫的眼皮底下，有一對閃著精光的雙眸，「如果小台大人在，一定會這麼做。」

「小台大人的身分和我們不同。」

「加介，別再磨蹭囉嗦了！快去洗把臉！」

大家一起去村長宅邸。面對怒氣騰騰的阿千，老爺子嘴巴動個不停，笑咪咪地朝她搖了搖頭，「我待在這裡。」

「老爺子，你怎麼如此不明事理呢。」

「就是說啊。怪物要來了。」

「我身上早已沒半點人氣。」

老爺子彎起他那原本就彎駝的後背，把臉湊向蓑吉面前說道：

「我已和山裡的木石一樣。連野獸的鼻子也聞不出我的氣味。」

接著他眼角的皺紋加深，若有所思地眨了眨眼。

「那隻山裡的妖怪，我也非得親眼見識一下不可。」

老爺子眨眼的眼神，令蓑吉想起小花的眼神。不爲任何事動搖，帶有沉穩與溫情。就像小花不怕怪物一樣，老爺子也不怕。蓑吉隱隱有這種感覺。

這是蓑吉唯一的根據，但他對此深信不疑。「老爺子，你眞是的。」如此叨念的阿千和什麼話也沒說的加介，應該也是同樣的想法。

三人就此離開溜家，而在他們背後，褪色的血色夕陽，正緩緩落向後山。

三

包覆大平良山和小平良山的夜空，滿天星斗閃耀。

今晚星月爭輝，是個美得令人瞠目的夜晚。從未見過這樣的景色。看來，我已來到了陰間……

他心裡這麼想，想要坐起身。背後一陣劇痛，臀部也隱隱發疼。雖然睡在潮溼鬆軟的東西上頭，但全身痛得骨頭都快散了。

我還活著。

榊田宗榮對自己的好運感到驚詫。他打從心底覺得好笑，呵呵笑了起來。

「武士大人，您醒啦。」

一個沙啞而粗獷的聲音向他喚道。宗榮此時仰躺在地，雖然看得到夜空，卻看不到四周。

眼前突然出現一張臉蛋。此人是名老翁，皮膚就像是用醬油煮過的粗繩。

才看一眼便知道這麼多，並非全然仗著星光。老翁身後搖曳的火焰亮光，照向他那對大大的招風耳。是篝火。

「我怎麼了？」

宗榮如此詢問。出聲講話後，感到後頸一陣疼痛。

「我也沒目睹經過。你好像是掉在草叢裡，撿了一命。」

老翁的聲音和布滿皺紋的嘴角都帶著笑意。

「要起身看看嗎？」

話才剛說完，老翁已一把抓住宗榮的手臂，另一隻手伸向他背後，一把將他扶起。腰部和臀部頓時感受到一股難耐的痛楚，但猛然回神後發現，自己已坐起身。宗榮躺在冬季時層層堆疊的腐爛枯葉所化成的泥土上。

「老先生，是你救了我嗎？感激不盡。」

「我什麼都沒做，只是剛好發現你。你自己運氣好。」

篝火發出清脆的爆裂聲。這裡似乎是森林裡的一處小窪地，周圍布滿隆起的樹根。

宗榮先試著動一動雙手手指。草鞋不知是脫落，還是老翁替他脫下，他現在打著赤腳，所以他一併試著動起腳趾。全都順暢無礙。接著他試著右手摩娑後頸，左手摩娑腰部。膝部也能彎曲。等到明天朝陽出現，就能細看自己滿是瘀青的身體，不過似乎沒受重傷。當眞是運勢過人。

「武士大人，你是被那隻卑鄙的貪吃妖怪給甩飛的吧。不過，好在沒被牠吃掉。」

老翁的農作服外套著一件棉襖背心，腳下穿著一雙外頭縫上布，高度直達小腿，模樣奇怪的草鞋。他一面折斷樹枝丟進篝火中，一面以平淡的口吻說道。

「你是指那隻怪物嗎？」

老翁頷首，「我的村莊也被牠毀了。」

原來如此。「是仁谷村，對吧？」

老翁似乎頗為驚訝，轉身面向宗榮，那對花白的長眉，右側眉尾特別稀疏。是因為舊傷所造成。

看來不是一名普通的農夫。宗榮還沒想到這點，便已看到旁邊一根特別粗大的樹根旁立著一把火槍。宗榮心臟噗通一跳。

「老先生，你是仁谷村的槍手，對吧？是村裡的番人嗎？」

老翁對宗榮露出狐疑的眼神。

「你有個名叫蓑吉的孫子，對吧？年約十歲，一個很聰慧的孩子。」

這次老翁大爲驚詫，手中的樹枝因此脫手，「武士大人，你知道我孫子！」

「嗯，我知道。你是蓑吉的爺爺，對吧？」

宗榮向仁谷村的番人——槍手源一——道出蓑吉的一切。在說明的過程中，源一朝他遞出裝水的竹筒。

「這麼說來，蓑吉現在在永津野的要塞裡嘍？」

宗榮本想端正坐好，但周身疼痛，無法隨意行動，只好以目前的姿勢低頭行了一禮。

「沒錯。是我帶他去的。但我沒能保護好他，自己一個人被甩飛，成了這副模樣。慚愧。」

有一段時間，現場只聽得見篝火的爆裂聲。宗榮悄悄抬眼，發現源一注視著搖曳的火焰，雙眼炯炯。

「蓑吉跑得快，在武士大人與那隻怪物搏鬥時，他早逃走了，一定不會有事。請不必向我低頭道歉。」

宗榮伸手朝臉上抹了一把，覺得顴骨一帶刺痛，上頭黏著已乾涸的血。

一陣夜風吹來。這處窪地相當凹陷，風從頭頂上方吹過。藉由篝火白煙的流動，可看出現在位於下風處。能遇上熟悉北二條山林的源一，令人壯膽不少。

「對了，這裡是哪裡？」

「是大平良山山腳處的森林。」

「這麼說來，這裡還是屬於永津野的範圍。你想一直待在這裡嗎？」

老人默默頷首，伸長手將擺在一旁的一只堅韌布袋取來，從裡頭拿出幾個黑漆漆的小東西，遞給宗榮。

是柿餅。張口一咬，硬得幾乎咬不動。

「村莊被毀後，我一度回到村內，但沒遇到生還者。」

「可是，你一個人也無能爲力吧。要不要到香山城下去求援……」

源一發出一聲嗤笑，「武士大人，你沒在山上打獵過吧？」

「嗯，不論是在野外還是山上，我都沒打過獵。」

「雖然那是隻巨大的野獸，但畢竟也只有一隻。我一個人追捕還比較快。」

宗榮爲之瞠目，「你打算獨自收拾牠嗎？」

「要是不收拾牠，又會有北二條的人被牠吞噬。我還得爲被牠吞噬的人報仇。」

源一的眼睛閃著寒光，映照出篝火的火焰。那是獵人的眼神。

「可是牠不好對付。你看過牠攻擊要塞的模樣嗎？刀、箭、火槍都對牠不管用。牠以長長的舌頭和尾巴毀了要塞，長有鉤爪的大腳將一切全部踩扁。」

源一一再點頭說道，「我早知道了，我全都親眼見識過。」

「我也一直在這一帶行走，見識了不少事。不過，要收拾怪物，只能看準牠的巢穴下手。」

怪物的窩，是嗎？

「牠來自大平良山。我也要上那座山。」

源一說得自信滿滿。那只是了解山林的獵人直覺嗎？還是依據更可靠的證據所做出的結論？宗榮難以判斷。

「永津野很少有浪人。武士大人，你是當差時犯了錯嗎？」

源一毫不忌諱地問道。宗榮啃著堅硬的柿餅，忍不住笑出聲來。

「我不是永津野的藩士，也不是領民，是名旅行者。只是不自覺地在此地久待，然後捲入這樣的風波中。」

「喔。」

夜氣令人感到背後發冷，宗榮雙手往身上不住摩擦。源一正準備站起身時，突然皺起眉頭，按向腰間。

「武士大人，那裡有蓑衣。如果覺得冷，就披上它吧。」

他原本可能是想幫宗榮取來。宗榮緩緩站起身。

「我叫榊田宗榮。叫我宗榮就行了，爺爺。」

「只有蓑吉叫我爺爺。」

「那我就叫你源爺吧。源爺，你的背是原本就駝，還是因爲受傷？」

「村莊遇襲時受了傷。」

「那麼，請你躺下，我幫你看看。」

「咦？什麼？」

「你躺下就是了。」

開始活動筋骨後，宗榮原本擠迫的身體也變得舒緩許多。他檢查源一的身子後發現，源一傷到的不是腰，反而是臀部。可能是在跌倒或是高處滾落時，重重撞到臀部。

「你身上可有攜帶草藥之類的東西？」

「在袋子裡。是我從馬留那裡拿來的。」

裡頭有幾個藥包。宗榮鼻子湊近嗅聞。全是藥粉，沒有膏藥。

「香山盛行藥材精製，造山不是也會從事培育藥材的工作嗎？你對藥材了解不深嗎？」

「我是番人，只懂山林和火槍。」

「那就沒辦法了。會有點痛，但請忍耐一點，照我說的做。」

宗榮對他進行拿手的治療後，源一表情為之一變。

「武士大人，你是大夫嗎？」

「不不不，這是名為活法的一項技藝。」

源一的膝蓋也受了傷。膝蓋的治療手法稍微粗暴了點，源一叫出聲來，但以活法治療後，他馬上就能站立，露出像在看魔術表演般的神情。

「武士大人，你果然是位大夫。」

「不是。這次換你幫我了。」

要對自己施展活法，需要源一的幫忙。宗榮請源一扭轉他的手臂往後拉，並指示他敲打某些部位，自己的疼痛也就此減緩許多。

最後他們各服了一包藥。馬留裡的藥有「止痛藥、退燒藥、腹瀉藥」，所幸還有三分之一猜對的機率，即使服錯了藥也無害。

「……宗榮大人，你真是位奇怪的武士大人。」

源一訝異地說道，但他的話語中帶有一份親近感。

「源爺，你要不要和我一起去名賀村？反正你都來到永津野的領地內了。即使你要找尋怪物的巢穴，也可以在村裡備齊需要的物品後再去不遲。」

源一搖頭，「我這樣就行了，只要有這把火槍就夠了。」

「火藥對付不了那隻怪物。」

「不管怎樣的動物，都有其要害。」

宗榮記得自己也對蓑吉說過類似的話，但那隻怪物眞的有弱點嗎？

「我要在牠的巢穴裡埋伏，一槍撂倒牠。宗榮大人你回去吧。只要順著下風處穿過森林，就能平安回到村內。」

「你不想和蓑吉見面嗎？那孩子一定也回到名賀村了。」

「如果平安無事，就能再相見。」源一咧嘴一笑，露出平整的牙齒，「在那之前，蓑吉就麻煩你照顧了，大師。」

盈滿這名老翁體內，同時顯現在他臉上的心中情感，並非自信，而是憤怒、恐懼，以及責任感。另外還有一項。

——是知識嗎？

「源爺，剛才聽你那樣說，關於那隻怪物，你好像知道些什麼。你以前曾經見過牠嗎？」

源一馬上眨了眨眼，「不，怎麼可能。」

回答得太快了點，眼神游移。

「不過，關於那隻教人意想不到的妖怪，你看起來不像是第一次見過牠。如果你知道些什麼，請告訴我。即使是再微不足道的事也無妨。拜託你了，我也想打倒牠。」

源一皺起眉頭，正面仔細打量著宗榮。宗榮也回望他，毫不閃躲。雙方視線互相激盪——其實不然，藉由剛才互相以活法治療後，兩人之間已有了一份親近感，最後源一已當宗榮是自己人。

「大師，你原本是哪裡人？」

「我來自江戶，現在是雲遊諸國的流浪漢。不論是永津野還是香山，和我都沒有任何瓜葛。」

「你身上沒有佩刀。」

「長刀在旅途中典當了。至於短刀，我在入山時插在腰間，但被怪物甩飛時遺失了。」

源一嘆了口氣，這時候他轉為老人的口吻。

「關於怪物的事，我是從我父親口中聽聞，而我父親是從他父親那裡聽來。」

我聽說過此事——源一道：

「那是這座山的邪氣所匯聚而成的妖怪。」

「不是尋常的動物，對吧？」

「沒錯，是這塊土地的邪障。所以只有這裡的人才能打倒牠，其他地方的人沒辦法。不是永津野的人，就是香山的人。因為以前兩邊是同一個藩國。」

宗榮細細思索這番話。土地的邪障，山的邪氣。這麼說來……

「在怪物出現前，會吹來一股腥風，當時蓑吉說這陣風是山神生氣的象徵。」

山神狂呑——

源一瞇起眼睛，點了點頭，「我只告訴蓑吉一點點，不過他倒是記住了。」

「聽說狂呑是因飢餓而發怒的意思。」

「嗯，牠是妖怪，不管再怎麼吃也吃不飽。所以才會發怒，大肆破壞。」

是很久以前，這座山所形成的邪障——

「我父親說，要是初春時吹來這陣風，山犬和飛鳥逃出山林，就得特別小心。」

原來如此。但源一剛才很肯定地說怪物是來自大平良山，大平良山應該有山神坐鎮才對。

「怪物是山神的化身，還是祂的手下？」

源一凝睇著宗榮，「大師，話可不能亂說。山神豈會以那麼醜陋的模樣吃人！」

「既然這樣，怪物是山神的仇人？」

源一似乎顯得有點不耐煩，嘴角垂落，「我不像大師你那麼博學。我只知道從我父親那裡聽來的事。」

「我、我知道了。請告訴我，拜託你了。」

源一翻動篝火，表情略顯凝重，接著低聲道：

「我父親是位獵人，年輕時常在這一帶的山林走動。」

那是香山藩展開「造山」之前的事。

「我是那時候聽說的。有位名叫伍平的獵人，是我父親的同伴，某天他迷了路。」

這時候源一就像聞到什麼臭味般，皺起鼻頭。

「伍平是個醉鬼，在山裡行走時，一樣會喝自己私釀的酒。他兒子伍一還有孫子伍助，也是醉鬼，所以他們這家人眞是不折不扣的醉鬼一家。」

此事姑且不談，當時因酒醉而迷路的伍平，別說東西南北了，就連上下也分不清，腦子一片混亂。

「他連村裡的燈火和山巔的星光都搞混，一路登上了大平良山。」

然後在山神坐鎮的深邃森林裡，聽到細微的鼾聲，並聞到像魚肚腐爛的怪味，他立刻清醒。

——不能再繼續往前走了！

「因爲覺得可怕，他一路滲尿，穿過森林，撥開草叢，連滾帶爬地衝下山。」

鼾聲和怪味，確實會讓人聯想到那隻怪物，但那是以前的事。

「伍平看到的，是現在大肆破壞的那隻怪物的父母嗎？怪物是成對以大平良山爲地盤嗎？」

源一以嚴峻的表情搖了搖頭，「不，山上就只有那一隻，一定只能造出一隻。」

「造出？」

「大師，請看你身後。」

宗榮依言轉身一看，發現附近一株樹下，有個奇怪的黑色物體。

「是那傢伙纏在大師身上的舌頭。」

源一「發現」宗榮時，這舌頭已轉爲黑色。

「我將它扯下丟在一旁後，它就逐漸變成這副模樣。」

宗榮伸手碰觸。以指頭一戳，馬上形成凹洞並崩毀。像潮溼的一團灰，或是乾掉的泥巴。

「既沒腐爛，也沒臭味。」

宗榮頷首，「如果是動物的肉，不會變成這樣。」

「所以我才說，那是邪氣匯聚成的妖怪。」

沒有壽命，也不會繁殖。

「那麼源爺，牠是誰造出來的？」

源一不發一語地注視著篝火。

「你是不知道，還是明明知道，卻因爲覺得可怕而說不出口？」

篝火爆裂，火粉飛散。

「——瓜生大人的血脈中，流傳著一種咒術。」

宗榮一時懷疑是自己聽錯了。

「咒術？」

「能召喚山神，呼風喚雨，甚至改變水的流向。」

那是連山神創造生命的能力也能操控的術法。

「這麼說來，那怪物也是咒術所創造？」

即使眞能做到這點，這麼做有何用意？

「我聽說瓜生家是自古便在這塊土地上扎根的鄉士……」

「沒錯。」

「瓜生大人創造出這樣的怪物，將他重視的領民全部吃個精光，這樣有什麼好處？」

源一皺起眉頭，「大師，沒想到你悟力這麼差。天底下沒有哪個笨蛋，會創造出這種打從一開始就吃自己人的怪物。」

目的是要派怪物去打倒敵人——源一說。

這未免未免太離譜了。宗榮爲之一愣，差點笑了出來。

「也就是說，派遣怪物代替武士，在戰場上殺敵，是嗎？」

「沒錯，不過一旦上戰場時，我方也一同喪命。這麼一來，不管有沒有怪物，結果都一樣。」

這句嚴峻的話語，令宗榮收起臉上的笑意。他微微感到戰慄。

怪物如同武器。武器是與敵人戰鬥的道具，但如果朝向我方，同樣會傷人。打仗是敵我雙方之事，一旦拿起武器，敵我雙方不可能毫無傷亡。

「當初在權現大人（註）取得天下的那場戰役中……」

關原之戰已是百年前的事。

「香山一帶湊巧回歸永津野龍崎氏的領地。」

源一說出很奇怪的話來，「湊巧？香山以前和永津野不是合屬一個藩國嗎？」

「沒錯。不過在那長期戰亂的世道，永津野也稱不上什麼大國。在上杉、武田、伊達的多方侵攻下，每次都投靠不同陣營。」

每一次在對方強盛的軍勢下俯首稱臣，永津野龍崎氏便將香山一帶的山林及居民獻給對方，當成是順從的證明。

「以前香山還沒開始造山，所以不如現在興盛，不過香山在製造藥材方面，早在當時就已聞名遐邇。」

做爲這些原料的草木所生長的山林，以及擁有精製藥材的知識與技術的居民，對每個軍隊來說都相當重要。所以香山有時被當人質，有時當戰利品，頗受重視。時而獻出，時而被奪，時而被其他勢力劫取，時而被龍崎氏取回，回歸自己領地，不斷輾轉。

宗榮想起，他曾聽村長長橋茂左右衛門提過，香山昔日被稱做「永津野龍崎氏捨棄的棋子」。茂左右衛門當時語帶不屑地說道，原來背後有這層含意。

註：德川家康的尊稱。

而當初身爲永津野龍崎氏麾下重臣的瓜生氏，將族人的故鄉香山一帶交其看管，食其奉祿。就像進貢品一樣，四處送人，全憑主君高興，這樣的土地、人民，以及命運，瓜生氏全忍了下來。

後來等到決定天下態勢的關原之戰登場時，瓜生氏認定這是他擺脫不講理的龍崎氏統治，讓香山獨立自主，千載難逢的好機會，展開一場豪賭。

「當時永津野龍崎大人選擇投靠上杉。」

將天下一分爲二的那場戰役的西軍。

「至於香山的瓜生大人，則是看出東軍勝券在握，於是悄悄派使者與權現大人聯絡。」

背棄自己主君的命令，暗中倒戈向東軍的德川陣營。

這場豪賭賭對了。關原之戰的結果是東軍獲勝。天下終於平定，設立江戶幕府，德川將軍的統治接著展開。在他的主政下，香山瓜生氏以一位小小的外樣大名（註）立足於世，但令他感到既意外又遺憾的，是鄰藩的永津野龍崎氏仍舊存在。

「原來是這麼回事。」

儘管先前在名賀村不時會聽聞此事，但當時就只是隨便聽聽，不是很了解永津野與香山之間互不相讓的緣由，現在宗榮終於明白了始末。

永津野的龍崎氏，至今仍秉持尚武的家風。他們投靠西軍主將之一的上杉，始終驍勇善戰地在場上殺敵。爲了消除西軍陣營內對於瓜生氏窩裡反的猜疑，想必龍崎氏極力向同伴展現十足的誠意。

而日後打算公然展開武士政治的德川幕府，也感受到其武士精神，所以才沒滅了永津野藩。與那場戰役有關的軼聞中，留下許多敗軍之將的美談，造就了戰爭故事的好題材。在關原之戰中落敗的上杉氏，其高超的外交手腕，想必也解救了不少跟隨他們的武將。

至於香山的瓜生氏，雖然在戰時是投靠東軍的自己人，但戰爭結束後，卻成了敵方的背叛者。背叛龍崎的叛臣，即使日後成爲德川的家臣，也難保不會再背叛——他們遭受這樣的冷眼看待。不管再怎麼費盡脣舌解釋，一度背信過的人，再也無法獲得信任，此乃人之常情。

瓜生氏以背叛換來大名的地位與香山領地。龍崎氏則是在遭到背叛落敗後，仍保有藩國、領地，以及顏面。這兩藩之間仍保有的主藩與支藩的關係，是幕府對雙方的懲治，也是牽制。

永津野與香山算是分裂成兩個藩國，痛苦均分。其結果卻是憤怒與猜疑仍深植不去……

「詳情我不是很了解。」源一冷言道，「我父親應該也不清楚。不過，這件事與那隻怪物有關。」

獨自爲此沉思的宗榮猛然一驚，「這麼說來，這隻怪物是在那個時代創造出的？」

源一皺起額頭的皺紋，點了點頭，「看在永津野的藩主眼中，瓜生大人是背叛者。儘管東軍與西軍的戰事已結束，或許還是能舉兵將香山攻下。」

雙方的戰力昭然若揭。香山如果眞的遭受攻擊，肯定潰不成軍。

「所以香山才想以咒術造出怪物來迎擊，是嗎？」

「不過，當時好像沒眞的用上，此事就已落幕。這是我父親說的。」

沒眞的用上，此事就已落幕——因爲永津野與香山之間沒引發內戰。

「可能是永津野也沒餘力攻打香山吧。或者是他們明白現在不能引發戰事，得先忍下這口

註：江户幕府時代，親藩和譜代之外的大名。主要是在關原之戰後臣服德川氏的大名。

氣。」

雖然決定天下態勢的決戰已經結束，但並非一切都已平定。在大坂之役豐臣家滅亡之前，都不算是眞正的天下太平，將軍家與諸大名之間仍存有一定的緊張感。在這種情況下，奧州鄉下的兩個小藩內鬥，不知會引來何種災難。要是因此失去好不容易得來的安穩地位，可就前功盡棄了。

「所以那隻怪物一直在大平良山上呼呼大睡。」

源一說得好像那隻怪物會睡午覺似的。但宗榮心想，既然牠是咒術創造出的怪物，之前應該是被咒術封印才對，就封印在山神坐鎭的止步山上某處。

那怪物爲何現在才現身？

是封印的咒術失效了嗎？還是有施術者令怪物覺醒，這次打算和永津野一戰？

——是永津野的曾谷彈正和牛頭馬面的生人狩獵所造成嗎？

怪物是因爲瓜生的子民遭生人狩獵悲泣而震怒，因而覺醒嗎？但爲何會吃了瓜生的村民？

宗榮手臂再次冒出雞皮疙瘩。一旦開戰便四處傷人，不分敵我。武器無法靠自己的意識分辨敵我。對怪物來說，不論是香山的人民和村莊，還是永津野的番士和要塞，這一切在身爲武器的牠眼裡都是必須鏟除的對象。

牠的存在本身就是「戰爭」。宗榮之所以發冷而顫抖，並非山裡夜氣的緣故。

「那麼源爺，想要打倒牠，不是應該先找出傳授瓜生家這項咒術的人嗎？」

源一瞪大眼睛，撐大鼻翼。

「我不知道這個人在哪兒。」

「既然是香山一族的人，應該就在香山城下吧。有相當身分地位的人……」

「如果是這樣，我怎麼可能見得到面。」
源一置若罔聞。
「大師，即使牠是咒術創造出的怪物，本體也是某種生物。不是蟾蜍，就是青蛙或蜥蜴。」
以動物爲主體，再以土塊或泥巴塑形，然後將邪氣和瘴氣封入其中，造就出如此醜陋的姿態。怪物被切斷的舌頭之所以瞬間崩塌，一定也是因爲被拿來當成其「主體」，而被賦予短暫生命的動物，被切落了舌頭這部位。源一很肯定地如此說道：
「因此，要是射中牠的要害，便能殺了牠。一定是牠的心臟。要不就是眉間。」
這名老槍手將擺在一旁的武器取來，開始以手巾擦拭。黑鐵微微發出寒光。
宗榮略感不安。
「那隻怪物沒有眼睛，所以沒有眉間。」
「沒有眼睛？」
「嗯。連容納眼睛的眼窩也沒有，總之是一隻很奇怪的龐然大物。要是牠連心臟也沒有，你要怎麼辦？」
源一感到掃興，「大師，你沒必要勉強跟著我。」
「抱歉，我並不是感到膽怯。」
宗榮搔著他那蓬鬆亂髮。
「源爺，這一帶關於那隻怪物的傳聞……尤其是關於瓜生氏的咒術，你可知道有誰熟悉此事？我自認見多識廣，但如此光怪陸離的事，還是第一次聽聞。」
「你不相信就算了，我無所謂。」

「別這麼快生氣嘛。拜託，請告訴我。有誰熟悉此事？」

只憑一把槍，還有臆測和直覺，就要與那隻怪物對抗，這樣未免太早了點。需要更多線索。

源一停下以手巾擦槍的動作，臉色凝重地展開思索。稍頃過後，他抬眼道：

「應該是妙高寺的住持吧。」

從北二條繼續往山裡走，位於深山裡的一座古寺。

「在展開造山前，就已經有那座寺院。現今已嚴重荒廢，有一位住持守著那座寺院。偶爾有村裡的人會前去探望。」

對了，住持不知是否平安無事——源一突然慌了起來。

「連我也忘了那座寺院。」

「平時很少有人往來。」

「因為它地處深山。」

「是歷史悠久的寺院嗎？」

「歷史悠不悠久，我就不清楚了。」

源一就像毫不在意這種事似的，眨眨眼，接著像是想到了什麼，皺起眉頭。

「對了，妙高寺沒有鐘。」

雖然有鐘樓，卻沒有鐘，聽說好像打從一開始就沒有。

「那叫做妙高寺『不會響的鐘』是山裡的神奇傳說之一。好像也和怪物有關……」

我父親當時是怎麼說的——源一頻頻側頭回想。

「那位住持在我年輕時，就已經很老了。現在恐怕年紀像妖怪一樣老，如果是以前的事，他應該什麼都知道。」

「好，那我們就去那座寺院吧。」

宗榮懷抱一絲希望，拿定了主意。

四

夜深後，名賀村闃靜無聲。

蓑吉獨自爬上滿作家屋頂。小花在這裡。由於這戶人家的地勢較高，所以視野絕佳。爲了抵禦夜裡的寒氣，他披著草蓆，手執龕燈，定睛注視著溜家後方那座黑壓壓的後山，豎起耳朵細聽加介懸掛的金屬物有沒有發出聲響。

在阿千的鼓舞下，他回到了長橋家，但之後太一郎一直都沒找加介和蓑吉過去。村長目前情況如何，屋內是何種情形，太一郎是否已清楚地向筆頭大人的夫人以及眾家臣秉報怪物逼近名賀村的事，他完全無從得知。之後加介和阿千也都被工作追著跑，各忙各的。

在村長長橋家屋內，儘管已是深夜仍亮著燈。村民全聚集在附近的住家中，擠著睡在一起。從屋頂上方環視四周，會發現村裡到處都有人提著龕燈或燈籠在警戒。

但沒燃起篝火，村裡的男丁也都被禁止事先準備武器，這是太一郎的命令。蓑吉感到既不滿，又不安，開口提到此事。結果留在這裡照顧馬匹的那名馬廏管理人對他說：

「小弟弟，你可眞胡來。筆頭大人的夫人大駕光臨，我們要是燃起篝火，手持鋤頭和鐮刀，成何體統？看起來就像造反的農民啊。」

蓑吉被劈頭訓了一頓，額頭還被敲了一下。

蓑吉心裡無比焦急。要是宗榮大人和朱音大人在的話，一定就能辦好此事。

——在這麼重要的時刻，那位夫人來這裡做什麼啊。

他在長橋家的廚房聽人談及此事，聽說筆頭大人的千金也一同前來。

眞是一肚子火，而且肚子空空如也。

今晚星空迷人。蓑吉仰望夜空時，星星也朝他眨眼。經這麼一提才想到，之前蓑吉還無法好好說話時，朱音大人曾給他一塊精美小巧的糕點。就像星星的碎片般，入口甘甜，令人吃驚。要是天上的星星也能吃就好了。

朱音大人和宗榮大人現在不知道在哪裡。他們不會再回來了嗎？

不能有這種想法。蓑吉壓抑心裡那個膽小鬼，用力搖了搖頭。因爲搖得太用力，龕燈裡的蠟燭火也隨之搖曳。

他站在屋頂上，望向溜家。老爺子可能也還沒睡，房子裡頭點著一盞小燈。好安靜。馬兒也都睡了，聽不到呼氣聲和蹬地聲。

蓑吉轉過頭來，舉起雙手伸了個懶腰，同時隔著村長家望向村莊出入口的方向。通往幹道的坡道往下延伸，穿過森林。筆頭大人的夫人所乘坐的漂亮轎子，應該也是從那條路走來。

坡道的入口處有一人站著守衛。由於發出圓形的燈光，可見他提的是燈籠。緩緩走向右方，接著又走向左方。應該是因爲站著不動會想睡吧。

蓑吉肚子發出咕嚕咕嚕的聲響。阿千叫他吃飯糰是什麼時候的事呢？當時眞應該多吃一點。

他嘆了口氣。感覺心情低落。他以空著的那隻手揉了揉眼睛，用力朝臉頰拍了幾下後，抬起頭來。

村子入口處的亮光突然消失。

也許是看守人改變了位置。他往回走向村長家的方向嗎？是走向右邊？左邊？還是走下坡道了？

不見了。燈光熄滅了。

對了，應該只是熄滅。蠟燭燒完，燈油用盡，一定是這樣。

他眨了眨眼，再次定睛細看。這時，從村莊出入口通往幹道的那條坡道不見了。剛才在星光下，可以隱隱看出一條白色的道路，但現在卻和周遭的森林一樣，完全被黑暗所掩蓋。

蓑吉的心臟猛然噗通一跳。

那黑暗在移動。

溼滑、有形狀的黑暗。

啊，那傢伙就是那樣行動。把腳折起來，像蛇一樣滑行於森林裡、暗夜下。我知道。雖然知道，但我不敢相信牠竟然會這樣來到這裡。我不願相信。

那團黑暗爬上坡道，潛入名賀村內。村長長橋家前方，那些村民擠在一起睡覺的房子之間，宛如有滿含沉重泥濘的黑水流過。

然後黑水凝聚成形。

牠站起身，以腳站立，巨大的頭部昂起。那開雙叉的尾巴，像要將眼前滿天星辰的月夜切除般，高高捲起。

要大聲叫。蓑吉深吸一口氣，一股令人皺眉的惡臭撲鼻而來。這時，下方的馬匹開始放聲嘶嗚。

「怪物來了！」

在蓑吉大叫的同時，怪物也放聲長嘯。聽起來像是笑聲。因為牠很高興。肚子餓得難受，終於可以開飯了。好多食物！滿滿都是食物！我要吃光你們！

不光只有長嘯。怪物以後腳站立，長有鉤爪的前腳拍出響聲，顯得無比雀躍。食物！食物！食物！

「小花，怪物來了！」

蓑吉連滾帶爬地從屋頂往下衝。

到處燈火閃動。亮起新的燈火，恐懼和驚訝聲四起。怪物馬上彎起尾巴，像要將一旁屋子的屋頂擊潰般，一擊揮出。

牠的後腳比之前在山上目睹時還要健壯。脖子變得窄細，看起來更像蜥蜴了。長長的舌頭竄出。那些朝牠奔來的看守人手中的燈火，轉眼全都熄滅。

「小花！叔叔！」

馬廄管理人衝了出來。他惺忪的雙眼頓時完全清醒，嚇得眼珠子都快掉出來了。

「這、這、這什麼鬼東西啊！」

「我不是說了嗎，那是怪物！」

剛才村民還都安穩地呼呼大睡，但緊接著轉為慘叫、怒吼聲、物品毀壞，人們慌張逃竄的聲響。人們愈喧鬧，怪物愈激昂。這裡的人與要塞的番士不同。沒人想和怪物對抗。他們不是奔逃，便是嚇得腿軟。怪物很輕鬆地追上他們，一腳踩扁，以舌頭捲起，張口猛吞。而那些保護著人們的屋舍，宛如脆落的薄殼，怪物用尾巴一一搗毀。
「叔叔，放開這些馬！」
蓑吉執起小花的韁繩。
「說什麼傻話！這、這些是很重要的馬呢。」
村裡的馬匹全都害怕得不斷嘶鳴。有些馬兒不斷甩頭，口吐白沫。
「要好安撫牠們，帶到怪物身旁！不會有事的。只要馬兒與怪物對峙，怪物就會變得怯縮。」
馬廄管理人瞪大眼睛，不住搖頭，往後退卻，「不行、不行。」
接著他解開馬兒的韁繩，朝馬的臀部用力一拍，把牠們趕向怪物所在位置的另一頭——溜家的方向。
「去吧，你們快逃，快點逃。」
「不行啊，叔叔！」
小花的韁繩差點也被奪走，蓑吉極力抵抗。馬廄管理人的表情因恐懼而僵硬。
「隨、隨便你！」
馬廄管理人跟著馬匹一起跑了。蓑吉以韁繩纏在手指上，緊緊握好後，望向小花的眼睛。
「好，我們走吧。」
蓑吉牽著小花，從滿作家朝村長宅邸奔去。怪物已砸毀旁邊的兩戶人家，朝長橋家直逼而來。
「各位！快逃進森林裡！」
蓑吉扯開嗓門大喊，接著繼續往前跑。有名男子方寸大亂，眼神渙散，抱著枕頭一路奔逃。他身後有個女人背著孩子逃命。怪物的尾巴畫出一道圓弧，破空而來。

「危險，快趴下！」

女人馬上蹲下身，但背後的孩子被尾巴捲走。自己孩子被抓走，女人發出慘叫。接著牠尾巴一記回馬槍，重重打中她，將她彈飛。

傳來一陣腳步聲和怒罵聲。是村裡的男丁。各個手持鋤頭、鐮刀、釘鈀，也有人高舉著火把。怒喝著朝怪物衝去。

「喝！偶們上！」

「哇～～哇～～」

因爲恐懼和驚慌，說起話來幾乎不成人語。就只是放聲大叫。而怪物就像是加以呼應般，腹部和喉嚨發出咕嚕咕嚕的聲響。蓑吉聽過這可怕的聲音。

「快後退，不可以靠近牠啊！」

怪物要吐酸水了，大家會被溶化的。蓑吉呆立原地。

「快點退下！大家快往後退！」

從右手邊的屋子裡，出現一個奇怪的東西。仔細一看，是加介。他用粗繩以十字綁法纏住門板，做成提把，雙手高高舉起，擋住自己的身體，一路往前進。

怪物的「咕嚕咕嚕」聲愈來愈響亮。蓑吉拉著小花往後退，放聲喊道，「大家快躲好！」

怪物張開嘴巴，發出「嘔～～」的一聲，吐出胃裡的東西。

加介壓低身子，以抬起的門板承受酸水攻擊。一股酸臭擴散開來，發出「滋——」的聲響。回濺的酸水在腳下飛散開來。

怪物嘴巴微張，碩大的腦袋往右傾。應該是見自己的攻勢被「抵擋」，一時納悶不解。動作也完全停下。

就是現在，蓑吉牽著小花往前衝。但有人比蓑吉早一步衝向加介身後——是太一郎。他藉著助跑之勢，朝怪物的臉部投擲某個東西。

砰啷！發出一聲清脆的聲響，怪物的嘴角沾溼。破碎的陶器掉向牠的鉤爪上。接著太一郎又擲了一次。這次是砸中怪物的鼻子，碎裂後滴下像水的東西。

是油，陶器裡裝的是油。蓑吉爲之一驚，環視四周。如果要火種，四周多的是。有燈籠和火把。不知何時，長橋家門前冒出一個鐵籠，裡頭放著木柴，正在焚燒篝火。他們想要用它來點火！

太一郎繼續投擲，雙手都拿滿了陶器。他一路前進，最後和加介一起躲進門板後方，前後左右移動，看準怪物投擲。但陶器只擲中怪物的臉，沒丟進牠的大嘴裡。

「加介先生，加介先生。」

「後退！快點後退！」

蓑吉一面叫喚，一面拉著小花跑來。

加介嚇得差點腿軟。太一郎一把抓住粗繩，撐住門板。

「蓑吉，別過來！」

「我不怕。我有小花在！」

小花發出和現場氣氛很不協調的悠哉蹄聲，跟在蓑吉身後。搖著尾巴，豎起耳朵。

立即奏效。怪物顯得怯縮。牠關節彎折，看起來強勁有力的後腳，不住原地踏步。怪物別過臉去，不敢直視小花，喘息似地張開嘴巴。

「趁現在！」

太一郎從門板後方站起身，鼓足全身之力拋出陶器。直直地飛進怪物口中，擊中牠的下排牙齒後碎裂，裡頭的油流了出來。

「點火！點火！快射啊！」

在太一郎的號令下，後方不約而同地飛來許多小火球。是火箭。數名男丁手持短弓，朝沾油的綿球點火，插在箭頭上射出。不論是門板、陶器，還是火箭，太一郎都準備周全。

火箭接連射中怪物臉部後落下，在牠口中燃起烈焰。怪物發出一聲叫喊。那是首次聽聞的痛苦叫聲。狼狽的叫聲。蓑吉心中也燃起了希望。

「小花，我們把這傢伙趕出村莊吧！」

蓑吉俐落地爬上小花的背上。這是他第一次騎馬。連馬鞍也沒裝上。但蓑吉一把跨上馬背，小花也穩穩地載著他。手上韁繩一揮，小花發出一聲威武的嘶鳴，往前挺進。

怪物揮動頭部，想把火熄滅。牠受不了這樣的熱度，後腳不住亂蹬。可能是注意力全放在頭部的緣故，牠的尾巴垂放在地上。村裡的男丁一擁而上，以手中的柴刀和釘鈀將它砍斷。鮮血濺向眾人臉上。

當怪物轉頭面向蓑吉時，蓑吉便讓小花向前。怪物如果把臉轉開，就繞向牠面前。如此逼牠一步步後退。後來火箭用盡，再也沒朝怪物射來，但怪物身體和口中的油仍未燃盡。尾巴也只差最後幾擊，便可完全砍斷。

這傢伙今晚在吃人時，雖然用了舌頭，卻沒用舌頭攻擊人。

——這都是宗榮大人的功勞！

因爲宗榮在山上斬斷怪物的舌頭。

就像人們在吃到燙的食物時會顯得慌張一樣，怪物也抬起牠難看的前腳，按向牠起火的臉和口，無比慌亂。儘管如此，卻無法隨意行動，因爲牠的尾巴被村裡的男丁按住。看來怪物已亂了方寸，無暇注意此事。

所有男丁齊聲歡呼。

「好耶，成功了！」

「活該！」

怪物開雙叉的尾巴，被砍下將近六尺的長度。砍下的這截尾巴就像上鉤的魚一樣抖動不停。而留在身體上的剩餘尾巴，則像溜走似地捲向背後，噴出的鮮血如降雨般灑落四周。怪物自己的頭、後背，也都灑滿自己的黑血，發出濡溼的光澤。

開始發出某種爆裂聲。

蓑吉駕著小花，全神貫注地逼退怪物，起初沒聽見這個聲音。四周的男丁、太一郎、加介，也都沒聽到。除了加介外，舉著門板當盾牌的人愈來愈多，他們躲在門板後方，朝怪物丟東西，或是撿起掉地的箭矢射去，高舉火把。爲了戰勝心裡的恐懼，他們朗聲吆喝，喊著莫名其妙的話語，鼓起鬥志。在這陣喧鬧聲底下，隱隱發出啪嚓啪嚓、滋滋的聲響。聽起來就像魚串架在篝火上燒烤。

怪物的臉上和口裡的火焰終於熄滅。著火的部位顯得焦黑或發紅潰爛。由於負傷，牠似乎已失去隨著四周景色和亮度改變膚色的能力，原本混在黑暗中的黑色也變成像青蛙般的體色。背後呈條紋狀，肚子雪白。

牠背後的條紋透著古怪。蓑吉在發現聲響前，倒是先發現這點。那條紋好像在動？

那不是在動，而是剝落。尾巴的切口噴出的血液灑在背部，從灑到血的部位逐漸剝落。

剝落後，又長出新的皮膚。牠出現新的身體，上頭覆滿像黑鐵般閃著寒光的黑色鱗片。雖然在小花的嘶鳴下畏怯後退，但怪物改以後腳站立。蓑吉不禁納悶地咦了一聲。

怪物逐漸改變外貌。不光是肌膚覆滿鎧甲。原本渾圓的頭部也逐漸變細，嘴巴變得突尖，脖子變得更窄。如果光看頭部，根本和蛇沒有兩樣。

但牠同時也挺出雙肩，前腳根部的肌肉隆起。雖然腿還是一樣短，但關節變得粗大。

牠的後腳牢牢站穩，渾圓的身體逐漸緊縮，所以即使站立也不會搖搖晃晃。就像要確認自己的變化般，牠將肌肉隆起的前腳移至面前，動了動前腳的三根鉤爪。鉤爪間發出卡嚓卡嚓的聲響。

尾巴被砍斷，頭部變小，身體變細，全身縮小足足一圈，但完全不能就此鬆懈。並不覺得牠變小後，就會跟著變弱。

牠全身的變色情形結束。只剩腹部中央的一部分沒變，其他全覆滿黑色鎧甲，模樣怪異無比。與變細的身軀顯得很不協調的粗壯後腳，以及變得俐落有力的前腳。

牠的頭微微傾斜，紅色的舌頭從嘴角探出。是前端開叉的蛇信。那不是被宗榮斬斷，受過傷的舌頭。經由脫皮和變身，牠已變成另一種生物。

一般生物不會這樣。傷勢不會藉由脫皮而痊癒，也不會在淋過自己的鮮血後變身。這傢伙是如假包換的妖怪。

在宛如凍僵般無法動彈的名賀村村民面前，怪物轉動臉部，以不存在的眼睛睥睨四周。牠的視線來到長橋家前方的篝火處停住。

怪物下巴往內收，再度張嘴。

接著響起一起咆哮。全新的長嘯，重生的怪物發出的吼叫，令四周爲之顫動。

蓑吉看見了。怪物伴隨著長嘯所呼出的氣息，令長橋家門前的篝火竄升，火焰旋即往屋頂延燒。

怪物轉頭望向這邊，朝一名手持火把的男子咆哮。像篝火一樣，火把上的火也轉爲熾盛，火海瞬間將男子吞沒。

思考速度一時跟不上變化。怪物會吐火嗎？不對，是牠吐出像油一樣的「可燃物」。那會將人溶化的酸水，一點火就會燃燒！即使是在沒有火的地方，被怪物的氣息吹中的男丁紛紛痛苦得在地上打滾。好燙！快溶化了！接著火粉飄落，瞬間揚起烈焰。

蓑吉全身顫抖。在要塞時，火勢之所以延燒得那麼快，是因爲在善藏放火之前，有許多人和物體已被怪物的酸水潑中，變得易燃。

怪物一面放聲咆哮，助長火勢，一面以前腳踢垮屋頂，以後腳踢破牆壁，再次朝村莊中心前進。

「快滅火！把火種熄掉！」

傳來太一郎的聲音。加介放下門板，愣在原地。

「快潑水，拿熱水過來！」

有人下達指示，但聲音突然轉爲悲鳴，戛然而止。傳來一陣地鳴。怪物將腳下的東西踩扁，接著低頭吞噬。一個高喊救命的聲音被牠吞進肚裡。

面對四處延燒的火災，連小花也開始感到畏怯。蓑吉想逃往溜家。

「加介先生，我們去溜家吧！快點！」

在蓑吉的叫喚下，加介這才回過神來。他猶豫不決，不知該怎麼處理手中的門板。

「那東西放著就行了，動作快！」

怪物步步逼近。發出幾欲令人站不穩的地鳴。繼長嘯之後是陣陣慘叫，那些男丁不住叫喊著「好燙」、「好燙」。

加介鬆開門板，轉身正準備朝蓑吉和小花奔去時，一個龕燈滾向他腳下。外側是以彎撓的木片包覆而成。它形成一個半圓，裡頭一根短小的蠟燭仍在燃燒。

怪物轉頭望向這邊。彷如早預見一切似的，無比迅速、聰明、冷酷。沒有片刻的猶豫，也毫不留情。

時間宛如就此停頓。加介朝蓑吉跑來。蓑吉伸長手。小花像在催促般，不住蹬地。

怪物那像蛇一般的頭垂下，張口嘶起。聽不到聲音，就只是感覺到一股異樣的熱。牠吹來一股幾欲令肌膚起火燃燒的臭氣，緊緊黏在人們身上。

滾落地面的龕燈，裡頭微弱的燭火轉為熾烈。火焰飄來，往跑走的加介背後延燒。怪物的呼氣，那吹向人們身體的溼霧，化為火焰。

蓑吉大叫。全身被火海包覆的加介也放聲大叫，他雙手往空中一陣亂抓，雙膝跪地。

小花在千鈞一髮之際避開火焰，往地上一蹬，逃離現場。蓑吉趴在牠身上，緊抓著牠的頸項，淚如泉湧。臉上一陣刺痛。是那酸水溼霧的緣故。右眼睜不開。不過小花仍舊一路往前飛奔，從通往溜家的小路往上跑。

「停！快停下來！」

一名男子大聲喝止，小花像受驚般放聲嘶鳴，亂了步伐。一名頂著花白髮髻的老翁，張開手臂擋住去路。是一身旅裝的武士。見小花停下後，他一把握住韁繩。

「音羽夫人，請往這兒走。」
老人轉身望向身後，如此叫喚：
「請上馬。一姬小姐也請到這邊來。」
他們要騎小花？怎麼可以如此自作主張。蓑吉大爲光火，放聲喊道：
「別碰小花！你是什麼人！」
話才剛說完，對方猛然一拳揮來，將他打落馬背。
「無禮的傢伙！」
蓑吉跌落地面後，身後伸來一隻手，強行將他拉起，想逼他跪下。同樣是一身旅裝，模樣較爲年輕的武士。此人鼻翼賁張，一臉傲慢，但眼神透著緊張。
「還不安分點！在你面前的是御藏大人大井龍崎家的音羽夫人，以及她的千金一姬小姐。不是你這種身分低賤的人……」
遠處響起劇烈的破壞聲響，蓑吉和武士都嚇了一大跳。這裡是通往溜家的半途，就位在阿千稱之爲「新家」的那棟仍在興建中的建築旁。隨著森林的樹木，可以望見明亮的火光。
啊，又來了。名賀村也失火了。再次無法阻擋災難發生。
沒人對付得了那隻怪物。蓑吉哭了。一開始是抽抽噎噎，接著轉爲嚎啕。不管再怎麼放聲大哭也不夠，無法完全傾洩他的憤怒和悲傷。
右眼好痛。眼皮緊黏在一起，無法張開。儘管如此，淚水還是滿溢而出，宛如燒灼般的痛楚愈來愈強。蓑吉握拳敲打著地面，不斷哭泣。
有某個柔軟之物碰觸他的肩膀。接著輕觸他的下巴。

不知何時，有名年幼的女孩靠在他身旁。雖然她身上裹著鋪棉寢衣（註），但裡頭似乎穿著白色睡衣，還打著赤腳。一雙惹人憐愛，小巧又柔軟的腳。

女孩窺望蓑吉的臉，朝他悄聲道。小小的手指輕觸蓑吉的臉。

「你爲什麼哭？」

「你眼睛痛嗎？」

「一、一姬小姐！」

剛才那名老武士一副猛然回神的模樣，飛奔而來，又打算粗魯地將蓑吉撞飛。這時，那位名叫一姬的女孩，以她嬌小的身軀發出出奇剛強的聲音。

「越川，不可以欺負這孩子！」

老武士突然顯得很敬畏，不但放下朝蓑吉高高舉起的那隻手，還戰戰兢兢地拜倒在地。蓑吉大爲吃驚，像煮熟的貝殼般張著嘴。這女孩是誰啊？她剛才居然訓斥這名老武士？

「小夜，不可以這麼大聲喔。」

一個女人溫柔的聲音打斷他們的交談，聲音的主人隨即現身。

一時之間，蓑吉還以爲是朱音。雪白的肌膚，垂放在腦後的烏黑長髮，散發微微的芳香，這些都很像朱音。

但這個女人並非朱音。她比朱音年輕，連不懂人情世故的蓑吉也覺得她看起來不夠精明可靠。她和一姬一樣，身穿白色睡衣，打著赤腳，但外頭披著一件華麗的罩衫。

終於搞懂了。這些人肯定就是村長長橋家的貴客，而這對母女就是坐那頂轎子的人。

「請你原諒。我們拋下馬匹，來到了這裡。」

夫人在蓑吉面前蹲下，對他說道：

「還和隨從走失，只剩越川和浦野兩人……」

老武士名叫越川，另一位年輕傲慢的武士，名叫浦野。

「在長橋家時，他們建議我逃往前方的溜家。」

溜家的建造堅固，與村莊中心有段距離。一定是太一郎的建議。

「這座森林深邃，非常駭人。不知道有沒有走錯路。」

「我也要去溜家，是這條路沒錯。」

「既然這樣，請帶我們去。」

就近拿起身旁的東西披在睡衣外，以此禦寒的一對母女。隨行的兩人並未卸除這一身旅裝，可能是徹夜警戒吧，他們身上的縮腳旅褲和短外罩都滿是皺褶。

蓑吉雙手撐地站起身，執起小花的轡繩。

「往、往這邊走。」

「那隻怪物雖然會吃人，卻很怕馬。只要有小花在就不必擔心。」

音羽和一姬坐上馬背，浦野在一旁照料。越川則是拖著腳走。或許是在那場混亂中逃脫時受了傷。

蓑吉一面催促小花前行，一面頻頻往後張望。怪物還在村裡四處遊蕩嗎？

快點、快點。沒想到溜家竟然這麼遠。坐在馬背上的一姬，臉色就像月亮一樣白，她環抱小花

註：做成像衣服形狀的棉被。

脖子的手又小又柔弱，無法緊緊抱住小花的脖子，只能抓緊馬鬃。

叮鈴、叮鈴。道路前方傳來金屬相互碰撞的聲響，蓑吉停步。

加介垂掛的金屬正發出響聲？這麼說來，怪物繞向後方了？

——牠在埋伏等我們上鉤？

怎麼會有這種事！這未免太狠了吧！不過，先前逃離要塞時也是如此，一不注意，怪物突然就來到了面前。

前方是往右彎的和緩道路。怪物會突然衝出嗎？

叮鈴、叮鈴。聲音不斷靠近。是燈籠的微弱燈光。還有腳步聲，以及呼吸聲。不光只有人。是馬！有三匹，前後繫在一起，帶頭那匹馬的韁繩，就握在之前那名馬廄管理人手中。之所以會發出金屬的碰撞聲，是因爲用來繫馬的繩索，便是之前加介架在後院木樁上的繩索。

「叔叔！」

模樣怯縮的馬廄管理人聽到蓑吉的聲音後，抬起頭來。老爺子站在他身旁。雙手插在懷裡，背顯得比平時還要駝，就像有傷在身似的，踉踉蹌蹌地走下坡。

「你們要去哪裡？村裡現在很危險啊！」

蓑吉離開小花和那幾名貴客，衝向馬廄管理人。走近一看，馬廄管理人正因恐懼而淚眼婆娑。老爺子看也不看蓑吉一眼，踩著搖搖欲墜的步履往下走。繫在腰間的燈籠，彷彿隨時都會熄滅。

「我也不知道。我好不容易逃到溜家，老爺子卻堅持要去村裡，怎樣也不聽勸。」馬廄管理人這番話，聽了讓人更加一頭霧水。「老爺子說他要去趕走那隻可怕的野獸。」

老爺子步履虛浮地往下走，從小花他們身旁走過。音羽一行人目送他離去，爲之愕然。越川和浦野似乎也忘了喝斥他一聲「無禮的傢伙」。

蓑吉一樣錯愕。

「要趕走……怪物？」

這時他才注意到，在老爺子行經之處，有東西點點滴落地面。是血，老爺子在流血。到底是怎麼回事？

「叔叔，爲什麼要帶馬過去？」

「老爺子說，只要有馬在，便不會一見到怪物就被吃了。」

「這樣的話，我來牽馬。叔叔，請你帶這些人去溜家躲好！」

蓑吉牽著叮鈴作響的三匹馬，朝老爺子身後追去。當他與坐在馬背上的一姬擦身而過時，一姬對他投以倚賴的眼神。小姐，我並不是拋下妳離去。不過，我得跟老爺子去才行！

「老爺子、老爺子，等等我。」

追上後發現，老爺子確實在流血。血順著小腿滑落。他的衣服腹部也染滿血漬。

「老爺子，這到底是怎麼回事？你做了什麼？」

老爺子就只是低垂著頭，步履未歇，一面搖搖晃晃地走，一面悄聲低語。

他在念佛。南無阿彌陀佛。南無阿彌陀佛。

「老爺子，要怎樣才能趕走怪物？可以讓我幫忙嗎？」

村裡的火災已逐漸平息。馬兒雖然頻頻呼氣，卻都很安分地走著。

「……是蓑吉啊。」

老爺子似乎這才發現，眨了眨眼，望向蓑吉。而令人難以置信的是，他竟還莞爾一笑。

「你不用擔心，我懂得怎麼處理。我就是爲了這個，才會待在這裡。」

你在說什麼啊，老爺子。

「讓我等到這把歲數，也不知道是好是壞，不過，這就是我肩負的使命。」

一陣黑煙從村裡飄來。馬兒頓顯慌亂，想要掉頭。蓑吉拚命安撫牠們。不同於要塞裡的小花，這些馬兒是村裡的寶貝，向來都受人悉心照料，也許沒有小花那樣的勇氣。這樣或許反而糟糕。

叮鈴、叮鈴、叮鈴。走下坡道後，眼前視界爲之開闊。

村裡中央的屋舍大多都已燒毀，沒起火的屋子則是屋頂塌陷，牆壁損毀。長橋家有一半被撞毀，斷折的梁柱仍兀自悶燒。

而在濃煙對面，一隻漆黑的怪物正挺起身。牠就躺在僅剩一半的長橋家後方，像鎧甲般的鱗片，映照著剩餘的火光。

叮鈴、叮鈴。金屬聲吸引了怪物。牠聞到食物的氣味，鼻孔一張一合。

馬兒會嚇得跑走——蓑吉連同他那完好的左眼也一起閉上，縮起身子。但那三匹馬雖然重重呼著鼻息，頻頻蹬地，還是留在原地。怪物明明近在眼前。

馬兒就像看到什麼不可思議的東西般，睜大眼睛。牠們已不害怕。與怪物對峙後，牠們非但不恐懼，反而還產生興趣，是嗎？就像人們想看清楚奇妙的事物般，馬兒定睛注視著怪物。

怪物頭往後縮，粗大的後腳也後退一步，與馬兒拉大距離。

——牠感到排斥。

發出咕嚕咕嚕的不祥聲響。

「蓑吉，你待在這裡。」

老爺子如此說道，踉踉蹌蹌地走向前，微微轉過頭來。

「你的眼睛要請阿千的父親幫你治療一下。」

蓑吉想動。他鬆開韁繩，想朝老爺子追去。怪物喉嚨發出聲響，往他們這邊伸長脖子。

老爺子從懷中掏出雙手，高高舉起。維持這個姿勢往前走，一步步逼近怪物。鮮血從他掌中不斷滴落。鮮血仍不斷順著小腿流下。老爺子每往前走一步，沾滿煤灰的地面就會留下染血的草鞋鞋印。

「土御門大人。」

老爺子高舉雙手，朝怪物叫喚道。就蓑吉所知，老爺子發出這麼洪亮的聲音，這還是第一次。但他說的「土御門大人」，指的是什麼？

「請您靜下來，土御門大人。」

令人難以置信，怪物就像先前嫌棄小花和馬兒而後退那樣，向後退卻，與步步逼近的老爺子保持距離。老爺子追向前，繞往不住後退的怪物正面。

「土御門大人，我乃瓜生的家臣，請您靜下來。」

他再次朗聲叫喚，接著不太靈活地動起淌血的雙手，脫下上半身的衣服。

蓑吉差點叫出聲來。老爺子的腹部血跡斑斑。

在餘火的火光返照下，浮現出老爺子清瘦的腹部。上頭有清楚的兩道傷。上下各一道粗大的橫線，外頭圍著一個圓圈。血就從這傷口流出。

蓑吉見過這圖案。香山山番所穿的棉襖上有這個標幟。駐守處的旗幟上也有這個圖案。那是「圓圈加兩條橫桿」，不就是瓜生主君的家紋嗎？

「土御門大人，請回到山裡去吧。」

老爺子朝怪物走近，動起他高舉的雙手，動作就像要把怪物往回推一樣。當他手掌面朝蓑吉的方向時，可以看到他的掌中也有「圓圈加兩條橫桿」這樣的傷痕。老爺子在自己身上刻下瓜生家的家紋，一面淌血，一面朝怪物叫喚。

怪物對他的叫喚有所反應。牠好像很怕老爺子，百般抗拒地後退。繞著半毀的長橋家繞了半圈，接著往後退，離開村莊中央。

「土御門大人，求求您。快回山裡去吧。」

老爺子的嗓門破音，身體一陣踉蹌，伸手抓向空中，往前傾倒。鮮血從他掌中濺起，濺向怪物。老爺子就是與牠這般靠近。

「吼——！」

怪物發出之前不曾有的慘叫聲，覆滿鱗片鎧甲的身體猛然掉頭，往地上一蹬，逃了出去。不是把腳折起在地上滑行，而是以後腳疾奔，藉著這股勁勢用力往地面一蹬，衝進環繞村莊的森林裡。慘叫聲逐漸遠去。因爲森林裡的樹木一路彎折，可以看出怪物逃走的路線。應該是牠以強勁有力的前腳掃倒樹木，闢出一條路來。接著聲音消失在森林前方，只留下怪物通行的痕跡。

老爺子把手放下，當場跪倒，緩緩趴向地面。

像做夢一樣愣在原地的蓑吉，這才回過神來，奔向俯臥地上的老爺子，將他扶起。

「老爺子！老爺子！」

像是以他的聲音當信號般，開始到處都有人出現。扶起倒地的傷患，朝仍在悶燒的地方灑水，撲滅頑強的火勢，叫喚彼此的名字，確認彼此平安無事。

從老爺子身上流出的鮮血還很溫熱，但他的手腳無比冰冷，面如白蠟。他的生命正一點一滴地隨著鮮血流失。

有個人影籠罩而來。是村長的孫子太一郎。他滿臉煤灰，身上衣服多處破損，肩頭沾血。

「得馬上替他止血才行。搬往那邊吧。」

但這時，老爺子毫無血色的雙唇顫動著說道，「你們……聽我說。」

「老爺子，你別說話。」

「你們聽我說。」

他動了動手指，示意蓑吉把耳朵湊近。蓑吉和太一郎蹲下身，把臉湊向老爺子。

「這是……我的使命。」

剛才他也這麼說。

「我原本是……香山藩瓜生家的人。」

老爺子虛弱地眨了眨眼，眼角泛淚。

「爲了防範日後有天發生這種事……我才一直待在這裡。」

「你說的這種事……是指怪物出現作亂嗎？」

老爺子閉上眼，點了點頭。

「因爲土御門大人絕不能翻越國境。這麼一來……會引發戰亂。」

這是對我們的報應。老爺子低聲細語，淚流不止。以前他也說過同樣的話，說瓜生家的人從以前就一直遭受報應。

「在山上……創造出土御門大人。」

眞是報應啊——老爺子哭訴道：

「有些事我們人可以做，有些事卻萬萬做不得啊。」

「老爺子，你別再說話了。」

蓑吉加以制止。但太一郎卻扯開嗓門，以駭人的聲音問道，「『土御門大人』指的是那隻怪物，對吧？」

「太一郎先生，現在這種事不重要吧。」

「這很重要。老爺子已經不行了，所以他才會告訴我們這件事。」

老爺子又點了點頭。他的手掌仍在滲血，但腹部的傷口已不再流血。這樣反而可怕。該不會是血已流盡了吧。

「那隻怪物雖是如此可怕的生物，但其實是瓜生家所創造的嗎？像人偶一樣，是由人們所創造的，是嗎？」

「……嗯。」

「要怎樣才能打倒牠？」

老爺子以手指示意要他們兩人附耳過來，沒出聲。

「土御門大人……是瓜生家的邪障。因爲對龍崎大人的憎恨和畏懼，而創造出牠來……」

蓑吉聽得一頭霧水。但太一郎似乎明白老爺子話中的含意。原本因衝擊和疲憊而顯得灰暗的雙眼，頓時轉爲明亮。

「原來如此，我明白了。老爺子，那我們該怎樣才能打倒牠？」

老爺子眼皮顫動，眼睛微張。

「……我……活得太久了。」

「老爺子，要怎樣才能打倒牠？」

「我並不想……看到那個東西。」

老爺子已經什麼也聽不到，只是一味地喃喃自語。蓑吉握緊他的手，老爺子並未用力回握。

「……土御門大人……覺醒了。」

像一口氣憋在胸口般，只有這句話的語氣略微加重。說到這裡，老爺子嚥下最後一口氣。

「老爺子、老爺子、老爺子。」

蓑吉一面叫喚，一面搖晃老爺子。一旁的太一郎伸手按住他，「夠了。」

接著他幫老爺子闔上眼。太一郎的手因燙傷而潰爛。

「聽到了嗎，蓑吉。那隻怪物是人們創造出來的。」

太一郎雙眼直視前方。

「是瓜生家創造出那個傢伙。他們憎恨龍崎大人，想滅了我們永津野。」

「太一郎先生，你振作一點！」

蓑吉哭喪著臉，改為抓住太一郎不住搖晃。

「牠是從山上來的！是山神的憤怒！不是人們創造出的東西！」

「可是，你聽剛才老爺子叫牠什麼？叫他『土御門大人』啊。」

你不懂嗎？太一郎以狐疑的眼神望向蓑吉。

「『土御門大人』指的是用土做成的雛人偶，也就是土作的泥偶。」

蓑吉不知道這件事，但他明白太一郎的意思，所以剛才太一郎才會突然提到「人偶」。

「牠是人們所創造。是人偶。在香山那群人的操控下前來肆虐，想將永津野的人們全吃了。」

「不是這樣的，太一郎先生！」

蓑吉拚命搖晃太一郎，光這樣還不夠，他用力敲打他的胸膛。

「我住的村子是香山村！香山的人一樣被那傢伙給吃了！」

他與太一郎目光交會，蓑吉爲之震懾。好冰冷的眼神啊，和之前的太一郎截然不同。

「那關我什麼事？那是你們自作自受。」

想要吃人，結果自己反被吃了，這是報應。

「是你們自己活該。」

太一郎的嘴角殘酷地上揚。

就在這時，在名賀村的火災現場和瓦礫中來回穿梭的人群，突然一陣騷動，一個特別響亮的女人聲音朝他們接近。

「太一郎先生，啊，蓑吉！你的眼睛是怎麼了！」

是阿千。她全身滿是煤灰，臉上同樣烏漆墨黑。當她發現地上的老爺子時，大叫一聲，一把將他扶起。「老爺子，老爺子。」

「阿千，有什麼事嗎？」

太一郎一把握住阿千的手臂，淚流滿面的阿千抬起頭，一臉慌亂。

「太一郎先生，你看那個。那是什麼？」

阿千所指的方向，是由山下通往村莊的唯一道路。那處緩坡前方無比明亮。仔細一看，有好幾盞燈光橫向排成一列，正往這裡接近。

這才發現長夜將盡，東方已漸露魚肚白。而背對著黎明，靜肅地朝這裡接近的，是一隊騎馬武士。背上的旗幟搖曳。

「啊——」太一郎嚇得下巴都快掉了，搖搖晃晃地站起身，「那是筆頭大人！」

咦，眞的嗎——阿千驚呼一聲，跳了起來。

「筆頭大人大駕光臨！這也難怪，因爲他很擔心小台大人！」

又是「筆頭大人」。眞是的，這到底是誰啊？

蓑吉出言詢問，阿千爲之一怔。

「蓑吉……啊，對喔。你不知道這件事，沒人告訴過你，對吧？」

阿千那張黝黑的臉，像是覺得尷尬般，頻頻眨眼。

「筆頭大人就是曾谷彈正大人，也是小台大人的哥哥。」

蓑吉並未馬上露出驚訝之色。因爲太過意外，他一時間還沒搞懂。

「這下糟了。」

太一郎神情慌張，冷汗直流。

「怎麼辦，這該如何是好。」

「太一郎先生，你在慌張什麼啊。」阿千厲聲一喝，「筆頭大人是來救我們的！」

來救我們？蓑吉腦中一片混亂。香山領民眼中的地獄獄卒，對永津野領民卻是可靠的守護者，而朱音大人竟是我們那位敵人的妹妹……

「應該是因爲你派人通報城下，告訴他們這裡來了一隻可怕的怪物，要塞和小台大人都身陷危機，所以筆頭大人才率領番士前來。」

聽聞阿千以尖細的嗓門如此說道，太一郎表情扭曲，雙手抱頭。

「我沒派人去城下通報。」

「咦？爲什麼？爲什麼你拖延沒處理？」

「因爲夫人拜託我，在小台大人回來之前，先讓她在這裡躲一陣子，別向城下通報。與她隨行的家臣，每個人的表情都很可怕。」

「表情都很可怕……」阿千一愣，「太一郎先生，筆頭大人的夫人到底是來這裡做什麼？」

「她是逃來這裡的。」

「要躲筆頭大人嗎？」

「是。聽說筆頭大人想替小姐決定婚事，但夫人不喜歡這門婚事。所以帶著小姐逃來這裡，想請小台大人幫忙。」

——我想請姊姊居中協調。姊姊她一定能勸服筆頭大人，請他打消念頭，取消一姬這門婚事。

「哎呀。」阿千發出一聲略顯滑稽的驚嘆，「原來是夫妻吵架啊。」

「阿千，事情才沒那麼簡單。」

太一郎仍舊雙手抱頭。

「夫人說筆頭大人身邊的人沒有一個可以信任，所以才帶著家臣專程來到這裡……啊，有了！」

太一郎這才有所動作，像在對蓑吉求助般問道，「蓑吉，夫人到溜家去了，對吧？」

「嗯。管理馬廄的那位叔叔帶他們去了，小花也去了。現在人應該在溜家。」

「她平安無事，對吧？啊，太好了。」

太一郎像虛脫般鬆了口氣。阿千深深嘆了口氣說，「眞是的，到底是怎麼回事啊。」伸手擦拭黝黑的臉。

突然無預警地傳來一聲陽剛的聲音。騎馬武士正朝這裡接近，剛通過村莊的出入口。傳來陣陣馬蹄聲，旗幟隨風搖曳。上頭寫滿艱澀難懂的字，蓑吉完全看不懂。不過，圓圈加上入字山形的家紋，是永津野龍崎氏的代表。蓑吉雖不曾直接遭遇生人狩獵，但曾多次躲在香山的山裡，不讓高舉此一旗幟的牛頭馬面隊員發現。

——曾谷彈正。

聽說牛頭馬面的統領，昔日曾在與人持劍交鋒時失去左眼，所以應該一眼就能認出。因此彈正即使身處這群一身黑衣、全副武裝，令清晨的空氣變得無比凝重，因這股不祥之氣而震動的武士之中，也能認出他來。

分散四周的名賀村倖存者，皆當場拜倒，合掌膜拜。太感謝了，筆頭大人大駕光臨，這麼一來我們就有救了，眞是謝天謝地啊——

太一郎重新坐正，雙手撐向地面。阿千也拉著蓑吉，準備拜倒。

蓑吉看到了。一名全身漆黑的獨眼武士翻身下馬，身上武具發出威儀十足的響聲。

這一夜的噩夢結束了。與黎明一同展開的，是一場全新的戰鬥。

第五章　荒神

一

「北二條的仁谷村，是吧？」
套著黑色護腿的一雙腳，在蓑吉面前緩緩地來回踱步。
這裡是溜家的土間。蓑吉雙手反綁在背後，拜倒在地。不時傳來「啪嚓」的聲響，是這位牛頭馬面統領手中的馬鞭發出的響聲。
太一郎和阿千也在一旁。兩人都和蓑吉一樣被捆綁，低垂著頭。因為他們明知蓑吉是香山的人，卻還包庇他，所以和蓑吉一樣受此對待。
三人身後躺著隨便用草蓆包裹的老爺子遺體。
被帶來這裡的，不光只有蓑吉他們。夫人和一姬，以及家臣越川和浦野，也都被一身漆黑武具和防具的彈正手下押進這個房間。之前原本還頻頻傳來越川和浦野激烈抗辯的聲音，以及一姬的柔弱哭聲，但現在都歸於無聲。
蓑吉和太一郎都坦白說出他們所知道的一切。包括朱音的事、老爺子留下的遺言、老爺子趕走怪物時的情形，毫無保留，即使隱瞞也沒用。

從那之後，曾谷彈正便別有含意地來回踱步沉思。

蓑吉還有話想說。請將老爺子的遺體入葬。太一郎和阿千沒犯錯。有食物的地方，怪物一定會再來。請加強守備保護名賀村。請找尋朱音大人和宗榮大人——

太一郎臉色蒼白，沉默不語。也沒治療身上的傷，依舊穿著那身沾滿血汙的衣服。阿千則是雙肩顫動，暗自啜泣。

無處可逃。溜家就像昔日那樣，成了牛頭馬面的駐守營地，戒備森嚴。無從得知村民現在的情況。

曾谷彈正的雙腳來到蓑吉面前停住。

「小鬼。」

馬鞭伸來，抵住蓑吉下巴，將他的臉往上抬。

「你住的村莊附近，有一座名叫妙高寺的古寺，對吧？你知道嗎？」

蓑吉回望牛頭馬面統領的獨眼。雖然很不甘心，但心裡真的很害怕。這人怎麼會有這麼冰冷的眼神？

「快回答，小鬼。」

曾谷彈正的隨從厲聲喝斥。此人的年紀比其他牛頭馬面還大，而且只有他在黑色護額外鑲上紅邊。可能是地位僅次於彈正的副官吧。

蓑吉頷首。受傷的右眼雖已不再疼痛，但眼皮無法睜開。或許之後會失明。

「那座寺院位在比我住的村莊還要高的山上，有一名住持。」

彈正表情略感意外，「只有住持嗎？沒別的人？」

蛇。

「因爲那是一座荒廢的寺院。」

村裡的孩子都說獨自住在那種地方的住持，其實不是人，是山神。他的眞面目是大狸貓或蟒蛇。

「你知道地點嗎？」

「知道。雖然山勢險峻，但有路可走。」

「這樣的話，你替我們帶路。」

彈正以馬鞭輕拍蓑吉臉頰後，轉頭望向副官，「左平次，將隊伍分成兩隊。一隊由我率領進入香山，一隊則交由漆原指揮，戍守此地。」

是——被點名的兩人應道。

「另外請求緊急增援。派快馬前往通報。漆原，不能讓村民逃走。若有人要從外頭進入，馬上加以逮捕攔阻。」

「在下明白。」

名叫左平次的副官仰望彈正，「那麼，筆頭大人您要親自前往搜尋朱音大人嗎？」

「是，不過我要先去妙高寺一趟。」

副官略顯訝異地蹙起眉頭，蓑吉自然更是詫異。朱音大人理應是他重視的妹妹，竟然將搜尋的事擺後頭。彈正爲何對妙高寺如此執著？聽他的語氣，似乎知道那座古老的山寺。

彈正雖然面向副官，但卻像在回答蓑吉的疑問般說道：

「我心裡已大致有底。」

彈正嘴角輕揚。

「別擔心。朱音平安無事。因爲她不可能會被怪物吃了。」

絕不可能——他說得很肯定。

「不過聽說要塞崩毀，還引發火災。」

「朱音還活著，我知道。」

副官仍是一臉詫異，沉默不語。蓑吉益發納悶不解。他當然也很希望朱音大人還活著，但無憑無據，怎麼能斷言她平安無事？

「左平次，我的意思是要你展開狩獵。」

彈正咧嘴而笑，接著道：

「追蹤襲擊村莊的怪物，並加以獵捕。」

「是。這是當然，在下不會對這種害人的野獸放任不管。」

「牠可不單是害人的野獸。如果換個使用方法，對永津野將會大有助益。會是比大砲更可靠的武器。」

聽到這句話，太一郎猛然挺起身，一臉意外。蓑吉沒細想，放聲大叫，「你說什麼傻話啊！」

他馬上被副官戴著護手的拳頭打飛，滾到老爺子身旁。

「小鬼，不得無禮！」

蓑吉完好的左眼冒出火來，一陣刺痛，傳來彈正愉悅的朗聲大笑。

「別那麼生氣，左平次。弱小的孩童會感到害怕也是理所當然。即使是你們，要是親眼看到那隻怪物，或許也會怕得腿軟。」

因爲牠不是這世間應有之物——曾谷彈正道：

「根據這名已死的老頭所言，那隻怪物是對永津野龍崎家的憎恨之心所創造出的詛咒之物。」

老爺子確實是這麼說。但蓑吉覺得曾谷彈正的口吻中帶有更多肯定，似乎另有隱情。副官的表情變得更加詫異、扭曲，所以這絕非蓑吉自己想多了。

「那麼，要如何對這詛咒之物展開狩獵？這與追捕熊或山犬之類的動物，是不同的情況。」

彈正沒回答他的詢問，而是來到老爺子的屍體旁，隨便將蓑吉踢向一旁，以馬鞭掀起草蓆，老爺子的手掌露出，上頭有圓圈加兩條橫桿的血痕標幟。

「瓜生所創造出的怪物，懼怕瓜生的家紋。但如果對上永津野的人，則會連人帶骨生吞。」

彈正的聲音聽起來就像詛咒。

「我要加以利用。用食物引誘怪物上鉤，然後加以捕獲。這需要祕招，而這祕招就在妙高寺內。」

副官可能是再也按捺不住，直接問道，「筆頭大人，關於怪物，您是不是知道些什麼？」

「挺敏銳的嘛，左平次。」彈正笑道，「到時候你就會知道。現在先到妙高寺去，再從那裡找尋朱音。也許光找朱音還不夠，還要找尋朱音所沒有的事物。不過，要是妙高寺的住持肯乖乖配合的話，可以省去不少工夫。左平次，相信我。」

蓑吉愈聽愈莫名其妙，這番話不僅可疑，甚至教人不安。仔細一看，連太一郎和阿千也嚇得為之怯縮。

「遵命。」副官低著頭應道。但彈正接下來說的話，令他瞠目結舌。

「帶音羽去，她是最佳的怪物誘餌。」

在場眾人全都倒抽一口涼氣，副官也為之色變。

「可、可是，筆頭大人，音羽夫人是……」

「身上流著永津野龍崎氏血脈的御藏大人之女。要吸引香山瓜生的詛咒之物上鉤，沒有比這更適合的誘餌了。」

「她是您的夫人啊！」

「你忘了嗎？音羽已不是我的妻子。」

彈正並未加重語氣，但他銳利的話語，卻深深刺進聽者耳裡。

「她非但忤逆我、違背主君的命令，還挾持一姬企圖逃亡。音羽已是仇視主君的叛徒。你們大家對她不必有所顧忌！」

副官和在場的牛頭馬面全都立即拜倒在地。現場鴉默雀靜。

蓑吉覺得想吐。他已深切明白，曾谷彈正並非接獲通報，而趕來解救名賀村。他只是在追趕不滿意女兒婚事而逃走的妻女，恰巧來到這裡。

音羽夫人。之前有短暫的瞬間將她誤認成朱音大人。一位美得猶如天仙，看起來不太精明可靠的女性。她是嬌小可愛的一姬小姐的母親。

——你為什麼哭？

一姬小姐擔心蓑吉，像在安慰他似地如此詢問，睜著渾圓的大眼。

曾谷彈正竟然要拆散小姐與她母親，拿她母親當怪物的誘餌。

「請、請恕小人直言。」

太一郎哭喪著臉，移膝向前，想來到彈正腳下。

「筆頭大人，您萬萬不能這麼做。不能帶夫人上山。如此大不敬的事，絕不能做啊。」

因爲您來自別藩——太一郎極力陳情。

「所以您不知道，對永津野的人來說，御藏大人的身分有多尊貴。這麼做會遭報應的。如果要人當怪物的誘餌，由我來吧。請帶我去。求求您。」

太一郎額頭緊貼土間地面，磕頭請求，彈正則是昂然而立，俯視著他。接著簡短地說了一句：

「左平次，斬了他。」

來不及阻止，更無從閃躲。

只見白光一閃，血花飛濺。太一郎無聲地倒臥。阿千放聲哭喊，不顧一切只想往外逃。副官手中的血刃朝向阿千，往前跨出一步。

蓑吉衝向阿千，以自己嬌小的背膀保護她

「請饒恕！請饒恕！」

獨眼的曾谷彈正那隻正常的右眼，眼珠往上吊。他的眼白白如雪，黑眼珠則是縮成一個小點。蓑吉筆直地望向他的眼睛，聲嘶力竭地喊道：

「不管是要帶路還是做什麼，我都願意！我絕不會違抗！請您饒阿千姊一命！」

蓑吉上氣不接下氣，幾乎要昏厥，但他還是極力挺住。

彈正就像要呼出滿腔怒火般，深深吁了口氣。

「把這小鬼帶走。」

走來一名牛頭馬面，粗魯地一把拉起蓑吉。雖然全身顫抖，但蓑吉仍不忘說道，「請、請帶小花一起去。」

「什麼？」

「他是要塞的馬。一匹不怕怪物、很勇敢的馬。牠一定會派得上用場。」

蓑吉從溜家的土間被拖走時，看到阿千。他極力以表情向她表示——妳放心，我不會有事的。

不久，彈正的隊伍整頓完畢，蓑吉騎上小花。

在牛頭馬面的包圍下，音羽夫人也坐上馬背。她一樣是先前那身從長橋家逃出時的穿著，但過分的是，她身上豪華的罩衫外頭綁著粗繩。帶走音羽夫人的曾谷彈正，臉上不顯一絲同情。

行經溜家時，蓑吉轉頭望向後院，看到地上躺著越川與浦野遭斬首的屍體。一姬小姐叫喚母親的悲慟哭聲，始終在他耳邊縈繞不去。

騎在馬背上的曾谷彈正就在他身旁。

這裡也有一隻怪物——蓑吉心想。

二

在山上的洞窟休息一夜等候曙光，直彌、彌次、村長金治郎、圓秀、朱音等五人開始朝妙高寺而去。

爲什麼圓秀也一起同行？朱音和金治郎對此感到訝異。直彌語帶不悅地應道：

「我不想留圓秀大人和村民待在一起。我想親自監視他。即使要拖著他走，也要帶他同行。」

當事人圓秀一臉尷尬地沉默不語。這一路上他累積了不少疲勞，顯得很吃力，但他一面護著比他更吃力的朱音，一面跟在後頭，沒半句怨言。

當太陽升至中天時，愈來愈險峻難行的山路，已幾乎是用爬行的方式攀登。

「就在那裡。」

金治郎所指的方向，是位於森林盡頭處的一座古老山門。後方是一座荒廢的寺院。

雖然正殿、講堂、設有廚房的僧房，都沒人修繕維護，但仍保存得很完善。

還有氣派的鐘樓。但令人驚訝的是，裡頭獨缺重要的大鐘。這幕景象顯得既滑稽，又不協調。

直彌走向鐘樓，不經意地抬頭仰望。接著他發現一件更奇怪的事。屋頂內側鋪木板的部分，竟然是採鏤空花雕。

——這什麼啊？

那不是花鳥風月這類的風雅圖案，也不是經文或禱告文，全是模樣扭曲如同蚯蚓的曲線。

朱音和圓秀不安地靠向彼此，環視寺內。直彌朗聲喚他們兩人過來。

「這裡是……」

「這是鐘樓，不過沒有大鐘。」

眞是奇怪——朱音側頭感到納悶，「好奇妙的景象。」

「這似乎是一座窮困的寺院，可能是把它賣了換錢吧。一口鐘値不少錢呢。」

語畢，圓秀視線停在天花板的鏤空花雕上，「嘩，這雕刻眞不簡單。」

「你是不是在其他地方見過這樣的裝飾？」

畫師搖搖頭，「我這是第一次見識，而且我也從沒聽說過。」

眞是罕見呢——圓秀眼中閃動光輝，看來他還保有一絲精力。

朱音輕撫鐘樓的柱子。

「您是不是想起了什麼？」

在直彌的詢問下，朱音歉疚地垂眼望向地面，搖了搖頭。

「住持、住持。」

金治郎四處走動，在建築裡進進出出，朗聲叫喚。

感覺不出有人。金治郎一再大聲叫喚，「住持、住持。」但沒有回應。

「仁谷村發生那件事情時，我馬上派人前來，想要通知住持。」

但派出的人一去不回，無法確認是否平安無事，就這樣延宕至今——金治郎似乎頗為自責。

「住持也……被那隻怪物……」

春寒料峭的山風，吹過這空無一人的荒寺。五人登上正殿角落的某個房間，稍事休息。

「話說回來，這座寺院到底是什麼？」

在香山北二條開始造山前，為何會建造這種規模的寺院？

「這是一座納骨寺。」

「秤屋是這家寺院的施主嗎？」

「不，小日向大人，這裡不是像您說的那種寺院。」

昔日戰亂時，這座寺院是用來弔祭在這一帶山林裡戰死的瓜生家武士。

「所以墓地裡的墳墓，也都年代久遠。」

「這麼說來，這是瓜生氏所建造的寺院嘍？」

但現在卻被人們所遺忘、遺棄，真教人費解。

「鐘樓沒有鐘，而且天花板還刻有奇怪的鏤空花雕。」

「這裡原本就沒有鐘。因為在這種地方要是胡亂撞鐘，會擾亂山裡的氣。」

所以才有「妙高寺不會響的鐘」這種傳聞。

「因爲沒有鐘，所以不會發出鐘響。」

「既然這樣，那應該不需要鐘樓吧。」

「可以這麼說。」

金治郎不清楚鏤空花雕有什麼含意，也沒人告訴過他。他應該也沒機會細想，不覺得那是多特別的東西。

「這當中一定有很深的緣由。」

他似懂非懂。

「住持是個怎麼樣的人？」

「他叫明念大師。即使問他多大歲數，他也總是笑著說忘了。」

「住持一直都是獨自一人住在這兒嗎？」

「是的。村裡的人不時會來這裡幫忙。」

不過，金治郎小時候，除了住持外，還有其他僧侶，而且也有人住在這裡。他姊姊阿紋也這麼說。

「我也曾在這裡住過，對吧……」

朱音環視四周，緩緩站起身。露出遙望遠方的眼神。

「墓地在哪兒？或許會有家母的墓。」

金治郎正準備起身帶路時，彌次制止了他，「我來。」

他起身來到朱音身旁。

「住持一定是在山上。」
「獨自在山中行走嗎？」
彌次頷首，「即使沒通知他，他也知道怪物的事。所以他才會走進大平良山。只要在這裡等，他會自己回來。」
這不是推測，而是很肯定的口吻。
「爲什麼這位住持會這麼做？他去大平良山有什麼事嗎？」
直彌感到焦急，音調提高許多。
「彌次，這座寺院就像是你的老家一樣吧，把你知道的全告訴我們吧。」
「你自己問住持。」
彌次冷冷地應道：
「在這之前，您最好先處理這名可疑畫師的事。」
圓秀縮起脖子。金治郎也以不安之色回望直彌。
直彌因憤怒與失望而沉著一張臉。
「……先前我說謊，眞的很對不起。」
圓秀神情沮喪地弓著背，悄聲說道：
「也難怪小日向大人您會生氣，但我絕沒有刻意欺騙您的意思。我只是不想造成您的困擾。」
「造成我的困擾？」
「是的，因爲我知道，要是我直接從香山來到永津野，會害與我往來密切的小日向大人被怪罪。」

圓秀已事先寫信回相模的養父家吩咐過，如果直彌來信，要馬上向他通報書信內容。圓秀自己則是佯裝已回到相樸，其實一直待在永津野。

這種以體貼當藉口的說詞，聽了更教直彌火冒三丈。

「如果你眞那麼替我擔心，爲什麼強迫寺男伊吉，想讓他給你看藏在光榮寺藥師如來佛像底下的供奉繪馬？」

不知道此事的金治郎爲之一驚。圓秀也一臉詫異，明顯是在裝傻。直彌朗聲道：

「用不著跟我裝蒜！你這個外地人，怎麼會知道供奉繪馬的事？這不像是一般畫師應有的行徑。菊地圓秀，你到底是何來歷。你想打探香山什麼事？」

圓秀張著嘴，眼睛不是望向直彌，而是金治郎。金治郎則是一臉怯縮地來回望著他們兩人。

「小日向大人。」圓秀嘴角輕揚，一副窩囊樣，「您在說些什麼，我完全聽不懂。我眞的只是個普通畫師。」

「別再說謊了！」

「我、我沒說謊。供奉納馬的事，不是我自己開口說的，是伊吉先生告訴我的。他還問我想不想看那個繪馬是怎麼畫的。」

這次換直彌爲之愕然。

「你說伊吉？」

說什麼蠢話？他的臉因憤怒而發燙。

「伊吉哪會說那種話！」

「可是，他不是知道供奉納馬的事嗎？」

「他是從前一任寺男六造那裡聽聞此事……不，總之，伊吉是個心念純正的忠僕。他怎麼會把香山藩的祕密洩露給你這種外地人知道。」

哈哈——圓秀揚聲道：

「伊吉是心念純正的忠僕，對吧。眞是這樣嗎？」

改變態度了吧，這個假畫師。

「小日向大人，您之所以這麼袒護伊吉，是因爲您認爲他頭腦不太靈光，對吧？認定伊吉沒有足夠的智慧騙人，對吧？」

那您可就大錯特錯了——圓秀道：

「的確，伊吉看起來很像腦袋不靈光。在他告訴我供奉納馬的事情之前，我也被他騙了，和您抱持同樣的想法；但我錯了。那個男人的傻樣全是裝出來的。因爲他眼中閃著精光，向我道出此事，想要拉攏我。」圓秀湊向因憤怒而顫抖的直彌面前，「他告訴我——藏在正殿裡的供奉繪馬，似乎畫了很可怕的東西，只要出現在陽光下就會引發嚴重的災難。圓秀先生，你很想看，對吧？我帶你去，你偷偷看一眼……」

「你胡說什麼！」

直彌立起膝蓋，迅速站起身，伸手按向腰間的長刀。金治郎朝他撲來，「小日向大人，別衝動！」

「放開我！我叫你放開我，秤屋！」

正當他們糾纏在一起時，朱音剛好返回。她發出一聲驚呼，擋在圓秀和直彌中間。

「您這是幹什麼！」

「讓開！我要斬了這個危害香山的卑鄙奸細。」

金治郎全力抓住直彌，他手中的長刀無法離鞘。這時，朱音打了直彌一巴掌，「請快住手！」直彌爲之一僵。被女人打巴掌而屈服，這是不可能發生在武士身上的事，但他卻被朱音的氣勢所震懾。

「小日向大人，您不覺得這樣很難看嗎？」

在她的喝止下，直彌全身一軟。金治郎也抱住直彌，和他一起癱坐地上。

「這到底是怎麼回事？」

圓秀代替一臉茫然的直彌說明緣由，一面斜眼偷瞄他的神情。聆聽說明的朱音，儘管年紀已足以當直彌的母親，卻有著完全不顯老，宛如少女般的雙眸，此時她眼中蒙上一層暗影。

「多麼詭異的繪馬啊。圓秀大人，它現在還在光榮寺內嗎？」

「我不理會伊吉的邀約，不久便離開了香山，所以後來發生的事……」

激烈的情緒平靜下來後，直彌感到一股寒意籠罩全身。伊吉怎麼會做那種事？圓秀騙人，伊吉不可能是那種表裡不一的人。

「小日向大人，那繪馬後來怎樣了？」

在朱音的詢問下，直彌這才抬起頭來，「……被人奪走了，目前下落不明。」

提到光榮寺六角堂遭破壞的事，朱音就不用說了，連圓秀也露出畏怯之色。那不是演戲嗎？難道他眞的只是個普通畫師？

「這件事既可怕，又可疑。」

朱音在直彌面前重新坐正，如此說道：

「不論對方是永津野派出的手下，還是幕府派來的人，我對奸細或密探一概不知。不過小日向大人，這位圓秀大人不是會暗中打探祕密的人。他是位畫師，除此之外什麼也不是。唯獨這點，我能向您保證。」

沒錯、沒錯，小台大人，謝謝您——圓秀向她磕頭道謝。

「當初我第一次在名賀村見到圓秀大人時，也曾懷疑過他的身分。」

因爲他眞的是個怪人——朱音道：

「但過沒多久我便明白，這個人滿腦子想的都只有繪畫，所以我心中的疑慮也就消除了。」

這時，朱音忍不住莞爾一笑，「他只要一畫起畫來，便不顧一切。像之前怪物襲擊要塞時，明明怪物就在他眼前大肆破壞，成群番士上前圍攻，他卻還撕下身旁的紙，想把它畫下來。」

「因、因爲那是千載難逢的機會啊。」

圓秀的解釋，更加引朱音發噱，「他還衝進忙著戰鬥的番士當中，嚷著要親眼見識怪物的模樣，可說是一點都不懂得看情況。這種行徑實在很不正常。像他這種人怎麼能勝任奸細的工作？」

金治郎也嘆了口氣，圓秀則是難堪地別過臉去。

「確實如同小台大人所言。我是個滿腦子只想著繪畫的蠢蛋……」

接著他小聲地說出心裡話。

「不過，身爲一名畫師，我實在是資質平庸。過去我從沒畫過一幅令我養父滿意的畫。」

說來著實慚愧——圓秀縮起身子。

「這個嘛……我並不認爲圓秀大人資質平庸。」

「謝謝您，小台大人，不過我說的並不是技藝的優劣，問題在於眼光。身爲畫師，我的眼光不夠獨到，所以總是看不到該看的事物。」

他顯得很悲戚。

「養父也總是罵我毫無眼光。所以才趕我出來四處旅行，要我遇見能令我覺醒的事物，讓蒙蔽我雙眼的鱗片就此脫落。」

但還是不行——圓秀長嘆一聲說：

「我四處旅行，雲遊諸國，已將近兩年之久，但現在還是一樣平庸。」

望著畫師那蜷縮的背影，直彌感到全身乏力。他已分不清該相信什麼才好了。

「那個供奉繪馬到底畫了些什麼？」

金治郎雙臂盤胸。

「要是出現在陽光下就會引發嚴重的災難，就像那隻怪物一樣。」

直彌馬上應道，「嗯，我也這麼認為。」

「咦？」圓秀發出一聲驚呼，轉頭望向直彌，「自古以來，確實有不少軼聞提到，一些能力高超的畫師筆下的畫得到生命，從畫裡走出，來到人世裡。難道那隻怪物也……」

他握起拳頭，一面敲打自己的額頭，一面狀甚痛苦地扭動身軀，「如果真是這樣，那時候應該要看才對！」

朱音朝直彌嫣然一笑，就像在說，「你看吧。」圓秀就是這樣的人。

「對了。圓秀大人當時拒絕那位叫伊吉的人提出的邀約，眞教人意外。」

「因爲那時候伊吉的模樣更可怕，我對他驟變的態度感到害怕。」

伊吉當時還對拒絕邀約的圓秀說了這麼一句話。

——這樣的話，你在香山絕不能將這件事告訴任何人。尤其是小日向大人，你一定要保密。

「說我要是從香山前往永津野，會給小日向大人帶來困擾的，也是伊吉。」

我是說眞的，請相信我——圓秀就像如此訴說般，直視著直彌。朱音又是莞爾一笑。

「對了，圓秀大人在名賀村時，曾說你想看長寶寺的繪馬。」

「啊，對，沒錯。現在覺得那似乎已是無法實現的夢……」

「回去後就看得到了。」金治郎打氣。

說的也是——畫師露出柔弱的微笑，「那也是因爲先前在香山與伊吉有過那樣的對談，我才會想這麼做。我心想，永津野與香山相鄰，或許保有同樣的習俗，因而姑且一問，結果眞的被我猜中了。」

「在永津野，這已是被廢止的古老習俗。」金治郎道，「不過，這並不是不好的習俗。這是畫下一些奢侈品，以及死者生前喜歡的事物，注入人們心中的祈願，供奉給死者，好讓死者在陰間能過好日子。」

不會在上頭畫可怕的東西。

「所以昔日藏在光信寺裡的供奉繪馬，雖然外形是繪馬，但應該是另一種東西吧？」

朱音驚訝地瞪大眼睛，「或者應該倒過來說？」

「咦？小台大人，這話怎麼說？」

「不是畫裡的怪物出現在人世，而是將昔日存在這世上的怪物封印在畫中，以符咒加以封鎖？」

金治郎爲之瞠目，「但現在那幅畫已出現在陽光下。」

「嗯，怪物就此甦醒。」

四人各自陷入自己的思緒中，沉默無語。

畫裡是否封印了什麼？畫裡描繪的東西出現在人世？對直彌而言，這就像伊吉的敦厚人品全是假裝的一樣，難以置信。

這是意念對事物所產生的影響，和詛咒同樣的道理。就像有人相信詛咒有效，認爲可用詛咒引來疾病或邪障，以此危害他人。

但疾病有其病源，邪障也有其原因。唯有消除根源，藥物才能奏效。香山領民都懂得這個道理，也都很以此自豪。

話說回來，六角堂遭破壞，供奉繪馬被人搶走，是怪物出現後發生的事。順序有其先後。

——不，眞的是這樣的先後順序嗎？

倘若伊吉眞是像圓秀所說的可疑人物，他要在更早之前就偷偷取走供奉繪馬，也不是不可能的事。之所以對圓秀提出這樣的邀約，也許只是爲了在事情穿幫後，要營造出是圓秀所爲的假象。

「咦，這氣味是……」

金治郎張大鼻孔嗅聞，站起身。

「這是『歐落』。」

正殿外頭飄來一陣充滿藥味的蒸氣。

「是來自廚房。」朱音也點了點頭。

彌次返回，朝直彌頷首，「我採回歐落，正在燒煮。」

要躲避怪物的酸水，「歐落」或許能派上用場。這是伊織大夫的建議。

一行人從正殿來到廚房。寬敞的廚房爐灶蒙上一層厚厚的灰，沒有升過火的跡象。彌次是將鐵鍋架在陶爐上燒煮「歐落」。

取出煮汁，冷卻至接近肌膚的溫度後，塗抹於臉和手腳上。讓它一併滲進衣服裡。他們忙著投入這項工作中。

這時其他人發現朱音突然停下手中的動作，一臉茫然。

「您怎麼了？」

經叫喚後，朱音眨了眨眼，回過神來。

「以前我好像做過同樣的事……」

記得好像有人在照顧她，朝她的臉和手腳塗上某個東西。

「在這個地方，這個廚房。」

她想起了此事。

「難道說，當初我住這裡的時候，那隻怪物也出現過？」

朱音充滿精神的聲音，被一個雖然沙啞，卻剛強有力的聲音打斷。

「不，那應該是在抹驅蟲液吧。」

廚房後門立著一株乾枯、沒有生氣，模樣扭曲，多處長滿樹瘤的老樹，身上穿著破爛的黑色僧衣。

「住持。」

彌次馬上跪地拜倒。

他就是明念和尚。

他到底是幾歲呢？光憑一眼無法看出。他的眼睛會動，嘴角浮現像笑意，可從中勉強分辨出是個人。他就是這般枯瘦。如果以這副模樣混進森林裡，那便活像是一株披著衣服的老樹。

「抱歉，嚇著你們了。馬齒徒長，成了現在這副難看樣。」

應該是因爲朱音與圓秀顯得畏怯吧，老住持語氣平靜地跟他們兩人搭話。他的手腕和指節，宛如肉瘤一般。

像抹油般黝黑的臉，有一對精神奕奕的眼睛。雖然個子矮小，連直彌的肩膀都不到，但直彌被他身軀所散發的「氣」所震懾，不自主地端正站好。

明念和尚道，「彌次，你回來啦。」

彌次應了聲，「是。」低垂著頭。直彌大吃一驚，一時懷疑是自己眼花，因爲從彌次眼中落下數滴眼淚。

「別哭。這一切不過都是因果的絲線相互拉扯、糾纏所造成的結果。這天會到來，不是任何人的錯。」

接著明念和尚以足以用清澈來形容的明亮眼神投向朱音。

「朱音小姐也回來了。貧僧這張老臉，想必您已不記得了。」

畢竟您當時還小——住持慈祥地望著朱音說道：

「您長得和令堂秋音夫人如出一轍。」

老和尚恭敬地低頭行禮，朱音感到自己連髮梢都爲之顫動。

「我一直到昨天爲止，都不知道自己是在香山出生，對這座寺院也一無所悉。」

住持頷首，「那是因爲您周遭的人認爲，什麼都不讓您知道，對您比較好。」

可能是想到了什麼，或是有某個人的臉龐浮現眼前，朱音突然流露凝望遠方的眼神。

「是的，一定是這樣沒錯。不過我又回到了這裡。住持，這也是因果的絲線促成的嗎？」

「沒錯。您果然是聰明人。」

明念和尚頷首，接著突然沉痛地朗聲說道：

「既然您回到這裡，那我就得讓您知道一切。香山長期的沉痾『土御門大人』，想要收伏牠，需要您的力量。」

「土御門大人？」

困惑不解的金治郎，比直彌早一步問道，「住持，您剛才說什麼？」

「嗯，秤屋村長也在啊。你仔細聽好了，這就是此刻在山裡大肆破壞的怪物眞實的身分。」

土做成的人偶。暫時獲得的生命。

「土御門大人……」這次換朱音低語，「原本是指用土做成的雛人偶吧？那隻怪物是像這樣的人偶嗎？」

「沒錯，以詛咒之力所創造而成。」

眾人陷入震驚。

他們跟著明念和尚回到正殿。朱音因驚訝和震撼而步履踉蹌，圓秀在一旁攙扶。而走在前方的住持的步伐也像病人般，每走一步，身子便多傾斜一分。

——沒想到來到這裡，又聽到關於詛咒的事。

一開始因爲覺得難以置信，心生懷疑，而無法往前走。後來重新與明念和尚迎面而坐，直彌毫不隱瞞自己的立場，簡短說明先前的經過。不管是怎樣的談話內容，住持都不顯一絲驚訝。不光是怪物引發的騷動，就連聽到三郎次少爺過世的事、他是遭人暗殺而死的事，以及御館因此被封鎖的事，他也都不為所動。

「住持，您早都知道，是嗎？」

直彌忍不住如此問道。

「沒有任何事會比這座寺院的設立，以及那隻怪物的來歷，更加令人感到驚訝、可怕。」

朱音開口，「既然這樣，願聞其詳。」

不管什麼事都請告訴我。只要是我能力所及，我一定全力以赴。朱音很快便下定決心。多麼堅強的心靈啊，直彌心想。這幾天以來，她暴露在喪命的風險下，見識了許多驚人之事，心靈仍未就此受挫。看在直彌眼中，她的側臉光輝耀眼，剛才挨她一記耳光的臉頰，再度感到一陣微熱。

明念和尚重重點頭，朝和圓秀一起恭敬地站在後方的金治郎說，「秤屋，那一幕很慘烈，對吧？」

在和尚的慰問下，金治郎這才顯露心中脆弱的一面，眼眶泛淚。

「你也是在因果的牽引下來到這裡。你就代替那些遇難亡故的同伴，仔細聆聽吧。那位畫師也一起……」

說到這裡，住持突然咳了起來，一旁的彌次輕撫他的背。

「你之所以會在這裡，並不是因果的牽引，而是我佛的安排。為了讓你見證我們這種愚昧行徑所帶來的後果，我佛特地指引你前來。」

圓秀應了聲，「是。」拜倒在地。

明念和尚開始對朱音說：

「自古便在香山落地生根的瓜生氏，懂得使用術法來影響這塊土地和山林。不過，雖說是術法，卻不同於陰陽道。也不是加持祈禱或是什麼旁門左道，而是極為單純的術法。」

這項術法，須具備三項要素才能成立，分別是當地與瓜生氏之間的緊密關聯、可做為特殊知識的咒文、具有行使咒文資質的血脈。

「古時候只要是眾人聚集生活的土地，都會有能夠呼風喚雨、祈求豐收、鎮壓疫病的當地咒術者。瓜生氏就是這種『祈願者』的後裔。」

身為地方鄉士，同時也是豪農的瓜生氏，有幾個不同的分家。

「並不是每個瓜生氏的後代都會使用這項咒術。擁有這項血脈，生下的後代具有這種資質的分家，就只有一個。」

他們在祈禱時會用柏樹（註）的葉子，代代都在住處種植眾多柏樹，所以這支分家人稱柏原瓜生氏。

直彌不禁發出一聲驚呼，「柏原！」

「是的，若追溯置家老柏原家根源，其實算是主家瓜生氏一族。後來他們創造出『土御門大人』，為此錯誤負責，降格為臣，捨棄了瓜生這個姓氏。」

「錯誤？」

聽覺敏銳的朱音如此反問，明念和尚先提到因關原之戰所引發的事。那是香山人從小便一再聽聞的一段歷史。戰國時代，在強國的脅迫下，每次永崎野龍崎只要投靠對方，便會交出香山的人民當人質，那是瓜生氏的苦難。之後香山脫離永津野藩，獨自立藩。

「儘管如此，永津野還是有可能舉兵侵攻。所以柏原瓜生氏才想用祕術創造出怪物……」

但最後沒能完成。

「土御門大人」徒有形體，體內沒棲宿生命。出現他們眼前的，是個一動也不動，巨大又可怕的土塊。

「不管術法多麼厲害，要創造出不存在於這世上之物，並注入生命，可不是那麼容易的事。」因爲永津野並未實際舉兵來犯，所以「土御門大人」沒有覺醒。要是發生內戰，「土御門大人」一定會獲得生命，隨之醒來。也有人像在爲此辯解般，如此說道。

「但我不這麼認爲。」明念和尚道，「這本就是有違人常之事，所以才會以失敗收場。施術者本身應該最清楚才對。」

當時的柏原瓜生當家切腹謝罪，而那沒能成爲「土御門大人」的難看土塊，則是就地掩埋，就像回歸山神坐鎮的大平良山懷抱般，並在上頭建造祠堂。

那次的失敗令施術者柏原氏顏面盡失。

「聽說製作『土御門大人』，必須以蟾蜍和蛇這類醜陋又可怕的生物當祭品，還要加入人血。」

朱音悄聲問，「那是領民的血嗎？」

「不，是藩內武士的血。」

如果是爲了打倒永津野龍崎氏，守護好不容獨立成爲藩國的香山，即使犧牲生命也不足惜。有不少武士主動獻上自己的鮮血，犧牲自己當祭品。

註：中文爲槲樹。

「身為藩內的置家老，不管再怎麼聲稱自己是為了侍奉主君，為國奉獻，雙手終究還是染滿了同伴的鮮血。而且是白白犧牲的鮮血。」

當然，此事只有極少數人知情，是深深埋藏的祕密。但不管再怎麼隱藏，恥辱還是恥辱，罪過終究是罪過。

一直仔細聆聽的直彌，這時猛然想到某事，開口問道：

「聽說置家老原本稱做仕置家老。手上握有可以不必一一詢問主君的指示，便可以處置藩士的權限（註），是藩內名門，所以只有柏原家有此資格。」

但那會不會只是種掩飾的說法，其實暗藏了「受過處置的家老」的原意？

「這個嘛……」住持微微一笑，「不管眞相為何，柏原犯了嚴重過錯，全家為此事負起責任，這件事不會有錯。正因為懷有這份歉疚，柏原捨棄了咒術。決定埋葬一切，當成從沒發生過。」

明念和尚那雙宛如老樹裂痕般的眼睛眨了眨，望向朱音。

「在柏原家誕生出擁有強大力量的孩子，足以成為咒術者時，山林會告知此事。」

不分季節，不問晝夜，在這樣的孩子誕生時，大平良山的山頂會雷光閃動。

「因為柏原氏所施展的咒術，與山林的力量相通。」

即使柏原想捨棄這項術法，也無法完全切斷這樣的關聯，每次只要有適任的孩子誕生，大平良山就會告知此事。

「然後那些嬰兒會被送出柏原家，在這座寺院裡長大。」

對封印咒術的柏原來說，與大平良山的雷鳴一起誕生的孩子，不是値得祝福的孩子，而是被詛咒的孩子。

「我也……」

「沒錯。就是您和令兄市之介大人。」

雙胞胎很罕見，而龍鳳胎更是罕見。市之介的體型比同時間誕生的妹妹還要大上一圈，成長也快，宛如想要早一天長大成人，以保護妹妹一般。

「令堂秋音夫人同情你們兩人，擔心你們的未來，因而離開夫家，來到這座寺院。」

在深山嚴峻的生活中逐漸耗損性命，紅顏早逝。

「秋音夫人辭世後，你們兩位被送往上州植草郡的自照寺，這是秋音夫人夫家的安排。這對香山藩的藩士而言相當罕見，因爲那裡屬於法華宗。」

「是這樣嗎？只是想把我和家兄送往遠方吧？」

「是嗎？您的伯父柏原信右衛門大人應該知道。」

朱音是家老的姪女？她原本是直彌應該尊敬的人。

「這座寺院是……」明念和尚抬眼望向落魄的正殿橫梁，「『土御門大人』被掩埋在大平良山時，在柏原的安排下所建造。」

做爲一處封印咒術的場所，暗中在這裡養育有能力成爲咒術者的孩子。

「當時貧僧的父親出家，在此守護這座寺院。」

住持的父親是服侍柏原家的下級武士。「他將貧僧的哥哥，亦即家中的長子，奉獻給製作『土御門大人』的儀式。」

註：仕置家老的「仕置」，有處置、處罰的意思。

這座寺院是用來供養那些爲「土御門大人」奉獻性命的人。

「隨著時間流逝，柏原家的人也在世代交替中遺忘自己身爲咒術者的過去。而隨著大平良山的雷鳴一同誕生的孩子，也逐漸不再出現。」

繼市之介和朱音之後，曾出現過一男一女，但兩人最後都夭折。

「往後的這十年，即使柏原家有孩子誕生，大平良山也都始終沉默。」

終於結束了——明念和尚低語道：

「連繫山林與柏原家的力量終於斷了，柏原家這麼認爲。應該說，他們很希望能這麼想。」

自從北二條開始造山後，投入開拓工作中的領民把妙高寺當成是菩提寺，而柏原家也從這座寺院抽手，不予理會。寺內的捐獻減少，如今也沒人會從城下前來寺院，妙高寺成爲深山裡的荒寺。

「但事情並未結束。」

朱音的聲音，微帶顫抖地響起。

「住持，這是爲什麼？一百多年前創造，在當時未產生作用的詛咒，爲什麼現在突然生效了？我們是不是犯了什麼錯，將怪物給喚醒了？」

朱音感到既悲傷又憤怒，如此詢問。

「難道是我們不該造山？」

金治郎悄聲說，「是我們破壞了山林。」說完後，又露出泫然欲泣的表情。

直彌心中突然靈光一閃，開口說，「不，不對。是因爲三郎次大人死了——遭人殺害。是不是這樣，住持？」

雖說他是側室之子，卻是瓜生氏的男丁。那孩子遭到殘酷的暗殺。原本創造用來守護瓜生氏的

「土御門大人」，即使是對此等不仁道的行徑感到憤怒而覺醒，也不足為奇。

但明念和尚卻搖了搖頭。

「小日向大人，您可眞是忠心耿耿啊。」

「咦？」

「不過，『土御門大人』原本就只是一團土塊。不可能擁有像您這樣的心思。牠也不會理會瓜生家子嗣的死活。」

這樣說太過分了。直彌正想出言反駁時，朱音伸手制止了他。

「『土御門大人』只是時因爲時機成熟，所以才現身。如此而已。」

時機成熟。

「昔日被認爲是一團製作失敗的詛咒土塊，而被送往大平良山的『土御門大人』，並未回歸成山裡的泥土，牠陷入了長眠。」

一面長眠，一面在山中成長。

「在漫長的歲月中，『土御門大人』一點一滴吸收山林的力量。以此做爲糧食壯大自己，長成現今那人力無法完成的模樣，而在今年春天降生於世。」

牠體內暗藏先前詛咒所沒能辦到的黑暗力量。

「怎麼會有這種事！」

直彌發出一聲怒吼。朱音則是更大聲地蓋過他，「不，有可能。」

柏原家的咒術者借用山林的力量。咒術的源泉是山林的「氣」，也就是山林本身。

「掩埋其中的『土御門大人』，並非回歸大地，而是經過漫長的歲月後得到生命，這麼想一點都不奇怪，小日向大人。」

「『土御門大人』沒在山中腐朽，只是持續沉睡，此事一直有跡可循。」

被朱音直視的眼神和住持肯定的口吻所震懾，直彌倒抽一口氣。

「被埋在大平良山懷裡的『土御門大人』，之前一直是不爲人知的祕密。領民完全不知情，但有一些例外。」

那就是打從北二條造山開始前，便已住在山中，一直在山裡行走的獵人。

「他們深入山中，因此常會遇上奇妙的怪事。從大平良山傳來鼾聲，吹來陣陣腥風。接連發生這些事的年歲裡，山犬變得很不安分，而從冬眠中醒來的熊，也會提早從山脊線逃離。」

因此這些人知道，大平良山裡藏有「某個東西」。

「聽過他們的描述後，在他們的詢問下，貧僧將山裡埋著怪物的事告訴他們。這件事瞞不了住在山裡的人。」

獵人沒將山裡的所見所聞帶回村裡。山裡的祕密留在山裡。祕密保留了下來，至於故事則是一代又一代，零零散散地在這些山民之間流傳下來。

「在這次發生的嚴重事件中，想必有人看到『土御門大人』的模樣，害怕得雙膝打顫，心裡想，那就是山裡傳說的怪物。」

直彌感到一陣目眩，單手覆面。

因爲人們的方便而創造，之後又加以捨棄。如今這被人遺忘之物覺醒，燃起怒火。

那怪物是人們的罪過。

明念和尙猶如已看穿直彌心中的恐懼般，定睛注視他的雙眼，微微頷首。

「『土御門大人』的核心，是人們想將敵人鏟除的罪業。因此，牠雖然會襲擊人類，卻不會吞食野獸。牠詭異的氣雖然令人感到畏懼，引發不小的騷動，但在山裡的野獸面前，『土御門大人』反而顯得很怯懦，對吧？」

真是可憐——住持說。

「請問……」傳來圓秀那出奇悠哉的聲音，「這樣的話，光榮寺所封印的奉納繪馬，與那個名叫『土御門大人』的怪物有什麼關聯？」

「咦，你說奉納繪馬？」

面對一臉詫異的明念和尙，圓秀結結巴巴地說明經過，直彌也在一旁補充說明。

「我們認爲，那個繪馬可能畫有怪物的模樣。」

這不可能——住持斬釘截鐵地說道：

「柏原家不可能會留下『土御門大人』的圖畫。貧僧完全不知道有這樣的繪馬存在，也不曾聽家父提過。」

「會不會是他們沒讓住持您知道？」

也許是柏原家的人祈求「土御門大人」能平安無事地回歸成山中的黃土，而暗中做了這樣的繪馬，加以供奉。

「不，這絕不可能！」

眾人首次見到明念和尙的聲音中夾雜著怒氣。

「根本沒必要許這種愚蠢的願望，如果有什麼萬一，『土御門大人』覺醒，本寺也有因應之道。」

那就是咒文——住持說：

「亦即鎮壓『土御門大人』的咒文。當初柏原家的當家切腹時留下了咒文，由家父和貧僧保留至今。」

不過，唯有身上流著柏原家血脈，且具有咒術者資質的人才能使用。

「所以才需要我，對吧。」

明念和尚朝朱音頷首，轉身背對眾人。彌次幫忙他將身上的破衣脫下。

和尚露出身上肌膚後，眾人皆倒抽一口氣，大感驚訝。

布滿皺紋的皮膚和枯瘦的背膀上頭，寫滿密密麻麻的文字。看起來像漢字，也像梵文，但兩者都不是。直彌看不懂。朱音和圓秀也看得瞠目結舌。

「守護這座寺院者，就是守護咒文的人。」

明念和尚背對著他們說道：

「貧僧很害怕有一天得用到它，一直祈禱這天不要到來。」

一直活在世上靜靜等候，儘管已年邁衰老，仍繼續等待，老到祈求能安詳地死去，但想到自己死後或許仍會有一天需要用到這個咒文，他便無法安心地闔眼。

「我明明說過，我願意繼承。」

和明念和尚見面後，彌次第一次開口。他眼中噙著淚水。

「我這條命是住持所救。我也想幫助住持。」

儘管背對眾人，但還是傳來明念和尚溫柔的笑聲，「沒關係的，彌次。」

啊、啊、啊。還以為是誰在大叫，原來是金治郎。他一個人望向其他方向，一副腿軟的模樣，放聲大叫。

「啊、啊，不好了。」

朱音與直彌互望一眼，正準備轉頭望向金治郎的視線前方時，傳來一陣充滿活力，幾乎壓制住在場所有人的聲音。

「看來是談完了。」

雖然爲之一愣，但直彌還是馬上擺好防禦架勢。不知不覺間，正殿已被一群全身漆黑的武士重重包圍，一名身材高大的獨眼男子從隊伍中往前邁出一步。

「哥——」

朱音看傻了眼，如此低語。她原本的凜然之姿完全瓦解，整個人往前傾，直彌急忙抱住她。

曾谷彈正朝穿上衣服面向他的明念和尚投以親近的笑容。

「住持，好久不見了。」

「柏原市之介大人。」住持應道，「您現在是曾谷彈正大人，對吧？您怎麼會在這兒？」

「這應該也是因果的牽引吧，得以和我心愛的妹妹重逢。」

彈正的多名部下手持火槍，瞄準直彌等人。曾谷彈正背對他們，緩緩往前走近。

「朱音，看妳一切安好，眞令人高興。妳可眞是懂得替哥哥著想的好妹妹啊。」

替我省去不少找尋的時間——曾谷彈正道。

「您在找我？」

朱音白皙的臉頰泛起潮紅。她手貼胸前，趨身向前，「哥，請聽我說。我剛才在這裡聽住持說……」

曾谷彈正打斷妹妹的話，冷冷應道，「如果是關於我們所背負的罪業，我早就知道了。我十六歲那年離開植草郡時，曾向自照寺的慈行和尚逼問此事。然後偷偷回到這座寺院，與這位住持見面。」

彈正抬起單手，微微做了個手勢，牛頭馬面立即逼近，將直彌等人團團包圍。圓秀和金治郎馬上被壓制住。

明念和尚朝驚訝的朱音頷首，並制止即將和牛頭馬面動手的彌次。

「哥，您全都知道？」

「所以我才會等候這一刻的到來。等候有天能告訴妳一切，一掃我們兄妹心中積鬱已久的悶氣。」

對了，朱音——他以手中的馬鞭指向直彌。

「黏在妳身邊的這名蒼蠅武士，是打哪兒來的？」

說我是蒼蠅？直彌手按刀柄，吆喝一聲，彈跳而起。

「快住手，小日向大人！」

牛頭馬面也隨著神情緊繃。寡不敵眾。直彌眼前的景象停格，這裡將會是我的喪命之所。

突然一聲槍響。

附近一名高舉白刃，正準備與直彌交鋒的牛頭馬面，肩膀中槍，慘叫一聲。圓秀抱頭蹲在地上。眾人的動作皆爲之凍結。

正殿旁的門口，站著兩個男人。分別是手持火槍的老翁，以及披頭散髮的浪人。老翁的火槍前端仍冒著白煙。

「剛好趕上。」

浪人露出毫不畏懼的笑容，朗聲道：

「眞沒想到能在這裡見到您，眞是我佛保佑。朱音大人，見您平安無事，眞是太好了。」

不過——他搔著頭，緩緩舉起雙手。

「眼下的情況好像不太妙呢。」

三

妙高寺境內同樣殘破，草木叢生。四周的森林逐漸縮小它的外圍，幾乎將這座寺院呑沒。

蓑吉被五花大綁，垂掛在森林一株大樹的樹枝下。才剛帶完路，就遭受這樣的對待。雖然沒被殺害就該慶幸，但這麼一來，他就成了蓑蛾，而不是蓑吉了。

曾谷彈正與牛頭馬面將寺院正殿團團包圍後，先是按兵不動，接著才走進裡頭。因爲寺院裡只有住持在，所以沒發生打打殺殺的情形。音羽夫人被帶往僧房，四周才剛轉爲悄靜，旋即又有兩人從寺院左方撥開草叢現身。

一見對方的臉，蓑吉驚訝得差點魂魄從口中飛出。是爺爺！還有宗榮大人！他們兩人都還活著。爲什麼會一起行動？

他想大聲呼叫，但覺得這樣會有危險，因此作罷。爺爺手持火槍，宗榮大人壓低身子窺望裡頭的情形。

他們兩人都沒發現蓑吉，走進正殿。接著一聲槍響，蓑吉又是一驚。從那之後，只有不時看到牛頭馬面進出。

馬匹全都集中繫在山門旁。不知道現在究竟是什麼情況，只覺得肚子好餓，好冷，很想小解。爺爺不知道怎麼了，宗榮大人呢？

——音羽夫人現在不知道怎樣。

她一定是害怕得哭了。因思念一姬小姐而落淚。眞想幫助她逃走。想要救人，蓑吉自己得先逃脫才行，但這討厭的繩索不管怎樣都無法鬆脫。由於身子被吊在半空，繩索因自己的體重而愈纏愈緊。這就是牛頭馬面他們的做法。

可惡、可惡、可惡。即使他再怎麼揮動手腳，也只是讓纏繞胸口的繩索勒得更緊罷了。

這時，頭頂的樹枝間傳來一聲叫喚。

「你要是再繼續掙扎亂動，最後肋骨會勒出裂痕喔。」

是個男人的聲音。這聲音顯得一派悠閒。蓑吉轉動身體，抬頭仰望。有人從這棵大樹的另一側往上爬。

「小弟弟，你犯了什麼錯？」

蓑吉急忙應道，「我才沒犯錯呢。你是誰？快救我！」

對方以更爲悠閒的聲音回答，「我該不該救你呢。」說完，他莞爾一笑。

「眼前可是難得的一齣好戲呢。我要好好欣賞。你再等一會兒，他們好像還會有動作。」

「等下次牛頭馬面過來，我可能會被殺了。」

「那可眞教人同情。」

此人說得一副事不關己的模樣，待在這種地方明明很危險。

「你到底是什麼人?」
「我嗎?對喔,我到底是什麼人呢?」
男子說完後,以手撥開春天的嫩葉,探出臉來。
蓑吉爲之一愣。這傢伙是怎麼回事?不光聲音,連長相也是一派悠閒的憨樣。
此人衣著簡陋,以一條髒手巾蒙住臉。那是一張大餅臉。手也很大。從蓑吉的位置看不清楚,不過似乎是名大漢。
「小弟弟,你叫什麼名字?」
「我、我叫蓑吉。」
「這樣的話,我叫蓑助。就這樣吧。」
因爲我沒有眞正的名字——男子如此說道,以手背朝嘴角一抹。哇,是口水。這傢伙的嘴角流著口水。
「你剛才露出嫌棄的表情呢。」
這位假蓑助以流口水的表情笑道,「長期以來一直裝傻蛋,外表變得跟眞的傻蛋一樣,不過我其實不傻。」
他沿著樹枝朝蓑吉靠近。果然是名大漢,但身手俐落猶如猿猴。
「那你快救我吧!」
「咦?等一下。」
正殿旁的格子門開啓,一大群人走出。
「喏,開始有動作了。」

是爺爺，宗榮大人也在，村長也和他們一起！有一名年輕武士，另一人不知道是誰。他們全都被反手捆綁，排成一列往前走。包圍他們的牛頭馬面共有三人。他們似乎要前往僧房，繞過正殿另一側的轉角後，消失了蹤影。

「裡頭有你認識的人嗎？」

「我……我爺爺。」

「你是北二條的村民，是吧？是本庄村嗎？」

「是仁谷村。你也是香山的人嗎？」

假蓑助沒回答蓑吉的提問，「仁谷村發生逃亡事件，是真的嗎？村子遭毀壞的事，我也知道。我還看到巨大的野獸腳印，那是什麼？」

「是怪物！這一帶有吃人的怪物四處破壞。」

假蓑助開始從樹上往下爬。

「你要去哪？」

「你先在這裡等一會，我去看一下情況。」

男子才剛躍下地面，旋即不見蹤影。不知躲在哪兒，連氣息也完全消失。他到底是何方神聖？正殿方向傳來女人尖細的聲音。是朱音大人嗎？她在生氣？還是在哭？

蓑吉備感焦急，又開始掙扎亂動。

朱音情緒激動，失去理智，正準備朝哥哥撲去時，彌次強勁有力的雙臂從後方架住她，但她還是放聲大喊。

「你怎麼做出這麼殘酷的事來！哥，難道你已失去人性嗎？」

彈正玩弄著馬鞭，擺出意外的神情。

「妳這樣說才眞是殘酷呢。如果我眞沒人性，早將那些雜碎全斬了。正因爲他們關照過妳，所以我才饒他們一命。」

他指的是宗榮他們。寡不敵眾，在彈正和他的部下面前，也只能舉手投降。但宗榮很快地對朱音說道，「蓑吉平安無事。蓑吉的爺爺就是這位，他也還活著。」

接著他挨了牛頭馬面一頓揍，交談中斷，但被拖走時，宗榮朝朱音一笑，點了點頭。我們都活了下來，總會有辦法的。我會想辦法處理。

這對朱音來說，是何等的鼓舞。但現場只剩明念和尚、朱音，以及堅持不肯離開和尚身邊的彌次後，彈正又說出令朱音不敢置信的話來。

我帶音羽到這裡來。要以永津野御藏大人的女兒音羽當誘餌，引怪物出來——彈正說：

「如果『土御門大人』是爲了用來打倒永津野而創造，那麼，音羽會是牠絕佳的食物。」

爲了迎擊，我和妳在這裡湊在一起。繼承柏原家咒術者的血脈，有資質使用術法的，是我們這對雙胞胎兄妹。

「住持暗藏許久的咒文，上場的機會終於到來。這可說是絕佳的舞臺。」

「音羽夫人是你的妻子啊！而且是一姬的母親！」

「即使沒有音羽，一姬也已經談妥了一樁很適合她的婚事。」

「婚事？」

朱音一時目瞪口呆，但旋即明白是怎麼回事。彈正把一姬當成是增加自己權勢的道具。

「小姐還如此年幼，你打算將她嫁到哪兒去？將一姬送往哪兒去，才能與你想要的掌權者建立關係呢？你認爲音羽夫人會同意這樣的事嗎？」

「我已獲得主君的許可，這一切都是爲了永津野藩的繁榮與和平。」

這是哪門子的說詞。彈正只是將音羽當成生孩子的道具，這不是一位忠臣應有的居心。

朱音全身顫抖，目光從兄長臉上移開，轉爲面向跟隨他的牛頭馬面。朱音望向留在現場的那三名武士的眼睛，向他們問道：

「你們認爲這樣對嗎？將御藏大人的女兒當成怪物的祭品，將她的孩子當人質般嫁往他處，如果這樣永津野能變得繁榮，你們認爲這是正義嗎？」

三人當中的兩人，望著朱音的眼睛不爲所動。雖然他們沒戴面具，但與戴著木頭面具沒有兩樣。

只有彈正稱呼「左平次」，像是副官的男子，像閃躲般垂眼望向地面。彈正銳利地注意到這點。

「左平次，你在畏怯什麼。」

左平次不發一語，拳頭撐向地面，低垂著頭。

「自關原之戰以來，瓜生氏統管的香山，就像是永津野龍崎氏體內長出的邪惡腫瘤。只要能加以切除，療癒它的背叛所刨出的傷，永津野的戰爭也就結束了。」

「戰爭早結束了。只有哥哥你一個人擅自進行生人狩獵。」

彈正怒吼，「奪回佞臣搶走的領地和領民，有什麼不對？」

朱音也大喊，「哥，你這只是爲了自己的榮華，而利用永津野與香山不幸的過去！」

彌正緊抿雙脣，眼神轉爲犀利。彌次爲了保護朱音，仍緊緊抓著她，不讓她離開自己身邊。

「爲了自己的榮華？」

彌正如此低語，身上武具發出響聲，朝朱音走近。他拋下馬鞭，單膝跪下，一把抓住朱音下巴。

「朱音，你以爲我眞正想要的，是個人的榮華嗎？」

他嘴角歪斜，流露笑意。那是令朱音以及緊抓朱音的彌次都爲之不寒而慄的冷笑。

「權勢和榮華，對我來說一點都不重要。只要能趕走瓜生和柏原那班人，即使我現在仍是一名浪人，我也無所謂。身爲我親妹妹的妳，爲什麼不明白這點。」

朱音爲之瞠目。哥哥心裡的想法，從他的聲音和獨眼的目光傳了過來。彌次似乎也察覺了這點，緩緩鬆手。

「哥。」

朱音握住彌正的手腕。

「哥，你心裡懷有恨意，對吧？」

正因爲是繼承柏原家咒術者血脈的孩子，市之介和朱音才會被逐出家門。母親因日夜悲嘆而病死。無依無靠的雙胞胎，失去原本理應由市之介繼承的柏原家，遠離武家子女應該過的生活，被放逐到異地，被迫軟禁在這座山寺之中。

「這樣的對待，怎能叫我不恨？」

彌正沉聲低語，就像硬生生擠出血來。

「十六歲那年，我之所以逃離上州的養父家，回到這座妙高寺，就是因爲我想央求住持告訴我，為什麼我和你會失去本家，失去父母、失去故鄉，我想知道原因。」

但得知的眞相，卻是那麼愚蠢、難以置信，教人無法接受。

「一百年前，一個沒能成功的咒術？一隻沒能成功創造的怪物？因為那樣的緣故，而剝奪了我和妳的人生？」

只是為了這種像傳說故事般的原因。

「當時我便下定決心。不管會嘗盡何等艱苦，也一定要報仇雪恨。要將瓜生和柏原這班人連根拔除。然後取回我被奪走的一切。」

朱音一面聽，一面搖頭，「可是，眞的有那隻怪物。」

「沒錯，教人很難相信的鬼話。我原本一直以為是有人誇大其辭，沒想到竟然眞有其事。」

彈正的獨眼浮現喜色，露出炯炯目光，朱音全瞧在眼裡。

「土御門大人覺醒了。妳猜牠為什麼現在才獲得生命，開始行動？」

因為牠聽到了我的願望——

「因為我和妳的痛苦、悲傷、怨恨，已成功傳達。不，不光是我們。還有在我們之前的那些柏原家咒術者的孩子心中的恨。原本應該過的人生被奪走，遭放逐他處，在遺憾中結束貧窮的一生。我和妳的同胞心中的念頭，在這個時候成熟，最後在土御門大人體內結果。朱音，妳不這麼認為嗎？」

如果是這樣，在山裡飢餓、憤怒、破壞的那隻怪物，根本站在我們這邊。

「牠和我們一樣憤怒。伴隨著因為沒能創造成功，受到詛咒，而被永久擱置的這股恨意，大肆破壞，想為我們攻下這座山。」

有兩道溫熱之物從臉頰滑落。不知不覺間，朱音已淚流滿面。

「……哥，你不懂那隻怪物。」

牠有多麼可怕，你沒親身體會過，所以才會有如此荒唐的念頭。

「牠才不會跟任何人站在同一陣線，也不會為任何人帶來好處。」

彈正朗聲笑道，「朱音，妳在害怕什麼？土御門大人是人們做出的人偶。而我們柏原家的咒術者，正是操偶師。」

而且這裡還有明念和尚的咒文。

「只要我念出咒文，就能鎮壓那隻怪物。或是可以隨意操控牠！」

隨意操控？他的意思不是要打倒怪物，而是要捉住牠，將牠馴服嗎？這想法太瘋狂了。

朱音想起一件事。之前在永津野要塞的瞭望臺裡，掛著一面寫有「報恩」的匾額，面朝香山的方向。像是彈正親自揮毫的那兩個大字，其實帶有「報復」的含意。文字中帶有諷刺之意。

那兩個字蒙蔽了哥哥的內心。

朱音感到力量從全身散去。她雙手撐向地面，上半身為之癱軟。

「哥，請你清醒一點。那怪物不是你所能隨心所欲控制的。我和你唯一能辦到的，只有兩人合力賭上性命，將牠打倒。」

彈正朝她哼了一聲，「妳雖然看起來很堅強，但畢竟是女流之輩，內心太過柔弱。妳就等著看吧。」

那隻怪物是死是活，全繫在曾谷彈正的一念之間。

「不管怎樣，這件麻煩事還是一樣得解決。事後對於瓜生氏面對災難袖手旁觀，任憑村民遭吞噬，村莊被燒毀，而不加以處理的作爲，永津野龍崎氏勢必得以主藩藩主的身分嚴厲追究其過錯。而香山領民的民心也將會歸向我……歸向我們主君。要取回香山，這將會是很大的助力。」

他好像這才想起了龍崎高持。朱音語帶挖苦地說道，「如此天眞的劇本，我不認爲幕府會同意。」

彈正嗤之以鼻地笑道，「妳這個什麼都不懂的女人，少學人用這種口吻說話。幕府的心思，我早摸透了。」

朱音爲之一驚。剛才那句話的意思，莫非是爲了吞併香山藩，永津野藩已暗中安排好一切？透過門路，賄賂收買？一姬小姐的婚事，或許也是爲了討幕府歡心所採取的策略之一。

彈正可能已看出朱音的神色，進一步說道，「在發生這起騷動的過程中，香山的瓜生久則關在藩主宅邸裡，並對外封閉御館町。因爲側室之子意外死亡。」

據說是遭人暗殺。

「圍繞繼承人展開的權勢鬥爭，已露出冰山一角。偏偏發生在這時候，眞是不幸的巧合啊。」

香山藩士小日向直彌知道這件事嗎？即使知道，想必也不能隨便說出口。

「哥，你爲什麼知道這件事？」

「香山這個蟻窩所發生的事，永津野瞭若指掌。因爲主君在香山領地內有不少耳目。」

永津野的奸細。從他自信滿滿的口吻看來，這當中應該也有彈正自己的手下。

討幕府歡心，洞悉香山的內情。朱音該對此抱持期待，還是感到絕望？

這時，傳來低聲誦念佛號的聲音。那是在彈正與宗榮現身後，一直隱藏著寫有咒文的背部，連呼吸聲都聽不見的明念和尚的聲音。

「真是空虛、悲哀啊。」

明念和尚停止誦念，眨了眨他那宛可老樹裂痕般的雙眼，如此低語道：

「市之介大人，二十多年前，貧僧之所以將您命運多舛的緣由說給您聽，並非為了讓您憎恨他人。」

您的性命相當重要。

「當時貧僧應該告訴過您。看是要以柏原家咒術者之子的身分而死，還是要失去主君和身家而活下去，您只能從中擇一。」

那又怎樣——彈正朗聲道：

「如果是以咒術者之子的身分留在香山，會因受人排斥而遭殺害。不管再怎麼不甘心，再怎麼悲慘，被放逐後再怎麼努力求生存，結果都一樣。你那令人感激的教導，就像誦念佛號一樣，不管念再多遍也無濟於事。」

彈正表情扭曲，一臉不滿。面對他那對我佛嗤之以鼻的說話語氣，住持失望地垂落雙肩，轉頭面向朱音。

「那麼，朱音小姐，貧僧就對您說吧。」

「啊，好。」

朱音理好農作服的衣襟，重新坐正，雙手撐地行禮。彌次驀然離開她身旁，回到坐在地上，往前弓著身子，彷彿連說話的力氣都快用盡的老和尚身邊。

「土御門大人既然已經覺醒，就必須請柏原家的咒術者之子獻出生命。因為這個咒文……」

住持單手抵在肩上。

「並不是像誦經那樣吟誦。它必須由咒術者寫在身上，讓土御門大人吞噬後，才能發揮其效力。」

不只朱音，連彈正也為之愕然無語。住持朝她頷首，接著往下說：

「土御門大人沒有心。咒術者是獻上自己的肉體，而與土御門大人合為一體，成為牠的心。唯有這樣，才得以讓土御門大人平靜下來。」

這樣您明白嗎？面對住持的低聲詢問，朱音雖然戰慄不止，但也覺得眼前的迷霧頓時煙消霧散。

成為無心之物的心靈。化為靈魂使其平靜下來。的確，如此一來，應該能對那隻怪物發揮作用。

「必須由您或是市之介大人的其中一方，當這個咒文的祭品。」

祭品。這可怕的宣告聲尚未停歇，曾谷彈正已拔出腰間的長刀。

「臭和尚，都這時候了，你還想陷害我，是嗎？」

彌次衝出保護明念和尚。一道白刃的閃光射進朱音眼中，但沒見血。彈正砍向住持的那把刀，被副官左平次未離鞘的長刀擋住。

「筆頭大人，請住手。」

「左平次，退下！」

「在下不退。」

明念和尚雖然由彌次攙扶，但仍抬頭仰望彈正。

「如果您要貧僧的性命，那就送給您吧。不過市之介大人，倘若貧僧在此斷氣，背後的咒文也將消失。這咒文唯有靠人的生氣才可取得。」
彈正健全的右眼游移，刀鋒顫動。
「人的……生氣？」
「沒錯。如果您認爲貧僧口出誑語，大可一刀將貧僧的頭砍下。」
「住手！」
朱音猛然回神，緊抱住彈正的大腿。
「這是打倒怪物的唯一方法。絕不能就此失去它！哥，請把刀收回。」
左平次也像擋在急流中的岩石般，堅不退讓。
曾谷彈正瞪視著明念和尚，緩緩還刀入鞘。
「好個歹毒的咒文，竟然把我們害到這種程度。」
他轉身背對朱音等人，開口問道：
「住持，有引誘怪物出現的方法嗎？」
「有。」
在夜半時分，於寺內鐘樓的四個角落點燃篝火即可。
「那座鐘樓的屋頂內側設有複雜的鏤空花雕。」
只要在下方燃起篝火，上升的熱氣會從鏤空花雕的線條間穿過，產生獨特的聲響。
「那聲響會與放置在大平良山中……亦即位在掩埋土御門大人的場所與這座寺院中間位置的大鐘產生共鳴。」
那聲響會飛越森林，令夜空下的月亮也爲之震動，傳向整座大平良山，而在其音色的吸引下，怪物會前來妙高寺。

獨缺重要大鐘的鐘樓，看起著實古怪。而放置在深山森林裡的大鐘，那模樣一定也很詭奇怪異。朱音不禁嘆了口氣。

「這樣的安排……」

擺在大平良山懷裡的一口大鐘，朱音在腦中想像那個畫面。

大鐘歷經多年的風吹雨淋。一直靜靜等候土御門大人帶來的災害，那天或許會到來，也可能永遠不會有那麼一天。

就如同是朱音的人生。

鐘不知道自己爲何會被放在那兒，也不知道那一刻到來時，自己會發出怎樣的聲響。只認爲自己是很理所當然的一口鐘，但它其實另有其他眞正的用處。

山裡的春天百花齊放，夏天積雨雲布滿藍天，秋天時楓紅因雨濡溼，冬天則是山峰戴上白色的棉帽。山鳥飛渡高空，山犬吠吼，母熊帶著小熊穿過森林，橫越急流。大鐘望著這些景致和變化，完全不知自己身上懷有危險的祕密，度過漫長的時間。而朱音在毫不知情的情況下度過自己的人生，感受悲喜，時而細細品味那渺小的幸福，時而爲深切感受到的孤獨哭泣，不也和那口大鐘一樣嗎？

「左平次，增援部隊呢？」

「從南方要塞前來的一支小隊，應該在傍晚前會趕到。」

「那麼，我們就燃燒篝火等他們抵達吧。」

彈正轉頭以含笑的眼神望向明念和尙。

「我們以音羽當誘餌引怪物前來，然後由住持來當咒文的祭品。」
在朱音感到吃驚之前，彌次搶先發出憤怒的叫聲，「你說什麼！」
「咒文已存在於住持身上。只要由他直接充當祭品，可以省事不少。」
這次換彌次想朝彈正撲去，但朱音極力制止了他。
「哥，你忘了住持說的話嗎？如果不是咒術者，咒文就發揮不了作用。」
「那已是一百多年前的傳說。有可能是聽錯了。不，或許是住持又想要欺騙我們。」
朱音驚訝得說不出話來，她感到胸口一緊，為哥哥感到悲哀。
自從知道自己的出生祕密後，市之介心裡只有報復二字。這些年來，他克服各種苦難，忍受孤獨，如今眼看目的就要達成了，卻又有阻礙擋在面前，令他無法如願。他感到惱火、焦急，再也無法忍受，這樣不就像小孩在發脾氣嗎？
「都這時候了，住持不會騙我們。關於這重要咒文的事，他不可能會聽錯。你別說傻話。」
「囉嗦，朱音！」
「哥，你就這麼怕死嗎？既然這樣，你就躲起來好好發抖吧。我來當祭品！」
彈正馬上靠向朱音，以手背甩了她一巴掌。那使足渾身之力的一擊，令朱音橫身倒下。
彌次馬上扶起朱音。他摟住朱音，就像要保護她似的，朝彈正罵道，「你這個懦夫，竟然對女人出手，你不是真正的武士！」
彈正臉色大變，「你這臭猴子！」
「住手。快住手！」
在住持的一聲喝斥下，現場為之一僵。仔細一看，明念住持的臉色已變得像老舊的紙門糊紙般。上氣不接下氣，狀甚痛苦。

「要我說再多次都行。」

他揪緊胸口，表情扭曲地訴說：

「貧僧很樂意獻上自己的性命。但獻上沒擁有咒術者力量的祭品，到時候咒文要是無效，您該怎麼辦？」

彈正沒答話，而是轉頭望向如同石頭般立正不動的兩名牛頭馬面。

「久松，押住住持。小十郎，去拿矢立過來。」

他威脅想要抵抗的彌次，「你要是不安分一點，會有住持好受的。」

「彌次，沒關係。你別輕舉妄動。」

我要複製咒文——彈正向部下命令道：

「小十郎，你拿著矢立。」

明念和尚在彌次的攙扶下坐起身，臉色益發蒼白。

「市之介大人，我說過，這是唯有活人才能保有的咒文。」

「所以我才要複製在活人身上。」說完後，彈正加強語氣，「左平次！把音羽帶過來。」

左平次像爲之怯縮般，呆立原地。

「你在幹什麼，快帶音羽過來。我要把咒文複製到她背上。複製好後，咒文就能一再使用。要準備再多祭品都不成問題。」

朱音仰望左平次。那是一張剛硬、黝黑的臉龐。就像凍結般凝視著彈正。

啊，老天保佑。朱音瘋狂地在心中祈禱，求求您，希望這位武士的內心不像他的面具那麼冰冷。

「筆頭大人。」左平次低聲道，「請用我的背。」

語畢，左平次猛然坐下，像要準備切腹般，鬆開護身防具的繩索，開始敞開衣服前襟。

彈正瞪大獨眼，「左平次，你瘋了嗎？」

「是，在下畑中左平次被山林之氣所惑，失去理智。想讓咒文複製到自己身上。小十郎，快點！」

儘管副官如此叱喝，那位名叫小十郎的年輕武士卻沒答話。他手持矢立的毛筆，繞往住持背後，就此定住不動。

他只有嘴角微動，似乎正在朗讀咒文。那是能閱讀的文字嗎？

「啊，不行。」

住持氣若游絲地從喉嚨發出聲響，擠盡力氣喊道，想要遠離小十郎。

「不能讓他讀出上頭的咒文！放開我。」

「想逃，是嗎？臭和尚。」

這時，朱音發現有一股不對勁的氣味。就像有東西燒焦般……

小十郎突然發出一聲慘叫。拋出手中的筆，右手指至面前，緊盯著那隻手瞧。他的手指逐漸發黑。這股臭味是肉燒焦的臭味！

「小十郎！」

「筆、筆頭大人，這、這是怎麼回事？」

發黑的情形馬上蔓延至小十郎的五根手指。朱音懷疑是自己看錯了。他的手指發黑，並非單純只是汙漬或黑影。它呈文字的形狀。文字順著這名輕武士的肌膚往上爬，逐漸燒成焦黑。

「救、救命啊！」

爬過手掌，已迅速來到手腕處的黑色文字的動作，令小十郎無比慌亂。那名叫久松的年輕武士從明念和尚身上跨過，往前衝去。小十郎則是一味地想向身旁的人求助，完全不看對象。彈正無情地將他撞開，左平次則是將久松拉回來，並對他說，「不可以碰他。」

黑色文字的動作，比墨汁混進水裡的速度還要快，眼看它迅速擴散開來。

小十郎在原地不住打轉，搖晃身體，開始忽左忽右地踏步。臉部痙攣，放聲大叫。好痛、好燙！

黑色文字的動作毫不留情地穿過鎖子甲的衣袖底下，從手臂往上爬，接著出現在脖子上方。那駭人的光景與令人皺眉的怪味，使久松忍不住張口作嘔。

「嘔哇～～！」

最後小十郎整張臉全部發黑。他舉起尚未變黑的另一隻手朝臉上搔抓，踉踉蹌蹌地撞破正殿的門板，跌進隔壁的小房間裡。

「好痛、好痛、好痛！」

他不住打滾的黑衣底下，發黑的情形仍不斷擴散。年輕武士搔抓胸口，緊按腹部。原本完好的手也完全變黑，鬆脫無力。他雙膝發軟跪地，無法站立，叫聲變得沙啞。像毛毛蟲般在地上扭曲，如同被扯斷翅膀的飛蛾般抽動著，這位可憐的年輕武士逐漸被變黑的文字燒遍全身。甚至發出滋滋的聲響，微微冒煙。

最後小十郎再也無法動彈，那模樣猶如一個巨大的黑色繩結。

當朱音回過神來時，已緊緊抓住彈正背後。面對那殘酷的景象，哥哥擋在她面前保護她。霎時間，朱音感到胸中一緊。

畢竟是她世上唯一的哥哥。十六歲那晚哥哥說的話，再度浮現耳畔。

——這世上有的只有敵人。

「住持，這是怎麼回事？」

彈正馬上轉身，朝明念和尚逼近。住持已變得無比虛弱，在彌次的攙扶下，像呻吟般地應道：

「這咒文是鏡像文字。」

如果面向住持的身體，從外側來看的話，文字是左右顚倒。

「只要明白這點，就會知道它是漢字與假名的組合，任何人都能讀取上頭的文字。但內心脆弱的人，以及心智不夠成熟的人讀取文字後，會像剛才那名武士一樣被它所吸引，慘遭燒炙。」

久松臉色慘白，蹲在正殿角落裡，左平次也維持敞開衣服前襟的模樣，愣在原地。

彈正道，「我不會被它所吸引。」

「那麼，您大可一試。」

左平次馬上加以阻攔，「筆頭大人，且慢。」

「你認爲我心智不夠成熟嗎！」

「想仰賴這種來路不明的咒文，這種想法本身就不對！」

這名扯開嗓門回應的副官，神情無比認眞。

「這名潛居在山中荒寺裡的和尚，或許是狐狸之類的妖怪。相信他的花言巧語，不像是筆頭大人您平日的作風。請您快清醒過來！」

像那種吃人的野獸，只要永津野的御側番方眾合力，定能打倒牠——左平次自信滿滿地說道：

「這是千載難逢的機會，請讓我們展現眞正驍勇的一面。」

原本因爲他的諫言而滿臉怒容的彈正，放鬆了肩膀緊繃的力氣，接著突然往前跨出一步。本以爲他想做什麼，原來是撿起剛才拋出的馬鞭。

「你說的沒錯，左平次。」

是我不對。彈正嘴角泛起苦笑，原本急促的呼吸也逐漸歸於平靜。

「那先爲迎擊怪物做準備。深山裡聚集這麼多人氣，光是這樣應該就會將那隻飢餓的野獸吸引過來吧。」

最後還是要正面迎戰，朱音感到眼前爲之一暗。這樣只是讓先前要塞的慘事重演罷了。

眞是的，只能靠朱音下定決心了，眼下最需要絞盡腦汁思考。

彈正似乎打算在正殿布陣以待，開始幹練地指揮調度。住持與彌次被拆散，朱音被左平次帶往僧房。這裡荒廢的情形比正殿還要嚴重。雖然以門板阻擋外氣，但紙門和拉門皆破損，地板也有多處破洞。

「音羽夫人在哪裡？其他人都平安無事嗎？」

朱音沒被五花大綁，在不發一言的左平次催促下，走在滿是塵埃的走廊上。

傳來馬的嘶鳴聲。應該是彈正等人的馬。朱音刻意用高傲的態度對沉默不語的左平次說道：

「這就是你對待我的方式嗎？把身爲筆頭大人妹妹的我，當馬一樣看待？」

這時，某處傳來一個纖細的女人聲音，與她的呼應，「是姊姊嗎？」

是音羽的聲音，朱音不顧一切地往走廊前方奔去。

是僧房另一頭的房間。由於牆壁破損塌毀，正好可以將馬牽進裡頭，繫在此地。角落裡以這裡現有的草蓆鋪在地上，以木片和布擋風，音羽蜷縮其中。

「音羽夫人！」

朱音緊摟著她，急著要解開音羽身上的束縛。緩步走來的左平次非但沒阻攔，甚至把看守者支開，像在保護朱音與音羽般，站在現場。

音羽遭受嚴重打擊，似乎一時無法說話。朱音摩娑她的肩膀和背，輕撫她的長髮，並抬頭望向左平次，「謝謝你、謝謝你。」

左平次不發一語地走近，單膝跪地，表情僵硬。

朱音問道，「一姬小姐在哪兒?」

「在名賀村的村長家。」

「她沒事，對吧?太好了。」

音羽開始悄聲啜泣。

「將音羽夫人和馬一起關在這裡，實在很抱歉。不過在名賀村聽人們說，那隻怪物怕馬。由於牠是以詛咒之力創造出的野獸，所以儘管會襲擊人類，對其他動物卻感到害怕。如果眞是如此，我認爲這裡才是最安全的地方。」

這是左平次體貼的安排。在正殿裡獻出自己背部的這名武士，夾在擔任曾谷彈正副官的職責與對御藏大人的忠義之情之間，左右爲難。

「抱歉。我也明白您夾在中間相當痛苦。」

左平次從音羽帶著一姬逃亡的事開始談起，道出整個經過。

「當我們這支隊伍抵達名賀村時，怪物已襲擊過村莊。不過，其實只要看過村裡的慘狀就能明白。」

名賀村半毀的情形，清楚浮現朱音眼前。聽到怪物吐出的酸水起火燃燒的事之後，她頓時明白先前要塞爲何會引發那麼猛烈的火勢。

「聽村民說，趕跑怪物的，是在名賀村侍候小台大人的一名老僕。」

老爺子滿身是血，與怪物對峙的英勇行徑，以及他臨終前留下的話。

「老爺子知道『土御門大人』，對吧？」

那麼，他一定和柏原家有什麼關聯。爲了防範日後有一天土御門大人覺醒，而被送往永津野。

「眞是可憐……」

朱音眼眶泛淚。老爺子也和山中的大鐘一樣，如同朱音一般。

既然這樣，這次該換朱音了。

「該稱呼您畑中大人，對吧？」

朱音定睛凝視左平次。

「求求您，請再聽我一個請求。」

左平次的表情痛苦地扭曲，「您對在下有何請求？」

他的這聲低語，令朱音重新燃起希望。

「我不求您背叛家兄。我要救出音羽夫人，送她回到一姬小姐身邊。希望您以永津野藩家臣的身分，守護永津野的人民。爲此，請您助我一臂之力。」

朱音道出自己的想法後，左平次搖了搖頭，「小台大人，您忘了剛才的慘事嗎？能從住持背後複製那咒文的人，恐怕只有繼承咒術者血脈的筆頭大人和您了。不過筆頭大人不會讓您當怪物的祭品。」

「還有一個人能複製。」朱音很肯定地說道，「他被囚禁在這裡。」

菊地圓秀。他不會將咒文看成文字，而是會將它視爲難得一見的畫作，全神貫注地複製下來。

一想到他的臉，朱音不禁露出微笑。

「放心，一定會成功的。」

四

同一時間，在僧房的另一頭，一個破爛的房間裡，小日向直彌正感到無比苦惱。

金治郎和圓秀，老槍手源一和浪人榊田宗榮。他們五人全都手腳受縛，綁在一起。

外頭不時傳來人聲，從中得知牛頭馬面在外頭走動，但沒人監視他們。雖然很不甘心，但現在這副模樣無法逃脫。只要掙扎著想要脫困，繩子反而會愈纏愈緊。

「武士大人，請不要亂動。」

源一若無其事地如此提醒，令小日向直彌看了很不是滋味。這名老翁被拿走火槍時，臉上還掛著冷笑。

「我的火槍是老古董了，你們用不來，要是稍有疏忽，也許手指頭就被炸飛了。」

他對牛頭馬面這樣說道，馬上被飽以老拳，但他完全沒當一回事。

說到這種不痛不癢的態度，那位名叫宗榮的浪人也是同一個德行。他說這時候最該做的就是休息，竟然在這種受縛的狀態下睡著了，剛才甚至還微微發出鼾聲。經這麼一提才想到，聽說這個男人在對付怪物時遺失了佩刀，現在腰間只插著刀鞘。

金治郎和圓秀都已筋疲力竭，意志消沉，不發一語。直彌很想幫助他們兩人逃脫。現在牛頭馬面戒備鬆散，只要能逃進森林，就有機會成功逃脫。

這時，頭頂傳來一個悠哉的聲音。

「哎呀呀，眞是難得一見的景象呢。」

仰頭一看，直彌和圓秀不約而同發出「啊」的一聲驚呼。

「伊吉！」

那個表裡不一的寺男，正以手背擦拭嘴角的垂涎，從天花板的破洞處往下窺望。

「你怎麼會在這兒？」

伊吉朝大動肝火的直彌呵呵輕笑，「因爲小日向大人上北二條來，所以我也跟著您跑來。」

「跟著我跑來？」

「聽說北二條出現一隻巨大的吃人怪物。擔任山番的高羽大人不是身受重傷返回御館町嗎？」

他連這個都知道，這男人果然——直彌心頭一寒，怒火中燒。

「你是密探，對吧？」

這聲粗獷的聲音，是榊田宗榮所發出。他猛然坐起身。

「你一直潛伏在香山。不過，發生這樣的情況，你卻是躲在一旁觀望，看來你不是永津野的密探。」

你是幕府的手下，對吧——宗榮很乾脆地問道。伊吉難看地笑著，伸手擦拭垂涎。

幕府的密探？直彌和圓秀面面相覷。

「你是哪一邊的人不重要，既然你知道是怎麼回事，救救我們吧。」

如你所見——宗榮抬起受縛的雙手手腕。

「再這樣下去，我們只能成爲怪物的佳肴。」

「不過，永津野那班人正準備要打倒怪物呢。」

宗榮嗤之以鼻道，「不可能的，根本是白費力氣。」

「是嗎？我也認爲照住持說的那樣，使用咒文會比較好。」

「咒文？」宗榮這才露出認眞的表情，「這話怎麼說？告訴我。」

「這裡的住持背後寫有可以收伏怪物的咒文，但是要讓咒文發揮功效，似乎只有曾谷彈正或他妹妹朱音當活祭品才行。」

這時要是大呼小叫，會被看守者聽見。儘管明白這點，但綁在一起的這群人還是不免一陣譁然。

伊吉先是躲了起來，隔了一會兒再度出現。

「看來，現在永津野那班人沒空搭理你們。」

他從天花板上輕盈地落下，蹲在眾人身旁。

「曾谷彈正打算如何處理那個咒文？爲什麼得要他和朱音大人，咒文才能生效？」

「好像是因爲血脈的關係。不過，這位牛頭馬面統領似乎也不想讓自己妹妹當活祭品。」

宗榮鬆了口氣，「這樣啊……」

「不過，有增援部隊從附近的要塞趕來。你們要逃的話，只能趁現在。」

「我明白了。伊吉，快將這些人的繩索解開。」

直彌焦急地說道，伊吉靜靜注視著他。

「小日向大人，我不是寺男伊吉。」

「這已經不重要了。拜託你。我無所謂，反正我要在這裡戰鬥。不過請解救金治郎和圓秀大人。」

「說得也是。他們兩人先逃離這裡吧。」宗榮也說，「至於我們三人的繩索，則是在解開後重綁一次。得是看起來像綁著，但有事發生時可以馬上解開的那種。如果你是密探的話，這種手法應該難不倒你吧？」

伊吉微微側頭，朝宗榮端詳許久，「武士大人，你拜託人幫忙，可眞不懂得客氣呢。」

「都這時候了，只要派得上用場，即使是惡鬼也得用。」

「你這人眞有意思。」

伊吉笑道，開始替金治郎解開繩索。村長全身不住顫抖。

「我也要留在這裡。」圓秀說完後，出示他的雙腳。上頭滿是傷痕，處處滲血，腳踝嚴重腫起。

「我已無法走山路。這樣只會成爲金治郎先生的絆腳石。」

「可是，你留在這裡的話……」

「既然牛頭馬面說他們要收伏怪物，我們可以找機會想辦法，小日向先生。」

宗榮輕描淡寫地說：

「如果你也要留在這裡戰鬥的話，最好別太心急，好好等待機會。」

「嗯，我也認為這是個好辦法。」
金治郎獲得自由，摩娑著自己的手腕和腳踝。伊吉朝村長遞出他掛在腰間的竹筒——是水。
「你走進森林後，要小心別遇上增援部隊。」
「是，小日向大人。」
「回到洞窟後，還是要和村民先躲好。」
那隻怪物當初是置家老柏原家所創造。即使直接向御館通報，也不見得會馬上派人來解救。不，即使來了，直彌他們和怪物的事也許都會被壓下來，完全抹除一切祕密。
伊吉窺望外頭的情況，打開門板，放金治郎逃走，接著開始解開直彌他們的繩索。
源一這才開口，「你是將軍的百足吧，到香山來查探什麼？」
「你這山裡的老頭知道這麼多幹什麼？」
源一哼了一聲，「正殿那邊查看過了嗎？有沒有看到我的火槍？」
「火槍我不知道，不過外頭的森林裡倒是綁了一隻小蓑蟲。」
「是蓑吉嗎！他沒事吧？」
宗榮無比開心，源一倒是顯得無比吃驚。
「他怎麼會到這種地方來？」
「好像是被牛頭馬面帶來這裡。」
「你放他走了嗎？」
「要是隨便放他走，又被人發現，可是會被斬殺的，所以我繼續讓他吊在那兒。」
「那麼，請告訴他我們的情況後，放他逃走吧。並轉告他，接下來的事不用他擔心。」

「這位武士大人可眞會使喚人。」

「對旅行的人要親切一點，因爲你不知道日後會得到怎樣的善報。」

不知爲何在這種情況下還笑得出來，宗榮和伊吉都顯得很愉快。

「——伊吉。」

直彌只知道這樣稱呼他。

「爲什麼你會在這兒？」

伊吉沒回答。他手指的動作很靈活，眼中蘊含機靈的目光。先前那位個頭高大、腦筋遲鈍、心地良善的寺男，全是他喬裝出的假面。

「藏在光榮寺六角堂裡的供奉繪馬，上頭到底畫了什麼？」

圓秀嚴峻地問道：

「就是你一直慫恿我，想讓我偷看的繪馬。我離開香山後，聽說被人拿走了。是你幹的嗎？拜你之賜，我蒙受了不白之冤。」

圓秀的聲音滿是埋怨。直彌不敢看他。

「我也想知道。伊吉，你快回答。」

伊吉一面解開源一的繩索，一面像是剛砍完柴似地，以輕鬆的口吻說，「我在香山的任務已經結束。不過，在我準備離去時，聽聞北二條有野獸出現的事。所以我無法安心地返回江戶，得來確認一下情況才行。」

「爲什麼？」圓秀問。伊吉就像覺得驚訝般，聳了聳他厚實的肩膀。

「你們不知道『生類憐令（註）』嗎？在江戶，光是殺死一隻野狗就會被判死罪呢。」

的確，當時將軍家發布政令，嚴禁殺害生物，對狗尤其需要特別愛惜，直彌也知道此事。但江戶與這種位於深山偏鄉的藩國情況不同。以往香山藩的家臣和領民的生活，從不曾因爲這樣的禁令而有所改變。

但伊吉卻說，「不管在哪兒，要是隨意獵捕野獸，就是違反禁令。」

宗榮發出一聲沉吟。原來如此，這個男人是江戶人。

「不過，那隻怪物不能和狗等同而論。」

「我不知道將軍會如何裁決，不過，既然我看到了，就不能裝沒看見地回去。」

「既然這樣，那你就讓那隻怪物吃了你吧。」源一撂下這句話。

「嘿嘿，我可是很愛惜生命的。」

伊吉又呵呵笑了起來。

那天眞無邪的笑臉，仍是昔日那寺男伊吉的模樣。直彌感覺有股不同於憤怒的情緒充塞胸中，忍不住問道：

「你一直都是這樣嘻皮笑臉，瞞過周遭的人嗎？」

伊吉沒回答。他臉上掛著淺笑，伸手拭去嘴角的垂涎。

「你是從什麼時候開始僞裝的？雖然你是孤兒，但也是在香山出生的吧？爲什麼要背叛故鄉，成爲幕府的手下？你這樣不會覺得對好心養大你的六造很過意不去嗎？」

說到這裡，直彌猛然發現一件驚人的事。他能很肯定地說光榮寺的前任寺男六造完全不知道伊

註：江户時代元祿期所頒布的法令，禁止對動物的殘殺和虐待。

吉的眞面目嗎？也許六造也……

「別說了，小日向先生。」

榊田宗榮平靜地打斷他的話。

「即使你逼問這位密探，他也不會如實以告。你愈加追問，只會愈分不清什麼是事實，什麼是謊言。」

「可是！」

「別激動。至少目前他不是我們的敵人。」

伊吉露出認同的表情，「這位浪人先生說得一點都沒錯，小日向先生。」

「他是密探，是叛徒！」

「我覺得你這樣一口咬定，很沒意義。」

宗榮始終顯得很超然。

「他以幕府密探的身分四處遊走，不見得一定就會背叛香山。倒不如說，他可能正是因爲替香山著想，才成爲幕府的手下。」

這句話倒是令直彌大感意外。

「是、是這樣嗎，伊吉？」

「我不是叫你不要逼問嗎。」

不只宗榮苦笑，連一旁的源一也嘴角輕揚。

至於當事人伊吉則是在綁好繩索後，拍了拍手站起身，「好，我已照你們的意思綁好了。這繩結只要用力一扯，馬上能解開。」

直彌仍不死心，沒問清楚不肯罷休。

「等一下。你說你『在香山的任務』，指的是什麼？爲什麼結束了？」

還有，爲什麼這麼大費周章地解救我們？明明可以見死不救啊。

伊吉低頭俯視直彌，以手背擦拭嘴角的垂涎。

「小日向先生，你會死在這裡。不管是被怪物吃了，還是被永津野的武士砍殺，都一樣沒有未來可言。」

那不是同情的口吻。

「這我知道，我也早有心裡準備。」

房間角落的地面木板鬆脫。伊吉走向該處，拿起木板。

「喂，供奉繪馬的事到底是怎樣？」圓秀仍繼續追問，「因爲你，害我被懷疑，顏面盡失。反正我就要死在這兒了，請告訴我眞相，當成是黃泉路上的餞別禮吧。」

伊吉手搭在木板上，轉過頭來莞爾一笑，「黃泉路上的餞別禮，是吧？這位畫師說話可眞逗趣。」

對了，關於那件事嘛——伊吉故意吊人胃口。

「雖說是繪馬，但可不見得是畫喔。」

也能在上頭寫字。

「那個繪馬，上頭記載了藥物的調配法。」

能引發和「神取」相同症狀的毒藥調配法——伊吉道：

「雖然很危險，不過有了它，做起事來可就方便多了，所以香山的瓜生家才會隱瞞此事。」

其他三人似乎不解其意，但直彌聽了之後猶如五雷轟頂，全身瞬間凍結。

如果香山裡有這樣的毒藥，那麼，三郎次少爺第二次罹患「神取」就有辦法解釋了。

——那該不會就是遭人以毒藥暗殺吧？

他腦中一片空白，背後雞皮疙瘩直冒。

伊吉覺得既有趣，又同情，注視著臉色大變，啞口無言的直彌。

「其調配法是瓜生家的祖傳祕方，不能隨便找個地方藏好就算了，隨意寫成文件也很危險。所以才會做成繪馬，順便在上頭畫上草木等原料，淺顯易懂，可說是一石二鳥。」

「原來如此。」宗榮代替直彌，一臉佩服地應了聲，「雖然不清楚是怎麼一回事，不過他們似乎也很愼重其事。」

「說得一點都沒錯，浪人先生。」

「我的名字是榊田宗榮。」

「是、是、是。我說，小日向先生。」伊吉接著說，「當初那個繪馬做好後，馬上藏在光信寺裡。不過，在藥師如來佛被迎請至光榮寺時被人取出，之後一直都放在其他地方。」

而放在光榮寺六角堂裡的，是假貨。

「嗯，當外面的人知道有眞貨的存在時，爲了不讓人輕易找到，所以才故意放置假貨。」

宗榮如此說道。伊吉頷首，可能是口水乾了之後發癢，只見他隨手搔抓著嘴角，「眞是辛苦啊。」

竟然用這種語氣。一股怒火從體內湧現，直彌重振精神。這時候不能再磨蹭怯縮下去了。他趨身往前，靠向伊吉。

「不過，你找到眞貨了，對吧？所以你已完成任務，打算離開香山，是不是？」

伊吉的「任務」指的就是那個吧？

「眞正的繪馬在哪兒？是誰藏起來了？」

他感到胸中一痛，聲音爲之沙啞。

「三郎次少爺是被那個毒藥所殺嗎？是何人所爲？你知道嗎？你要是知道，請告訴我。還是說，就是你將三郎次少爺……」

其他人也爲之雙目圓睜。只有伊吉斜眼望著小日向，再度呵呵輕笑。

「你這樣錯看我的人品，我很困擾呢。小日向先生，我不殺小孩的。」

況且我也沒理由下這種毒手——伊吉很肯定地說：

「我好像說太多了。我口風實在不夠緊。其他事你就回到御館後再問吧。」

不過前提是你能活著回去——伊吉歹毒地補上這麼一句。直彌感到悲傷、懊惱、焦急，咬牙切齒。

「那麼，六角堂被破壞，又是怎麼回事？」

「喔，那是某個密探所爲。對方打聽到消息，得知正殿裡放有香山藩的重要寶物，就跑來查探。」

一個沒規矩的傢伙，不僅粗魯地破壞藥師如來佛的臺座，還揮刀砍向聽到聲音趕來查看的伊吉。

「我出於無奈，只能回手取其性命。」

因爲是那天半夜發生的事，所以寺裡沒人知道。

「要是就這樣放著屍體不管，會惹來不必要的麻煩，所以我將他運往他處掩埋。」

這時從伊吉眼中隱隱透出精明狡黠的目光。

「保持現場的原樣，對我比較有利。」

「有利？」

「這樣可以成爲我從光榮寺消失的藉口。」

因爲我看守不力，沒關緊門窗，才會使得正殿遭人破壞。

「只要說我因爲覺得歉疚而想離開，事後就不必擔心會惹來懷疑。」

直彌登時愣在原地，一切情感全都飛到九霄雲外，「只是爲了這個原因，你哭得那麼淒慘，還假裝要上吊自盡！」

「既然要演戲，就得演得徹底一點。」

而且在他演那齣戲時，還對趕來安慰他的直彌說了那番話，讓他懷疑是菊地圓秀所爲。多麼高明的騙子！

宗榮開心地呵呵輕笑。

「所以我不是說了嗎，小日向先生，所謂的密探就是這樣。」

究竟何者爲眞，何者爲假，會讓人分不清界線。

「那名密探是永津野的人嗎？」宗榮問。

「這個嘛，自從曾谷彈正得勢後，這裡便來了不少永津野的密探。」

很礙事呢——伊吉皺起眉頭。

「喔，小日向先生，你聽了這番話，可別對每個人都疑神疑鬼喔。你那位一臉福態的侍女，可是忠心耿耿呢。」

他指的是阿末。伊吉的眼神和聲音轉為柔和。

「眼看那女孩就要被怪物給吃了，眞教人同情。小日向先生，你可要挺住，好好收伏那隻怪物啊。」

伊吉翻身消失在地板下。

許多事一次全被攪亂，直彌陷入恍惚。

「小日向大人，請振作一點。」

榊田宗榮朝直彌斥喝一聲，以他受縛的手搔抓下巴，展開思索。

「剛才的事可眞驚人，不過，接下來才是眞正的重頭戲。看來，勢必得在此收拾那隻怪物不可。只是該怎麼做好呢？」

五

蓑吉像隻蓑蟲般垂吊在樹下的這段時間，太陽緩緩西沉。其間有大約二十多名牛頭馬面騎著馬抵達妙高寺。即使是從附近趕來，速度未免太快了。牛頭馬面向來如此，所以才會被稱做「群魔」，令人聞風喪膽。

這樣的牛頭馬面也會急行軍嗎？馬匹全身沾滿塵埃。蓑吉想到小花，想到夫人。我到底在這裡做什麼。

頭頂傳來一陣沙沙聲，是那個假蓑助，他回來了！

「你好慢喔！」

「你太大聲了，臭蓑蟲。」

假蓑助將蓑吉拉到樹枝上，從懷中取出一個小包裹打開來，是麻糬。

「快幫我解開繩索。」

「你先吃了它。」

蓑吉沒再多說，像狗一樣張口便吃。發出一陣呑嚥聲。

假蓑助手裡握著捆綁蓑吉的繩索，告訴他正殿與僧房的情形。這名男子說起話來帶有香山口音，蓑吉聽得很清楚。但他所說的內容太過詭奇，要完全理解，比呑嚥麻糬還要困難。

「咒文是什麼？朱音大人要當活祭品，哪有這種事！」

嘴角流著口水的假蓑助，一雙小眼眨了眨，望著蓑吉。

「你是香山人，竟然替永津野那個惡鬼的妹妹擔心？」

「因爲朱音大人很慈祥……她還救過我。」

蓑吉找不出其他理由。他實在無法將曾谷正和朱音大人聯想在一起。

「請你也救救我。既然你已替我爺爺和宗榮大人解開繩索，他們一定會想辦法，也會去救朱音大人。」

曾谷彈正從正殿現身。牛頭馬面馬上變得精神抖擻。彈正以剛勁有力的聲音朝他們叫喚，開始下達指示。

「好像要對怪物展開狩獵。」

原來如此，剛抵達的那支隊伍皆全副武裝，還搬來大型的弓箭、投槍、投網等武器。在彈正的指揮下，眾人俐落地展開行動，開始架設武器，準備應戰。

蓑吉搖了搖頭，「那種東西一點都不管用。只是白費力氣。」

假蓑助發出「喔～～」的一聲，「怪物眞有那麼厲害？雖然我也見過燒毀的痕跡以及一團像爛泥的屍骸……」

他說到一半突然噤聲。因爲之前的所見所聞，再次全部浮現蓑吉腦海，令他陷溺在記憶中，變得呼吸急促。

「這樣啊，我明白了。你不用再想了。」

假蓑助動作出奇溫柔地輕拍蓑吉的肩膀。

「好了，小弟弟，你快逃吧。知道這一帶的山路吧？」

「我不逃。我要去找爺爺和宗榮大人，還得去救夫人才行。」

「你沒道義得這麼做。」

「你不也是嗎？話說回來，你到底是什麼人啊？」

「我嗎？我啊……」

假蓑助微微一笑，視線突然停在蓑吉繫在腰帶上，以稻草做成的蜈蚣（百足）。

「我就是你腰間的『百足』，在香山都是這樣稱呼。」

「百足？這是驅蛇的護身符耶。」

是加介爲蓑吉做的。

「我不懂你的意思。不過別看我這樣，我可是北方百足的統領，算是一位大百足。」

他擦拭垂涎，微微昂首挺胸。

「這麼說來，你並非真的是笨蛋嘍？」

「沒錯。不知道我其實是大百足的人，都瞧不起我，不過，大家在笨蛋面前都口無遮攔。這樣也相當方便。」

不過還是有人對我很和善——假蓑助說：

「所以我是來報恩的。不過以後就沒任何瓜葛了。」

他突然轉爲灑脫的口吻。

「小弟弟，我也得和你道別了。你要是非救那個永津野惡鬼的妻子不可，那她人在那棟建築裡，和馬關在一起。」

假蓑助指向正殿旁的建築，說了一句「要多小心」後，消失無蹤。

蓑吉身上的繩索也已解開。就像變魔術一樣，他是什麼時候解開的？

「那個人……」蓑吉不自主地低語道，「是山神的使者嗎？」

會是山神同情蓑吉等人的遭遇，而派使者前來解救嗎？

要接近假蓑助指示的那棟建築，必須潛入森林，繞路而行。牛頭馬面散布在寺院各處，得小心行事。

在蓑吉緩緩移動的這段時間，牛頭馬面正忙著作業。有人來到正殿後頭挖洞，有人在地面架設大弓。不知爲何，有人在清掃沒有大鐘的鐘樓，準備要焚燒篝火。蓑吉暗罵一聲。即使你們燒篝火，也只會引來火災罷了，眞搞不清楚狀況。

他看到繫馬的場所了。啊，小花也在！牠平安無事，而且很有活力。正當他開心得想從叢林裡衝出時，後方突然有人一把掐住他後頸。

「唔！」
「別出聲。」
他被粗魯地一把拉起來，眼前出現一張長臉。理著一頭短髮，身穿農作服——這人是誰啊？
對方主動開口問，「你是那名槍手老爺爺的孫子嗎？」
這個人知道我！「嗯，沒錯。」
「你爺爺平安無事。你在這裡做什麼？」
「我要去解救大家。聽說夫人和馬匹關在一起。」
「你自己一個人？」
「不行嗎？妳是誰？這座寺院裡應該沒有侍女才對。」
對方瞪大眼睛，「侍、侍女？」
幹什麼那麼驚訝。蓑吉忍不住笑出聲來。
「妳是女人，對吧？妳是哪裡的人？負責照顧住持嗎？」
「你怎麼知道我是女人？」
問題眞多。
「雖然妳採男人的裝扮，卻有女人的氣味。」
蓑吉抬起鼻子嗅了幾下，「我聞到『歐落』的氣味，妳用它洗衣服嗎？」
那名扮男裝的女子露出沮喪的表情。
「山裡的小猴子，唯獨鼻子特別靈光。」她生氣似地說，「我叫彌次，直接這樣叫我。」
「嗯。妳也被牛頭馬面抓了嗎？竟然有辦法逃出來。」

「我才沒被抓呢。小猴子，幫我忙。」

幫助大家逃走——彌次說：

「如果牛頭馬面要和怪物戰鬥，這樣正好。」

「他們全部都會被怪物吃了。」

「到時候我們就趁機帶大家一起下山。」

那是不帶半點慈悲的口吻。

「如果住持和朱音大人平安無事，日後要收伏怪物，有的是機會。明白了嗎？小猴子。」

指的是咒文的事嗎？蓑吉完全不懂，但現在沒時間多說。

「我知道了。我們快去吧。」

今天老遇到怪人，蓑吉心想，搞不好這個叫彌次的女人，也是山神派來的使者。

如果眞是這樣，我運氣可眞好。

六

增援部隊到來後，妙高寺內馬上變得無比喧鬧。西下的夕陽照進僧房裡的破屋。

「看起來好像很忙碌呢，也沒人看守，是時候該行動了。」

榊田宗榮悠哉地說道，轉頭望向圓秀，「畫師先生，你去躲森林裡。要是待在建築裡，會有危險。」

小日向直彌也頷首表示贊同，「你可以先躲樹上。捱過一晚，讓腳得到充分休息，等天亮後再下山。」

源一馬上解開繩索，朝手腕摩娑幾下，站起身，「我去找槍。」

「源爺，請等一下。」

宗榮出聲叫喚時，那扇破紙門突然打開。戴著鑲紅邊護額的副官，昂然立於門外。他腋下夾著火槍以及小日向直彌的長短刀。

「喔！」宗榮發出一聲驚呼。

副官瞪大眼睛望向已解開繩索，處之泰然的源一，將火槍拋向他腳下。源一馬上一把拾起。

「接下來是永津野番方眾的戰役，沒你這位老槍手的事。快滾吧。」

源一迅速檢查槍身後，噘起嘴，「沒有子彈，火種和火藥袋也不見了。」

「我不知道。你大可拿這把老古董當枴杖。」接著副官低頭俯視小日向直彌，「你也滾吧。這裡沒有香山武士出場的分。」

他沒拋出直彌的配刀，而是以刀柄遞向直彌。

「如果你是想放我們走，我很感激。」宗榮說完後，手腕用力一扯，鬆開繩索，「但我們不能只顧自己逃命。」

「我也是。」

小日向直彌將長短刀收入腰間，朝副官行了一禮，「你這份武士相惜之情，我銘記在心。接下來我也要和怪物一戰。事已至此，不該再有永津野與香山之分。」

原本就已滿是疲憊與憔悴之色的小日向直彌，在伊吉現身後，更顯得意志消沉。此刻他這句話也是，與其說威風凜凜，不如說是帶點自暴自棄。

副官的表情轉爲嚴峻，「看來你們的繩子綁太鬆了。」

宗榮朝他笑道：「不，是有個和你一樣的好心人替我們鬆綁。」

副官對這句話感到畏怯，「是誰？誰替你們鬆綁？」

「這個嘛，告訴你也無妨，不過……」

宗榮如此說道，決定向副官套話：

「來交換個條件。你要告訴我，和馬兒關在一起的女人是誰？」

先前他和源一一同抵達妙高寺時，從繫在寺院內角落的馬匹背上看到馬鞍標幟，得知永津野番方眾已前來。他們備感驚訝，同時查探情況，結果聽到僧房裡傳來女人柔弱的哭聲。往內窺望後發現，是一名穿著華麗罩衫，外頭以粗繩捆綁，吊在空中，長髮垂在腦後的女人，正在嚶嚶哭泣。一名牛頭馬面頻頻安慰她。

副官緊緊咬牙。雖然不清楚是怎麼回事，但這句話似乎問得一針見血。宗榮接著問道：

「我是名四處雲遊的浪人，不清楚永津野藩的事。不過我覺得現在的你們和筆頭大人稱不上團結一心。見那名高貴的婦人在哭泣，那位看守人也很傷腦筋呢。」

在他的追問下，副官強忍心中的慌亂，狠狠瞪視著宗榮。

「名叫菊地圓秀的畫師，你過來。」

小台大人找你——副官說。圓秀和宗榮皆爲之一驚。

「小、小台大人？」

「朱音大人現在人在哪兒？」

「你乖乖跟我來就知道了。」

宗榮對怯縮不前的圓秀說，「好，我也去。」
「沒你的事！」
「那我大聲叫喔。」
副官氣得臉色發白。眼下是宗榮的伶牙俐齒占上風。
「小日向先生，不好意思，要請你暫時先待在這兒。要是看守人前來，請假裝大家都仍被囚禁在這裡。」
「我一個人要怎麼假裝？」
「你就想想辦法吧。源爺他……」
早就不見蹤影了。眞是個頑固的老人家。
一來可能是因爲曾谷彈正和牛頭馬面現在正準備對怪物展開迎擊，忙得不可開交，二來是這位副官安排周到。四周不見有人看守，三人躡腳快步走在走廊上。
來到一處熟悉的場所。馬匹的數量增加。很快便發現馬廄的角落裡坐著那個女人，以及緊摟她纖瘦肩膀的朱音。
「啊，朱音大人！」
朱音一看到宗榮，臉上的表情像是原本的逞強瓦解，隨時都要哭出來一般，也像是極力忍住這樣的情緒，想展現堅強的一面。
這應該就是她內心溫柔與堅強並存的光輝。宗榮在那天救回來自香山的蓑吉，目睹朱音毫不猶豫便決定挺身相助的側臉時，便清楚明白這點。
「宗榮大人也在……」

不知爲何，朱音垂落雙肩。
「不過，這樣也好。」
她就像在說服自己似的，如此說完後，接著道，「畑中大人，那就拜託您了。」
副官朝她頷首，「沒時間猶豫了，請您趕快。」
朱音應了聲，「是。」將那女人交由副官照料後，催促宗榮和圓秀到隔壁房間去。這裡可能原本是置物間，在這鋪木板地的簡陋房間裡，擺滿了沒有蓋子的箱子和破損的箱籠。全堆疊在門板前，讓人無法輕易從另一側進入。
「這是什麼機關？」
朱音想對宗榮擠出一絲微笑，「接下來要在這裡進行祕密儀式。」
讓兩人湊近後，朱音說出彈正與她出生的祕密、明念和尚背後的咒文、要收伏「土御門大人」所該做的事，以及音羽的事。
這驚人的事實，令宗榮爲之無言。圓秀則是一臉恭順的神情，沉默不語。
朱音輕輕將手擺在畫師的手背上，湊向他面前。
「圓秀大人，拜託您。請將住持身上的咒文抄寫在我背上。您一定有辦法做到吧？別把咒文想成是文字，請將它想成是難得一見的圖畫即可。」
「這……這……」
圓秀全身顫抖，齒牙交鳴。宗榮這才回過神來，「朱音大人，您說要將咒文抄寫在背上，成爲怪物的活祭品，您頭腦可清醒？」
「是的，我頭腦很清醒。」

「爲什麼您要獨自做這種事？」

「這是我的使命。」

這次朱音向宗榮展露微笑，「我也能就此得到救贖。」

宗榮表情爲之一僵，「到底是爲什麼要得到救贖！為了令兄的罪過嗎？」

「太、太大聲了。」

圓秀打斷他的話，但宗榮不予理會，愈說愈激動。

「不管曾谷彈正做了什麼，身爲他妹妹的您都沒有責任。您老是像這樣，把自己哥哥的罪過當成是自己的罪過，爲此苦惱。這樣是不對的，要我說幾遍您才懂呢！」

朱音不爲所動。她的微笑很平靜，儘管置身在這樣的情況下，她的美仍舊教人著迷。

「我和我哥哥都是罪人，宗榮大人。」

我們確實是罪人——朱音很肯定地說道：

「過去我一直蒙騙自己，想忘掉這一切，有時還認爲眞的可以遺忘。」

「因爲我在這座山裡，遇見我和我哥哥的罪證。」

但根本不可能。

聽不懂這番話的含意。圓秀再度打起了哆嗦。

「爲了讓你們明白這點，我必須將我可恥的過往告訴你們兩位。」

二十多年前，在上州植草郡，市之介與朱音十六歲那年。逃離養父家的市之介爲了與朱音告別，悄悄來到自照寺的那晚——

「雖然沒人清楚告訴過我，但我自幼便已感覺到，我和家兄因爲某個複雜的原因，得過著遠離世人的生活。能像這樣保住性命，已經是一種幸福，不該再有任何奢求。」

但市之介對自己的不幸感到憤怒，有志難伸。而他唯一的親人朱音，對他這種感受有深切的了解。

「所以那天晚上，面對前來道別的家兄，我沒加以勸阻。」

——這世上有的只有敵人。

「誠如家兄所說，像他這種完全沒後盾的逃家武士，有誰會站在他那邊？他能有什麼生存之道？我當時心想，我們兄妹今生恐怕再也無緣相見。」

從此天人永隔。

「家兄和我都失去家庭和父母，彼此是世上唯一的親人。而且我們是雙胞胎。儘管是兩個不同的身體，卻有相同的心思，我一直是以這樣的想法當成自己活下去的動力。」

如今我即將與自己身體的另一半道別。那樣的痛苦和寂寞，深深滲入我們彼此心中，令我們忘了自我。

所以那天晚上，朱音屈從了哥哥。

她發出如同呼氣般輕細的低語。

「我和家兄發生了關係。」

宗榮眼前爲之一黑。他沒聽錯。朱音坦白說出她那一晚與她雙胞胎哥哥發生肉體關係的事。

「隔天一早，我獨自一人醒來，感覺一切恍如夢境……」

朱音眼眶溼潤。兩頰血色抽離，只有嘴脣依舊紅豔。

「所以我想忘了那件事。選擇讓那件事掩埋在時光的洪流中，就此遺忘。」

但她做不到。正因爲做不到，所以朱音在慈行和尚圓寂後，才會在曾谷彈正的邀約下，來到永津野。

「宗榮大人。」朱音鼓起勇氣，正面轉向宗榮，「『土御門大人』是家兄和我所屬的柏原家以咒術創造之物。牠是柏原家的後裔，身上與我和家兄流著同樣的血脈。」

我終於明白自己爲何來到了這裡——

那怪物是市之介和朱音的孩子。

「既是這樣，面對飢餓、生氣、吵鬧的孩子，身爲母親的我，怎麼能不出面讓牠平靜下來呢。」

眞是詭辯，根本就說不通，但宗榮卻找不到適合反駁的話。即使心裡再怎麼抵抗，還是不自主覺得朱音這個想法沒錯。

——此刻的我也屈從在朱音大人之下。

傳來一陣冒泡的聲音，是圓秀。他動作僵硬地拜倒在地，泣不成聲。

「對不起，眞的很對不起。我聽了不該聽的事。」

不過——圓秀吁了口氣後，像是下定決心般挺起身，表情爲之一變。朱音的想法似乎已感染了他。雖然模樣難看，卻顯得很平靜。

「我明白了。小台大人，我願意接受這項工作。這是我菊地圓秀今生最重要的工作！」

畫師堅定的話語，令朱音爲之動容落淚，「謝謝您。」

不久，那位名叫畑中左平次的副官，說他會去帶明念和尚來這裡。

「那麼，我這就準備。」

人。

雖然來不及齋戒沐浴，但還是得洗臉淨手，沉澱心靈。圓秀迅速離去，現場只剩宗榮與朱音兩

朱音以手指按住幾乎流出的淚水，想與他保持距離。就像不想弄髒宗榮般，小小聲說道，「拜託您，請不要阻止我。」

宗榮終於再也無法按捺。他沒開口，身體倒是早一步有了動作。他一把將朱音拉過來，緊摟懷中，傳來朱音的顫抖。

接著朱音離開他身邊，他執起朱音的手，抵向自己淚溼的臉頰。

「在溜家的那段日子眞快樂。」

宗榮只是一味頷首。朱音難忍情緒激動，低聲嗚咽，但她旋即控制住情緒，以柔和的眼神仰望宗榮。

「不過宗榮大人，您到底是什麼來歷？先前在紡織屋，一度還有不少女人懷疑您是香山派來的密探呢。」

宗榮這才露出笑臉，「您認爲呢？」

「我認爲您是天竺來的仙人。」

這次兩人都笑了。

「其實也沒什麼，我出身江戶，是一戶窮御家人的次男，繼承家業的是我大哥。我原本擔任道場的代理師傅以及習字所的大師，過著忙碌的生活。對了，我還很會糊紙傘呢。」

沒有身分地位，沒有錢、也沒妻兒。

「去年十一月中旬，我哥殺了一名下人。」

只因對方打破某件器具，他責怪對方的疏忽。

「我哥個性急躁，這很像他的作風，我對他的思慮欠周大感生氣。那名下人是從山形一處名叫室野庄的村落到江戶謀生，長期以來，每到冬天農閒時，就會到我家中幫傭，對我們忠心耿耿。」

如此勤奮認眞的人，竟然不容分說，一刀斬了。而且這種行爲還沒被問罪。元祿的太平盛世，人心輕浮，武士道沉淪，變得只重門面，所以武士動不動就擺架子。宗榮對這種態度深感排斥。

「當時鄉下人到江戶幫傭的季節才剛開始，和那名下人一同前來幫傭的同伴無法離開江戶。」

既然這樣，那我就幫忙將這名亡者的遺髮送回室野庄吧。

「我想當面向他在故鄉等他回家的妻兒當面道歉。」

宗榮在室野庄沒受到任何責備，對方反而還一再向他低頭道歉，這更令他感到痛苦。他不想就這樣返回江戶，於是便以「劍術修行」的名義，隨興地在奧州雲遊，最後來到永津野。

「不過，我還眞是不夠聰明啊。」

既然一樣是裝成流浪漢，眞該早點出外旅行。

「去哪兒呢……？」

「早個二十年，不是到奧州，而是去上州的山寺。趕在妳十六歲那年之前。」

要是當時能帶朱音走就好了。去哪兒都好，只要最後不是來到這裡，去哪兒都行。

朱音緊緊回握宗榮的手。閉上眼，臉上浮現溫柔的笑意。

「光是您有這份心意，我已經覺得很幸福了。」

騙人——宗榮很想這麼說。眞正的幸福，不該這麼悲傷才對。時間無法倒轉，令人感到懊惱，很不甘心。

「宗榮大人，我要拜託您一件事。因爲是您，我才提出這項請求。」

朱音緊緊依向他胸前。

「我不知道家兄在我收伏『土御門大人』後，會做出什麼舉動。」

之前他甚至還說要操控牠。

「他想用那隻怪物當永津野的武器嗎？」

「是的。家兄仗著自己擁有柏原家咒術者的血脈，有恃無恐，明明就不該有這樣的自信。」

連朱音自己也不知道該如何收伏怪物。我相信明念和尚的話，只希望我能成爲牠的「心」——

她緊咬嘴脣說道：

「所以我拜託您，如果我眞的與『土御門大人』合而爲一，到時候請務必要打倒我。」

絕不能讓我繼續活著。不過，這不是殺生，是連同朱音一起解救怪物。讓牠從漫長的詛咒和憤怒中解放開來。

竟然要求他做這麼殘酷的事。

「我明白了。」

宗榮也只能如此回答。

「我榊田宗榮即使犧牲生命，也會完成與您的約定。」

兩人獨處的時間已盡。朱音準備起身。

「住持應該就快到了。」

一旁的馬兒呼出重重的鼻息。這時，隔間的門板傳來一陣敲門聲，蓑吉從門外探頭。正爲之又驚又喜之際，傳來「喂！」的一聲，蓑吉的頭又縮回門後。

「為什麼不行！我好不容易找到朱音大人和宗榮大人耶。」

除了蓑吉外，還有小日向直彌的隨從彌次。這人還真是強韌。

「很高興您平安無事。」彌次簡短地說，「那名武士說他會帶住持來。」

「喔，能順利帶來嗎？」

「聽說要複寫咒文，是真的嗎？」

宗榮嗯了一聲，點了點頭。

「就是這麼回事，希望你能諒解。」

彌次沒說話，雙唇緊抿，低垂著頭。蓑吉則是一臉驚訝。

「宗榮大人，剛才我爺爺和你們一起，對吧？」

「嗯，蓑吉，源爺躲在附近，打算朝怪物開槍。」

「那我也要去幫忙。只要我吹聲指哨，爺爺就會明白。」

這是在山裡走失時所做的信號。

「好，那就交給你了。等準備妥當後，我也得找個武器才行。」

即使畑中左平次再怎麼幫忙，一直這麼多人待在這裡，終究不妥。

「可以從地板下通行。」彌次道，「我到閣樓上去。」

打擾了——傳來一個低沉的聲音。畑中左平次返回，背著面如死灰的明念和尚。除了他之外，還跟著一名牛頭馬面。宗榮曾見過這張娃娃臉。是音羽在哭泣時，不知如何是好的那名看守者。此刻他像隻老鼠般，頻頻注意四周的動靜。

看來又多了一名幫手，曾谷彈正似乎太低估永津野武士對御藏大人的忠誠度。

「您準備好了嗎？」

神色著急的畑中左平次，右臉頰有一道長長的腫痕。彌次一臉尷尬。可能是在彼此了解情況之前，起了點小衝突。好個難纏的隨從。

朱音呵呵輕笑。招手示意彌次過來，悄聲對她說了些話。只見彌次眼中滿是驚詫之色，臉泛潮紅。

聽到朱音的低語，宗榮也大吃一驚，「妳是女的？」

「宗榮大人，你幹什麼那麼驚訝？」

宗榮聽了更加驚訝，「蓑吉，你也知道啊？」

「先別管我的事了。」

彌次顯得不太好意思——不，是覺得很害羞。朱音對板起臉孔的彌次道：

「抱歉，我應該別說才對。不過，先前逃離要塞時，妳背過我，當時我就發現了。」

原來同樣是女人啊——宗榮感嘆道。彌次再度臉色一沉。

「妳一直都待在住持身邊嗎？」

彌次搖頭，「不……」

住持不許我待在他身邊，彌次心想。

「我說我願意背負咒文的責任，但他不同意。」

「那不是妳應負的職責。」

彌次像在抗議般，以銳利的目光注視著朱音，「可是，爲了住持，不管什麼事我都願意做。我還是嬰兒時，被拋棄在山上。要不是住持收留我，我早不在人世了。」

我這條命是住持救的——彌次道。

「所以才更要愛惜啊。」

朱音的聲音無比溫暖。

「彌次，妳應該不是被丟棄在山上，而是原本就是山神之子。我有這種感覺。之前有妳在，妳知道我有多麼放心嗎？」

朱音莞爾一笑，對宗榮說，「也許彌次是山神的使者呢。」

這時，蓑吉以逗趣的聲音說，「果然沒錯！我也這麼想。」

彌次慌了起來，「小猴子，別亂說話。」

蓑吉毫不怯縮，「朱音大人，說到山神的使者，我另外還遇見一位呢。」

「嘩」地，朱音張大眼睛。

「那個人體格高大，留著口水，老說些奇怪的話，不過動作和猴子一樣靈活，還給我麻糬吃。」

喂喂喂，那個人不就是幕府的密探，名叫伊吉的男子嗎？

但宗榮沒說話。也許真如朱音和蓑吉所言。自願犧牲自己以解救他人的朱音，或許連山神也憐惜她，因而大發慈悲，出手相助。

不，一定是這樣沒錯，就這樣祈禱吧。

「彌次，要是沒有那隻怪物，妳也不會再有擔心和掛念了。請下山去，恢復妳本來的面目吧。要追求自己的幸福。」

彌次目不稍瞬地望著朱音。朱音溫柔地朝她點頭，望向蓑吉。

「蓑吉也是。要好好保重，當個好孩子。」

「嗯。朱音大人，我們很快就能再見面。到時候我們一起下山。」

蓑吉天真無邪的笑臉無比耀眼。在場眾人皆不自主地低下頭。

只有朱音一人以同樣耀眼的笑容相迎，像個小姑娘似的，以開朗的口吻應了一聲，「嗯！」

七

星空再度覆蓋山林，蓑吉來到妙高寺正殿的屋頂上。

寺內到處設有火把，牛頭馬面行走時，龕燈的亮光就會跟著移動。只有缺了大鐘的鐘樓一片漆黑。四個角落都已做好篝火的準備，但尚未點燃。

——到底想做什麼？

從那時候一直到現在，他一會兒爬上閣樓，一會兒走出建築物躲在森林裡，完全遵照彌次的指示，極力不讓牛頭馬面發現。蓑吉問彌次，不是要幫助大家逃走嗎？結果換來「不要囉嗦」的一陣訓斥。

他在森林裡多次試著吹指哨，但始終沒聽到爺爺回應的指哨聲。不過，可以確定爺爺就在附近，因為剛才一群像是槍手的牛頭馬面嚷叫著說火藥袋數目不對。一定是爺爺偷走了。

那名叫小日向的香山武士一直被關著，不久，宗榮大人也和他一起假裝被囚禁，所以蓑吉從牛頭馬面他們那裡偷來水和食物，送去給他們兩人。順便將小日向大人的佩刀，以及宗榮大人找到的老舊短刀藏在地板下。

當蓑吉如此四處奔忙時，小日向大人一臉擔憂地說：

「你不用管我們，快點自己逃命去吧。」

「小日向先生，這孩子沒問題的。」宗榮大人說。

「哪沒問題啊！接下來即將發生的事……」

蓑吉神色自若地應道，「宗榮大人有打倒怪物的方法。我要幫他的忙。」

小日向大人聞言後表情扭曲，沒再說話。

「好，就拜託你了。」宗榮大人的表情也不太對勁，彷彿身上有哪裡疼似的。

蓑吉如同老鼠般靈活地四處走動。不過，當他想送食物給夫人時，彌次卻說「別靠近她」，訓了他一頓。

「要是因爲你而計畫穿幫，可就麻煩了。」

雖然不知道到底是什麼會穿幫，不過，沒再聽到夫人的哭聲，他心裡鬆了口氣。

——其他村莊不知道是否平安無事。

這時他突然興起一股思鄉之情。

還有一位彌次稱呼爲「畫師」的男人。傍晚時，蓑吉與宗榮大人、朱音大人見面後，此人爬著來到屋外，暈了過去。本想前去救他，但先前那名臉上有腫痕的牛頭馬面大步走近畫師，一把抓住他後頸在地上拖行，把他拋向小花他們腳下。

朱音大人只有之前見了一面。後來她前往正殿與曾谷彈正交談，但接著又和看守人一起返回僧房。

「小猴子。」

聽到一聲低語，彌次站在蓑吉身旁。她也和那位假蓑助一樣，走起路來完全感覺不到氣息，老是被她嚇到。

「時候快到了。你準備好了嗎？」

「只要一接獲妳的信號，就讓夫人坐上小花逃往森林，對吧？」

彌次不厭其煩地一再吩咐，聽得耳朵都快長繭了。不光彌次，小日向大人也這樣對他說。逃進森林後就躲起來。在我們打倒怪物前，你要藏好。

「不過，如果不是大家一起逃的話，我要去幫我爺爺的忙。」

「你爺爺自己一個人沒問題的。」

「那麼住持、朱音大人，還有宗榮大人呢？」

「囉嗦。」

見蓑吉面露不悅之色，彌次板起臉說，「他們由我來守護。」

「妳一個人沒辦法的。」

「我沒辦法嗎？你不是說過我是山神的使者嗎？」

「不過，妳是女人。」

「你別小看我，我可是番士志野達之助大人的隨從呢。」

如果是志野大人，蓑吉也知道。他是一位腕力過人，對眾人都很和善，臉上總是掛著微笑的山番大人。

「喔，原來妳是志野大人的隨從啊。什麼嘛，早說不就得了。」

「既然知道，就把嘴閉上吧。」

「不過妳是女人，應該沒和志野大人比過相撲吧？志野大人很喜歡相撲，他可厲害著呢。每次他來到村裡，總會把我們都找來……」

咦？彌次的表情很奇怪。

「彌次，妳怎麼了？」

噓！彌次厲聲制止，將蓑吉的頭往下壓，「趴下。」

下方傳來曾谷彈正的聲音。他從正殿來到寺院外，為牛頭馬面鼓舞士氣。

「不管對手是誰，都不是我們御側番方眾的敵手。眼下正是個好機會，向天下人展現我們永津野武士驍勇善戰的一面，你們要牢記在心！」

噢——牛頭馬面個個鬥志昂揚。加上增援部隊，也才三十多人。雖然比要塞的番士還多，但這樣仍舊敵不過怪物。

到時候看苗頭不對，再讓小花和其他馬兒出馬趕跑怪物。要是情況更糟，那就學老爺子的做法吧。當時老爺子喊著「我乃瓜生的家臣」這句話應該是指「我是香山人」的意思。如果怪物看到香山人的血，以及瓜生主君的家紋，便夾著尾巴逃跑，那蓑吉也辦得到。

「要開始了。」彌次低聲道，「你聽好了，小猴子。接下來不管發生什麼，看到什麼，你都不能出來攪局。只要照我吩咐的去做就行了。這就是你的任務。」

彌次那像在威嚇般的眼神和口吻，讓蓑吉只能點頭。

牛頭馬面奔過寺院內的空地，鐘樓因火光而搖曳。擺在四個角落的篝火，陸續起火燃燒。火粉揚向天際。

牛頭馬面圍繞鐘樓，加強守備。彈正率領的數名牛頭馬面，和他一起騎著馬。馬蹄聲發出陣陣清響。

彌次宛如化爲覆蓋屋頂的黑夜，一動也不動。蓑吉也跟著無法動彈。

不久，傳來一陣古怪的風聲。

起初蓑吉以爲是哭聲，夫人又開始哭了。但不是。那聲音響若洪鐘，不可能是人的聲音。

聲音從少了大鐘的鐘樓傳來。聲音忽高忽低，蜿蜒顫動，時而低沉渾濁，時而清越猶如笛聲。

空蕩蕩的鐘樓有東西發出聲響。而且聽著聽著，聲音開始分裂，不光只有一個聲音。聲音從兩個不同的方向傳來。

是山上，從隱沒在夜幕下的大平良山森林深處傳來另一個聲音。

「大鐘發出聲響。」彌次道，「和住持說的一樣。」

她更加用力地按住蓑吉的頭。

「躲著別動。土御門大人要來了。」

他們並未久候。

吼——

儘管趴在屋頂上，但蓑吉仍感覺到全身發抖，雙膝打顫。在仁谷村、要塞、名賀村聽過那吼叫聲，這次是第四次。那傢伙來了。

蓑吉將彌次的手撥開，從屋頂上挺起身。他遠望夜空，在如鐮刀般彎細的月亮以及閃爍的星辰下，大平良山的森林微微搖晃。蓑吉沒眼花，的確有個暗影在搖晃。

像油在流動般，朝名賀村襲來。淋過自己的鮮血後，變得更加凶暴。揮倒樹木，鉤爪發出聲響，因被牠咬碎的獵物流出的鮮血而變得狂野，一路跳躍的怪物。

咆哮聲步步近逼，令黑暗為之顫動。

在正殿逸洩出的亮光下，人們展開了動作。兩名牛頭馬面並肩而立，一人扛著明念和尚，一人帶著全身披覆罩衫的音羽夫人，快步走進鐘樓。

「彌次，住持和夫人在那裡！」

「閉嘴。」

牛頭馬面來到鐘樓的底部後，將住持原地放下，接著往夫人肩頭一按，要她坐下。住持頭部斜傾，難道是昏厥了？他整個人往前癱軟。該不會是已經死了吧？

夫人一臉怯色。她重新披好罩衫，弓著背，全身蜷縮。

嗖、嗖、嗖。傳來揮鞭的聲響。黑影與森林一分為二，步步近逼，怪物的頭部輪廓浮現，占去一部分夜空，蓑吉也看得出來。那傢伙發出吐信的聲響。看到眼前有可口的食物，牠伸舌舔舐。

一旁的彌次忍不住叫出聲來，「是牠嗎？模樣不一樣呢。」

「牠在名賀村時變了模樣。」

體型小了一圈，但變得更加凶猛、速度更快。怪物像要鎖定獵物般，低下頭，一口氣衝進妙高寺內。牠已無法用腹部滑行。但牠強勁有力地踏出每一步，動作迅捷無比。

牛頭馬面手持長刀和盾牌，一陣喧譁。彌正高聲下達指示，朝馬腹一蹬，繞往怪物身旁。

「喝！」

隨著一聲吆喝，從寺院內的樹上飛來一面投網。

「放箭、放箭、放箭！」

飛箭、石頭凌空而來。設在山門前的大弓，由兩人合力拉滿弦。而在他們瞄準的前方，那隻怪物鉤爪一揮，輕鬆便把投網劃破。
「所以我才說嘛，那種東西根本派不上用場！」
怪物張開血盆大口、甩著頭，一口氣衝進寺院境內。牛頭馬面一擁而上，手中的龕燈和火把的烈焰，映照在怪物閃著黑光的鱗片上。
蓑吉嚇得冷汗直冒。不可能，沒用的，這樣太亂來了。即使牛頭馬面聯手圍攻，一樣不是那隻怪物的對手。就像蟻群怎麼可能贏得了螳螂，只是白白送命罷了。
這次我們一定全都會死在這裡。
「彌次，怎麼辦？」
這時，傳來曾谷彈正響若洪鐘的笑聲，掩蓋了蓑吉顫抖的喪氣話。
「很好，你就盡情地撒野吧。這樣才像是詛咒。果然夠厲害。」
他跨在馬背上，在牛頭馬面圍成的圓圈後方來回走動，緊緊拉住放聲嘶鳴的馬匹韁繩，高舉著冷若寒冰的長刀，高聲吆喝。
「各位，別怕！這隻怪物贏不了我。牠只是個人偶，而我是那位人偶師！」
怪物彷彿聽得懂他的話一般，呲牙裂嘴，轉身面向彈正，前腳用力橫向一掃。逼近牠腳下的牛頭馬面頓時像人偶般被撈起，越過鐘樓的屋頂，遠遠地飛向他處。而他們手中鬆脫的短矛，朝彈正直飛而來。
蓑吉倒抽一口冷氣。
人在馬上的彈正，一把接住飛來的短矛，轉了一圈後改為倒持短矛，反向朝怪物擲去。怪物扭轉頸部，矛尖就此從牠的額頭邊擦過，微微迸散火花。

怪物燃起怒火，縱聲咆哮。引起一陣地鳴，寺院四周的森林樹木爲之震撼。

「很好，很好！」

彈正再度朗聲大笑。但他的笑聲聽在蓑吉耳中，卻像是怒吼，爲什麼呢？曾谷彈正和那隻怪物一起憤怒。雖然憤怒，爲何看起來又像是開心呢？

「你很飢餓吧？來，這裡有你渴求的食物！到我這邊來，過來這裡。」

牛頭馬面吆喝一聲，縮小包圍的圈子，想將怪物引向鐘樓，趕牠進去。

這時。

弓身蜷縮在鐘樓屋頂下方的夫人，陡然挺直腰桿。接著脫下身上的罩衫，迅速以溫柔的動作將罩衫披在伏臥一旁的明念和尚身上，站起身。她身上只穿一件白麻衣。

四個角落的篝火，映照出她的臉。

她不是音羽夫人——

「彌次，她是朱音大人！」蓑吉跳起來大叫，「朱音大人在那裡！這是爲什麼，不行啊，不能待那兒啊，朱音大人！」

「別吵！」彌次賞了蓑吉一巴掌，「快去！帶著小花逃往森林裡。」

「我不要！我要去救朱音大人！」

彌次本想抓住他，卻讓他逃脫，蓑吉從正殿屋頂滾落。他馬上一把抓住屋頂外緣，懸在半空，然後一屁股跌落地面。

牛頭馬面個個錯愕不已。大家都張大嘴巴，凍結在原地，呆呆地望著與怪物對峙的朱音大人。連曾谷彈正也大感震驚。

「那不是……音羽，而是朱音嗎？」
彈正愣在馬背上，如此低語一聲後，馬上大發雷霆。
「朱音在那裡做什麼！來人，快將朱音拉回來！」
他的座騎發出一聲嘶鳴，揚起前腳，彈正翻身下馬，朝鐘樓衝去。
「朱音，快逃！」
「不可以啊，筆頭大人！」
一名高大的牛頭馬面就像是整個衝撞而來般，阻擋彈正前進。
「左平次，你幹什麼！」
「這是小台大人的意思。」
您就在此目送她吧——他一把握住彈正的肩頭。
蓑吉也看到了。朱音俐落地站起身，朝怪物微微一笑。她的嘴巴微動。
怪物與朱音大人對峙後，便停止動作。牠收回舌頭，閉上嘴。喉嚨發出聲響。不是咕嚕咕嚕的聲音，而是「呼嚕呼嚕」，輕細又柔和的聲音。
篝火的火光照向朱音大人白皙的臉頰，火焰的亮光在怪物黑色的鱗片上舞動。
朱音大人的目光不曾從怪物身上移開，只見她脫下身上的白麻衣，露出白皙如雪的上半身。她的肌膚上下布滿了黑色的線條。從背後到胸前，從肩膀到頸項。朱音大人輕聲吟唱。是在念阿彌陀佛嗎？不，不對。聽起來像在唱歌。
——咒文？
朱音大人在念咒文嗎？可是她什麼也沒念。她筆直仰望怪物的眼神沒半點動搖。

是咒文自己在唱歌嗎？透過朱音大人的喉嚨和嘴脣，像奇妙的樂曲般，向怪物傳來。

朱音大人面帶微笑地闔上眼，在胸前合掌。這時，咒文的歌聲仍舊持續。

怪物先往右傾，接著往左傾。往前跨出一步，接著又是一步，但牠沒展開襲擊。牠被引向朱音大人。

朱音大人睜開眼。像要將怪物摟進懷裡般，緩緩張開雙臂，向前伸出。

「土御門大人。」

她的微笑無比溫柔。

「到我這邊來吧。」

呼嚕呼嚕。怪物的喉嚨發出聲響。

蓑吉起身想要奔向前。他屁股疼痛，雙腳發麻，內心無比焦急，彷彿時間就此停止。

周遭的一切全都靜止。會動的就只有飛舞的火粉、篝火的烈焰，以及朱音大人的嘴脣。傳入耳中的是不可思議的歌聲，以及怪物像在呼應般，從喉嚨發出的響聲。

緊接著下個瞬間，怪物的頭有了動作。

牠的脖子像流動般地伸長。張開大嘴，露出舌頭和整排森森利牙。朱音大人飄然浮向空中。

她從頭部開始慢慢消失在怪物口中，那對纖瘦的小腿，深深烙印在蓑吉眼中。

「朱音大人！」

怪物將朱音大人吞進腹中後，像蜥蜴般的身軀一陣顫動。牠鉤爪發出響聲，高高舉起前腳，後腳不住蹬地。

牠臉朝上空，張著嘴喘息。喉嚨發出更加尖銳的聲音，就像溺水似的。

怪物開始掙扎，狀甚痛苦。

牠額頭中央浮現一個白點。數量愈來愈多，逐漸相連成一條線。接著一面增加，一面往外擴張。動作就像之前爬滿朱音大人肌膚的黑色線條。那也是咒文嗎？咒文轉移到怪物身上，覆滿牠的身體表面？

牠又開始變身了。在咒文的動作影響下，怪物就像從頭、胸、腹、腳，全洗過一遍般，散發黑光的鱗片一一消失。鱗片消失後，咒文也隨之消失，露出剔透的白色肌膚。

怪物雙手抱頭，身形也隨之改變。尾巴像被吸入體內般，消失不見。鉤爪也消失。突出的腳部關節轉爲平坦，雙腳變長。手上的五根手指也冒了出來。怪物以手指覆臉，蹲踞在地上。

咒文行遍怪物全身後，無聲地消失。留下的是……

一個人。

怪物幾乎已化爲人形。頭部突尖，沒有頭髮，沒有耳朵，只有這部分還保有蛇的樣貌。滑順的身體白淨透亮。

牠長得不像任何生物，但與人的形體很相近。完全變身的怪物，鬆開雙手，露出牠的臉。

牠睜著眼睛。

一對黑眼珠，瞳孔骨碌碌地往上移，接著又朝下。眨了一下眼。

微微發出卡嚓卡嚓的聲響。是牠的指甲。那已經不是鉤爪，長長的指甲也是人類指甲的形狀。

蓑吉想起朱音大人那漂亮的手指。

傳來呼吸聲。怪物的胸部一再鼓起又凹陷。牠在呼吸。以雙腳站立，雙臂緩緩垂放於兩旁，頭部也微微上下起伏。雖然看不到嘴脣，卻有像女人般柔和的嘴型。

「……朱音。」
曾谷彈正搖搖晃晃地走向前，手中的長刀掉落。雙眼緊盯著怪物，踩著醉漢般的踉蹌步履。
沒人能出聲，也沒人可動彈，時間靜止。
「這就是咒文的力量嗎？」
彈正的聲音顯得很激動。
「這就是我們術者之子的力量嗎？」
他快步走近怪物，沒人阻攔他。有幾名牛頭馬面已嚇得腿軟。
「——眞美。」
彈正與怪物迎面而望，如此說道：
「多麼美，多麼強悍啊。」
那是他發自內心的讚美，笑容滿面。和剛才朱音的舉動一樣，此時彈正也朝重生的怪物敞開雙臂。怪物回望彈正，以牠新得到的雙眸回望。牠烏黑的眼瞳映照著這名獨眼的男子，靜靜喘息。
「朱音，原來這就是我們兄妹倆的命運啊！」
全身漆黑的男子歡喜地吶喊著。
不對，不對。蓑吉當場癱坐在地上，不斷搖頭。那不是朱音大人，那怎麼可能是朱音大人！
彈正朗聲道，「那我就來獻上祝賀吧。朱音，和我一起統治這座山林吧。不，一併統治天下吧！」
那是宛如咆哮般的大笑，怪物的雙眸一直注視著他。
接著眼睛突然翻爲白眼。

怪物光滑的嘴巴整個張開，像蛇一般迅速伸長上半身，一口咬住彈正，將他吞進腹中。彈正的笑聲戛然而止。

「筆頭大人！」

猛然回神的牛頭馬面，手執武器撲向前去。怪物往後仰身，腹部一陣起伏，在牠變成這副模樣後，第一次發出聲音，那是女人的悲鳴。一個銳利、悲切，像在制止某人般，極力抵抗的聲音。

怪物的左眼彈飛。鮮血濺向鐘樓屋頂。像蘊含月光般白皙光滑的肌膚，又開始產生變化。像皮革般光滑，像鋼鐵般烏黑的鱗片，開始從腳尖處回來了。

「不行，得快點打倒牠才行！」

是宗榮的聲音。他持刀從正殿後方衝出。小日向也和他一起行動。他們朝牛頭馬面朗聲道：

「趁牠還擁有朱音大人的心靈時，快打倒牠。看，牠一直變化。黑色的鱗片是曾谷彈正的心！他想將怪物占爲己有，將這塊土地夷爲平地。那是想把所有礙事者全部吞噬、毀滅的心靈！」

怪物開始變得狂野。牠完全沒看那些牛頭馬面。牠體內兩個互相衝撞、爭鬥的心靈，令怪物動個不停。

轉瞬間，黑色鱗片已往上來到怪物大腿，進而達到腰際。急忙砍向牠的牛頭馬面，手中的長刀和長槍全都被反彈開來。

「不行，對牠不管用！弓箭，快射箭！」

箭如雨下。怪物黑色的心與白色的心，在牠腹中爭鬥，有時往上推，有時又被壓了回去。牠的手緊按受傷的左眼，鮮血從指縫間流出。

「蓑吉，快吹指哨！」

傳來宗榮大人的聲音。蓑吉滿身土灰的爬起身。

「源爺在嗎！已看出怪物的要害了！」

宗榮大人朝陰暗的森林叫喚。蓑吉發出一聲指哨。隔了一會兒，鐘樓背後的森林傳來一聲回應的指哨。

「源爺，瞄準脖子！怪物背後的脖子根部！」

如果和人同樣的形體，那麼弱點也和人一樣。從脖子根部一直到腳，都有筋脈相連。

「只要射中那裡，就能廢了牠的腳！」

傳來一聲槍響。

怪物的肩膀猛然血花飛濺，牠發出一聲慘叫，倒向鐘樓的屋頂。原本已到來胸際的黑色鱗片，像是怯縮般，退至腹部的位置。牠的手朝空中一揮，打中鐘樓的屋柱。傳來一陣震動，屋頂爲之傾斜。篝火翻倒。

「開槍、開槍、開槍！瞄準脖子根部。現在大家要攜手合力！」

在宗榮大人的喝斥下，牛頭馬面也回神，接連開槍，陸續命中脖子根部。怪物放聲大叫。

「不要！不要！別開槍！」

蓑吉也聲嘶力竭地大叫、哭泣。那是朱音大人啊。山裡的怪物變成朱音大人。那是曾谷彈正嗎？白色的肌膚和黑色的鱗片。受傷流血的左眼，與有著像黑水晶般清澈眼瞳的右眼。

蓑吉無從分辨到底誰是誰。他只能放聲哭喊，胸口幾欲迸裂，快要當場氣絕。

「蓑吉，我們是在救朱音大人。」

有一隻手輕撫他的背。仔細一看，是小日向大人，血濺向他的臉。他抱起蓑吉，以手掌拭去他的淚水。

「你不能哭。爲了住在這座山林裡的你們，朱音大人想奉獻自己來收伏怪物。你不能辜負她的用心。」

小日向大人極力曉以大義，他的眼中也噙滿淚水。

「爲了……我們？」

「沒錯。來，站起來。你不是從來沒輸給那隻怪物嗎？要堅持到最後，讓朱音大人見識你勇敢的樣子。」

接連傳來槍響。當中一度傳來指哨聲。是爺爺發出的信號。我在這裡，蓑吉。

蓑吉朝環繞妙高寺的森林大喊，「爺爺，請救救朱音大人！」

又是一槍。怪物脖子後方發出爆炸聲，血花飛濺。原本大肆撒野，雙腳蹬地，不斷甩動雙臂的怪物，失去平衡。牠的雙腿失去力氣。

「很好，只差最後一擊了！」

「開槍！開槍！」

火藥的臭味，飄動的薄煙，震耳欲聾的槍聲。一槍、兩槍、三槍。

最後怪物終於雙腳癱軟。一陣踉蹌後，倒臥在傾斜的鐘樓屋頂上。屋瓦破裂。鐘樓撐不住牠的巨大身軀，逐漸倒塌。篝火被捲入其中，燃燒的木柴散落開來。

嘎——！

怪物發出水鳥般的鳴叫聲，將鐘樓的屋頂壓在底下，鼓脹的肚子朝天，轟然倒下。

「好，我們上！」

那名模樣粗獷的副官一聲吆喝，牛頭馬面紛紛大喊著朝怪物展開攻擊。小日向大人也衝向前。彌次迅如疾風地從坐在地上的蓑吉身旁奔過。

只見一道道白刃閃動，朝那黑白兩色的怪物身上斬落，也有長槍朝牠刺出。鮮血噴飛、淌落，黑色鱗片不斷消失。白色肌膚愈來愈多，並逐漸染成血色。

「喔，你們看！」

黑色鱗片終於消失了。全身恢復成白色肌膚後，怪物停止動作。力量從牠那宛如小山般的高大身軀洩去。牠的手和腳皆鬆軟無力地癱開來。

怪物死了嗎？朱音大人死了嗎？蓑吉勉強站起身，拖著腳朝崩塌的鐘樓走近。

眾人皆圍在怪物身旁，喘息不止。有蒼白的臉、漲紅的臉、緊繃的眼睛、因流淚而充血的眼睛。

宗榮大人站在怪物耳畔。手中的短刀刀刃殘破不堪。

怪物完好的右眼圓睜。牠的眼瞳之所以看起來像是覆著一層膜，是因為……

——牠在流淚。

黑水晶般的眼瞳轉動，仿如在環視圍繞牠身旁俯視牠的人們。

接著牠緩緩闔上眼。

白蛇的臉，多麼美啊。

蓑吉一時看得入迷。宗榮大人也是因為看得出神，才會露出那種表情，一直呆立原地嗎？

猛然回神，發現不光是宗榮大人。圍在那瀕死的怪物身旁的牛頭馬面，全都靜止不動，無法動彈。

當中有人個人就像要趕跑什麼似的，用力甩了甩頭後，走向宗榮大人，原來是小日向大人。

「榊田大人……」

他的聲音微微發顫。

「對您這麼說，或許有點多管閒事。」

小日向大人還刀入鞘後，將佩刀連同刀柄整個從腰間拔出，遞向宗榮大人。

「這是一位武家女子做好覺悟的最後時刻，請幫她介錯（註）。」

宗榮接過佩刀。

「感激不盡。」

不要，我不想看。蓑吉用力閉上眼，轉過身去。

遠方的大平良山深處，不可思議地響起一陣高亢清冷的共鳴聲，接著趨於無聲。

蓑吉轉過身來緊握拳頭，深低著頭。不知過了多久，突然有人撫摸他的頭，他抬起臉來。

「……爺爺。」

爺爺的臉滿是煤灰，衣服也滿是泥土，全身是汙垢，火槍掛在背後。

「你也要好好目送。」

在爺爺的催促下，他轉過頭去。

怪物的雪白身軀，從頭頂到腳尖緩緩化爲灰燼。

眞不可思議。鐘樓被怪物壓在底下，篝火全部翻倒，木柴撒滿一地。雖然還有些餘火，但大多都已熄滅。

但只有怪物在燃燒。一股藍白色火焰從牠體內燃起，逐漸化爲灰燼。

一陣風從大平良山吹落。不是腥臭的風，不是山林的憤怒，宛如飄來一陣肉眼看不見的清流。

每個人都很自然地抬頭，正面迎受那涼爽的風。衣袖、凌亂的頭髮，隨風飄揚。並不覺得冷，只覺得無比清淨，有種一切逐漸被洗淨的感受。

怪物化成的灰也逐漸消失。乘風舞上高空，越過人們頭頂，飛過森林裡的群樹，朝弦月與星辰所在的夜空而去。

升向天際。

「這是山神的慈悲啊。」

爺爺如此低語，瞇起眼睛。

「——嗯。」

蓑吉頷首，這才驀然發現一件事。他試著眨眼，接著以手指揉著眼睛。

先前在名賀村受傷，一直沒能睜開的右眼，竟然痊癒了。

八

東方天空漸露魚肚白。

牛頭馬面——永津野的番士——聚集馬匹，準備撤離。

直彌站在正殿前，大致數過他們的人數。因爲怪物來襲，減損了十人左右，也有不少人負傷。

註：日本武士在切腹自盡時，需有人在一旁斬首，助其解脫，此稱爲介錯。

帶隊的人是畑中左平次。在戰鬥中，他那鑲紅邊的護額脫落，臉頰上的腫痕變得更加明顯。

在左平次的安撫下，曾谷彈正的妻子音羽正準備上馬。她因一夜的恐懼和失去朱音的悲傷而變得無比脆弱，自己一個人連要抬手都有困難。

但音羽轉頭望向直彌。輕輕推開左平次扶她的手，雖然還搖搖晃晃，但依舊恭敬地弓身朝直彌行了一禮。

直彌馬上跪地回禮。他毫不躊躇，心裡也沒任何抗拒。她同樣是朱音想保護的人。

將音羽託部下照料後，畑中左平次緩步朝直彌走來。

「託你們鼎力相助，音羽夫人才得以平安無事。在下也在此向你道謝。」

他並不是說「在下非向你道謝不可」。

「閣下就這樣返回津先城，沒問題嗎？我聽說曾谷彈正大人是前來追捕違背主君旨意、企圖逃亡的妻子。」

「筆頭大人已經不在了。」

左平次的聲音很低沉，但語氣相當明確。

「原本主君的命令只是要他說服排斥一姬小姐這門婚事的音羽夫人，把人帶回，並沒有要處決音羽夫人的意思。」

直彌點了點頭。安靜地爲出發準備的永津野番士，儘管處在沉悶的氣氛下，但每個人都彷彿已從迷夢中清醒過來。

——難道曾谷彈正對香山柏原氏的怨念詛咒，也控制了他們嗎？

直彌如此暗忖。若當時彈正沒被與朱音合爲一體的「土御門大人」所吞噬，反過來成功操控那隻怪物，不知道會有什麼後果。

彈正應該是打算指使「土御門大人」攻入香山，將那裡夷爲平地吧。等他取得香山後，接下來呢？總有一天，他會追溯源頭，而將原本與香山系出同源的永津野也占爲己有吧。因爲他手中握有「土御門大人」這個所向無敵的武器。

彈正並非忠心耿耿的武士。也不是會爲領民著想的武士。存在於他心中的，只有在心底燃燒的心願，以及執著的意念，想爲自己和心愛的妹妹取回他們被奪走的人生。

「啊，這就是從香山仰望所看到的大平良山景致啊。」

天光漸亮，抬頭望向月落星沉的天空，左平次如此說道。他的視線前方，確實浮現大平良山的輪廓。

「我就將它深深烙印進眼皮裡吧，因爲我們再也不會踏足這塊土地。」

直彌猛然一驚，望向左平次。

「這場無謂的戰爭，已經結束了。」

左平次如此說道，向直彌頷首。

「我們都背負著祕密。這山裡發生的事，實在太沉重了。」

直彌用力點頭回應。

「我們有音羽夫人可代爲說情，不過，在山裡獵殺害人的野獸，這件事不該大聲張揚。」

「因爲有生類憐令，對吧？」

「得好好說服名賀村的村民才行。」

「我們也是。」

這時，一名永津野的番士背著菊地圓秀走來。他雖然睜大眼抬著頭，但看起來神情古怪。像喝醉酒般搖頭晃腦，口中念念有辭。

「他複寫完咒文後便昏厥了，我讓他躺在僧房裡休息。」

他似乎在戰鬥時醒來，目睹了全部經過。

「從那之後，幾乎都無法和他溝通。他神情恍惚，像在說夢話般，一直說著『好美』、『好可怕』之類的。」

這時圓秀突然朗聲大叫，在番士背後挺身喊道：

「給我筆和紙！師傅，我看到驚人的畫面了！」

眞可憐。直彌不忍卒睹。

「等圓秀大人平靜下來後，請代爲轉告，說小日向向他道歉。」

「我明白了。」

左平次以厚實的手掌拍了拍直彌的肩膀，轉身朝隊員集合的地方走去，來到半途突然停步。

「喂，保鑣！」

仔細一看，榊田宗站在塌毀的鐘樓旁。

「還不快過來，我們要回去了。」

在他的叫喚下，宗榮轉過頭來，走向這裡。

「雖然很擔心名賀村，但我要是回去，會不會被砍頭呢？」

他的口吻還是一樣瀟脫。

「不知道。不過，既然要向主君稟報此事，有你這種能言善道的人在，比較方便。你就別再囉嗦了，跟我們一起走吧。」

「嗯，那就這麼辦吧。」

宗榮朝直彌投以微笑，「小日向先生，那就告辭了。」

「好。」

考量到宗榮此刻的心情，直彌無言以對。

「啊，宗榮大人！」

蓑吉從正殿的外廊躍下，跌跌撞撞地飛奔而來。源一也慢吞吞地從他身後現身。

蓑吉似乎已請彌次幫他治療過，手臂纏著白棉布。他直直地跑來，撲向宗榮。

「你要回名賀村，對吧。」

「嗯。我會好好告訴阿千，說你平安無事。」

蓑吉緊抓宗榮的衣袖。眼看就快要哭了，但強忍了下來。

宗榮蹲下身，輕撫蓑吉的頭，「要保重，當個好孩子。別忘了你和朱音大人的約定。」

「……嗯。」

「你是個膽識過人的孩子。日後可以成爲一位不輸源爺的山林守護者。」

「嗯，我一定會的。」

「放心，我們不會就此永不再見面。日後有緣再相見。」

宗榮笑咪咪地留下這句話後，就此離去。

永津野的番士也啓程離去。完成使命的妙高寺，這次眞的將成爲無人的荒寺。

「我們也走吧。」

「也對，小日向先生，我們最好也快點走。」

源爺以悠哉的口吻如此說道。蓑吉突然跳了起來，「對了！小日向大人，彌次發現有一列手持火把的隊伍，從山腳往山上走來。」

「什麼！這種事怎麼不早說！」

御館派番士隊前來了。他們終於聽到高羽甚五郎的陳情嗎？不過，此刻他不禁懷疑起番士隊的意圖。不，是懷疑那名派遣番士隊前來的人心中眞正的意圖。

——高羽大人不知是否平安無事。

直彌感到一陣心痛。當時還不知道怪物的由來，所以這也是無可奈何的事，不過那時候眞不該讓高羽甚五郎前往御館町。

置家老柏原信右衛門此時究竟安著什麼心？現在這是重要的關鍵。

「現在那隊火把隊伍正朝仁谷村走去，還有時間。」

源一這句話，令直彌急忙展開思索。

「好，這樣的話，源爺和蓑吉先返回本庄村村民所在的地方。他們全都躲在村莊西北邊一處岩山的洞窟裡。」

「喔，那座洞窟啊。」

「你知道的話，那就好說了。拜託你了。」

之前已先逃離的秤屋金治郎要是能平安返回就好了。

「在事情明朗之前，你們大家要先躲好。」

源一與蓑吉爲之一怔。

「爲什麼?」

蓑吉直接反問，而源一不愧是見多識廣，他似乎已從直彌的神情中看出幾分，目光轉爲犀利。

「好吧，就照小日向大人說的去做。」

「到底是爲什麼?」

「是怎樣不重要。蓑吉，你是什麼時候學會違抗爺爺的命令啊?」

蓑吉略顯不悅，「小日向大人，那你打算怎麼做?」

「我什麼事都肯做。」

直彌鞭策自己，如此說道。

——達之助，你好好看著吧。

這次由我來保護北二條的人們。

直彌與彌次一路走下山，悄悄潛入御館町。他們的目的地是位於二輪的志野宅邸。先拜見志野兵庫之助，向他坦白道出事情的經過，請他安排與主君見面。這麼一來，就不必顧忌會被人阻撓了。

返回志野宅邸後，彌次消失在屋內，直彌在那間別房裡等候。不久，志野兵庫之助帶著彌次前來。

「在下小日向直彌回來了。」

行了一禮後，直彌一時感到恍惚。從那之後經過了多少時日呢?

直彌在外頭待了很長一段時日。對迎面而坐的兵庫之助而言，似乎也是一樣。他可能都沒睡好，臉色黑青。他穿著騎馬裙褲，身上披著短外罩。

「在三郎次少爺的喪禮結束前，不能解除御館町的封鎖。」

至今他仍忙著指揮各項警備工作。

「你終於回來了。彌次，辛苦了，你退下吧。」

爲什麼遣走彌次？彌次也乖乖地退下。

「志野大人——」

直彌趨身向前，兵庫之助伸手制止他，「派番士隊前往仁谷村的人是我。聽聞高羽甚五郎的陳情後，主君也很擔心北二條居民的安危。」

兵庫之助迎面與直彌四目對望，目光銳利地緊盯著他。

「高羽說出現一隻會襲擊人的怪物，此事當眞？」

「是的。」直彌頷首，「不過已經被收伏。」

造成許多人犧牲。

「我目睹了整個經過。志野大人，不，伯父，我有急事秉報。」

「等一下。」

兵庫之助再度打斷直彌的話，站起身，在隔間的拉門前端正坐好，喚了一聲，「家老。」

直彌瞪大眼睛。

是柏原信右衛門。置家老來到直彌面前，就此坐下。

「家老也一直在等你回來。」

兵庫之助坐向一旁說道。

柏原信右衛門比兵庫之助年長五歲。他的髮髻大多已是白髮。他管理內院看似溫和，其實嚴厲，爲人一板一眼，但實際上個性溫柔。他爲人不會偏袒循私，一直深受直彌敬愛，甚至可說是對他充滿景仰。

沒想到今日會在這種心情下與他碰面。

「小日向。」

那是他熟悉的聲音。

「眞高興你平安歸來。告訴我一切吧。完全不需要隱瞞。」

你在北二條的山上看到了什麼？

直彌娓娓道來。他先將話題集中在怪物上，極力讓自己焦急的心冷靜下來，盡可能詳盡地說明。

說著說著，他明白了一件事。

——家老沒有要隱瞞的意思。

柏原信右衛門專注聆聽，看起來身形愈變愈小。他垂落雙肩，下巴往下沉，宛如背上背著千斤重擔般，弓起身子。

那不是想要抹除祕密、保護自己的地位，或是心懷不軌的表情。北二條發生的一切，同樣令他感到意外，他完全沒料想到是一起可怕的事件。

當直彌的描述告一段落時，柏原信右衛門這才開口說出第一句話。

「……朱音完成了她的使命，是嗎？」

他記得朱音的名字？

「我對她和市之介，一直覺得很抱歉。」

信右衛門眉間浮現深邃的皺紋，緊緊闔眼，一旁的志野兵庫之助就像在安撫似地說道：

「一聽完高羽甚五郎說的話，家老馬上派人前往上州植草郡。因爲市之介和朱音理應人在當地的自照寺內。」

「這麼說來，家老不知道他們兄妹後來人在哪兒？」由於太過吃驚，直彌不自覺地用逼問的口氣說話，「那您也一直沒發現，這位市之介就是永津野的曾谷彈正？」

置家老緩緩抬起臉來，一臉苦澀地說，「我久居藩主宅邸，生活過得太安逸，請嘲笑我這老頭的健忘吧。」

本以爲這一切全是傳說。

百年前祖先的過錯，製作出失敗的「土御門大人」，他一直都認爲牠不可能會覺醒。

「將他們兄妹放逐到上州的人，是當時的置家老，也就是家父。我知道現在這樣說，會覺得我這是在找藉口，不過，當時連我也覺得家父的決定很殘忍。」

——爹，爲了一個不可能會再發生的災禍，而趕走這對年幼的兄妹，未免太殘忍了。

「當時家父說，這就是柏原家的規矩，非做不可。」

我替市之介和朱音感到可憐，所以沒想到要派人嚴密監視他們兩人日後的人生。

「他們還是嬰兒時，我見過他們一次，他們是我的姪子和姪女。」

怪物在山裡作亂。乍聽高羽甚五郎陳情時，柏原信右衛門一時懷疑是自己聽錯了。雖然高羽因受傷和高燒而意識不清，但他的陳情內容並無矛盾，而他的描述內容，與柏原家代代相傳「可能發生的災厄」一模一樣。

所以他派人前往上州迎回那對兄妹。他心裡覺得難以置信，同時也期盼這是一場誤會。

信右衛門再次闔眼，老邁的身軀彷彿隨時都會應聲倒下。直彌一時間不知該說什麼，理應問清楚的心中疑問也就此消除。

「得快點派人去本庄村，讓他們放心才行。」兵庫之助低語道。

「伯、伯父。」

「從你剛返回時的神情來看，你應該是命令村民暫時先躲好，對吧？」

完全逃不過他的法眼。

「看來，我和家老都沒能博得你的信任。」

直彌還沒來得及解釋，兵庫之助已接著說，「像你這樣經歷過這些事，會變得無法相信任何人，情有可原。」

「……對不起。」

「不過，要是倖存的村民四處向人說獵殺害人野獸的事，會惹來不少風波。得適當地讓他們明白這個道理才行。」

這位香山番士的統領，與永津野的畑中左平次抱持同樣的想法。

柏原信右衛門手撐著榻榻米站起身後，意外以威嚴十足的口吻喚道，「小日向直彌。」

直彌以下屬之姿端正坐好，「在！」

「你看到的『土御門大人』，模樣很可怕嗎？」

「是，模樣很可怕。不過……」

直彌想起朱音棲宿在怪物體內，睜開雙眸時，那白皙的臉龐。

「牠在臨終之際，美得不像是這世間應有之物。」
置家老很滿意地點點頭。

柏原信右衛門離去後，兵庫之助重新面向直彌。
「你要回岩田寮嗎？」
「咦？」
「你忘了嗎？現在對外還是聲稱你人在寮內療養。」
啊，這件事倒是真的忘了。
「回到寮裡，你可以躺在高羽甚五郎旁邊休息。」
「高羽大人已康復了嗎？」
「聽說已無生命危險。」
太好了。
「總之，你先稍事休息，沐浴淨身。不能以這副難看的模樣去見主君。」
這時兵庫之助閉口不語，表情不變。接著又低聲道：
「柏原大人會切腹。」
意思是要切腹謝罪。
「光是三郎次少爺因『神取』而喪命一事，掌管內院的置家老就已背負沉重的責任。現在又加上這起風波。」
直彌感到一陣心神不寧。三郎次少爺的死，那也是非解開不可的謎。

但要怎麼開口？直彌心中懷疑的依據，只有伊吉說過的那番話，完全沒有證據。

——伯父，我在北二條遇見幕府的百足。那名密探如此這般地說道，那毒藥會不會是用在三郎次少爺身上？

此事光想就覺得愚蠢。光榮寺遭破壞一事，也因爲少了重要的繪馬，而無從佐證。最麻煩的，就是這件事比「土御門大人」一事更複雜，看不出有誰牽涉其中。

不，在談這問題前，直彌也許被伊吉所騙。那可能全是謊言，是伊吉自己捏造。

「從三郎次少爺寢室地板下找出人偶一事，後來如何了？」

兵庫之助意外地直眨眼，「你聽誰說的？」

「我將高羽大人送進寮內時，聽大野大夫說的。」

哼——兵庫之助嗤之以鼻，「大夫竟然洩露這種無聊的事。」

「這只是件無聊的小事嗎？」

「那只是在挑釁，算是一種惡劣的玩笑。」

支持正室夫人那一派的人，憎恨御館夫人在內院的專橫，因而收買侍女這麼做。

「那種東西害不了人。」

「那麼，關於三郎次少爺遭人暗殺的說法……」

「不可能。」

根本就胡說——兵庫之助很肯定地說，「不過，御館夫人至今仍無法接受。御館町才會一直這樣封鎖。」

「原來如此……」

「如果是別藩還另當別論，在我們香山，竟然還有人相信詛咒這種蠢事。」

兵庫之助不悅地說到一半後，一臉尷尬地打住。

「伯父，我也這麼認爲。」直彌道，「這樣的想法應該沒錯。瓜生家之所以全力投入藥草的生產工作，努力追求更有功效的藥草，不就是因爲百年前倚賴『詛咒』失敗，而對此有深切反省嗎？」

「說得也是。」兵庫之助不發一言地朝直彌凝視了半晌後，應了一句，又說，「……辛苦你了。」

直彌伏身行禮。

太陽已升至中天。是個晴朗的春日。

直彌來到別房的外廊上。他闔上眼，讓刺眼的陽光照在臉上時，感覺身旁有人。他睜開眼，發現彌次就蹲在他腳邊。

直彌忍不住苦笑，「休息過了嗎？彌次還眞是不死之身呢。」

可能是已洗過臉，看起來很潔淨。

「我去了一趟光榮寺。」

「咦？」

「去通知奈津小姐和小日向家的老夫人，說您平安無事。」

她們兩人手握著手，喜極而泣。

「……謝謝妳。」

眞想見娘和奈津一面，但還得再忍一陣子。

「那位名叫阿末，很聒噪的侍女，也跟著哭了。」

「雖然很聒噪，但是位心地善良的女孩。」

「嗯。」彌次語帶不屑地應道，「對了，在你前往北二條時，跟著失去下落的那名寺男，她們也很擔心喔。」

直彌猛然一驚。對喔，伊吉以自己對六角堂遭破壞一事感到自責爲由，離開寺院。對此毫不知情的直彌母親和阿末，之後一定仍爲伊吉的事感到難過。

可能是見直彌臉色有異，彌次露出銳利如針的眼神。

「那名寺男怎麼了嗎？」

彌次一直都這樣。儘管她是女人的事已經曝光，她那冰冷的口吻還是一樣沒變。

每當有沉重的心事無法承受時，直彌總會找達之助傾吐。如今達之助已不在人世。彌次深受達之助信賴，同時她也很景仰達之助。由她來代替這個角色，達之助應該也會同意吧。

「彌次，妳靠過來一點。這件事不能大聲說。」

就這樣，直彌說出伊吉的事，彌次靜靜聆聽。

「這可是件大事呢。」

聽完後，她像是覺得刺眼般，瞇起眼睛。

「小日向的老夫人在光榮寺時，似乎很關照那名寺男。」

「嗯，家母一直都很關心伊吉。」

「所以那個叫伊吉的男子是爲了老夫人而前去救你。」

幕府的密探會有這樣的貼心舉動嗎?更何況是那個男人。
「他確實是幫我鬆綁,但我不知道自己算不算因此得救。伊吉曾經很清楚地對我說過……」
——小日向先生,你會死在這裡。
彌次仍蹲著思索。她環抱雙膝,搖晃著身軀。
「小日向大人。」
彌次第一次用這樣的尊稱。
「我智慧不夠,不過我很認眞在思考。所以請你幫幫我。」
「幫、幫什麼?」
彌次思索後,說出她的想法,「曾谷彈正在取得藩主龍崎的同意後,想讓自己的女兒與人成婚,對吧。」
「嗯。」
「朱音大人認爲這是將小姐當成政治的工具,對此相當生氣。這是什麼意思?」
「喔,這件事啊。」
直彌也必須仔細思考後才能回答這個問題。
「與其說一姬小姐是曾谷彈正的女兒,不如說是身上流有永津野名門御藏大人血脈的千金,龍崎氏能藉由她的婚事,與某個地方的掌權者建立關係。這應該就是他們的目的吧。」
「某個地方的掌權者?」
「奧州的譜代大名(註一)不多,即使費心拉攏,也不見得有用。如果要鎖定目標,應該選幕府的重臣。像是老中、目付(註二),或是奉行。」

也可能是近來在江戶權大勢大的綱吉將軍側用人（註三）。

「而且，只要順利談妥婚事，便能光明正大地以嫁妝的名義送上大筆銀兩。其實就是賄賂。」

「永津野想用賄賂來打什麼主意呢？」

彌次直指核心。

「很多方面吧。拉攏幕府的要人，是每個藩國都會做的事。藉此索討職務，或是免除麻煩的工程勞役。」

但現今的永津野，曾谷彈正的目的就只有一個。

「應該是想暗中運作，好正大光明地將永津野支藩的香山吞併。」

果然是這麼回事——彌次頷首。

「小日向大人，既然這樣，即使香山方面做出類似的事，應該也不足為奇。」

為了妨礙永津野藩的背後運作，保護瓜生氏與領民，拉攏其他要人。付出相當的代價，以尋求庇護。

「說得也是。」

「這時候得拿出比錢財和嫁女兒更貴重的東西。香山藩有這樣的東西嗎？」

直彌屏息，注視著彌次。

註一：又稱世襲大名，是指在關原之戰前便一直追隨德川家康的大名。

註二：監視家臣行動的官職。

註三：傳達將軍命令的職務。

「答案就是畫在供奉繪馬上的藥。」彌次道，「那是很方便的毒藥。嚴格說起來，這是有能耐做出這項東西的香山瓜生氏所擁有的智慧和技術。伊吉應該是來確認這件事吧。」

這就是那男人所說的「任務」——

「等、等一下，彌次。」

直彌的心臟噗通噗通直跳。

「如果是這樣，伊吉沒必要一直待在光榮寺裡。只要取得調配法，他大可馬上離去。」

「不對。因爲這是香山藩主動提出的交易。」

以幕府密探的身分待在光榮寺的伊吉，既然涉及這項交易，自然得小心行事。

「如果對方說一句，『這是調配法、這是藥。』把東西交給他，他回一句，『喔，這樣啊。』就回去交差，那根本是小孩子跑腿。」

若沒親眼見識功效，交易不算成立。而且不是只做一、兩次實驗就行。得換對象、換條件、換季節，一再實驗、應證，直到可以確定毒藥的作用和「神取」一樣，沒人可以分辨爲止。

「……彌次。」

直彌張大著嘴，爲之愕然。明明坐在地上，卻雙膝打顫。

「這麼說來，妳的意思是三郎次少爺被當成毒藥的實驗對象？」

彌次不爲所動，眼神無比堅定。

「他可是主君的兒子啊！」

「所以才會是成功的實驗，可以證明香山藩是認眞的。」

「他是重要的次世子。」

「他不是少主，是次世子。」

的確，他不是繼承瓜生氏的嫡長子。

「不過，主君不可能不知道這項交易。若沒有主君的同意，不可能推動此事。」

既然這樣，那就是主君同意拿自己的兒子當實驗，眼睜睜看著他喪命。

彌次朝心亂如麻的直彌嘆了口氣，「次世子不見得一定是因爲毒藥實驗而死。」

「咦？」

「小日向大人，你爲何斷定次世子的第二次發病是因爲毒藥呢？也許他第一次發病才是吧？」

輕微染病後，很快便痊癒的「神取」。

「他們並不想取他性命。只是讓他輕微染病，然後旋即停藥。那次實驗很成功。」

但諷刺的是，之後經過不到半年，三郎次少爺眞的染上「神取」，病得不輕。

「你在次世子第一次發病時，染上了『神取』。」

直彌只能望著彌次點頭。

「那或許也不是眞的生病。可能是在藩主宅邸裡，和次世子同一時間試藥。」

直彌以顫抖的手摀住嘴。

明明是健壯的年輕人，染病後卻遲遲無法康復，是因爲持續遭下藥的緣故。爲了與其他患者區隔，在寮裡特別隔離——

而最特別的就屬獲賜褒祿了。

雖說是御館夫人向主君央求得來，但主君之所以一口答應，該不會是因爲他知道直彌「病情」的眞相吧？

「如果伊吉這個男人也知道內幕的話，難怪他會對你寄予同情。」彌次說，「在不知不覺間被人拿來做毒藥實驗，逼入尷尬的處境，最後還差點在深山裡的寺院被怪物吃了。」

——獨生子要是最後落得這種死法，希江夫人未免未免太可憐了。

所以他才出手解救。

「還有，我想起去年歲末，志野家的老爺與金吾大人的交談。」

——直彌至今仍未痊癒，他的病眞的是「神取」嗎？

——不然還會有其他可能嗎？

——如果是「神取」，我很清楚。以直彌這個年紀染病，卻如此久病不癒，實在教人費解。

伯父眞那麼驚訝？

彌次急忙補上一句，「所以老爺不知道毒藥的事，這是可以確定的。」

「嗯，這是當然。」

主動與幕府的要人提出交易的，應該不是步兵組的統領，而是更高層，是圍繞在主君身旁的那一小撮人。可以猜出其中一人的身分。

如果要用藥，就得要大夫。

是藩醫大野清策。他弟弟伊織大夫是否也直接參與此事姑且不談，但他應該知道此事，才會對直彌如此親切。

大野家是主家瓜生氏的親屬。以他們的身分最適合提議展開這筆大交易，並要求主君付諸執行。

直彌忍不住雙手抱頭。

彌次在他耳畔低語，「小日向大人，你如果在意此事，我可以幫你查探。」

直彌低著頭調整呼吸。吸、吐、吸、吐。

「不，不用了，彌次。」

至少現在不是時候。即使風波鬧大，一切也不會恢復如昔，而伊吉所負責的「交易」，倘若已經成立，也恐怕會因此破局。

「等過些時日，自然會露出破綻，水落石出。」

彌次面露不滿之色。直彌強忍一股湧上心頭的激動情緒。

「彌次，妳不覺得很可悲嗎？」

「你指什麼？」

直彌又深吸一口氣，才說道：

「沒人認爲這種事是錯的，反而認爲這樣很好。」

不論是詛咒，還是山裡的怪物，曾谷彈正在永津野所做的養蠶振興政策以及生人狩獵，都是如此。爲了讓藩國富裕，爲了藩國的領民，爲了重要的家人，爲了守護生活於這塊土地上的人民。

「因此，要是一直追究下去，最後壞事將會消失，留下的只有悲傷與不信任。」

——小日向先生，你可別對每個人都疑神疑鬼喔。

直彌握緊拳頭，朝臉上抹了一把，挺直腰桿。

「我活著走下山了。沒能派上用場的我，保住了性命。」

一定是因爲得要有人記住這件事。

記住人性，以及人們所犯的罪業。罪惡儘管會被遺忘，卻不會消失。

「人們都認爲這麼做是對的，期望明天會更好。爲了不讓人們因這樣的願望而重蹈覆轍，內心脆弱的我，必須牢牢記住這一切。」

記住山裡的怪物，以及朱音最後流下眼淚、但顯得心滿意足的雙眸。

「現在就維持原樣吧。這樣就行了，彌次。」

「我去端臉盆來。你得先洗個澡才行。」接著彌次皺起臉說了一句，「好臭，臭得教人皺眉。」

「妳也一樣啊，彌次。」

不甘示弱的回嘴後，直彌終於展露笑顏。

終章　春之森

蓑吉牽著小花，登上小平良山的山路。

今天晴空萬里。藍天之上，浮泛著朵朵白雲，宛如撕成一片片的棉花。柔風輕拂，陽光和煦。他從本庄村走來，一路上不曾歇息，身上微微冒汗。

小花停下腳步，鼻孔噴氣。

「小猴子，動作眞慢。」

彌次突然從樹後現身。蓑吉感到意外，大吃一驚。

「搞什麼，不是說要在馬留碰面嗎？」

「因爲等太久了。」

「妳的腳程未免太快了吧。突然像妖怪般冒出，嚇死人。」

彌次挨向小花身旁，撫摸牠的頸項。

「小花發現我了。」

「因爲牠嗅覺好。」

兩人接著前往妙高寺，登向大平良山。爲了親眼確認那座擺在山中的大鐘。彌次也曾經聽住持提過大鐘的事，也大致知道位置，但就是不曾看過。

她說大鐘的所在位置在永津野領地內，所以她要自己一個人悄悄前往，蓑吉聽了之後，一直吵著說他也要去。我是小猴子，所以和妳一樣，在山中行走最拿手了。

「好大的行李啊。」

彌次朝小花背上的竹籠望了一眼。裡頭滿是鮮花和供品。

「是村裡的人要我帶來供奉的。」

抵達妙高寺後，將小花繫在寺內。以他們兩人的腳程，即使是從寺院走到大鐘所在處，往返一趟應該不到一個時辰。

失去明念和尚這位唯一的主人後，妙高寺成了名副其實的荒寺。倒塌的鐘樓仍舊維持原樣，但歷經幾次降雨後，火把的灰燼，以及在這裡發生的種種破壞痕跡，都已徹底沖刷乾淨。

蓑吉和彌次分頭將寺院境內和正殿打掃乾淨。

「這裡會變成怎樣？」

「馬上就會有新住持前來。施工的人員會進駐，建築物也會進行修繕。志野大人是這麼說的，不會有錯。」

她說的志野大人，是山番志野達之助大人的父親，是指揮番士的統領之一，聽說是位大人物。

蓑吉聽聞後，想起一件他很在意的事。

「彌次，昨天有位來自御館町的藥商說……」

終於也開始有人到本庄村來了。

「御館好像有位大人物切腹，是眞的嗎？」

彌次板起臉應道，「這種事和山上的小猴子無關。」

話是這樣說沒錯啦……

「……那個人不是小日向大人吧？」

難得彌次聽了之後直眨眼。接著擺出更加不悅的表情說道，「他才不是什麼大人物。」

「這麼說來，不是他？」

「不用瞎操心。」

她的說話口吻轉爲柔和許多。

打掃結束後，兩人走進正殿後方的森林。在一處地勢略微隆起，可以眺望整座寺院和墓碑的地方，有一座小土堆，立著一座仍散發木頭香氣的墓碑。是明念和尚的墓。

那天晚上，在鐘樓即將塌毀前，千鈞一髮之際，彌次將住持的身體拉出外頭，但仍舊無法保住他的性命。蓑吉當時想的沒錯，當牛頭馬面扛出住持，讓他坐向鐘樓時，他就已經斷氣了。

——咒文抄寫完畢後，他就像睡著般死去。

那不可思議的咒文只有一個。一抄寫在朱音大人背上，它就從住持的背後消失。

——和尚也許是因爲咒文的力量而勉強保有生命，最後他的身體終於油盡燈枯。

宗榮大人如此說道。除此之外，宗榮大人也將那天晚上發生的事，以及他做那些事有什麼含意，全都告訴了蓑吉，但蓑吉只聽懂一半。他只知道朱音大人救了他們，再也無法見到朱音大人。

自從那天黎明與宗榮大人道別後，一直沒再見面。他和牛頭馬面一起返回永津野的名賀村。

——日後有緣再相見。

「咦？」

正準備朝住持的墓前獻花時，彌次皺起眉頭。

「這是什麼？草鞋嗎？」

墓碑旁，有個用稻草編成的奇怪東西。上頭沒沾染泥土。蓑吉拿起它細看後，終於明白。

「這是驅蛇的護身符。是稻草做成的百足。」

但做得很難看。模樣太大，而且形狀歪斜，雙腳也長短不一，而且腳的數量不多，看起來不像百足。

「這裡爲什麼會有這種東西？」

彌次覺得納悶。蓑吉也把玩著手中難看的百足，側頭尋思。

「啊，難道是……」

腦中靈光一閃。

「是假蓑助，是他編的。」

他曾說自己是北方的大百足。

「那誰啊？你講的是哪件事？」

蓑吉說出先前自己像蓑蟲般掛在樹上時，與男子的對話。彌次的眼神逐漸轉爲嚴峻。

「那名流口水的男人，很清楚地說他自己是『百足』嗎？」

「嗯，不過我懷疑他是山神的使者。雖然他是個莫名其妙的傢伙，但他救了我。」

彌次從蓑吉手中拿起那個稻草做成的百足，一會兒在手中搓，一會兒翻面細看，接著喃喃自語道：

「……意思應該是他目睹了全程。」

「咦？」

「還是說，他想以此當供品？」
「這麼難看的百足？」
彌次小心翼翼地將稻草百足放回原位。
「算了。話說回來，他的手藝可真差。要不是你這麼說，還眞看不出是百足呢。」
「就像我不說的話，沒人知道妳是女人一樣。」
在前往那口大鐘所在地的這條路上，都不是人走的路，甚至連獸徑也沒有。爲了面子，不願意在彌次面前認輸，絕不能喊累。蓑吉咬緊牙關，一路苦撐。
辛苦果然是値得的。當他看到那口鐘時，一切疲勞頓時煙消霧散。
「嘩……」
眞的有那口鐘。在一處森林的開闊處，突然覆著一口大鐘。即使蓑吉張開雙臂也無法環抱。它像坐在地上般，莫名給人一種可愛的感覺。
上頭覆滿紅鏽。
「它這個樣子，爲什麼會發出聲響呢？」
「正確來說，應該稱之爲『共鳴』。」
彌次以手指觸摸大鐘的表面。紅鏽剝落，紛紛落地。
「表面刻有某個東西，可能是像鐘樓屋頂內側的雕刻那樣吧。」
所以才會發出共鳴。
「手指好像能戳進裡頭。」
蓑吉稍加用力，食指便戳進鐘內。

「變得好脆弱。」

「感覺不像金屬做的，像灰一樣。」

彌次走近蓑吉，按住他的手。

「別動它。它的任務已經結束。在風吹雨淋下，它會化爲山裡的泥土。」

我們回去吧——彌次催促蓑吉上路。

「也對。要是再這樣磨蹭下去，遇上牛頭馬面可就糟了。」

「要塞已經瓦解，現在牛頭馬面也沒空管這裡了。」

彌次朝生鏽的大鐘望了最後一眼，行了一禮。蓑吉跟著照做。

兩人四周的森林樹木沙沙作響。一陣輕柔的徐風吹過，鳥兒也齊聲鳴唱。

蓑吉朝這陣風深吸一口氣。

「好香的氣味。」

那是春天山林裡的花香。

在名賀村的溜家，阿千停下打掃的動作，抬起臉。微風摩娑她的臉頰。

今年春天，除了山犬的動作反常外，與往常的春天並無不同。不過因爲發生那件事，村莊泰半損毀，也有不少人喪命。

如今冷靜下來回想，那和往常的春天根本截然不同。聽不到鳥叫聲，也聞不到花香。

位於大平良山腳下的這片山林，每到春天，花朵便會開得滿山滿谷。如果是往年，從山上吹落的徐風，都含有濃濃的花香。今年卻完全感覺不到，在這之前完全沒感覺到。

溜家此刻又成了空屋。阿千打掃完後會回自己家，今後將會在紡織屋工作。
老爺子死了，加介也死了。
那天，從山上返回的只有宗榮大人。筆頭大人的夫人和御側番方眾與他同行，蓑吉也不在了。說到這點，同樣也沒看到筆頭大人。
番方眾保護筆頭大人的夫人，旋即走進溜家。不久後，當中一人和宗榮大人前來，釋放被囚禁的阿千，告訴她山裡發生的事。
比起難過、悲傷、害怕，阿千所感覺到的，是一堆莫名其妙的問號。那可怕的怪物。那親眼所見、親耳所聞，發生在眼前的慘事，一旦發生過後，感覺如同只是一場噩夢。看到村莊屋舍的瓦礫後，她腦袋明白「對喔，當時被砸毀，起火燃燒」，內心卻還是無法接受。
那就是了。沒看過也沒聽過的事，不可能會深深留在心底。
小台大人死了？為了打倒怪物，為我們犧牲了生命？
眞有這種事嗎？
「不要哭，阿千。」
宗榮大人這樣說過。
「妳要是哭，朱音大人會難過的。」
是嗎？阿千不是應該終日哭泣，哭到眼睛融化嗎？阿千好喜歡朱音大人。從沒遇過像她這那麼善良的人，沒遇過像她這麼美的人。
但她沒有淚水。她心裡好痛苦，好想放聲吶喊。到底是覺得不甘心，還是生氣？會有這樣的結果，到底是誰的錯？該將這滿腔怒火朝誰發洩好呢？

遭受怪物襲擊而喪命的村民，在匆忙中舉辦了喪禮。村長和繼承人太一郎少爺都已不在人世，名賀村失去村長，由村內的年長者一起討論，指揮後續工作。阿千的父親也是其中之一。

她父親也對阿千說，「不要哭。事情既然已經發生，那也無可奈何。即使妳再怎麼哭，往生者也不會再活過來。」

死者當中，很多人屍骨未全，所以喪禮也許適合簡單辦理。要是好好面對死者，只會令眾人心碎。

從山上返回的御側番方眾，連阿千也看得出來，他們個個形疲神困，在溜家只休息了一晚，便匆匆離開名賀村。宗榮大人，以及載著筆頭大人夫人和一姬小姐的轎子，也和他們一同離去。夫人應該也很疲憊。不過，她應該是不想在這座發生過可怕事件的村莊多做停留。轎子逃也似地從名賀村遠去。

對了，還有一個人，就是跟著村長和朱音大人去要塞的那位畫師——菊地圓秀。雖然他也撿回一命，回到村莊，但令人遺憾的是，他的身心都已殘破不堪，徹底變成了一個怪人。始終喃喃自語，游移的眼神朝向不知名的方向。端飯菜給他，他一概不碰，反而以筷子沾湯，想在牆上作畫，教人吃驚。

「他這樣不行啊。」

宗榮大人也露出既苦惱，又悲傷的神情。

「只好讓他在津先城下靜養，請菊地家派人來帶他回去了。」

「宗榮大人，等您在城下忙完後，會再回到村裡嗎？」

「……我不知道。」

接著他朝阿千的肩膀輕拍幾下。

「如果有緣，一定會再相見。我也這樣對蓑吉說過。這就是活在人世上有趣的地方。」

即使日後沒機會相見……

「等過了一段時日，便會想起那美好的點滴。我也會努力記得這一切。」

這點阿千實在學不來。她覺得，重新將心裡的緊箍綁好，保持懵懵懂懂，什麼都不相信，這樣還比較輕鬆。

眾人離去後，頓時變得空蕩蕩的溜家，旋即住進大批被怪物毀了屋舍的村民。當中有傷患，也有人雖然沒受傷，但因爲那一夜的可怕遭遇而精神受創，變得像病人一樣。也有入夜後便害怕哭喊的孩童。

阿千與倖存下來的村內婦女互相幫忙，整天忙著照顧這些人。這十天來，她每天從早忙到晚，但這樣反而令她得到救贖。只要忙碌，就沒空想起那些難過的事，也無暇胡思亂想。

但忙到今天剛好告一段落。斷垣殘壁已收拾完畢，蓋好了幾座掛上草蓆搭建成的簡陋小屋，所以眾人紛紛返回村內。阿千的父親說，雖然還是諸多不便，但還是回歸原本的生活吧，這樣才能早點重新振作。

這麼一來，溜家眞的成了名副其實的空屋。

這也是沒辦法的事。這樣也好。

——因爲大家都不在了。

已沒人將溜家當成是自己家。要是只留阿千自己一人，她會很想就此消失。

忙完打掃工作，洗過抹布，將臉盆裡的水倒光後晾乾。空無一人的溜家，陽光微微照進挑高的天花板。

阿千來到後院。她慢步來到晒衣場，發現一個她忘了整理的東西。是加介做的驅蛇護身符，一隻以稻草編成的小百足。它一直這樣釘在晒衣柱上。

阿千將它摘下，置於掌上。

她的內心潰堤。

朱音大人、宗榮大人、老爺子、加介、我。後來還加上蓑吉，好不熱鬧。眞是快樂。多麼歡樂的時光啊。

——蓑吉救了我一命，我都還沒來得及向他說謝謝呢。

阿千放聲嚎啕。

溜家後院的森林裡一陣騷動。樹枝輕柔地發出一陣沙沙聲。一陣風吹來，將阿千包覆，那是帶有甘甜芳香的和風。香氣深深滲入阿千濡溼的臉頰、脖子、後頸、緊握的手指中。

阿千猛然一驚，瞠目仰望森林。

——是朱音大人。

那香氣是朱音大人的髮香，是朱音大人的體溫。

爲什麼我一直沒發現呢。

在後山森林的另一頭，大平良山的高處，清澈的藍天之下，朱音大人一直都在。今後也會一直陪伴著我們。

現在她才得以看清楚這座高山，以及生活在這裡的居民所發生的事。她以心眼看清這一切，同時曉悟。

明白這一切都已結束。

在春天的山林芳香包覆下，阿千獨自一人佇立良久。

＊

相模藩御用繪師菊地家的菩提寺裡，遺留了一幅奇妙的畫作。那是在元祿中期，第三代當家菊地圓柳的養子圓秀，從歷時兩年多的奧州之旅返回後所畫。

圓秀原本身體強健，個性開朗。他身爲一名畫師，雖然畫技一流，卻一直沒有出色的作品問世，他本人也深感懊惱。他這趟奧州之旅，是只帶著一支畫筆隨行的修行之旅。不光他們父子對此寄予期望，菊地家的眾門徒也都強烈期盼他暗藏的才氣能就此覺醒。

然而，旅行歸來的圓秀卻成了面容憔悴的病人。身體虛弱，心靈破碎。

他就像被什麼附身似的，不斷喃喃自語。常因一點小聲音而膽顫心驚，半夜發出驚呼，彈跳而起。他常索討畫筆和畫具，給他之後，卻淨是畫莫名其妙的線條。還不時想用筆尖插向自己眼睛。

歷經數月，圓秀的怪異行徑仍不見好轉，菊地家爲他著想，最後造了一座地牢。圓柳深感悲哀和同情，雖然他沒和圓秀斷絕養子的關係，但最後也只能打消讓他接任菊地家第四代當家的念頭。

過沒多久，圓秀突然恢復正常。和之前出外旅行前一樣，展露和善的面容，向照顧他的傭人索討畫具，態度平靜地說道：

——我終於明白該怎麼畫了。

接著他耗時三天完成作品，之後整個人趴在作品旁，斷了氣。他的遺容帶有滿足的微笑。

他完成的畫作，只有他養父圓柳一個人見過。這位老畫師親手用布將這幅畫層層包裹後，以繩索捆綁，蓋上菊地家的印章封好，嚴密收藏。而圓秀下葬後，這位養子被封印的最後作品也交由寺院保管，如同要追隨它主人的腳步般。

眾門徒又驚又怕，向師傅詢問緣由。圓柳清楚地回答：

——那是圓秀用盡畢生之力的傑作。但很遺憾，他畫的是不該存在於世間之物，也不該讓任何人目睹。

因此，後世無人有緣目睹這幅畫作。

解說

屬於「時代」的「怪獸」，與怪獸時代

路那

※本文涉及謎底，請讀完正文，再行閱讀。

一開始便是令人神經緊繃的追逐。

在還沒理解「番小屋」是什麼、「造山」的意義為何、「生人狩獵」這個不祥的詞語有著什麼樣恐怖的意涵？而「馬留」到底是一個地方還是類似驛站的稱呼？讀者就已和蓑吉一起急切地奔跑、祈禱他能逃離夜晚來襲的、巨大而不知名的怪物——不，說不知名或許不正確。我們知道那是什麼。書名說了，那是「荒神」。

但，「荒神」又是什麼呢？儘管知道它的名字，但那樣的恐怖並未隨著命名而清晰起來。反倒成了一個更令人怖懼的隨行黑影，在暗夜的山林裡鬼祟前行。

在平和的「御館町」，恐怖屠殺退化成了事件。陽光照耀下，遠方山林傳來的不祥徵兆，不比圍城中的政治事件重要。是誰謀害了次世子？小日向和志野兩人的細細推敲，放在這樣的陽光下，竟也頗有幾分推理斷案的味道。兩藩爭鬥的久遠背景、寺廟近期遭到的神秘破壞，以及次世子突發重病的事件背後，山村裡發生的超自然恐怖事件，開始染上了人為陰謀的氣味。以此為起首，設置於江戶時代日本東北的《荒神》，在二〇一三年的《朝日新聞》上開始了為期一年左右的連載。

宮部在連載此部小說之前，即明言她想寫的是「心心念念的怪獸小說。」而在多次嘗試後，終於決定將舞台放置在江戶時代虛構的東北藩國。時代小說加上怪獸小說——沒有讀完本書前，我一直無法想像那是什麼樣的面貌。如今想來，形象化一點的說法，大約就像是用浮世繪的畫風繪製超級英雄吧？略爲感到異質性的同時，卻也覺得並不突兀。除去宮部本身已是公認的優秀時代小說家之外，她對「怪獸」的熱愛與理解，也是爲何這樣的「畫風」能廣被接受的原因。

作爲怪獸迷，宮部自承是受到円谷製作影響的世代。所謂的「円谷製作」，是日本（或者說世界）最知名的「怪獸製造公司」之一。其創辦者，即是以超人力霸王與哥吉拉等系列作品聞名於世、被稱爲「特攝之神」的特效導演円谷英二。受到電影《金剛》啓發的円谷，在一九五四年推出電影《哥吉拉》，令「怪獸電影」在大銀幕上蔚爲風潮後，於一九六六年推出科幻電視劇《超異象之謎》，從大螢幕到小螢幕，接觸到「怪獸」的觀眾越多，引發的浪潮也就愈發狂熱。一九六〇年出生的宮部，在這股風潮下，成了「怪獸迷」，並不讓人意外。

在這樣的背景下，《荒神》的故事走向，與初代哥吉拉電影之間若有呼應，或許更可說是理所當然吧。一九五四年上映的《哥吉拉》描述在遠古巨獸「哥吉拉」在（美國的）氫彈試射下甦醒並四處肆虐。面臨巨獸威脅的人們，最終在芹澤博士最新的科學技術支援下，成功殺害哥吉拉。然而開發該種技術的芹澤，卻因懼怕技術被濫用，最終選擇殺害哥吉拉的同時，自戕於海中。

這樣的故事結構，和《荒神》是不是非常相似？在山林下沉睡的人造怪獸「土御門大人」，吸收了足夠的天地精華後，終於起身完成它初始被賦予的殺人任務。土御門大人以被製造出來的不完全體狀態四處肆虐。面臨巨獸威脅的人們，最終在朱音的咒文支援下，成功鎭壓土御門大人。然而使用該咒文的朱音，卻因咒文的性質，而與土御門大人同歸於盡。

儘管類似，但宮部並非一味承襲舊有的軌跡，而是在其上建構出了屬於這個時代的結構。首先要注意的，便是土御門與哥吉拉在起源上的相似與不同。哥吉拉是氫彈試爆激發出來的「後果」，但試爆的元凶美國，在電影中卻是近乎隱晦地少被提及。一般認爲本作反映出日本在遭受廣島原爆與第五福龍丸事件後所爆發的反核情緒（儘管如此，日本仍在同年通過了核電預算）。凶狠的哥吉拉實際上象徵著自然的反撲，而作爲承受過核武攻擊的國家，日本人對於哥吉拉的情緒有著相當複雜的組成：既認同牠一樣爲核災倖存者，也意識到牠是肆虐城市的破壞者。因而，當最後必須殺死哥吉拉時，主角之一的山根博士比起勝利的呼喊，更是滿懷著悲傷。相較於哥吉拉僅是核能的副產品，「土御門」的出身就直接多了——它是藩國與藩國之間在爭鬥中爲了自保而開發出來的祕密武器。有什麼比這樣的說法更能直白地聯想到核武？開發失敗（無法作爲軍用）的土御門被埋在厚重的山林之下，又豈非核電的委婉隱喻？吸收了山林的精華之氣，待時日到來，便執行了它原先被賦予的殺人任務——只除了這個失敗的武器敵我不分，見人就啃。又有什麼比這個更能讓人聯想到二〇一一年東日本大地震所引發的福島核能外洩事件？那是恐怖的自然之力所導致的慘劇。宮部的「怪獸」並非原生自然，而是人爲造之。此一人造怪獸的淵源，即承襲並改進了初代哥吉拉「技術失控」的出身。是延續著「怪獸」對核能的省思而出現的作品。

其次，是最後技術持有者「犧牲的理由」。一樣是犧牲自我，《哥吉拉》的芹澤是懼於先進技術被濫用、不願重蹈「氫彈試射」後塵下的決定。這不僅反映戰爭剛結束後常民對戰爭技術的厭惡、意識到科技對自然的破壞，也展示科學家在追求知識、創造技術的過程中面臨的（道德）風險。另一方面，山根雖然理解哥吉拉的學術意義、認知到牠也有生存價值，但最後卻因「安全」的理由而不得不放手讓牠遭人類屠戮。在《荒神》中，這些主題經過轉化，呈現出了另一幅現代面貌：除了一樣反映出對於災害的創傷、意識到科技對自然的破壞外，同時展示了新時代技術者的面貌，與其面臨的風險。朱音與住持都不是技術開發者，朱音是技術使用者，而住持是技術保管者。他們是一般善良的普通人，然而重任卻落在他們的肩上。這就是我們現代的技術者群像。他們是一群普通人，彼此相互支援。即便心願只是過著普通的日子，但當重任來臨時，卻毫不猶豫地面對自己的責任、迎上前去——這不是許許多多東日本震災時可歌可泣的英雄事蹟之起源？對於歷經大難的日本人來說，那樣的深刻印象是揮之不去的吧！當時也有許多報導質疑這些救災英雄是否知道自己負擔的是什麼樣的風險。在我看來，朱音的身世之謎，或多或少可視爲宮部在面對這個問題時的一個態度表示——他們需要知道全部的眞相，才有心甘情願的保衛。最後，是對「怪獸」的憐憫。在《哥吉拉》中，最後哥吉拉還是被殺了。然而在《荒神》裡，面對「土御門大人」時，比起芹澤消極的「犧牲」，朱音的作法更接近積極的「救贖」。她不僅要拯救村民，更希望能拯救已經被權力慾蒙蔽了雙眼的兄長。懷抱著此般心情的朱音，最終讓土御門化爲「多麼美，又多麼強悍啊」的異界生物，在眾人的送行之下昇華離去。

第三，則是兩者批判的對象。《哥吉拉》很明顯地批判了戰爭技術，也隱晦地批判無法保護人民的政府。在這一點上《荒神》顯然更加傾向後者。小說裡，無論是廣獲民心的香山「御館町」、懾於藩主威權的永津野，甚至是遠在天邊的幕府，最終都並未以人民的福祉，而是以自我的權勢爲依歸——這是理想的政府嗎？

小說除了辛辣地批判這點，也同時批判因對政府盡忠，而忘記其餘一切的的藩士。小日向直彌作爲香山的藩士，厭惡永津野的曾谷彈正之餘，連帶不喜善良的朱音。然而若朱音未曾離開香山，她卻是直彌「本應尊敬的人」。原來尊敬是依照黨派而非個人的行爲來給予的嗎？沒有什麼比這句話要更諷刺了。對於慣以陣營來判斷對錯的台灣人來說，或許更是心有戚戚焉吧？

最後，若說《哥吉拉》的故事構成，可以粗略地分爲「自然怪獸／人工喚醒—大肆破壞—毀滅」的三幕，那麼《荒神》即可劃爲「人工怪獸／自然喚醒—大肆破壞—救贖」的三幕演出。兩者除皆精準地折射出了人類過於自傲的倒影之外，並列閱讀，更顯現出時代意識對於「恐懼」解讀的位移。在宮部的筆下，怪獸的本體不只是人爲的技術，更是人類本身——土御門大人永不饜足的飢餓，不就如同曾谷彈正永不滿足的權力慾望嗎？在眾人的恐懼中出生的土御門大人，以及在自己對本家恨意中形成的曾谷彈正，是一體的兩面。

同樣一體兩面的，還有朱音與彈正這對雙胞胎兄妹／姊弟。不知道多少讀者，在看到兄妹兩人有亂倫之實者，像我一樣睜大了受到驚嚇的眼睛呢？畢竟，宮部一向善寫人情卻不善寫戀情。在《落櫻繽紛》中，難得的戀愛故事讓人眼睛一亮，到了《荒神》，在淡淡的曖昧之外，卻出現了讓人眼睛都掉下來的異色場景，不由得讓人納悶這到底是怎麼一回事？宮部講述它的方式也相當有意思——要當眾講出自己與他人的性事本已不易，更何況對象是讓讀者都啞然失聲的兄長。然而，朱音在講出此事時，除了隱私被侵犯的不適外，並無他樣。這樣堪稱堂皇的姿態，展現了宮部對於性／愛／家庭所抱持的、可稱爲基進的思考。實際上，這樣的觀點在宮部過去的作品中已時有所見。如《繼父》裡可愛的雙胞胎與莫名其妙成爲父親的主角，又或《落櫻繽紛》裡對於「血緣家族」是否就一定能彼此適應所提出的質疑，背後所談論的均是「家庭」此一制度的彈性與限制。然而這樣的討論大多落在「家庭」，而少有論及「戀情」之處，也更不用說，由「戀情」到「家庭」這樣的過程了。然而，除此之外，是否別有深意？

我想，「禁忌」大概是宮部爲何要設計此一情節的核心理由吧。瓜生家主因爲要保護領地，而甘犯禁忌，創造出「土御門大人」。朱音與彈正兩人，則因彼此相依爲命，如同對方的半身，而甘犯禁忌，相互擁抱。越界與否，是誰在哪個領域都可能遇上的難題——越界者不見得便是心存惡念。更可能是，那晚的月光太美太溫柔。

而朱音與彈正兩人儘管立場殊異，但對彼此的愛卻是毋庸置疑。兩人之間白與黑、善與惡的鮮明對比，搭上互親互愛的狀態，宛如太極一般，你中有我、我中有你——最終化爲一體的兩人，即是一人的兩種面向。至於，「土御門大人」它就是惡之面向失去控制後的狂暴狀態。那就是我們這個時代的怪獸。在我們這個時代，怪獸一直都在。牠潛伏在大平良山，如同潛伏在我們自己的心底。牠吸收一點一滴地吸收山林的力量，如同吸收我們的慾望與情緒。因而，使牠平靜的方法，不是殺無赦的暴力，又或心機算盡的操控——畢竟，當你注視深淵之時，深淵也注視著你。當你想駕馭怪獸的同時，怪獸亦駕馭著你。面對殺不死的心魔，讓牠平靜下來的最好方式，是理解，是寬恕，是如朱音般溫煦善良的心。

時代創造怪獸，怪獸創造時代。與怪獸的爭鬥，此後依然會持續下去吧。

而大平良山，只是靜靜俯視。

作者簡介

路那

台灣大學推理小說研究社、台灣推理作家協會成員，現就讀台灣大學台灣文學研究所博士班。自幼蛀書爲樂，尤嗜小說，特好推理、科幻、奇幻、羅曼史及各文類雜交種。

宮部美幸

作品集 / 54

Miyabe Miyuki

荒神

國家圖書館出版品預行編目資料

荒神 / 宮部美幸著 ; 高詹燦譯. - 初版.- 臺北市：獨步文化：家庭傳媒城邦分公司發行, 民 105.06
面； 公分. --（宮部美幸作品集：54）
譯自：荒神
ISBN 978-986-5651-59-6（平裝）

861.57　　105005697

KOUJIN
by MIYABE Miyuki

原著書名 / 荒神・原出版者 / 朝日新聞出版・作者 / 宮部美幸・翻譯 / 高詹燦・責任編輯 / 張麗嫺・特約編輯 / 熊苓・編輯總監 / 劉麗眞・總經理 / 陳逸瑛・榮譽社長 / 詹宏志・發行人 / 凃玉雲・出版 / 獨步文化 城邦文化事業股份有限公司 台北市中山區104民生東路二段 141 號 5 樓 電話 / (02) 2500-7696 傳眞 / (02) 2500-1966; 2500-1967・發行 / 英屬蓋曼群島商家庭傳媒股份有限公司城邦分公司 台北市中山區民生東路二段 141 號 11 樓・讀者服務專線 / (02) 2500-7718; 2500-7719・服務時間 / 週一至週五：09：30-12：00、13：30-17：00・24小時傳眞服務 / (02) 2500-1990; 2500-1991・讀者服務信箱 e-mail / service@readingclub.com.tw・劃撥帳號 / 19863813 書虫股份有限公司・香港發行所 / 城邦（香港）出版集團有限公司 香港灣仔駱克道 193 號東超商業中心 1 樓 / (852) 25086231 傳眞 / (852) 25789337 E-mail / hkcite@biznetvigator.com 馬新發行所 / 城邦（馬新）出版集團 Cite (M) Sdn. Bhd. 41, Jalan Radin Anum, Bandar Baru Sri Petaling,57000 Kuala Lumpur, Malaysia. 電話 / (603) 90578822 傳眞 / (603) 90576622・封面設計 / 許晉維・排版 / 陳瑜安・印刷 / 前進彩藝有限公司・2016 年（民105）6月初版・2020 年（民109）9月11日初版七刷・定價 / 499 元
Printed in Taiwan　ISBN 978-986-5651-59-6